E X - L I B R I S

《瓦尔登湖》插画　藏书票

泥土就在我身旁

苇岸日记（下）

（一九九五至一九九九）

苇 岸 著

冯秋子 编

GUANGXI NORMAL UNIVERSITY PRESS
广西师范大学出版社
· 桂林 ·

泥土就在我身旁：苇岸日记
NITU JIU ZAI WO SHENPANG: WEIAN RIJI

出版统筹：多　马
策　　划：多　马
责任编辑：周祖为　吴义红
产品经理：多　加
书籍设计：鲁明静
责任技编：伍先林
篆　　刻：张泽南

图书在版编目（CIP）数据

泥土就在我身旁：苇岸日记：上中下／苇岸著；冯秋子编. --桂林：广西师范大学出版社，2020.11
ISBN 978-7-5598-3085-2

Ⅰ. ①泥… Ⅱ. ①苇…②冯… Ⅲ. ①日记—作品集—中国—当代 Ⅳ. ①I267.5

中国版本图书馆 CIP 数据核字（2020）第 141784 号

广西师范大学出版社出版发行
（广西桂林市五里店路 9 号　邮政编码：541004
网址：http://www.bbtpress.com）
出版人：黄轩庄
全国新华书店经销
湛江南华印务有限公司印刷
（广东省湛江市霞山区绿塘路 61 号　邮政编码：524002）
开本：889 mm × 1 194 mm　1/32
印张：50.625　　字数：900 千
2020 年 11 月第 1 版　　2020 年 11 月第 1 次印刷
印数：00 001~10 000 册　　定价：228.00 元（上、中、下）

苇岸肖像　丁乙 作

苇　岸

原名马建国，一九六〇年一月生于北京昌平北小营村。一九七八年考入中国人民大学一分校哲学系，毕业后任教于北京昌平职业教育学校。一九八二年在《丑小鸭》发表第一首诗歌《秋分》，一九八八年开始写作系列散文《大地上的事情》，成为“新生代散文”的代表性作品。一九九八年，为写作《一九九八　廿四节气》，选择居所附近农田一处固定地点，实地观察、拍摄、记录，进行廿四节气的写作。一九九九年在病中写出最后一则《廿四节气·谷雨》，五月十九日因肝癌医治无效谢世，享年三十九岁。按照苇岸遗愿，亲友将他的骨灰撒在故乡北小营村的麦田、树林和河水中。

苇岸生前出版散文集《大地上的事情》（中国对外翻译出版公司，一九九五年四月）；编选“当代中国六十年代出生代表性作家展示”十人集《蔚蓝色天空的黄金·散文卷》（中国对外翻译出版公司，一九九五年十二月）；在病榻上编就散文集《太阳升起以后》（中国工人出版社，二〇〇〇年五月）。其后有《上帝之子》（湖北美术出版社，二〇〇一年四月）；《泥土就在我身旁——苇岸日记选》（《特区文学》双月刊连载，二〇〇四年至二〇〇五年）；《最后的浪漫主义者》（花城出版社，二〇〇九年十月）；《大地上的事情》（广西师范大学出版社，二〇一四年五月）。

境艰难，激励人们加倍努力，因为世界非常不佳，除非每个人都竭诚努力，否则，一切将更加恶化。"

汤因比援引柏格森的"人无完人"说，认为历史上的圣人是后人塑造出来的，从而否定人的完善、完美的可能性。由于这种不信，他们也放弃了自身的完善努力。这样一来，从学说中得出的结论会改变他们的观点。

4月7日

北京作协召开会员代表大会。我在会上当选为第三次会员代表大会进行选举（差额选）。代表人数是10%，即会员代表87人，除去上届理事会名额，选出个人提名30人。

写完"大地上的事情"关于"相逢与灵魂"的片断，比预想的、内容简单些。

4月8日

连日大刮风，天空很明净。炉火看着星星的效果，好于上次。也许位置没有太阳的影响（仍在阳台上方向的上空）。天一黑即炉火看最好，该选方向比较单纯方向等等，坐下来写作。

《书摘》第三期有一篇"文学道德批评在西方的回归"书摘，介绍的是《小说伦理学》作者布斯的一本，1988年出版的专著《小说伦理学》。要论叙批评方法的否定文学道德批评的观点，肯定了文学道德批评的必要和可能。

西方文学道德批评所以隐退的原因，其原因是多方面的：

1. 由世纪浪漫派的价值观念的否定。认为人类对事件的认识只可能涉及事实，而非价值。这种事实和价值分裂的观点，必然导致否定文学作品的价值。
2. 艺术纯属形式和语言的理论的盛行。这便作了艺术的真实性或唯一的价值在于艺术的形式构成。
3. "自我中心论"。也认为个人的性格并非通过与他人的人格交流而塑成或可以由此塑成的。这种排除一切外界影响的自我中心论否定了文学作品在塑造个人性格方面的影响。

文学作品中或是否具有伦理道德内涵，这涉及文学的功能、作家的责任等一系列问题。布斯的从多层次来看《在家里》，说明人具备从文学中塑造我们自身的天性（"第二天性"），文学道德功能和道德内涵无疑是存在的，文学道德批评的权利在于对文学的道德内涵进行评价。他引用了美国著名女作家乔治·艾略特的话："我要一部好的小说给人们的影响是于一种交流沟通的作用，是于一种由把个人的人格和信念加诸别人的意图，如果一名作家承担了这一责任，他就必须把自己看成一名灵魂的建筑师。"

布斯认为文学作品的伦理道德影响就像他"交进人格"的那样，就像好朋友们在我们的生活中产生影响那样。自古以来一些著名思想家都持有相同的观点，即完全与世隔绝的孤立的个人是不可能存在的。亚里士多德——

这是一篇纲领性的纪念，分为若干小节，各有标题。"今天，在我们这个狭小的世界上，有什么样的形象能像我们俄罗斯这个同时是[illegible]，同样迷人，同时又高于启迪，同样令人深刻和不安？"这是它的第一个句子。他说，对于我们俄罗斯需要一生的时间（深入的）阅读才能测量一遍。他这样概括我们俄罗斯民族的财富："这个民族灵魂的力量和天才，主要存在于它的巨大的文学能力当中，存在于我们无法理解的思想当中。"《我们俄罗斯的一切》……[illegible]……一种思想无限的精神能力，"这种[illegible]，是这样特有的，无与伦比的力量。"

对这个先知说了，[illegible]说："在我们国家全部的[illegible]，是我们俄罗斯知识分子的英雄主义。"[illegible]手写了[illegible]，[illegible]。[illegible]一是一种[illegible]，有一种[illegible]一样的[illegible]，[illegible]自己的生命。另一是一个[illegible]，一张[illegible]，[illegible]。

[illegible]《[illegible]·里尔克》[illegible]；"[illegible]"的里尔克；"[illegible]"的里尔克；"[illegible]"的里尔克；"若是有人[illegible]，[illegible]，放上一束[illegible]"的里尔克；"人们[illegible]"的里尔克；"在[illegible]中从不[illegible]，从不[illegible]，从不[illegible]，从不[illegible]"的里尔克。

《[illegible]·[illegible]》："[illegible]天才[illegible]，他也是一个[illegible]青春的人，一[illegible]青春。"还有[illegible]《[illegible]》。[illegible]……"他的[illegible]"。[illegible]一次[illegible]。

《[illegible]》《[illegible]》，[illegible]。他说："[illegible]，从青年时代起就[illegible]一种[illegible]，一种[illegible]。""这[illegible]天才[illegible]一切[illegible]。"[illegible]：[illegible]作品。"[illegible]，[illegible]的眼睛，[illegible]。""[illegible]天才却在于[illegible]。"

目　录

一九九九年

第十辑　日记

一九九五年

一月

一月一日

我曾称一九九一年的元旦是一个“神异的开端”，今天仿佛再现了这个开端。我早晨八点以后出去散步（依然是在岳父家，有地热的小汤山），在园林式大院里，在后湖，因地热而未冻严的一片水面上，依然有三只野鸭在浮游，它们在这里已经数年了。这片不冻的水，使冬天留住了它们。今天的气温略高于昨天，风似乎也完全滞栖在树上了，天空是蓝的，空旷的干净的空间，充满了金黄的阳光。阳光照在湖岸的苇絮上，格外动人。鸟欢跃在草丛树上，它们的声音比任何时候都好听，这与空旷有关。与一九九一年元旦一样，下午我与小松返回时，在车站，我又看到了一群群的黑鸟（寒鸦）在天空飞过，这次它们飞得低，队形是散乱的，由西北方面向东南方向迁移，很快它们便无影无踪。在回来的路上，在车上，我们看着旷远的田野，我问小松：是不是很舒畅？她说是。

今天也读了纪伯伦的格言集，如他说：“我喜欢这样三种文学作品：表现反抗的、追求完美的和长于抽象的。”

一月二日

再次阅读《瓦尔登湖》，元旦前已开始了。这是我第三次读它，另两次是在一九八八年，从海子手里借来，读了两遍。仿佛是第一次读，一切都是新鲜的、惊喜的，它的智慧需要不断发现。

这是我一九九五年的首读书。

我在书中发现了这样的话，它让我想起了我的邻居胡蜂："《哈利梵萨》(梵文诗）说过：'并无鸟雀巢居的房屋像未曾调味的烧肉。'寒舍却并不如此，因为我发现我自己突然跟鸟雀做起邻居来了；但不是我捕到了一只鸟把它关起来，而是我把我自己关进了它们的邻近一只笼子里。"

一月三日

很多报纸面目一新了，《光明日报》《中国青年报》。

王开林寄来了他的天津百花版散文集《站在山谷与你对话》，印制漂亮。刘烨园寄来一份打印信，言他已离开《山东文学》。中青报编辑王长安约稿。原野的贺年卡："在新年幸福快乐而且永远富足而纯朴着……"

一月五日

与刘烨园通了一个电话，谈了关于一九六〇年后出生的诗、散文、小说作者合集的事，听了他对散文作者人选的看法及《美文》大散文观点的谬处。他惊异在这样的大环境中我竟具有这样一种心态（作品所呈现的），他认为我是自成一格的人。他辞离了《山东文学》，似也不顺利。

一月七日

今天是我的生日，三十五岁生日。

元旦前，王衍恳请我做他两个月的儿子的教父，提出来昌平，时间定在今天，我同时邀请了黑大春和兴安（《北京文学》编辑），还有冯秋子。这是一次将生日、做教父的仪式、谈"六〇年后出生作家合集"事结合在一起的聚会。

王衍先到。黑大春与王兰、兴安也到了。冯秋子因参与拍纪录片事未能来。

我想三十五岁是六十岁前最该过的一个生日。

先是做教父的仪式。我朗诵了布莱克的诗《羔羊》，并在一张有音乐家卡拉扬头像的卡片上写了："祝福好孩子王者。"然后所有人签了名。"王者"是我给孩子取的名。

关于“合集”，我们各自拿出了初拟名单。诗歌、散文、小说各十五人。

大春的诗人：

吕德安、李岩、陆忆敏、西川、郑单衣、海子、蓝蓝、王强、叶舟、戈麦、俞心焦、欧宁、黑大春、大解、万夏。

苇岸的散文家：

元元、胡晓梦、桑桑、尹慧、安民、冯秋子、王开林、老愚、曹晓东、苇岸、曹明华、黑孩、戴露、程宝林、王芫。

兴安的小说家：

余华、格非、苏童、陈染、吕新、迟子建、北村、鲁羊、韩东、毕飞宇、朱文、冯良、述平、关仁山、须兰。

也考虑扩大到各二十人。出上下两册。出版社未定。

一月八日

安民电话。他认为新生代散文有四种类型。一、人类精神的：苇岸；二、与世界对话的：曹晓东、钟鸣；三、原初生活的：安民；四、现代生活状况的：胡晓梦、元元。

与中国对外翻译出版公司贾辉丰先生谈“六〇年代出生作家合集”一事，他表示感兴趣，并尽快回复。

一月九日

安民寄来《新生代散文取向》及两篇散文作品。前文为《北京晚报》而写。全文约两千字，提了九位作者：苇岸、钟鸣、曹晓东、原野、老愚、安民、元元、胡晓梦、冯秋子。关于苇岸：

“苇岸、钟鸣、曹晓东，代表着精神和语言的两极。苇岸以人类精神为食粮，他的作品直接取向过去诸世纪欧美散文大师的精神遗产，在人类文化背景下写作。而在中国传统方面，苇岸却撇开传统典籍，直接取向北方——北方大地，并把它放到世界性的高度。他分别以《作家生涯》《大地上的事情》及《放蜂人》《美丽的嘉荫》等为代表。他的作品标志着一种精神高度。

“苇岸又是比较容易引起歧义的一位。尽管他是一位内在较圆满的作家，因为他所信仰的精神同生活的距离，他极易被某些评家批入另册。”

同时《青年文学》的周晓枫退回《一个人的道路》和《作家生涯》。

对外翻译出版公司林燕女士打来电话，告公司愿意出“一九六〇年出生作家合集”。

一月十日

萨缪尔·亨廷顿（哈佛大学政治学家）《文明的冲突》一文认为，近代以来，世界性冲突经历了四个时期：君主之间（一七九三年以前），民族国家之间（二战），意识形态之间（冷战期间），文明之间（世界七八个主要文明）。“未来全球的冲突将是文明的冲突。”

一月十一日

太阳明显地回归了。白天变长，太阳又有了亲近感。早晨太阳初升时，大地一片金黄。而冬至前的朝阳，光是浅色的。

一月十三日

《光明日报·东风》副刊，《金蔷薇》专栏刊出了我转去的原野的《静默草原》。这段时间我为《光明日报》转了稿子，也为《北京晚报》《文艺报》《青年文学》《山花》等报刊转了原野、安民的稿子。这段时间我处于交出书稿后的休整状态，尚未写东西。而《美文》还等我三篇稿子。

一月十五日

我草拟了关于那本合集的一些文字东西，并由小松打印了出来。大体如下：

黑大春、苇岸、兴安编（草案）；

诗歌、散文、小说（从本义的意义排列）；

早晨（暂定书名）；

当代中国六十年代出生的代表性作家展示（自撰小传、创作自白、作者近照、签名手迹、代表作品、作品目录）；

然后是三方各十五位作者名录，并附十五位六十年代出生的代表性画家插图。

一月十六日

今天与黑大春、兴安去对外翻译出版公司谈这本书出版事。中午我们先在大春家交换了意见。大春认为“早晨”一名一般化，他提了“蔚蓝色天空的黄金”（俄罗斯一位诗人的诗句），我也喜欢这个名字。另外也谈到规模，一册或两册？开本大三十二开。画家的人选，大春提供七个，兴安提供两个，我再联系上海画家。

下午两点，去出版公司，与贾辉丰、林燕两人谈（也是我的散文集的责任编辑，一校清样已出）。没有实质性地确定什么，务虚，但他们表示尽快征求领导意见，然后拟出合同，双方签字，即定。

在大春家附近的书店买到《伊利亚特》，装帧不够好。兴安带着去西四书店内部机关服务部，见到唯一一本《瓦尔登湖》，这是我在京城遍寻不到的，尽管我已由上海邮购一本，我仍将书买下了。在西四书店也买到了张承志散文集《清洁的精神》。

大春转给我其弟写的两本书，庞亮的《洞房》《病兽》。

一月十八日

收到周晓枫寄来的散文稿，初读数行，我有一种“发现”的喜悦，再往下读，我看到了一些“病句”，如“温柔得像灰色”“需要时间来烹调心境”“进入往事的磁场”“灯光如橙汁”“美丽诗句在雨天只是筛子”。这些我称之为有毛病的行文，竟比比皆是了。周有才气，想象力丰富，刻求每句的最大效果，喜用比喻。但她的做法太个人化、生僻，“因词害意”，走向了她意愿的反面。

一月二十日

这几天，为“合集”确定每类十五位作者还是二十位作者产生分歧，我与大春倾向十五位，大春甚至十位，兴安倾向二十位。

而对散文的十五位作者，前十位我已确定，而另五位我久久不能定下来。

一月二十四日

中国对外翻译出版公司今天举办“新年联谊会”，招待著译者，地点在西四附近泰国皇后酒楼。由于我的提议，公司方亦邀请了黑大春和兴安。

上午我们先在兴安家聚会，后一起去酒楼。楼肇明老师、止庵已先到，还见到林斤澜老，向我示意，我走过去问候，也见毕淑敏、陈建功。斯妤据兴安讲也在。老愚最后到了，他先向我打招呼，分发了名片，他已去《中华工商时报》。

《游心者笔丛》书的封面设计者，是从北京大学出版社请来的，大家一起谈了一下设想。

关于“60年代出生”作家展示，我让老愚看了人选，他说他已对编书不感兴趣。我说希望他合作，提供曹晓东地址。他说张锐锋是一九六〇年出生。那么张显然应补进来，他给了我张的电话号。

也谈到了作者的稿费（千字略高于一般标准，不低于五十元），画页是否留的问题。林燕对画页持消极态度。

出版公司先支付《游心者笔丛》书作者百分之五十稿费，

我拿到了二千零四元的交税后的第一次大宗稿酬。

一月二十五日

在对外翻译出版公司见到《中华散文》一九九四年第五期，内有该刊编辑龚玉写的一篇去年六月怀柔雁栖湖散文研讨会的综述文章，提到了我。今给龚打了电话，提到此事，龚说将寄刊来。对确定合集散文作者，她给了我张守仁的电话号码。张是散文界中公认的温和的人，我在电话中同他交换了意见。

一月二十七日

一月即将结束了，春节也将近，一月三十一日春节。

我是个一心不能二用的人，一件事必须做好，而“值得做的事都是难做的事”（叔本华语）。一件事未做完，我似乎不能做另一件事，我是指精神活动。自进入编这本合集的状态，我没有再写一个字作品，已经一个多月了。当然我依然在以我的个人集完成后的“调整期”安慰自己。

一月二十八日

合集的事又有了新变化，即每类作者由十五位降至十位，当然这经过了做兴安的工作（他主张二十位），迫使他同意，大春与我是一致的。书名、副标题的措辞也经多次讨论。

书名：蔚蓝色天空的黄金（大春想出的用别雷一句诗）。

副标题：当代中国大陆六十年代出生代表性作家展示（在“代表性”“经典”“重要”“优秀”等词上有协商，曾想用“经典”。在“展示”“汇聚”“荟萃”“精粹”上也有协商，但仍未理想）。

一月二十九日

“合集”的最后面目（再有变化也是微小的）

黑大春 苇岸 兴安编 中国对外翻译出版公司出版

诗歌　散文　小说

蔚蓝色天空的黄金

当代中国大陆六十年代出生代表性作家展示

（作者自传　创作自白　作品目录　代表作品）

（按作者名字母顺序排列）

诗歌：	散文：	小说：
陈东东	安　民	北　村
戈　麦	曹晓东	陈　染
海　子	冯秋子	迟子建
黑大春	胡晓梦	格　非

蓝　蓝	老　愚	吕　新
吕德安	桑　桑	孟　晖
万　夏	苇　岸	述　平
西　川	尹　慧	苏　童
俞心焦	元　元	顺　兰
郑单衣	张锐锋	余　华

（内收十位六十年代出生代表性画家作品）

一月三十日

今年春节到得早，今天除夕。

一月三十一日

春节。

一早乘 912 路去小汤山岳父家。祥和的天气。

二月

二月一日

正月初二。陪小松去城里玩。地坛（小吃、小商品、人流）一小时。隆福大厦，给小松买一条珍珠项链（三百五十元）。西单购物中心，六层的书店，邹静之散文集。

二月二日

正月初三。去乡下北小营看祖父、祖母。两位老人瘫卧炕上一年多了。祖母精神很好，也不像过去那样常病，冬天不再喘，能自己挪出去，到院子里，还能做些照顾祖父的事。祖父已大不如前了，虽饭量仍很正常，但已听不清别人说些什么，神志也有些恍惚。我很难过，但我回去得很少，平均一月一次，我恨我自己。

二月三日

和黑大春通电话谈了起来。关于善与人格，信念如果延伸至生活中，生活有其自身的常规，被众人心照不宣或约定俗成恪守（天津作家吴若增认为中国作家多是聪明型作家，少有人格型作家）。

给丁乙发了传真：信及《蔚蓝色天空的黄金》名单，注意事项。

晚陪小松值班。给吴思敬老师打电话拜年（《最后的浪漫主义者》争取在《诗探索》今年一期用。吴老师说），给何锐打电话拜年（《山花》第三期将有钟鸣和我的散文、陈旭光谈“新生代”散文的文章）。我向何推荐黑大春的诗，他知道大春。

田晓青在电话中说六日来昌平。

二月四日

立春。

冬天愈来愈短了，“立春”宣告了冬天的结束，无雪的冬季，令人怀旧的冬季。

重读《人道主义的僭妄》，摘记了一些。一本烦琐的、不舒畅的有价值的书。

二月六日

田晓青来访。

谈起了他借我的，并正式送给我的《人道主义的僭妄》这本书。没有未来感，这是我从自身对这一二十年环境变化的感受得出的结论。人类这块地球上的“顽癣”（田晓青语）。对童年的回忆。

晓青嗜烟，也能饮酒，必然好肉，但我似都未能满足他。我是个将信念延伸至生活中去的人，或尽力使生活与信念一体的人。这常常使我招待了朋友后，有一种招待不周的歉疚。

晓青的谨慎、世事化，对一切的理解，大概是他写作很少的原因。

二月七日

丁乙从上海打来电话。谈了关于合集收入十个画家事。我让他在上海确定四个，他说确定了两个立体性（材料）的，两个平面性（颜料）的。

二月九日

继续读我的《瓦尔登湖》。一种断断续续的阅读状态，我把主要时间给了它，但心神却部分地被那本合集事夺去了，它使我常常在阅读时分神。在《更高的规律》中，我读到“贞洁是人的花朵；创造力、英雄主义、神圣等等只不过是它的各种果实”。并抑制不住打电话告诉了黑大春，建议他读读这一节。

二月十日

合集的“通知”陆续寄出了，近日桑桑（杜丽）、张锐锋打来了电话。桑桑坚持改用杜丽一名。她说“桑桑”是她大学时代写东西用的笔名。那个幼稚的时期已经过去了，她要用“杜丽”一名，有一个新的开始。而且另一个写东西者也叫“桑桑”。

二月十三日

黑大春打来电话，告原定正月十五的诗歌朗诵会取消了。

我告诉他，十五日（正月十六）我去取《大地上的事情》校样，一并将打印好的合集通知带给他。

二月十五日

上午到中国对外翻译出版公司，取《大地上的事情》清样（作者进行二校）。封面设计者也在。看了我带去的王开林《站在山谷与你对话》，张承志《清洁的世界》，参考两者的封面。

中午去黑大春家。

他给我拿出了一张已作废的请柬。

大春对我谈了他通知几位诗人诗会取消时，他们各自的反应，他说他已写进了当天的日记。

谈到西川、严力、田晓青等人近日在他这里的话题。田晓青到昌平来的话题。我说我的将信念延伸至生活中去的做法，常常使我以简化的方式招待来访的朋友，朋友走后，常为此不安。也谈到田晓青对我写作的看法：既完美化而又需要有待体现出层次感。晓青说他第一次在一平家看到我的散文作品时便说，这是大手笔，但还有“可能”的因素（“可能”还待完全转为现实）。当然，他说他又担心我的变化会破坏我既有的风格。

尹慧恰打来电话，她已收到我寄的通知，她知道我正在大春家，便也赶来。但第一次接触的感受使我说：“生活是美好的，但也有讲严肃话题的时候。”由于我带的那本《清洁的精神》，又说到了张承志。我崇尚的是张对“精神”的高扬，而不认同他的方式。后来，在大春送我去地铁的路上，我笑说：“我本想同尹慧谈谈散文建设，没想到碰上了一位无所谓和后现代者。”这只是我的印象所致。

二月十六日

午，冯秋子打来电话。

她已从内蒙古老家回来。她收到了我寄的通知。

二月十七日

山西作家张锐锋打来电话，他已到北京，住奥林匹克饭店。他说已将散文稿带来，待与我约定见面时间。

二月十八日

看了三天稿子校样，已看完一遍。责任编辑林燕很细，她修订了我行文与修辞上的一些疏漏和错处，但也依常规或理解上的偏差，而将我的特异之处改掉了，我将这样的地方恢复了过来。有这样两个词我印象很深："唯一"改作"惟一"，"年青"改作"年轻"。前一个改动我赞赏，后一改动我不赞成。"惟一"和"年青"都具有一种美感，我较偏爱。

二月二十日

"二校"我看了近两遍。有几篇只看了一遍，没有时间了。明天要去送"二校"稿，而今天我夜里两点后才睡下。

二月二十一日

只睡了三个小时，凌晨五点半就醒了。

上午九点半我和小松到出版公司的贾辉丰家送“二校”稿。贾的高层居室建筑质量很低，小区的环境卫生也很差。在他的主要是外文书和中国古典书的小书房里，我们谈到十点半。送给贾辉丰和林燕各一本《张承志回族题材小说选》，主要因为他们想找张的《心灵史》，这本集子收了。

中午与黑大春一起去王利丰（画家）家，由利丰照了几张相（用于书上的）。

下午两点按约到冯秋子家。我们都是初次与冯见面。冯的小男孩巴顿放学回来了，我昨天特意为他做了一把弹弓，带着一只金黄的小铃铛。巴顿从未见过弹弓，当他妈妈告诉他，它叫“弹弓”时，他开口便叫成了“弓弹”，他拿弹弓的方向（拉开时，正打向自己）是相反的。他非常喜欢它。我说：将军都是从打弹弓开始的。不必有经验，生命（男孩）天然会选择它某一时期的喜爱之物。

和我一同到冯秋子家的，有黑大春、王利丰和小松。在楼下，恰遇冯买菜回来，是一老年妇女问我们找谁时，我们知道的。我们与冯都未见过面，我有意叫他们都不开口，而让冯猜。当小松问她时，她将前面的黑大春猜了出来。

我曾将冯想象成不久前看过的一部林青霞主演的《新龙门客栈》中的林青霞，即面部某个部位像林。实际不是这样，她苍白、清瘦些，我称这是知识的力量，造成了特定的知识分子外貌。她比我想象的要都市化些，冷峻、犀利些。而我更希望她乡村些，与她的声音相吻。

我给张锐锋打了电话，他一会儿来了，他与冯秋子过去认识，而他进来时我竟认为他是冯秋子的客人。张体胖、白皙，与我原想的相差太大。冯秋子的客人大吴，一个摄影家也来了，还有尹慧。使我后来不安的是我原没有计划留下吃饭，但在冯秋子的挽留下，竟未坚持而留下了。这使我内心很不安。晚八点一刻离去，十点多到家，我即给冯去电话，但她已摘机，一直未通（或未挂上）。

二月二十二日

上午八点给冯秋子打了电话，我半笑说：我有一种负罪感，我带着一伙人糟蹋了你的家。她说：不要这么说，大家高兴就好。向她讲的第二件事是关于《蔚蓝色天空的黄金》的编者人选。

二月二十三日

读完《瓦尔登湖》后，想看看非文学书。看了一点《地球的形状》，又看《现代物理学与东方神秘主义》，这是我第二次读这本书。

《武汉晚报》的袁毅打来电话，告诉我《进程》和黑大春的

《鹏》已在十四日刊出。昨天大春已打来电话，他收到报纸。

二月二十四日

张锐锋打来电话，他马上去机场返回太原。他目前在一个公司挂职，称任副总裁，一月为它工作几天。他电话告诉我，他有一部书稿（散文）在老愚手里，让我知道这件事，在京这几天他“呼”老愚，未得复机。我祝他一路顺利，并忠告他注意节制饮食（酒肉），以保持“作家”体型。

二月二十六日

近日胡晓梦打来电话。经过我的电话，元元也打来了电话。除曹晓东外，散文作者都已收到通知，并保证按时提供有关材料。

三月

三月一日

今天已是农历二月初一，过了春节就已经有春天的气息了，一个我知道春天来得最早的一年。

三月二日

已夜里过十一点，原野打来电话，称已到北京几天，他的《善良是一棵矮树》二校已看完。他说准备来昌平，问好了路线（后未来）。

三月六日

今天去中国对外翻译出版公司，《游心者笔丛》五位作者都到了：楼肇明、止庵、老愚、原野、苇岸。和原野见了面，他和我想象的略一致，但更朴拙一些，像个农民。作为蒙古族人，他的民族外貌很浓。他着一身警装，脚穿一双城市人很少穿的棉鞋。他的谈吐是幽默的，似乎很自然地体现。他由表到里都有一种喜剧色彩。

午与贾辉丰、林燕两位编辑一同去餐馆，出版方请客。

拿回三校样。这是我坚持看的。

（在西四书店前买了两只小白兔，为妻子，给她的三八节礼物。）

三月七日

大春打来电话，告诉我他妈妈给他打电话，说《武汉晚报》稿费已寄来（寄到他妈妈处），三百元。他为这个数字感到意外和兴奋，因为他的《鹃》只十二行。我说我的千字散文是六十元，大概一九九五年稿酬标准提高了，或是对诗人的额外奖赏。

电话挂上后，一会儿，大春又来电话，笑说老太太看错了，是三十元。他特意核实了。

这是发生在诗人身上的一件事情。

三月八日

与冯秋子通了电话。

三月九日

《浙江作家》一位叫夏季风的诗人，春节前给我寄了一本他的诗集《感伤言辞》，不知他从何处得到我的地址。今天我给他回了一封短信。

看了三天《大地上的事情》三校，纠正了二校未看出的错处，如“耶酥”为“耶稣”，冬天的“冬”应为“秋”等。我看了二校、三校后，觉得万无一失，如愿以偿了，书出后，将无遗憾感。

买的两只小兔，其中一只买时大概就是病兔，我未挑。这只兔这两天状态愈来愈坏，腹泻、不食，愈来愈瘦小。小松非常心疼，喂它药，想尽办法，说“我替你病吧”，终无办法。夜这只小兔死去。而那只兔一直偎在死兔身上，不再从纸箱中往外跳，不再离开这只死兔。

（小松将这只死兔葬掉。）

三月十日

进城。送三校稿。

上午，先到马尾沟（大春住地）。在书店买了一本博尔赫斯短篇小说集《巴比伦的抽签游戏》及一本山东作家张炜散文选。

中午，到大春家。《中国青年报》一位女记者采访过大春，后来与其他人物（如黄翔及名为海上的）材料一起，综合写了一版采访记《我拿青春换明天》。文中所写与采访时的许诺判若两人，一副“无冕”之王的自负、卑劣、居高临下态。文中极尽渲染大春过去的义无反顾追求导致今天的无奈、后悔，对市民生活的向往态。这使大春极为气愤，他想过走上法庭，给对方写一封信，但最后还是沉默了。只有一个原因：对方是女子（她答应大春见报前给他看看，但未守诺。这报为三月三日八版）。

将一组《作家生涯》留给大春。

邹静之代《人民文学》，由大春转告向我约稿。

下午，我、大春、兴安相约（兴安直接赶来），到中国对外翻译出版公司，一是送我的《大地上的事情》三校稿，二是一起谈谈《蔚蓝色天空的黄金》事宜，是否要画家作品仍待定，同时出版方提出将原来的小说一卷、诗与散文一卷，增至各一卷（由两卷扩大为三卷）。这是出版方从市场订货角度考虑的。图书交易会上，总是规模大的书、套书热销。而插图在交易会上热销与否不起作用，而只会给出版方增加出书成本。

三月十二日

午邹静之打来电话，谈了为《人民文学》约随笔的事。去年深秋燕山诗会上，他曾给我一本诗刊《诗季》，看过里面作者的诗后，我当时曾想给他写一信，告诉他，在众多的诗歌中，他的诗是唯一有“温度”的，“人”的。

三月十三日

三月七日原野离京前打来了电话，说了这样一些话：永远不写仇恨。你也是个坚守者。不要进入哲学，回归文学本体。写自己的生活。不作法，不说道。畅销书是笨蛋写的。好人不是少，而是未发现。与世无争的道。不写麻烦读者的话。加生活含量（针对我的作品）。有的作者是蹦，你是一条路。

三月十四日

前几天，燕山的盲诗人小军跟我通了几次电话。他谈到顾城生前到燕山去时，和他谈到这样一句话：假如血液不能自由流动，那就让它自由流出，流遍大地（可能是顾城引用的一个诗人的诗）。

小军电话里询问了我一些问题，我（包括通过作品）的全部努力是：一、做一个纯粹的人；二、关注人与自然的关系。

三月十六日

元元的照片、自传、自白等已寄过来。

胡晓梦也寄来了两短文。我为《武汉晚报》和《北京晚报》约了一些稿，关于“新生代散文”的，安民也在帮助《武汉晚报》。涉及了这样一些作者：钟鸣、原野、安民、元元、胡晓梦、苇岸、止庵、桑桑（杜丽）、冯秋子、周晓枫等。还有尹慧。

三月十七日

收到《山花》第三期，有我的《世上最好的事业》(《作家生涯》)，钟鸣的《铜马》，及一篇陈旭光谈新潮散文的文章《新潮散文：文体革命与艺术思维的新变》。陈文对我的评论很突出，使用篇幅最大。

三月二十日

收到王开林信，之前他陆续寄来两本散文集《站在山谷与你对话》《落花人独立》。信中说，前一时期他病了，胃穿孔住院，近日稍好。祝福他。

三月二十一日

《文艺报》广告栏刊出了《江南》第二期的目录，有“青年散文专辑”，作者有钟鸣、原野、苇岸、止庵、元元、于君、静之（邹）、刁斗、陆键、夏季风等，楼肇明老师为其组了一部分稿，包括我的。

三月二十五日

老愚没有与曹晓冬联系上，曹是画家，不知他近年的写作状况，只能很遗憾地放弃他。在补充谁上，老愚推荐阿溶（安民推荐华姿，另还有王开林、周晓枫等考虑。应该补充男作者），今天约好，去他家看稿子，阿溶的两部书稿。

老愚归还了《世界文学》（一九八六年第四期，内有“外国散文专辑”，谢尔古年科夫的《五月》）。我带走阿溶的两部书稿及《阿溶的新感觉》一书。（两天前，老愚电话里告诉我，他家被盗了，损失了三万余元财物及现金。我听了后，满生同情之心。）

去东四小街人民文学出版社书店买到洛尔卡的作品集《血的婚礼》，并电话告诉了黑大春，他异常兴奋。而在相邻的三联书店，想买《爱默生集》，这是上下两卷的精装书，价格每本都标三十八元，而两本一厚一薄，我以为一套三十八元，而实际七十六元，这出乎我的预料，这个针对知识分子的暴利定价。我挑好了书，但由于钱已不够，未买。而路对面的科学出版社书店，买到一本前几年出的大开本精装书《环境科学——世界存在与发展的途径》，价很低。还有一本《二十一世纪农业》。

三月二十七日

楼肇明先生寄来了《我编〈游心者笔丛〉》一文，并嘱我寄原野一份。文中前半部分对《游心者笔丛》做了说明，后半部分对第一辑的五位作者分别给予了简要评介。关于我的文字："苇岸是闻名遐迩的已故青年诗人海子生前的诗友，他和我们其余四人一样，也是从诗歌转行到散文园地上来的。苇岸的散文搏动着一颗今天的青年中已难得一见的圣洁的诗心，他师承美国散文作家兼哲人的梭罗，我们几乎可以同时发现他是以写现代诗的笔触，在大理石上和青铜上镂刻人之尊严的箴言和铭文的。"

《游心者笔丛》第一辑五本：楼肇明《第十三位使徒》，原野《善良是一棵矮树》，止庵《樗下随笔》，苇岸《大地上的事情》，老愚《蜜蜂的午后》。

三月二十八日

上午冯秋子打来电话，告诉我，说要编作品版，她征求我愿意上《作家生涯》，还是《一个人的道路》，我说《一个人的道路》。

《一个人的道路》是我的三千字自述，我很珍爱它，但它先后经过了《美文》(陈长吟让我连写三篇内容一致的稿子。这篇不合要求)，《人民文学》(编辑退稿子，说刊稿挤)，《青年文学》(少儿社的周晓枫代它约稿，我给了这篇，退回)。

三月二十九日

最后将《蔚蓝色天空的黄金·散文卷》，因曹晓冬所空缺的人选确定为王开林。给王开林去信。

三月三十一日

近日，一直在读《环境科学》，我认为它是全人类的必读书，我将它视作另一意义上的《瓦尔登湖》。

四月

（艾略特诗：四月是最残忍的月份。）

四月一日

今天是星期六，也称“大礼拜”，即两周一次的“两天休息日”。早已约定，今天一些朋友来昌平。这两天，我彻底收拾了书房，迎接朋友和赞美春天。

今年的春天，一直是低温、多风、阴沉，但今天是好的，至少上午，能够看到我的远山，天也是蓝色的，最先绿的是柳树，春天就是由它们体现的（首先）。

近午，十一点半，黑大春、王兰、冯秋子、尹慧、安民，还有冯秋子的八岁的儿子巴顿到（邹静之近一点到）。四月五日是大春生日，我对大家说：“是春天邀请大家到昌平来的，春天是万物的生日，今天大家一起过生日。”我对大春说，今天散文家的比例大于诗人（即我、冯秋子、尹慧、安民都是写散文的，而诗人只有黑大春和邹静之）。大春说：王兰、小松、巴顿都是诗人。

谈音乐、唱歌，冯秋子唱两支蒙古民歌。冯是一个内蒙古出生的诗意的人。

下午三点后，在我的建议下，大家到了室外，照相。邹静之由于有事，我先送他去了车站。起风了，但其他人在风中走向别墅区，今天早起了的黑大春则回来睡了一觉。

晚八点，他们返回。

四月三日

午冯秋子打来电话，说安民正在她家聊天。后安民接过了电话，让我听，问我是什么音乐？马头琴，深沉、忧伤的马头琴声，一下抓住人心的声音。汉族的二胡多少可与它比。不能轻易买到的马头琴音乐。

四月五日

今给林莽打了电话，问他《诗探索》第一期（今年）是否已出，后说到我的散文集，由此提到了“北京作协会员”的事，我告诉他，我曾给作协的李青去过一信，意书不能及时出来，我的入会事不要勉强了，我的意思是对于入会我已经消极了，在这件事上，我向林莽和李青表示谢意。林莽告诉我，张守仁先生昨天刚开了会，讨论了新会员人选，张说我已通过，他接过话筒，向我表示祝贺。我向他讲了《蔚蓝色天空的黄金》散文人选事，我曾征求过他的意见。他叮嘱我，我的散文集出书后，一定送他一本。

四月六日

近日，大春打来电话，说他与王兰晚散步时，隐约听到了遥远的松花江解冻的声音，产生了要去那里的冲动，并获得了王兰的支持。他打算问问东北的朋友，松花江解冻的确切时间，月中想成行。

我也有这样的冲动，但因任课无法成行。

四月七日

近日，王开林收到信后，打来了电话，说可以在四月二十五日前交稿。

四月十日

读完《环境科学》。因十二日要进城，故我赶读出来。一日那天，大春在我的书房，曾郑重地征询我是否要小孩的意见，我说这是一个大事，我们不能剥夺后代到这个世界上来的权利，但地球岌岌可危了，我们是否让后代到这个世界上来承受灾难？我让他读了《环境科学》后自己决断。

四月十一日

在单位看报。《一个人的道路》在《文艺报》（四月八日），《观察者》在《中国青年报》（四月九日）刊出来了。

《文艺报》是冯秋子的编辑，她编了一版“新生代散文”，有我、原野、安民、刘红庆、阿溶和另一作者的，这在《文艺报》是第一次，她经过努力了的。我在电话里对她说：首先这是好事，唯一不足的是准备不充分，人选和作品都不够理想，不能给人足够的说服力。她说编好后，有一块空地，就加上了“新生代散文”字样。

四月十二日

上午和《中华散文》的杜丽（桑桑）、大春约好，十点在人民文学出版社读者服务部见面，我抱歉地十点半才到。第一次和杜丽见面。在相邻的人民出版社买三联版的《爱默生集》，上下卷都定三十八元（我曾来过一次，误以为全书三十八元），还买了一本 C.P. 斯诺的《两种文化》。然后进人民文学出版社内，到杜丽的宿舍取她的稿子、照片。

再赶到中国美术馆，看“米罗艺术大展”，三个展厅，观众不多（已开展十天），多是米罗访日后的后期作品，在印刷品上熟悉了的米罗画作，这次似未见到（报纸说：“盛年的作品被各大博物馆收藏，很难借出来展览”）。每个展厅都有一句米罗的话，“孔子的一句话，令我深为震惊，他说所有的人‘性相近，习相远’”。这句话下面是一摄像群，人物包括毕加索、杜尚、海明威等七位世界级文化名人。

中午三人一起吃过午饭，分手。我与大春步行至五四书店，大春买洛尔卡《血的婚礼》。

下午赶至中国对外翻译出版公司，谈签合同事，我们（大春、兴安）等了近一小时，三点，老贾进门，醉酒态，他刚与原野喝过酒。

近六点，我赶到亚运村，冯秋子正参与拍一部纪录片，与他们一起吃晚饭。将照片、利丰作品交冯秋子，取走她的文学作品。

到家已过九点。

四月十四日

收到北京作家协会通知，说“您的入会申请已在本年度作协理事会通过”，并定于今天召开新会员发展见面会。

会定在九点三十分开，我乘车不顺，晚了约一刻钟。赵金九、李青等主持会。这次有方晴、王健、庞亮我认识的三人，还有在《布老虎丛书》中出了一本书的陆涛。据说一百多人中，发展了二十三人（北京作协会员九百多人）。

从作协出来，与方晴同去三味书屋。由于我的直率，对方晴（止庵）作品的一些看法，我知道，方晴与我的关系淡化了。在三味书屋前，我当面向方晴谈了我对他的写作的看法。我借用柏拉图的一个说法“影子的影子”，即他的作品不是面对世界本身，而是面对世界的反映物（书籍、文事）上。在三味书屋我买了《文学“爆炸”亲历记》，这是《拉美作家谈创作》中的何塞·多诺索谈创作。我也想买书目中的博尔赫斯、帕斯等人的，但只有这一种。这是一九九三年出的书，只印了一千五百册。

下午去大春家。先去了书店，在西四书店买了一本《当代散文精品》，已是第二次印刷，收了《美丽的嘉荫》。在大春家附近的书店买了《德富芦花散文选》《史密斯散文选》《岛崎藤村散文选》，天津百花版的书系。

在大春家，邹静之、蓝蓝（河南诗人）、张亮（山东诗人）已到。交谈，吃晚饭。

四月十五日

一早，八点刚过，安民从武汉打来电话，说楼肇明与老愚的关于“新生代散文”的对话，对我的作品一反常态，批得很厉害。我没有问他具体内容是什么，我说，作品是重要的，对作品的看法仁者见仁，随人家评吧。作品是树，批评是风。风从哪个方向吹来，都会过去的，而树仍屹立。我对我的作品充满信心（《武汉晚报》搞了个《新生代散文》专版，报纸想配发评论文字，安民前日到北京来，让我去和楼肇明先生做个对话，我说这事你去找老愚，遂有了上面的对话）。

放下安民的电话后，我给冯秋子拨了个电话，向她谈了安民电话的内容。

四月十七日

晚下课后，给安民打了电话，问了他“对话”中，对我的作品评论的具体说法。安民念了对话的原文。大体是我的作品的主人公（作者）是非现实的，缺少现代人有血有肉的欲望色彩，有虚假性。这是老愚先谈的观点，楼表示同意。

四月十八日

中青报罗强烈打来电话，电话打到单位，同事告我。今给罗强烈回了电话。他是看了中青报王长安发表了我的《大地上的事情·观察者》后，向我约稿的。过去我们曾通过电话。

我将寄给他《作家生涯》。

四月十九日

我给楼肇明先生写了一封信，这是自去年六月在怀柔金海湖散文研究会上见面后，我给他写的第一封较正式的信，写了四页，针对他与老愚的对话，我谈了我的观点。这封信我留了复印件。

今将这封尚未发出的信在电话中念给了大春。

四月二十日

中午，杜丽打来电话，告诉我她的领导已同意《中华散文》搞一次“新生代散文”专辑，时间安排在她编辑的第五期，六月底截稿。

今天是“谷雨”。下午，我骑自行车回乡下老家看望祖父母。在春天的新生中，一切内心活动都平静了。

回来我在电话中向大春赞美了乡村的绿色大道，也对我写了前面的信稍稍后悔。我的信，激烈了。

四月二十一日

给楼老师的信，我也复印了一份给冯秋子。

收到赵李红寄的晚报，四月三日的，刊出了《事物的名称》,《大地上的事情》一个片段。

四月二十三日

近期零星看了《爱默生集》，挑着看的，如《英雄主义》《美》《文学的道德》《人即改革者》等篇章。这部书是四个人合译的（赵一凡为主），多有表述不清之处，而我相信爱默生的清晰。

五月

五月一日

王衍打来电话，表示节日问候。

给冯秋子准备了三篇：《鸟的建筑》《上帝之子》《素食主义》。这是她的一个朋友编随笔要的。附了一封短信，说“在这个节日里，应该说声：劳动万岁！但也愿天下的劳动者爱护自然”。最后说“想念巴顿”。一是想念冯的可爱的儿子巴顿；二是想念人类的“童年”；三是想念英雄主义。

五月二日

上午王衍再次打来电话，说本月二十六日为“世界土地日”，《中国土地报》向我约一篇相关的稿，编辑是王衍的朋友，衍让我一定当作一项任务完成。这是最义不容辞的事情。

收到楼肇明先生的回信，密密的文字有四页，另有一页半附记。在电话中楼先生曾针对我信封上纪伯伦的话（“上帝给每个人的心灵中安置了一个天使，指引我们走上光明的路途”）说没有什么天使啊，这是人的主观意愿。他说我们的区别在于：我是知其可为而为，他是知其不可为而为。从他的信看出，他对我多有误解：争评价，争名，看重人家的评论，崇拜偶像，自我封闭。他没能从超拔的角度理解一些事情。

五月三日

针对《中国土地报》的约稿，我询问了一下那位名叫徐展的编辑，她做了解释，希望我十日前将稿子寄她。我说如果我按这个时间寄给你了，就是写了，否则就是未完成。

五月五日

给楼肇明先生写了第二封信（有复印本），指出了他的误解，讲了我对界定“新生代散文”的看法：心态的转变，大的着眼点。

五月六日

决定写一篇关于《人道主义的僭妄》一书的文章，题目就叫《人道主义的僭妄》。给《中国土地报》。

五月十日

今天同大春一起去首都体育馆对面的特价书市。上午十时半到，大春按约定的时间十点先到了。买了《追忆似水年华》，布斯的《小说修辞学》，《蒲宁散文选》，伍尔夫《一间自己的屋子》，一本精美的《中国农业资源与区划要览》，非常宝贵，内有各种农作物、林木、家畜的照片，只卖五元。大春惊喜地发现了勃洛克传《光与善的骄子》，我们各得到一本。还有几本杂书。

下午两点半赶到大春家，约定诗人俞心焦这个时间到。一个山东的农民诗人敲门到了，这是大春在山东老家见过一面的诗人，已三十六岁，尚未成婚，为了诗，甘愿牺牲一切。大春让我看了他的一位山东老家的表哥前些天来的信，说这位诗人要来北京找他了。农民诗人来北京是有破釜沉舟的准备的。

俞心焦数年前我们曾在晓青家见过一面。他现在是“驻校诗人”，住在清华大学，无职业。他让我看了他两篇谈“文艺复兴”的文章，去年他首倡中国的文艺复兴运动。他对我说，他的一位朋友，青年政治学院的教师，很喜欢我的作品。

大春将《蔚蓝色天空的黄金》封面设计者，同龄人画家库雪明约来了，这是他的三稿、四稿了，仍不理想，缺少一种灵动的东西。

五月十一日

冯秋子打来电话，谈申请加入中国作协之事，两张表，给我和大春各一份。

《人道主义的僭妄》一文写出，一千四百字。

五月十二日

一早外面就下雨了，量比小雨略大，有水流。昨天北京市的官员还在说要抗旱抗得天低头，夜里雨就下上了。雨一直下了一天。是一场好雨。

五月十三日

天仍阴。按约定，我和小松去海淀区的太舟坞小松二姐家。我们走城里，再次去了书市，买了《唯美主义》《诺贝尔文学奖颁奖获奖演说全集》《中国散文美学史》《科学知识进化论》《影响的焦虑》，及小松选的林语堂、梁实秋二人的散文。

晚住在这里。

五月十四日

午给大春打了电话，他说下午要和王健、《中国作家》的方文去看食指。

午后我们去爬山，步行了很远，这里很静，除喜鹊，没有听到任何鸟鸣。

太舟坞，三面环山。

五月十五日

读爱默生文集，看到《关于现代文学的思考》中这样的对话："伟大的人总是向我们介绍事实；渺小的人总是向我们介绍他们自己。伟大的人即使是在讲述一件完全属于他个人的私事的时候，实际上也是在把我们从他的身旁引开，去领悟一种普遍的经验。"还有："最高等级的书是那些传达道德观念的书；稍逊者是富于想象的书；再逊者是科学书籍。"以及对歌德的评断："歌德因而应被目为实在的诗人，而非理想的诗人；是束缚于局限性的诗人，而非着眼于可能性的诗人；是这个世界的诗人，而非宗教和希望的诗人。简而言之，如果我可以这样说的话，他是散文的诗人，而非诗歌的诗人。"当我看到这些话时，我用电话念给了大春听。

下午在和冯秋子通电话时，谈到了我与大春曾在电话中各自"检讨自己"。大春说他有一种天生的"狐疑"心理，因此曾在朋友的关系上出现过使他痛悔不已的事情。我也谈到了我的困惑之处，我归纳了四点：

1. 因梭罗和古代的智者而建立的简朴观念（"我最大的本领就是需要很少。"我不消费这么多，也就不必去拼命挣），使我在交际中不豪爽，一切都计划化。

2. 利他主义，为他人着想的倾向，使我显得琐屑，妇人式的热情。

3. 自我完善，自我纯洁的努力，使我对他人比较苛求，注意别人的缺点。

4. 非暴力主义，托尔斯泰与宽容；另一方面的中国的土壤需要斗士，张承志的当代中国文学。前者是信念的，后者是本能的。

这四点中，第四点是最大的一点。它们常常让我无所适从，使我无论侧重哪一方面，另一方面都会触动我，让我自责。

冯秋子在电话中谈到了生死，对生死的意识和看法。这种生死的意识不止一次出现在她头脑中。我谈我对世界、对生死的看法。

五月十六日

杜丽电话，讲了《中华散文》的“新生代散文专辑”领导很重视，希望有好稿子。她委托我组织稿子。

收到蓝蓝的诗集《情歌》，一个很纯粹的女诗人。外表简朴的河南小姑娘，诗则出色得多。

五期《山花》编了一组作家来信，其中摘编了我写给何锐的信。

五月十七日

给冯秋子打电话，让她转告于君，准备一篇稿。冯说于君刚从日本留学回来，手里有一些稿。

五月十八日

和邹静之通了电话。书市，卡佛的小说。《人民文学》未用《作家生涯》。

晚下了雨，至少为中雨，仿佛是六月了。

五月十九日

今天，大春在电话中向我讲了十四日去看食指的事，同行的有王健和《中国作家》编辑方文。

晚俞心焦打来电话，谈了他倡导的“中国文艺复兴运动”。

五月二十日

今西川打来电话，告诉我人民文学出版社终于将《海子的诗》印出来了，他将寄给我一册。

谈到了老愚想出海子全集事。我说事先签个合同。

五月二十一日

午，骑自行车回北小营。

需要半个小时后才能摆脱现代文明气氛（楼房、水泥或柏油马路、输电线、铁道、工厂、汽车），真正进入田野。过了京包路后，便有这个感觉。我在树下休息了两次。第一次是由于树上有一个喜鹊巢，树为杨树，并不高大，巢的位置也不高。站在树下我有一种冲动，想爬到树上去，看看那个巢。我知道我能上去，但也有一种不可能意识在制约我。另外引起我惊奇的是，这片不大的犁过的休耕地，密密地到处是蚁穴，细小的土粒，蚁是最小的那种。

第二次到树下，是由于一片广大的麦田。柳树，我正好坐在水泥板的水渠壁上。麦子已秀齐穗，大概正是灌浆期，平展展的麦田，近乎一望无际。由于大旱，蚜虫正盛，在穗子上已成灾（电台说飞机正帮助北京郊区撒药）。让我激动的是，从远处，由北向南（我在麦田西端面向东坐），一只鹞子正缓慢地低空飞行，它距麦田上端一两米，不时停在空中，它扫视着地面，慢慢推进。但它从未降下去，它终于一无所获，向另一片麦田飞去。

五月二十三日

再次同大春谈到步行由昌平到北小营一事，准备近期践行。冯秋子听到我谈这件事后，也兴奋地表示要参加到步行的行列中。

五月二十四日

就要给中国对外翻译出版公司送《蔚蓝色天空的黄金·散文卷》的稿，但多次应承的老愚仍迟迟未将稿寄来。上周十八日我呼了他，告诉他将去送书稿，并正在排目录，让他将稿子寄来。他说二十三日他将回陕西老家，走之前，将目录寄我（作品篇目），而将稿子直接送给翻译公司的贾辉丰。但至今，我未收到他的目录，贾也未见到他的稿子。

五月二十五日

收到《海子的诗》一书，人民文学出版社出版，西川编。

收到《畜界 人界》，东方出版社出版，一本漂亮的随笔集，钟鸣著，他于四川寄来。钟鸣现为《四川工人日报》编辑。

五月二十六日

小松随我进城。先到大春家附近的书店，买了《小偷日记》（让·热内），《你在圣·弗兰西斯科做什么》（雷蒙德·卡佛）两本小书。更多的是因为邹静之对这两本书的推崇。后者对他，似乎就像《瓦尔登湖》对我一样。而小松则买到了她喜欢的《张爱玲散文全编》。

然后与大春一起去对外翻译出版公司。封面设计库雪明和兴安也到了。交我编的《蔚蓝色天空的黄金·散文卷》稿。签了出版合同。

下午过三点，赶到首都师范大学美术系展厅，看何群的画展。冯秋子因故未到。

晚饭一起在大春家附近的餐厅吃饭。有兴安、大春介绍的“骆驼”夫妇，《杂文报》编辑缪哲。

五月二十七日

我发现我已经成为一个“素食主义”的宣传者，写过文章，更多的是每到吃饭的时候，总会谈到这个话题（我指的是大家聚会时），因为我总孤立地素食。

但我今天在电话里对大春说：我不是一个适宜的素食主义宣传者，因为我身体瘦弱。我不能给大家一个错觉：素食必像苇岸一样瘦弱。同时我也深感在中国是不能谈信念、信仰的。如果一种信念、信仰的东西在一个知识者、艺术者的小范围都不能堂堂地讲的话，那么在大众那里它更该埋在心里。

五月二十九日

《北京文学》副主编傅锋打来电话，邀请我参加他们的一个散文研讨会。时间定在六月七日上午九点，在城乡贸易中心五楼会议室。

六月

六月二日

王衍寄来一本小册子，叫《肉食之过》，是他到西安出差在一个寺内买的。这本小书是僧侣编的，但它的内容则是译自西方某杂志，有医学专家、文化名人、体育明星对素食的论述和实践。

这本小书坚定了我素食的信念。

六月四日

今天，和小松去运河边，第一次下水，到对岸游了两个来回。水很凉。“四声杜鹃”一近一远，啼声美妙。它们的声音几乎是田园的象征。

六月六日

进城。上午听必要的学校期末统考课的辅导课，在东直门附近。

中午在几个书店看了看。买到阿尔贝特·史怀泽的《敬畏生命》(非常高兴，这是一本我寻找很久的书)，《科塔萨尔论科塔萨尔》，大江健三郎《性的人》，罗兰·巴尔特《符号帝国》，也给小松买了一本张晓风的《晓风吹起》。

下午，去田晓青家。晓青从林莽那里帮我提来了《诗探索》一九九五年第一辑，《最后的浪漫主义者》刊在上面。

晚饭在大春家吃，有田晓青，一个从日本回来的叫海曙的人。

六月七日

《北京文学》的会，在公主坟的城乡贸易中心五楼会议室开。关于散文的讨论会，它的目的是组稿。

中年作家有肖复兴、韩小蕙、高红十、刘孝存、方旭等。青年作家有冯秋子、尹慧、杜丽、姜丰、凸凹等。

在发言中，我谈了“怎样写”和“写什么”的问题（即常说的形式和内容的问题）。这两者有倾向、侧重性，但血肉不分。

“怎样写”在作家那里体现的是技能、手法、文体、趣味、审美等等，在这一点上有两种现状，一是因袭的、传统的写法，另一是具有变革因素的现代式的写法（不做重点讲。在阅读上我更看中“写什么”）。

“写什么”在作家那里体现的是眼界、心胸、责任、灵魂、信念或信仰等等。在这一点上可以从两个方面看，一是文学的作用问题（文学有无作用）：是自娱、娱人，或对世风推波助澜，还是有助于人的尽善尽美（你可以对人类彻底失望，但每一代人都是新的，都存在着一种可能）。另一是作家自身的自律问题，作者与作品的距离到底有多大，个体之间是否存在差异，作家是否将自己混同于一般的老百姓（谌容对谈“使命”“责任”的作家说：“你累不累呀”）。这个世界是否应有一小部分人（作家）以自我牺牲精神特立于这个世界。

（下午，与冯秋子、尹慧、杜丽一起去尹慧家。）

六月九日

今天《北京日报·流杯亭版》刊出《游心者笔丛》出版书讯。这是传媒首次刊出这套丛书的出版消息。由我寄给该版编辑刘晓川的。

六月十日

在写作阅读间歇，在需要休息的时候，在整理家务中，我听得最多的音乐是日本作曲家喜多郎的系列作品。这是大春送给我们的。有一次在电话中，我让小松听我正放着的《创造》，大概是其中的《砂漠》，小松说了一句：“有一种粉身碎骨的美。”使我吃惊。

喜多郎用伟大的自然、历史和冥想，创造了一种二十世纪的现代文明之美。

六月十一日

看了电影录像《阿甘正传》后，我就给我们这只已成年的雄兔取名“阿甘”。阿甘让我想到了这只兔子，它的名字叫“蛋蛋”，小松取的名。

我常常用篮提着兔子下楼，另一手拿着铁锹。我把兔子放养在楼前已长满草的空地上，我则用铁锹清理楼下的环境。

六月十二日

《爱默生集》是我这一时期的主要读物。这是一部激动人心的书，高贵、典雅、优美，堂堂正正的语气，胸怀全人类的大智。这是一部二十世纪产生不出来的书。一部一个时期以来，唯一吸引我每日必读的书。

今天在《英国特色》一文中，它的一句“马戴上眼罩活干得最好”，震撼了我。我想到《大地上的事情》结集后，由于编《蔚蓝色天空的黄金》我对“世事”介入过多。我知道我内在的精神进程因此而中断了，除了一篇《人道主义的僭妄》，我没有写任何东西。我的阅读质量也不高，阅读中常常被突进头脑的事务性杂念打断。半年就这样过去了。而我原是想这段时间好好调整一下，通过阅读和自然，确立一个新的开端和起点。

六月十四日

《蔚蓝色天空的黄金·散文卷》换下两人：曹晓冬、老愚。替补的是王开林、彭程。按字母顺序十人为：安民、杜丽、冯秋子、胡晓梦、彭程、王开林、苇岸、尹慧、元元、张锐锋。

老愚，从三月正式通知他这件事（他当时并未反对将他选入，并口称准备）到作者陆续交稿后，他称家里失盗心情不好缓交稿。到五月中旬我向他催稿，他称要回陕西老家，走前将稿送到出版公司，并将篇目告我，以便我编全书目录。但他两样并未做到。半月后从陕西回来，亦未主动与我或出版公司联系，当林燕本月五日呼他后，约定九日他到出版公司送稿。但下午三点后，贾辉丰（出版公司人员）打来电话，告老愚还是未露面。他并不说把他换去，只是一次次拖着，他清楚地知道换一个作者需要时间（作者要新写三千字自传，一千字创作谈）。全书的出版因他而延迟下印厂时间。

贾的电话后，我即呼彭程，他即回机。我向他详谈了此书的内容，他于月底将稿交齐。

和彭程联系，是通过《光明日报·东风》副刊编辑宫苏艺。在这件事上，我说了一句话：在中国，除了真理，一切都不是简单的。

六月十六日

今天骆爽打来电话。骆爽是《上升》中的作者，工人出版社编辑。我曾在工人出版社见过他一面，他送给了我一本他的《文坛“厚黑学”》。看后，我给他写了一封短信，建议他还是多写抒情性的纯正的散文。

后有很久未联系。不知他从谁那里知道了我的电话号码。他告诉我，他要编一本散文选，让我给他提供两万字的作品。他说昌平是个有利于写作的地方。我说都这么说，但我辜负了它，因为我写得这样少。

六月二十日

应骆爽编书之约，给他寄去《一个人的道路》《放蜂人》《鸟的建筑》《上帝之子》《进程》五篇。

六月二十一日

《中华散文》的“新生代散文”专辑，作者为：钟鸣、安民、王开林、冯秋子、尹慧、于君、苇岸。本还有杜丽，但她作为编者有多方考虑，最后因赵忠祥一篇一万五千字的长稿，她放弃了自己的稿子。这个专辑还有安民的一篇相应评论。

六月二十三日

上午九点半与冯秋子、黑大春约定在美术馆看“瑞典现代版画展”，下午一点半去中国对外翻译出版公司。

冯先到，我迟了近一刻钟，然后我们等黑。十点半，黑仍未露面，当我打去电话时，他在中关村家里睡觉。等他“打的”赶来时，已过十二点，我和冯已从美术馆出来。中午我们在美术馆附近的一家餐馆吃饭，为表歉意，黑抢先付了款。后一起到五四书店，史怀泽的《敬畏生命》已卖完。

然后我和黑赶到白塔寺出版公司。与兴安、库雪明一起进去。

库的封面设计这次获得了大家大体的认可，他已改过多次。

返回时，在书店买了《歌德传》（格尔茨著）和《毛姆随想录》。

六月二十五日

再次进城。先在三味书屋买了何塞·马蒂的诗文集《长笛与利剑》，一本关于西方现代批评的书《批评的实践》。

下午在北三环的一个居民区，搞了一个沙龙式的聚会。这是大春与另一人策划的，主题是谈谈“文艺复兴”。参加者有大春、俞心焦等七八人。

“文艺复兴”是俞心焦及几个博士生等近来撰文使用的词，实质还是在倡导文学或文化的理想主义、英雄主义。“文艺复兴”一词仅是一个借用。

我讲了这样的看法：

“文艺复兴”是一个很美的词，它有自己的历史特指，也继续可在常规下使用。我相信俞心焦使用这个词时仅是一种借用。它使我想到“重归”“还原”这样的词。重归什么呢？纪伯伦说：“上帝在每个人的心里安置了一个天使，指引我们走上光明的路途。”还有泰戈尔：“每一个孩子生出时所带的神示说：上帝对于人尚未灰心失望呢！”我相信作为万物进化的最高级形态的人，他的身上是天然具备高贵、伟大、崇高、理想、正义、善良、英雄主义等等因素的。我将这些因素用一个词概括：神性。人的“神性”，是人区别于受生理本能支配的四足动物的最大的尺度。它使青年变得可贵与可爱。不幸的是，对大部分人来讲，便是这种“神性”沦丧的历程。为谋生而务实，为得先而世故。这样的人的状况，构成了令我们痛苦的社会现实。（我相信人的身上存在着一种大于生命的东西，超越利害关系的东西，这即是人的神性。——在交谈中解释）

这涉及的是个体的历程。

从人类社会的演进看，它体现的恰恰是对人的“神性”的剥夺的历程，而不是向着有助于人的神性进步的历程。资本主义的全面胜利是对人的本能（兽性）的纵容、认可和鼓动。竞争、物欲，只问目的不问手段成了被人所生存的社会崇尚的东西。

人在这样的社会中如何守住自己的“神性”不沦丧、不消失？它意味着坚忍和自我牺牲。

六月二十八日

写好《蔚蓝色天空的黄金·散文卷》的《后记》，约五百字。在后半部分，有这样的表达：

“在这个工作过程中，与二十世纪六十年代出生的小说作者和诗歌作者相比，我深感可供选择的散文作者是很少的。我知道这与当代作家头脑中文体的等级观念有关，比如文坛便有散文只是诗人与小说家的副产品，不存在独立意义上的散文作家的论点。

“在此我不想涉及文学中不同文体之间是否具有可比性，但我可以谈蒙田对莎士比亚、卢梭、拜伦、斯蒂文森的启发；还有，爱默生对惠特曼、霍桑、狄更生、梅特林克的催化。我的意思是说，中国当代的散文作家凭借自己的思想和精神力量，同样具有赢得外界对散文及散文作家应有的敬重的可能。”

七月

七月一日

上午有雨，凌晨开始下起来的。约九点半钟，有人敲门。是拿着伞的黑大春。这两天我曾想将他和俞心焦邀请到昌平来，但一直没有同俞心焦联系上，故今天大春是即兴跑来的，我毫无饮食上的准备，他这一天与我吃的是同样的简单素食。

我们议论了一下如何写《蔚蓝色天空的黄金》的前言。大体按三部分写，一是它的缘起，二是中国二十世纪六十年代出生的作家的共同特征，三是编辑上的原则等。

关于六十年代出生的作家的共同特征，我考虑了两个：一、与过去的作家、主要是当代的作家相比，他们群体色彩较淡，而个体色彩较强。二、他们的理想主义不是响应外界召唤的，而是个体历程中自发的，且表现方式不同。

（今天我带的一个班，九二级文秘班，在一个名叫红苹果娱乐中心的地方，举行毕业联谊会。舞会和卡拉 OK，这两种娱乐方式，也使我很愉快。）

七月二日

曾使我写下散文《进程》的、我居室西面的那块空地，在闲置了一年后，终于今天民工又开始盖工棚（去年欲盖楼，后放弃了）。在西北面将建起一栋“﹁”形的住宅楼。我知道这块不能按常规盖“—”形楼的空地，也不会留做绿地。我看着民工的劳作，没有什么能表达出我内心的悲哀，我也一定是个唯一悲哀的人。这栋楼盖起后，我将看不到这北方特有的俊美的山势，看不到风起云涌的壮美。它仿佛将剥夺我在这里生活的部分重要意义。

七月四日

这是我第二次看到介绍“阿米什人”（《世界博览》一九九五年七月）。男人蓄着大胡子，穿着大黑袍；妇女头戴白色“祈祷帽”，系围裙。不用任何化妆品。他们拒绝接受现代文明（拒绝用电和电器，拒绝汽车，使用马车）。

他们不玩扑克牌，禁止赌博；反对进影院、剧场和酒馆；反对拍照、戴宝石；禁止参加狂欢会和俱乐部。

他们以农业为主，只要阿米什人到哪里，哪里的土地就会成为精耕细作的农场。他们相信，一旦停止作为农业人，他们就将失去凝聚力，甚至解体，因此他们与土地相依为命。

他们不接受政府福利性补助和养老金，也不参加社会保险。他们认为这与上帝的信仰相违背；他们的道德准则是不劳而获是错误的。保险是人类灵魂上的一种赌博；福利补助有损于个人责任感并助长懒惰思想。兄弟般的互助合作是他们的重要信念，他们认为，互相承担因意外灾难而带来的负担是《圣经》的教义，是基督的爱的精神。

阿米什人只愿接受小学教育（担心信仰被破坏）。当他们的信仰与法律不相容时，便拒绝服从；但他们从不反抗，而是尽量回避。

阿米什人定居在美国宾夕法尼亚的兰开斯特县。

七月六日

三月六日，我从城里给小松买回两只小白兔，作为三八节的礼物送给小松。几天后，其中一只便病死了。我没有忘记当时活着的这只小兔悲伤的情形，它伏在死去的同伴尸体上一动不动。现在这只小兔健康地长成了一只成年雄兔。每天要饲喂它，要打扫它的居所（我的东阳台），要忍受它便溺的气味，要接受它乱咬的后果（电线破损，墙角斑驳）。但它作为一个生命，也如一个儿童，给了我们无限的快乐。

每当我想起它独自长大，长期囚禁在楼房内，没有同伴和伴侣，便深感痛苦和不安。炎热也使得我想将它送到乡下。今天是它进这个居室满四个月的日子。我将它带到了乡下，交给了三姑。但我的心绪是难以说清的。离开它，不亚于离开自己的亲子。

七月七日

进城。我先赶到美术馆，看法国画家巴尔蒂斯画展。这是二十世纪在世的最伟大的画家。他的画，展出的为三十年代至六十年代的作品，约五十幅内。在时间上，开始的画作很有古典风采，色调也是深沉的，以后色彩鲜艳了些，带点色彩派痕迹。整体上都是具象的，有优美性和庄严性，这在二十世纪倒是一个特例。前面有画家写给中国观众的话，我摘录了两段：

> 我不喜欢当代绘画。
>
> 我不得不创造出一种可以传递事物之神，并表现我所见到的现实之美的绘画；而时下画家作画，是要表现他们的那个“个性”，却忘记了共性才重要……

我恳求我的中国朋友，不要受现在西方的影响；而今此地，只是一片极度可怕的混乱！请你们惠顾我的衷曲，因为这是一个力图走出二十世纪末大乱的人所创作的作品。

从美术馆出来，我赶到中国对外翻译出版公司，约定十点半到的黑大春与兴安还没露面。贾辉丰将桌上放着的《游心者笔丛》五本样书递给我。不知为什么，在我拿到我的第一本书的时刻，我内心很平静，甚至它还不如我平时收到的发表文章的样刊、样报使我激动。它的出版过程毕竟太长了。出来的样书是精美的，贾辉丰说，这是他们有史以来出的最令他满意的书。我说，这也是我所见的出得最好的书之一。唯一的是封面的蝴蝶图案使我不大满意，色调也鲜艳了些。

黑大春由于昨晚喝了酒，又没有来。在电话里我向他发了火，这是第二次。下午与俞心焦约好的在清华的聚会，大春也放弃了。

为了不使俞心焦空等，我赶到了清华大学的西门。俞心焦用自行车带着我，穿过校园，来到他在北门外租住的居室。

俞是高亢的、激昂的、冲动的、满怀理想的、充满阳刚气的，同时也有虚荣、个人主义、对对立面凶狠的痕迹。他这一两年在大谈“文艺复兴”，满文是“理想”“崇高”“英雄”的用语，但他个人的行为与这些词是错位的。他的内容是崇高的、古典的，但他的形式是现代主义的、反规范的。

俞在接我时，上衣是一件白色的棉布衬衫。他的胸前别了一枚解放军军装改换前的五星帽徽。红色五星的棱上，已磨去了漆。一枚旧五星。在他的小居室，我向他讲了我的看法，即他这样做会引起外人两个误解：一是周围人会认为诗人都不正常，脑子出了问题；二是反对理想主义的人会认为提倡文艺复兴的人，都是“文革”的怀旧者（在送我走时，他摘下了这枚红五星。他说戴它只是觉得好玩）。

七月九日

今天罗强烈将约去的《作家生涯》六个片段刊出了，只是他改了标题，为《文心点滴》。

七月十五日

近期读《诺贝尔文学奖颁奖获奖演说全集》。在慢慢地读。

也在进行写《蔚蓝色天空的黄金》的前言，但不顺利，是角度的确定问题。

七月十八日

即将创刊的《中国艺术报》的一位编辑，名叫俞静，打来电话说她是杜丽莉的同学，向我约稿，说该报也有一块文学版。

七月二十二日

近日，又开始写《大地上的事情》，已写了三个片段，进度顺利。

七月二十四日

进城，去北京工业大学。下午去中国对外翻译出版公司，他们说《游心者笔丛》今日能送来。但下午我去后，书仍未到。对散文卷的稿子，与徐小美（责任编辑）一起更正了一些字词。领取了《大地上的事情》后百分之五十的稿酬。

七月二十六日

与原野通电话，他说我应该只写《大地上的事情》。

收到黄海声的信。这是我们初次联系。

七月二十九日

小松有十天年假，计划外出旅行。但在买车票上，并不顺利。准备到烟台，但帮助买票的人回话说，票未订上。其他方面也不能尽快买到票。我将此事讲给了大春，今天他回电话说，已给我们订上机票，明天让我去取。同时，可以参加北三环裕中西里的聚会。

七月三十日

从北京到烟台的机票，单程价约三百八十元。没有买到火车票，恰好我又刚领了《大地上的事情》后一半的稿酬，且也有首次乘飞机的新意，为了小松，我决定奢侈这一次。小松是高兴的、幸福的表情。

与大春到阜成门民航售票处领了票后，下午我们赶到严勇家，参加这个已是第三次的“沙龙”。有张玞、骆驼等数人。这次有一个先定的主题，是大春倡导的“颓废主义”。大春看中的是艺术与社会、政治、人类的命运、道德等的距离，但他又不喜欢使用“唯美主义”一词，因为“颓废主义”还包含着生活态度的随意、个人主义，不承担责任与使命的轻松。

但“颓废主义”是与“文艺复兴”一样的词，它首先有文学史上的特指和含义，大春想对它部分地（实际是全部地）承继，是无法求得众人认知上的统一的。

七月三十一日

飞机起飞时间在下午近四点。两点我们就赶到了北京首都机场（由小松的同事车送）。候机大厅里人来人去，这是比长途汽车站、火车站略清洁的地方，但我依然感受到了它们的相同性。

飞机准点起飞了，小松陶醉在新鲜感中。可以欣赏大地了，美丽的无与伦比的图案。白色的、凝重的云团。飞机在云谷中穿行，不时有剧烈的颠簸感。扩音器中传出了由于烟台有雷雨，飞机改飞青岛的通知。而后又改飞济南，青岛也是不能降落的雷雨天气。我们有了瞬间的再也不能降到地面之感。但终于降到济南机场了。

在济南机场近乎封闭的、空调失灵的候机厅中，闷热，等待。一个半小时后再次登机。到了烟台市区已是晚十点。而顺利的话应该在六点到达烟台的。

我们在黑夜中走进烟台，别无选择地住进了汽车站附近的一家肮脏的旅馆。小松的情绪坏到了极点，她一夜没敢翻身，没盖被子，睡了四个小时。她刚一天亮，就说要回家。

八月

八月一日

天一亮便从肮脏的车站旅馆出来。吃过早点，我们乘公交车去烟台山公园。烟台的街道路窄，地形不平。公园临海，我们先花二十元乘坐了一圈快艇。公园给我们的印象很好，游人不多，幽静。

午后，一点钟，我们乘上去蓬莱的长途车。一个半小时后到达蓬莱。住在私人旅舍，房价四十五元一天。没有急于去蓬莱阁。当我们边走边逛摊，到大门口时已近五点。它的票价三十五元五角，称八个景点的联票。我们没有想到里面那么大，故改明天上午再来。

八月二日

上午游蓬莱阁。在乘缆车时，中途发生了停电现象，但只片刻。所有的旅游点，都在想方设法赚游客的钱。

下午乘船去长岛。住在半月湾附近的私人旅店，五十元的房间。四点钟去半月湾游泳，天冷只下海两次。捡它的美丽的小滩石。

八月三日

今天去码头，准备游庙岛、鸟岛（车由岛）。没有赶上客运游艇。幸运地换乘了北京市总工会为疗养工人包租的游艇，也费了一些口舌。票价五十元。庙岛主要以妈祖庙闻名。鸟岛较远，一个很小的岛，无人家。有军事设施。从军事坑道能达山顶，很美。现在不是鸟多的季节。

下午五点乘船返回蓬莱。住私营旅馆，三十元的简陋房间。

八月四日

早七点，乘由烟台开来的长途车至东营。下午五点到。中途有故障和堵车，延迟至少一个半小时。

东营位于黄河三角洲，地域空旷，地广但非农田。胜利油田所在地，广地上处处可见油田设施。

住下。物价是低的，双人间带卫生间只收六十元。

八月五日

通过东营地图，寻找去黄河入海口的途径。东营的私营车司机很少去过入海口，他们没有想去的想法，尽管车费很高。乘公交车，一个半小时后到孤岛。这是地图上标出的离入海口最近的一个地名。同出租的小三轮车商量，司机说，春天他曾送人到过入海口，现在是雨季，地泥泞，路不通，只能到黄河边。

启程。一路的三角洲风景，这里无油田痕迹，一望无际，低矮的豆科作物，看不到一棵树，有少量的劳动者。

黄河上半年一直断流，七月下旬才复流。在黄河边停留一个半小时，吃到黄河边的西瓜，很甜。从由铁船组成的简易桥上到了对岸。这里是我最喜欢的地方之一。

下午四点由孤岛返回了东营。到东营东区看黄河水体纪念碑。碑在市区外，五公里左右，由于借了一辆自行车，我们才能赶到。出乎意料，纪念碑是一道一眼望不到头的玻璃体水墙。两米五高，约八百米长，它由每五公里沿黄河取的水样构成。体内水色一致，泥沙已沉淀。其中一个玻璃盒已破碎。水体纪念碑设在旷地上，无围栏，不售票，一个简易小屋是看守处。返回时，当我们将自行车归还时，主人无论如何不收我付的费（我让这位中年男人买盒烟，以表谢意），他住在市区边上，仿佛是捡破烂的住处。这夫妇的做法，使我和小松感动。

（在东营买了一本大江健三郎的《广岛札记》。）

八月六日

晨六点三十分，长途汽车从东营发车，直达北京。这是油田客运汽车，每日早晚两次开往北京。由于有雨，车速较慢，下午五点多到京，它的终点在北沙滩。六点三十分到昌平。

这次旅行从七月三十一日到八月六日，共一周时间。到了烟台、蓬莱、长岛、东营。在总的顺利中，有些许的不顺利。这次陪小松的旅行，她感到满意。

八月十日

近几日，从山东回来后，续写《大地上的事情》。同时读《诺贝尔文学奖颁奖获奖演说全集》和《广岛札记》。我对大江健三郎的行文不太认同。

八月十二日

王兰打来电话，说大春在格尔木身体过敏，未能随骆驼他们进藏，而转去敦煌，然后再到西安，见一个叫李岩的朋友，即归。

八月十五日

小松今天休息，想去小营看“蛋蛋”（兔子），遂去。这只兔子已送给一户有一只母兔的农民，且已生下一窝小兔。生活环境不好，吃的也差，但它有了一个“家”，也令我们欣慰了。小松仍是心疼，想抱回。

我与祖母合了影。

又带小松到邻村乃干屯，在菜地找到四姑，摘了菜，合了影，再到四姑家。未多停留，返昌平。很久就想来看看四姑，今天终于去了。这也是小松第一次跟我到四姑家。

八月十六日

周晓枫寄来两份《台港文学选刊》所刊的《散文文体意义与审美品格的再创立——论两岸新锐散文创作》一文。作者为蔡江珍。文中论及了我，与我并提的是台湾的王家祥。为一九九五年第五期所刊。

八月十八日

在《大地上的事情》中，想写一则关于星星出现的时间的随笔。近日一直阴天，今天终于天晴。在日落前，我骑车赶到了空旷的科技园区的外围公路，在此能够将整面天空看全（我曾试图到附近一个小山的顶上，但茂盛的植物丛掩住了上山的道路）。由于有一缕云恰好在日落处，我不能准确地知道太阳降落的时间，但大体估计在下午六点五十五分。

日落后，七点二十分在西南面天空我发现第一颗星星，它已经很醒目，它出现的时间比我看到它要早。七点二十七分，头顶又出现一颗。七点三十分是第三颗。七点三十九分是第四颗。七点四十一分是第五颗。七点四十四分是第六颗。七点四十五分隐约都出现了。七点五十分，已满天星斗。

今天大体百分之四十的天空有薄云，记录的准确率不很高。

八月十九日

今天天空干净如洗，见不到一块云彩。日落时我站在西向的阳台上，再次观察星星的出现过程。只是对昨天的复核。因为我已知道最早出现的几颗星的方位和时间，所以这次会准确无误。我站在阳台，可以看到百分之五十面积的天空。这次我知道了日落后到第一颗星星出现的时间是十五分钟。七点十分我在那个方位就看见了它，一个很微小的亮点。

八月二十一日

进城。顺便到中国对外翻译出版公司取回十五本《大地上的事情》样书。

八月二十三日

在我的《大地上的事情》中，有一则涉及冯秋子的儿子巴顿。昨天我在电话中询问了冯秋子有关巴顿的一些事。知道巴顿与人打架不抓不咬，只靠摔跤。不说脏话，不耍赖皮。敢于接受吃药打针。不吃独食，想着别人。有自制力等等。

今晚忽然留意到节目报上有《巴顿将军》影片。再次观看（过去看的已印象不清）记住了巴顿讲的一些话：我真恨二十世纪。对政治一窍不通。相信死而复生。真正的军人。信奉格言：永远进攻，决不退守。

八月二十四日

冯秋子下周准备安排一版新生代散文，她在电话中让我给想个栏名。我想了这样几个：《创造与表达》《散文的天空 88》《散文的可能》，附注：新生代散文专辑。

八月二十六日

我从报上始知的，今年三月二十二日去世的法国作家埃马纽埃尔·罗布莱斯，信仰四海之内皆兄弟，他临终前的一本书稿名为《加缪，太阳兄弟》。他的其他作品有长篇小说《这就叫黎明》《酷烈岁月》《威尼斯的冬天》等。

九月

九月一日

《文艺报·原上草》副刊，冯秋子编辑第二个版的“新生代散文专辑”刊出。作者有苇岸、胡晓梦、钟鸣、杜丽、王开林、元元、安民。除王开林为直寄的，其他都是我转给冯的稿子。

九月二日

近日，我确定赠书对象，寄出了一批。这也是一件很麻烦的事。

九月六日

收到周晓枫写的信，有这样的话：“《大地上的事情》看完了，很难言衷，我看得有些绝望了。我相信你的文字令许多‘散文家’气短。”

九月十一日

凸凹打来电话，谈了对《大地上的事情》的看法：

“是我的中秋节最好的礼物。这两天什么都没干，专看这本书。这是一本值得放在书架上的书。这本书立得住，它使散文扬眉吐气，散文家也可以挺起胸了。”

九月十二日

收到小蓝蓝信。一封对《大地上的事情》给予很高评价的信。“如远古遗留下来的珍宝的碎片般珍贵。”“这些文字让我感到了如见到失散多年亲戚的亲切和安慰。”“在读这本书前，我只读过一两篇你的文章，这真是不幸。”

九月十四日

《光明日报》编辑宫苏艺来访。他是《东风》文学副刊的编辑，发过我几篇随笔，即《我的邻居胡蜂》(一)、《大地上的事情》几个片段、《素食主义》。

他带来了照相设备，为书房拍了照，也为我拍了照。

九月十五日

收到刘烨园信。他对《大地上的事情》回复："委实自成一家，个性宁静而朴素。这在如今'热'得浮躁且稀释的文字尘海里，给人的欣悦及深思，是极为难得的。这是真正的'大地'。"

九月十九日

晚冯秋子电话，谈对《大地上的事情》看法，她认真地用了一个比喻：当代的《圣经》。她说这本书坚定了她写作的信心。

书是十五日劳动人民文化宫图书节时我交给她的。那是图书节第一天，黑大春、冯秋子和我相约去了书市。下午我们只看了一半。

九月二十二日

上午去王纪仪家，送《大地上的事情》。十一点赶到文化宫，第二次赶到书市。黑大春、冯秋子同到。在王府井书店、三联书店的摊位，见到《游心者笔丛》。大体买了《劳伦斯传》《历史上的星占学》《波德莱尔美学论文选》《罗兰·巴特随笔选》

《渴望风流》等书。

从书市出来，我们赶到了冯秋子家。冯为她的八岁儿子巴顿介绍说：“这是黑大春叔叔，这是苇岸叔叔。”巴顿说：“黑也看不见，暗（岸）也看不见，黑暗兄弟。”

九月二十三日

中午回来时，见薄小波坐在楼梯等我。他从上海来，未约而赶到了昌平。我委托他办的两件事（带一份刊有《游心者笔丛》书讯的《文汇读书周报》，买一本《瓦尔登湖》）均未办妥。书已没有，报是另一份。

随意谈话。

九月二十四日

进城。去王衍处，小波随我一起返城。王衍之子王者，我的教子将过周岁生日，我尚未见到过他，故今天是非去不可的。王者是我给孩子起的名，而王衍给他起的名叫王鸿运，王衍说，名字起俗点好养。小王者健康、结实，不轻易哭，能说一两句最简单的话，还不会走。

下午，我和王衍去亚运村苗木家，给他送去一本《大地上的事情》，这是他搬离昌平后，我第一次去看他。

十月

十月二日

前天晚上下了雨，在门窗紧闭的房里都能听到很重的雨声。今年多雨，这也许已是尾声。昨天天是阴的，今晨云散天开。秋天的凉爽，蓝空，云形，使人神怡。

诗人、散文家一平，去波兰四年，今年八月初回来了。他今天下午约请朋友到他家做客。我和小松一早从小汤山进城，下午三点赶到团结湖一平的家。田晓青已经到了，然后是黑大春和王兰，傍晚徐晓，最后是林莽，还有徐晓的兄。

他变化不大，他说我老了些。

一平谈了在波兰的见闻。他说通过出去，对照波兰民族，觉得中国人无凝聚力。我问波兰人最心仪的是谁，他说是教皇。波兰饮食简单。中国人最会吃。一平说饮食的精致也是中国人消闲的一个方式。我说是啊，他们一无悔过的地方，二无歌剧院。谈到素食，一平说西方有素食协会、素食专刊、素食餐馆。

徐晓刚从白洋淀回来，这使白洋淀成了话题。晓青谈到了"适者生存"的进化论，印第安人退出历史。苍蝇的轶事（部队食堂的灯线）。林莽谈到楼老师送给他书时说，《游心者笔丛》五本书中，最好的是止庵的《樗下随笔》。大春的话较少。

一平念了他在波兰写的诗和散文。大春也念了他《家园歌者》中的《秋》，他说这首诗本是献给苇岸的，只是由于我写了《最后的浪漫主义者》一文，为避嫌，才未标出，但他告诉我，他已写进日记。我对他的这一做法，深为理解。一平对大春的《秋》谈了他的看法，如意象密度过大，不和谐之处等。

晚八点，我和小松提前返回。（林莽赠了今年第三辑的《诗探索》。）

十月三日

今年春天，楼下园林化了，栽上了数种树木，植了翠柏树篱。但无人管理。树木枯死了一些，园内杂物散布。一户住一层的居民为了盖棚房，在园的边缘倒了一车沙子。它的工程已结束，但沙子余下了很大一堆。我注意到了这堆沙子已成了孩子们玩耍的乐园。

今天我又读诺贝尔文学奖演说集。最后一个作家，是我跳过去的塞拉。我不大喜欢他。他的演说词叫《虚构颂》，这篇很长的不明朗的演说我只看清了一节，或者说我只从这一节获得了东西。也可以说我与这一节有了呼应。这一节的标题是“审美柱石与道德态度”。塞拉在此讲：文学依靠两个柱石，这是使文学作品具有价值的必不可少的支架，首先是审美柱石，另外一个柱石是道德态度。

十月五日

我在给蓝蓝回信时，抄了海德格尔的两句话："诗人的天职是还乡，还乡使故土成为亲近本源之处。""正是诗，首次将人带回大地，使人属于这大地，并因此使他安居。"我说，前一句是我们的道路；后一句是我们的方式，我们的文字的本质。

"还乡"就是返回与本源的亲近，这应是我的文字的全部努力。而我的方式是诗的另一种表现：散文。我看到海德格尔说："诗的反面，不是散文。纯粹的散文从来就不是'无诗意的'。"而布罗茨基引述了克劳塞维茨的说法："散文不过是诗歌以另一种手段的继续而已。"

在阅读中，如果我震动、激动、接纳、认同，这表明作者先我或比我更好、更深地做了表达。

今天在电话中，我和黑大春谈起了海德格尔。我念了关于海德格尔的思想：

居住就是和平，就是自由，也就是守护每一物的天性。

人的居住拥有大地、天空、神圣者、短暂者，即天地人神四重性。人居住的四重性中的每一重性都包蕴着四重性整体。

非诗意的居住不是作为人真正的存在，它只是人自身无希望的繁殖。人对物质的疯狂追求，这在根本上背离了人的居住本性。它只会打破人居住的四维原一，从而征服大地，掠夺天空，远离神性。

诗意的居住是作为人真正的存在。诗意使人进入大地，从属大地。人的居住在于人作为短暂者向往神圣者。他等待神性，承受神性，用神性的尺度度量自己。

在贫乏的时代里，诗人何为？“诗人是短暂者，他领悟远逝诸神的行踪，留意于诸神的轨迹，于是为其同源的短暂者追寻走向转变的道路。”

诗人在时代的贫困中讴歌时代的神性。他犹如神圣者的信使，他给我们带来了神圣者到来的消息，也就是我们走向存在和神圣者的消息。我们由此诗意地居。

“我们这些人必须学会倾听诗人的言说。”倾听诗人的言说，正是倾听神圣者的言说。

诗人何为？诗人使人达到诗意地存在。（念自《诗·语言·思》译者序）

而在海德格尔的原话中：“语言的误用，破坏了我们和事物本真的关系。”

“语言大面积地迅速荒疏，这不仅在一切语言运用中掏空了美学的与道德的责任，而且，语言的荒疏是由于人的本质之被戕害。”

黑大春赞同海德格尔，但仍坚定走“波德莱尔”的颓废主义之路，他说他会与我殊途同归。我用“人为”与“自然”讲了我与黑大春的区别。我较“人为”：生活上自律，文字上以有益于世为出发点。

何为“神性”？还引述荷尔德林的诗：

只要善良，纯真尚与人心同在
人将幸福地
用神性度量自身。

十月六日

我又看起了《波德莱尔美学论文选》，但并不是我已读完了我手头的两册海德格尔著作。波德莱尔的文字更文学、活泼、轻松。波德莱尔被誉为十九世纪最大的批评家。我看到他三十岁时的话：“为艺术而艺术”派的幼稚的空想由于排斥了道德，甚至常常排斥了激情，必然是毫无结果的。它明显地违背人类的天性。以普遍人生的最高原则的名义，我们有权将其斥为异端（《论彼埃尔·杜邦》）。他认为雨果是法国最伟大的作家（“那些优秀的诗人，人们读他们的作品可以和观照自然一样获得教育”），称他是一个没有边界的天才。“强者在一切强大的东西中找到了兄弟，在一切需要保护或安慰的东西中看见了他的孩子。”“很少有人注意到善良带给力量的魅力和愉快。”“诗人因其丰富而饱满的天性成为不自愿的道德家。”这是我在《对几位同代人的思考》中谈雨果的文中见到的、我喜爱的句子。

十月七日

王家新寄来他在《大家》上发表的两文：《饥饿艺术家》《卡夫卡的工作》。前者谈艺术家在当代的命运，后者提出了一个文学结束其体裁的历史的问题（文学分类开始失效）。

十月八日

今天收到钟鸣的一封长信。

钟鸣，诗人，特异的“新生代”散文作家，在他出了随笔集《畜界 人界》后，我通过安民向他要了一本书。这是我们间接认识的开始。《大地上的事情》出版后，我给他寄去了一本（之前，我与他通了一次简短的电话）。一个月后，钟鸣回了这封信。

更主要的，是我在写《怀念海子》时涉及他的用语，触动了他，这封长信他主要谈的是这件事：海子与诗界。

十月十日

午邹静之打来电话，主要谈读了《大地上的事情》后的感想。他强调了一个简单的词：干净。他说《大地上的事情》是立得住的文字，是可以传下来的文字。他说他的阅读只问好与不好。他感叹他在自己的环境中不能守住一个安静的心境的矛盾心情。他对《大地上的事情》给予了最高限度的称赞。

十月十二日

进城。先到了已下海的周新京家，给他带去《大地上的事情》。午后赶到永安路光明日报社，给宫苏艺带去一本《海子的诗》，并带回他照的我的书房与肖像照片。

下午赶到甘家口，在车站与冯秋子见面，一起去楼肇明先生家。这是楼约冯，冯让我陪她一起去的。恰赶上原野夫妇与林燕在。

原野夫妇来北京看病来了，他怀疑他的神经有了问题，但他的诙谐的谈吐，周全的思考，使我觉得他神经很健康。他谈得最多。

十月十四日

晚原野打来电话，话题主要是我的《大地上的事情》，他和邹静之一样，也对它给予了最大限度的称赞，且很早就同我谈过。他认为我应只写"大地上的事情"。

十月十六日

去对外翻译出版公司。在西四书店买到两本法国当代作家的书，卡里埃尔的《马鄂的雀鹰》和吉奥诺的《庞神三部曲》。两本涉及自然的小说。我第一次看到一个作家（小说家）在万物平等的眼光下写小说，《庞神三部曲》的作者，一个我第一次知道的小说家，就是这样做的（“庞神”，希腊神话中象征大自然的神，为山林之神）。

上午，楼肇明、原野、止庵都到了，谈十八日去北京文艺台（电台）做节目的事，事前的准备。大概是出版公司同电台联系的。

下午，大春与库雪明到出版公司，我留了下来，一同看了看库设计的《蔚蓝色天空的黄金》封面。同时我将散文卷的二校样带走。

晚我与钟鸣通了电话，向他解释了我《怀念海子》一文中涉及他的用语原因。钟鸣给我的感觉是很好的，交谈很愉快，更多的是围绕海子与诗界的话题。

十月十八日

下午，《游心者笔丛》的五位作者及出版公司的贾辉丰、林燕，到北京电台，节目四点至五点钟，主持人叫沈弘。五位作者各讲了数分钟（时间有限）。我主要谈到了“土地道德”。第一次到电台，有紧张感，讲话有一个过渡，刚刚自如就已意识到不能再讲了，因为时间。最后每人说了一句，我引用了伍尔夫《书和画像》中的一句话：不滥用随笔作家的破格权利（写作的随意）。

从电台出来，我和原野去《人民文学》散文编辑陈永春家。这是陈在电话中通过原野邀请我同原野一同去的。这之前，我与陈通过一次信。原野是个在生活中很自如的人，是公安部的一部车送我们去的。陈永春比我想的还要大，已过五十岁，一个很和蔼的人。在座有刘福春，《诗探索》的编辑。我赶九点的末班车返回。

十月二十日

晚九点，一平和黑大春从城里赶来。曾想明天徒步回北小营，但冯秋子因无人照看巴顿而无法来了，王兰也因此不来了。主要是我、一平、大春的交谈。

一平谈了对《大地上的事情》的看法，他最看重“大地上的事情”五十则。对汉语优美地运用，对“万物”细微的观察，纯粹与独特（由于日记是补记的，我已记不清他的原话。他说《大地上的事情》视角还可丰富些）。生命的本真。

在话题中，一平也谈到了波兰这个民族，俄罗斯（他在波兰待了三年，到俄罗斯做过旅行）。我说，苏联的一些影片，我之所以看，只为了看它的自然背景。而黑大春，这么热爱俄罗斯的诗人，俄罗斯对他的诗歌产生如此重要，却无法到俄罗斯的土地上走走。一平谈到作家的信仰，他与我一样，推崇托尔斯泰。一个是具有信念，一个是将生命押在了写作上的，这两类作家都不可嘲笑。

交谈涉及很多，一直到夜里三点才睡。

十月二十一日

只睡了四个小时，早晨起来后，觉得屋里有点冷。一平已经起床，睡地板的大春还未醒。我忽然发现书房的窗半开着，而这扇窗平日我是不开的，因为外面的蜂巢边缘挡着它。大春夜里把它打开了（他说只有开着窗才能睡），他没有意识到开窗时的阻力是什么，蜂巢的边缘已被窗刮掉，一小块蜂巢掉在了室内的窗台上。当我发现时，无法言说的痛惜，使我说：我真想踹他（正在睡着的大春）一脚。我觉得我的“根”仿佛失去了。这真是宿命（黑大春称蜂巢是我的家徽，是神对我的奖励，但巢却毁在了他的手里）。巢很结实，没有掉，但残缺了。

近中午，我们去散步，最后进了一片已摘光果实的果园里。我一眼就看到了一棵苹果树上开着的一朵小白花，全果园只有这一朵，它在迎接冬天。而在我们的近旁，我们看不到的地方，小鸟在愉快鸣叫（“在抒情”，大春这么说），非常动人。我叫不出这些小鸟的名字，也没有看到它们，它们是不是候鸟，还去不去南方？走出果园时，黑大春为一平和我做了一个有关算命的游戏。游戏很简单，他让我们各自说出三种自己最喜欢的动物，他自己选的是猫、马、狮子。一平似乎说的是虎、狮子和马。我列举的是麻雀、野兔和毛驴。我说我较喜欢卑弱的、颜色与土地贴近的动物，而不太喜欢强大的、色彩鲜明的动物。游戏的答案是这样的，第一个动物是你的爱人，第二个动物仿佛是你，第三个动物实际才是你。

十月二十二日

按约，今天张锐锋与周晓枫来到我这里，他们第一次来。中午我给他们做了素餐。张锐锋说书柜不必带门、带玻璃。张锐锋带走了《蔚蓝色天空的黄金》书稿的二校样。

十月二十七日

去了首都体育馆外侧的“特价书市”。印象不好。买了一本天文学史。看到了顾城传，一个叫万象的与另一个人写的。没有买，粗糙、价高。

下午，我、大春、兴安和库雪明都到了对外翻译出版公司，主要是看封面。

十月二十九日

今天大风。在日落时，夕阳无一丝色彩，它的颜色是白色的，无光，像白金、白银。它比月亮略小一些，但比月亮圆。

十一月

十一月二日

北京作协在昌平（西关环岛邮电招待所）召开诗歌研讨会，晚林莽、李青、止庵、王健、李卫到我的住所做客。他们晚十时离开，止庵留了下来。我同他一直聊到凌晨三点。止庵是个极聪明的人。这与他大量阅读中国古典有关。一副阅尽人间，什么也不信的口吻。嘲视浪漫主义和理想主义。他是诗人，写过抒情诗。对我，他谈了两点我印象很深，一是他说，己所不欲勿施于人，己所欲也不应施于人；二是他对我《大地上的事情》中一些小节的最后结论性的话持不赞同观点。

十一月三日

早晨将止庵送至研讨会会场。上午在这个会场坐至十点半，听了一些发言，如任洪渊、江枫等。

十一月四日

今天，以色列总理拉宾遇刺。凶手是以色列的一名大学生，他的目的是阻止“阿以和谈”进程。在这个世界上主张和平的人，多不幸。拉宾是诺贝尔和平奖获得者（一九九四年）。

十一月六日

再读《西方的没落》，主要读的是上册《城市和民族》。

十一月十日

陆续读《波德莱尔美学论文选》，主要是文学部分的。“诗人是不自愿的道德家。”这是波的我引为座右铭的话。

十一月十五日

《中国艺术报》的俞静讲她也准备编一版基本为“新生代”的随笔散文，我将安民的评新生代散文的一篇文章和一平的两个短章寄给了她。

十一月十九日

我准备做两个书柜，下午去沙河的一个木器厂。木器厂恰在北京市第三福利院对面。一个简陋的木器厂。从木器厂出来，我进福利院，去看食指。给他带去了一本《大地上的事情》。

他刚从家回来，为治牙出去了一个月。谈了有半个小时。刚到时，他让我看刘孝存为他寄去的《中华读书报》，那张刊有我的书房。

十一月二十一日

又去了一家木器厂，在西沙屯附近。一家正规的木器厂，有经警站岗，有车间，有办公楼。两个带顶柜的书柜，另加两个顶柜，两千元，一月内交货。

十一月二十五日

收到《武汉晚报》，刊出了《蔚蓝色天空的黄金·散文卷》的跋。

十一月二十八日

从八月至今，我仅陆续写了一些“大地上的事情”，十则，约四千字。

（补二十一日日记。大春曾在对外翻译出版公司门市以七折购买了十本《大地上的事情》。今天他打电话告诉我，他送给宋逖后，宋读后给他打电话，用这样三个字评价：“真牛 ×。”）

十二月

十二月一日

今天是全球“艾滋病日”，各种媒体都在宣传。报纸说自八十年代初报告发现艾滋病以来，截至今年七月，全世界患者已达一百一十七万人，感染人数达一千八百万。中国自一九八五年六月发现第一例患者，至一九九四年底已达六十五例，感染人数五百三十一例。而专家估计感染人数应在五万至十万之间。

艾滋病主要与吸毒和性有关，这是它传播的两大途径（这个绝症的根源是人类追求感官快乐，涉及纵欲）。这让我想到神秘主义，仿佛是神在以此惩处人类的放纵。人类没有感官放纵的基础。

人类没有感官放纵的基础，也没有物质享受的基础。神以前定的地球（资源）有限性暗示了我们。报上转载国外报刊的内容说，一个预期寿命为八十岁的普通美国人在目前的生活水平下，一生要消费约两亿升水，两千万升汽油，一万吨钢材和一千棵树的木材。温哥华大学教授比尔·里斯的结论是：“如果所有的人都这样地生活和生产，那么我们为了得到原料和排放有害物质还需要二十个地球。”

十二月三日

它们终于被伐倒了，在这片高科技产业开发区内，当被迫搬迁的农民离开这里，他们的房屋被拆毁后，它们一直孤寂地站在这里。它们曾护佑农民的房屋，荫蔽他们的生活。而房屋拆毁后，它们仿佛被遗弃。每天早晨散步时我都路过这里。每天会有成群的灰喜鹊从西面飞来，停下，然后再向东飞去。也有喜鹊、麻雀，我还见过啄木鸟。现在这些树被伐倒了，鸟还在飞来，停在低矮的小树上面。

十二月四日

我知道旅鸟、留鸟、候鸟，最近我又看到了“漂鸟”这一名称。严格地说旅鸟是一种候鸟，漂鸟是一种留鸟。“漂鸟”指由于食源的关系，在较短距离漂泊的鸟类（如啄木鸟）。这是一个很有色彩的名称。

十二月七日

今天《北京青年报·文化导刊》刊出《蔚蓝色天空的黄金》序，这个序由我执笔。

十二月八日

今天下午我和大春赶到河北霸州黄海声处。我是来看平原的，同时也是来看看这个未曾谋面的、写信很有色彩的、在乡村中学执教的兄弟。从南城木樨园长途站上车，很快，两个来小时即到南孟中学。沿途所见鸟巢更稀少。

黄海声瘦弱，个偏低，他住在学校分给他的平房里。有一个因素我没有考虑到，即现在已是初冬，寒冷。海声的房子生着炉火，但他带我们住的宿舍只有微温的暖气。铺盖都是薄的，因此上下都凉，尽管我们并未脱衣（脱了外衣）。终于睡着了，四点钟就醒了。在这四个小时的睡眠中，还出去了两次。我等到六点，学校的喇叭在我走到操场时响了。我叫醒了黄海声，围着他的火炉坐到七点，然后独自一人到田野上去了（大春仍在睡）。

十二月九日

我到田野上去时，已是九日了。早晨七点一刻从海声家出来。向北走，是一条河，自然状态，自西向东，蜿蜒而去。河水是小工业废水，已结冰，并未冻实，早晨有冰塌陷崩裂的声音。河上有一座村民集资修的水泥桥，河两岸是生长不规则的树木，柳树居多。过了桥，我沿北岸的树丛向东走，河北就是开阔的平原了。由于有雾霭（与大气污染有关），太阳出来时，已离地一段时间了，因此我不能看到地平线上的日出。

初冬的平原是静谧的（只有远处公路上的汽车声，它同这平原多么不和谐），树木很稀少，也很少看到农民。有小群的羊，一般十几只。一家一户的羊。放羊的农民袖着手，怀抱一根短鞭。偶尔能看到喜鹊从树上飞至地面。这就是我向往的平原，广阔的、承载座座村庄的平原，它知道什么叫生息。我迎着光线微弱的太阳走，后来转向北，走到了一片果园。我返回时是上午九点。在早晨的平原上我走了约两个小时。

大春还没有起床，他能在寒冷中熟睡（我将我的薄被给他盖上了）。我去叫醒了他。吃上午饭。然后黄海声同我们一同返北京。到北京时约一点，逛了崇文门附近两个书店，我买了一本博尔赫斯作品集《巴比伦彩票》。后三人赶到团结湖一平家，未久留，海声与我返昌平。

十二月十日

海声上午八点后走，他说要去海淀图书城。借走了米沃什诗集。海声也是一个敏感的人，他的神情有抑郁色彩。

十二月十四日

下午五点，凸凹打来电话，问我是否看了今天的《光明日报》，我说还未看。他说在《读书与出版版》上，他的一篇随笔发表了，叫《书读同龄》，涉及我的《大地上的事情》。在电话中，他给我念了一下。

十二月十五日

在学校我看到了昨天《光明日报》上凸凹的文章《书读同龄》。同时该版刊头为《大地上的事情》封面影印。文章中谈了伍立杨、彭程、邱华栋、韩春旭和苇岸各自的散文集。凸凹的文章行文灵动，用词丰富，但有口吻武断、语意不明的个人化色彩。

十二月十七日

早晨散步时，我发现太阳就像是从南方升起的（冬至将至）。我可能会为此写一则“大地上的事情”。

十二月十八日

大春喜欢谈神秘主义，他的神秘主义有颓废主义色彩。我在翻《简明不列颠百科全书》时，偶然看到它对“神秘主义”的解释，解释是多重的，但最前面的解释说的是人的一种努力，这种努力分四个阶段，即涤欲、洁志、彻悟、神人交融。这与大春是相悖的，与我是亲近的。

十二月二十三日

彭程寄来了十四日的《光明日报》，同时写了一封信。他在信中说：“只想说在当代创作中，很少有本能像《大》书（《大地上的事情》）使我读得那样细致而投入的。那种朴素和平静中，又有着怎样的色彩和张力！那样质地感仿佛能够触摸。我会时常翻读的。”

十二月二十六日

从木器厂运回书柜。两个带顶柜的书柜，外带两个顶柜，配我的旧书柜。书柜显得单薄，很轻，两个人从楼下就抬了上来。

十二月二十七日

“大地上的事情”又写了六则，这样加上前面的，共十二则了，约五千字。《人民文学》陈永春兄要我写七八千字，我决定不写了，将这十二则交给他。他希望我给他送去而不寄，以防丢失。

今天同永春兄约好，到《人民文学》给他送稿。我上午九点十分到，编辑室刚来一个女编辑，我报了姓名，她熟知。我们谈了谈。她说散文写得好的，全国就那么几个，其中有我。还提了原野、周涛、车前子、钟鸣、舒婷等。永春九点三十分到，我将稿交给他，提出不删改。简单谈了谈。然后上六楼将原野让我转给冯秋子和于君的书，放在冯秋子办公室。

走出文联大楼，赶到大春处，吃过简便午饭，我们去海淀图书城。先去“万圣书园”，邹静之也被我约来了。然后是“风入松书屋”，最后是图书城。在“万圣”见到《游心者笔丛》。共买了《俄罗斯思想》、《高傲的野蛮人》（关于高更）、《批评的激情》（帕斯文集）、《画家卢梭》。

第十一辑　日记

一九九六年

一月

一月一日

我用什么来迎接这新的一年的开端呢?

下午回北小营，我的祖父祖母瘫在炕上已经两年了。每次回去他们都使我心痛。

在路上我看到了“漂鸟”啄木鸟，有两只，一先一后，它们落在了河旁碗口粗的树干上，它们在树干上，从下到上，如履平地一样，攀缘至顶。忽然，一只向南飞去，离地面两三米，它迅疾地、灵动地、优美地、波浪般地飞走了。而另一只，我注意了半天，未见它追随。

一月二日

现在我很少有一口气（连续）读完一本书的情况，我觉得这与年龄对书籍的接受度有关，但也取决于书籍本身。自《爱默生文集》以后，我又遇到了一本极富吸引力的书，即尼·别尔嘉耶夫的《俄罗斯思想》。除了我对俄罗斯（它的自然和人文）的倾倒以外，还在于作者的优美表述。我向邹静之、一平推荐了这本书。

一月六日

我又写出了三个片段（“大地上的事情”），约一千五百字，这是我新年开端的文字，也与《人民文学》有关（它要我七八千字，而我加上这三则，只给它提供了六千字），紧迫感使我加快了这个速度。

其中有一则是关于“他们的梭罗和我的梭罗”的，这涉及《北京文学》上安民的评论。评论中关于苇岸的文字最后说：“从其他评家的视角来看，苇岸容易引起争议。因为梭罗时代已经远去，人应该健康、全面地投身于社会，不要被某一工作异化、裂解——做个完整的人。”在安民打来电话时，我说梭罗恰是抗拒异化的，现代人恰是异化的（个人不能支配自己）。

一月七日

今天是我的生日，三十六周岁生日。我刚刚将我新定做的两个书柜料理好（对书籍除尘、分类、上柜），一平和大春表示也想定做，要来看看，于是就有了今天与我的生日结合起来的聚会。

我邀请了陈永春、邹静之、一平、大春和王兰，还有由深圳回来的大春好友国越（林莽、田晓青因故未来）。我特意买了一个黑白胶卷（用彩色相纸冲洗很有黑白影片效果）。一平、大春、我和静之朗诵了作品。

我最喜欢的是一平带来了他写给我的一封长信，有十四页。同时大春写给我的散文，和他带来的有三十六朵鲜花的一盆仙客来也令我感动不已。

一平的信是我迄今收到的最长的信，也是《大地上的事情》出版以来得到我的赠书的朋友，针对这本书写的最细微、全面、深入的信。谨此，一平令我格外敬重。

一月十日

我去看小松的母亲，在医院。下午四点在人民文学出版社前的书店，我约杜丽、《中国艺术报》的俞静和大春在这个书店会面（这之前，在王府井书店我买了一本配画的陶渊明作品集，《游心者笔丛》仍在此处有售。然后，我顺王府井大街向北走，看了中华书局和商务印书馆的书店，没有买书）。大春近五点才到，后我们一起去团结湖一平家。一平的妻子周琳从波兰回来了。杜丽谈到她最喜欢帕斯捷尔纳克，谈她还是更喜欢小说而不是散文。我又谈到了文体之间的可比性问题（散文几乎是与文学共起源的，小说则是后来者）。

一月十四日

一平打来电话，他正为工作问题奔波，进行得不顺利。他在最后很难开口地问我在昌平是否能找到工作，大学、中等性质的学校均可，前提是有地方住。我又一次被拉到现实面前，而我又是毫无任何关系，从不去求任何人的“非现实中的人”。但我不能推辞，要尽力，尽管是我自己，也很难去做。

一月十九日

王开林打来电话，约稿。

一月二十日

下午，一个读者打来电话，他说叫桂世垠，住在市内复兴路。他是从对外翻译出版公司得到我的电话号码的。他说，在当代文学中最喜欢我的文字，他也喜欢梭罗和黑塞。他好像是什么工程公司的，他说与我大体同龄。他的声音柔弱、老沉。

一月二十一日

陈永春约大春、一平和我去他家，大春为他带去了食指的稿。下午回来后，我们在崇文门和花市的两个书店买了书。其中有商务出的尼采的《苏鲁支语录》。

一月二十二日

一平打电话告诉我，尼采的《苏鲁支语录》实际即是《查拉斯图拉如是说》。

关于一平的工作，我联系过中央政法干部管理学院、政法大学、石油大学、国家高级教育行政学院、北方交通大学昌平分校。除第一个单位，我是通过一个同事问的，其他都是我直接通过该校总机与人事处联系的。我与他们素不相识，只有石油大学的人事处长表示看看有关简历材料。小松送去后，一周后给了回音：他们物色到了更合适的人。而交大分校，我将电话打进了校长家，他说中文教师已有，想要一个能写材料的秘书。

二月

二月三日

黑大春晚打来电话，他说明天是“立春”了。他要不说，我还真忽略了。这是我印象中的第一个春节前的“立春”。春天了，一个无雪的冬天又结束了。

二月八日

《北京文学》在人民大会堂北小宴会厅举行它的小说和散文发奖会，常务副主编章德宁寄来了一个请柬。冯秋子和杜丽都说去。今天上午九点到。我去时冯和杜已到。看到了楼老师，说了几句话。张守仁先生过来，说谢谢我的书。周晓枫过来打招呼，告诉我赵李红也来了，和赵谈了谈。于君也来了，她和杜丽获得了散文三等奖。同赵玖和韩小蕙打了招呼，韩说我还欠她一篇稿子呢。

中午，冯秋子、于君、杜丽去美术馆，我去林莽处。赶到美术馆时，冯等三人已看了展览，正坐等我。这是一个挪威画展，名“从蒙克到今天”。有蒙克的四幅小画。本来和一平约好，两点在美术馆会面。一平两点半才到，我陪他又一起看了一遍。一平说好画应能震动人，挪威的这个画展很一般。

看完画后，我们一起去黑大春家。

二月十日

一平电话。他讲了这样一句话：他的写作还是会以思想和道德为主。

二月十一日

写完给一平的信，有七页，没有留副本。这封信是回一平一月七日带给我的信。写了很长时间。

二月十四日

已临近春节，今天是农历二十六。在前三门大街周郿英的弟弟宝英开的一个火锅餐厅，大春请客。主要是《蔚蓝色天空的黄金》出版方，对外翻译出版公司的贾、林、徐、马四位。吃过饭，我与林燕（我《大地上的事情》责任编辑），徐晓美（我编的《蔚蓝色天空的黄金·散文卷》责任编辑）分别合了影。

二月十九日

今天是春节，也恰是“雨水”。今年的春节在“立春”之后，是新奇的，我印象中是第一次。在小汤山岳父家过年，昨天来，今天回昌平。

（以下几日日记留下了空白，为补记。补记时间一九九八年八月三十一日。我只能按照夹在本中的字条重点写，具体情况已无法想起。）

二月二十三日

黑大春到我这里来了，并留下过了夜。交谈内容已记不清。

二月二十四日

黑大春返回城里。

二月二十五日

读完别尔嘉耶夫的《俄罗斯思想》后，我将阅读时做标记的地方摘抄了出来，数量较多。

这部书是对俄罗斯的一个比较接近的解释，也隐约使我看到了俄罗斯的历史。我由此萌生了想写一篇关于俄罗斯的散文的想法。一个由丛林和田畴区域被迫强大起来的民族，一个为自己的强大付出了代价的民族，一个极具精神性但又不得不屈从现实而导致灵魂痛苦的民族。

二月二十六日

黑大春打来电话，言湖北一位朋友多次邀他去神农架，他产生了今年去的愿望，并邀我同往。

二月二十八日

收到杜丽寄来的阿·托尔斯泰的短篇小说《俄罗斯性格》。我对她谈起过要写一篇关于俄罗斯的文章，她向我说起了这篇小说，我让她复印寄给我。由于帕斯捷尔纳克和茨维塔耶娃，杜丽最近迷恋上了俄罗斯，正大量地读俄罗斯的作品。

一平和黑大春也是俄罗斯的热爱者。一平热爱的是俄罗斯的信仰和精神，大春更多地热爱的是俄罗斯的象征主义诗人。

二月二十九日

晚英子打来电话。我很意外，我曾听黑大春说起过英子。

但我一直没有同英子见过面，我们也没有通过电话。

英子首先说她是大春的朋友，比大春年长两岁（大春提到她时是称小英子的）。她从大春那儿问了我的电话，而给我打电话的原因，是由于我的小书《大地上的事情》，它感动了她。她说她为世纪末能读到这样的书，为世纪末的中国还有这样的精神和灵魂而感动。这本书让她想到赵一凡，一个已逝的令她敬重的人。她说她曾参与“今天”的诗歌活动，那些诗人有才华，但他们过于自我。而一凡是个不讲任何代价帮助别人的人。她问过一凡这样做的原因，一凡讲为了理想，这体现了他的理想。她说她喜欢明朗的人，没有城府的人。她说徐晓也准备写一篇关于赵一凡的文章，但即使有写作的技能，如果灵魂上不相近，也是写不好的。我赞成她这个看法。她认为文与人应该一致，她说我的书有着稀有的、崇高的、圣洁的灵魂。她开始讲她自己时，说她住过精神病院，家族中有精神病史。我说：不要总怀疑自己，你的思维和表述非常正常、清晰，且语言流利。她给我的感觉是一个非常纯粹的、富于理想的、可贵的女性。

英子谈到了三月二十六日（海子祭日），是否应该有个纪念活动，这里包括纪念一凡。我说可以——再细定。

三月

三月二十日

今天春分。天气有些晦暗，但云很薄，太阳能够显露出来。很多天了，天天刮风。今天平静了。我骑自行车去北小营。

在昌平和我的出生地北小营之间有一条铁路线，即京包线。过了这条铁路线，便是开阔的田野了，我出生的那座村庄也遥遥在望。每次走到这里，我都要停住，站在田野的边缘好好看看。铁道的两边，长着树木。我过了铁道，就在我看喜鹊（两只，一先一后）缓慢地落到土地里的时候（它们像一个符号），我听到从铁道旁的树上传来的啄木鸟敲击树干的声响，是枯树干。我转过头去，我想从树上找到那只啄木鸟。在我寻找时，我隐约觉得在树上看到了一只大鸟，但又似乎是一截粗树枝。在我继续寻找那只啄木鸟时，忽然响起了“咕、咕、鸟”的猫头鹰的叫声，那截粗树枝在动，这是一只猫头鹰。现在是上午九点半，也许是由于这半阴的天气，在白天，我竟看到了猫头鹰，这似乎是我第一次看到猫头鹰。我离猫头鹰还很远，我只能看清它的轮廓。我目不旁视地向它走去，到了一半距离，它发现了我，从枝上向树干背面一跳便不见了。它没有飞走，也不会落到地上。我走到那棵树下，绕着树寻找，树干上有两个很小的洞，也有鸟粪。我不相信那只猫头鹰会钻进树洞，但它已毫无踪影。我用一块石头震了树干，没有任何反应。

在路上我还看到喜鹊在衔枝筑巢。

祖母的头发又白了许多。祖父在这半年来头脑似乎也出了问题，我听了后很难受，但我没有任何办法。

（下午和晚上，一平都打了电话，月底他要去波兰了，约我和大春明天下午到他家，告别。）

三月二十一日

一冬无雪。农业正抗旱。今天下起了小雨，当春发生的小雨。

在城里和大春约在沙滩五四书店。在几个书店买了《曼斯菲尔德书信日记选》、《康帕内拉》、《卡夫卡随笔》、《莫斯科日记》（罗曼·罗兰）等书。

下午近五点，我们到了一平家。晚上我们都留下了。

三月二十二日

早七点醒来。我听到了外面天空飞过的鸦群的鸣叫。我对已经醒来在辅导儿子的一平说，天空有候鸟，是一种鸦。

上午返回昌平。

三月二十三日

早晨醒来，外面在下雪。雪片还很大，纷纷扬扬，像冬天的样子。今年一冬没下雪，春天补偿了。我坐在书房里，盯着雪片看，它们从迷乱的天空降下来，很像长着小翅膀。小松说，下雪和下雨都像天在哭，哭过后心情就好了。

三月二十八日

一平打来电话，讲明天的飞机，回波兰。

一平这次回来本欲留下，在北京找个工作，但努力终未如愿。

三月三十日

广州林贤治欲编一套散文随笔集，有一平一本。一平稿子交给我一部分，为这本书他走时又交给杜丽一部分稿子。

今天杜丽来，主要取走我手里这部分一平的稿子，然后一并由她寄给林贤治。

四月

四月三日

在浏览报刊中随手记下的：

“过分的写真会侵犯人心；过分的善意会导致失真。”这是名叫薛毅的一篇《张承志论》中引述的张的话。它还有一行文字：真正的爱不是对同类的爱，而是对异己的他人的爱（《上海文学》一九九六年第二期）。

“假如有一门学问叫作写作生理学，那么它一定会涉及这样的内容，即有的作家用心脏写作，有的作家用大脑写作，有的作家用肚子写作。”西川《巴尔扎克的肚子》。（《光明日报》四月三日）（我说过有的作家用智慧写作，有的作家用灵魂写作。）

四月五日

黑大春告诉我，他仿佛谛听到了黑龙江解冻冰层迸裂的声音。这是一种召唤，他想去黑龙江，正向朋友打听“开江”的具体时间。

我同样有这样的梦想。我的另一个梦想或说更强烈，更接近我本愿的梦想是游历黑龙江：乘船从漠河起，直到下游黑龙江与乌苏里江汇合处。一段段走，不走夜航以免忽略了它沿途的任何风景。

梭罗和其兄长约翰曾经在康科德与梅里马克河上，用自造的木船航行了一周（时年梭罗二十多岁）。后来他到瓦尔登湖木屋居住时，写了《在康科德与梅里马克河上航行一周》一书。我对黑龙江的游历，也应有一篇或一部散文（游记）。

四月九日

周晓枫寄给我一本《十月》杂志，上面刊载了她的一篇较长的散文《它们》，谈动物的散文。

文中她谈到了我，是在谈素食时举到我。

四月十一日

下午收到一平从波兰的来信，这是他从波兰来的第一封信。他的第一句话："这次出走是个错误，但也是无可奈何。"他的信写得有些凄凉，我看着也很难过。他回国半年，但未在北京找到一份工作。

中午林莽打来电话，他刚收到一平的信。

四月十三日

张锐锋、安民都到北京来了，他们打来了电话。周晓枫跟我要《山花》(一九九六年第二期)，上面有她一篇小说。

今天文化宫书市又开办了，我把他们三人约到书市，后我们又去了北京音乐厅的万圣书园、三味书屋及西单购物中心六楼书店。买了伯尔的《女士及众生相》，以及《赫尔岑文学书简》《卡莱尔》《米哈伊尔·巴赫金》《斯坦贝克日记选》《作家们的作家》。

然后我们一起在西单西侧一家餐馆吃了晚餐。

四月十七日

给一平回信。

四月二十四日

下午到东直门建工集团党校领取全国职称评定英语考试表。九月考试。这是全国性的首次考试。然后在三点半赶到中国对外翻译出版公司领取《蔚蓝色天空的黄金》编辑费和稿酬。林燕在等。我看到了未完工的样书，除封面设计有些呆板外，总的我是满意的。然后四点半赶到黑大春处。

邹静之和杜丽已经在黑大春处了。俞心焦编的《工作》已到，香港印刷的，很精美，但未失朴素，白地封面正中一个红方块，内书“工作”二字。它称《中国新文化季刊》，这本为创刊号，作者中我熟悉的有昌耀、海子、俞心焦、黑大春、一平。我的书之后的《大地上的事情》刊于随笔栏。

谈话中说到了一平的写作，杜丽虔敬地、完整地接纳了一平的写作面貌。是的，一平是良知的、思想的、深情的、朴素的、有使命感的作家，他的文字是令人肃然起敬的。一平有唯一性，是我最大限度认同的作家。我谈到了一平写作的变化，从《上升》中那组散文的修辞优美、严谨到后来在波兰写的作品的松散、随意性的变化（是否注重修辞我觉得是能否使受众反复阅读的因素之一，且是一个重要因素。因为仅仅专注思想表达，而忽视修辞，会使受众在获得了思想因子或信息后，便离开了文本，也是永远离开，而不是“百读不厌”）。又谈到了鲁迅。静之认为鲁迅的杂文是时效性的。我说鲁迅的杂文是针对他那个时代的，但它不会过时，只要这个民族在延续，鲁迅的文章便不失意义（个别是反映一般的）。静之、大春及杜丽是艺术至上主义者。但我说思想（文章）是一个民族、社会的骨头，艺术（诗、音乐）则是血肉（我不主张为它们排队）。徐志摩或闻一多或艾青与鲁迅比较？

晚静之离去，我们到一个餐馆吃素食饺子。议论起办刊事，说到主持人和刊名。我没细想过，但我有过从原初意义上使用

“家园”的一念。又想到了天圆地方的“地方”（大春说他想过“紫微文学”），最后说了一个星座的名字“太阳守”，他们一致叫好，我觉得它有些许的怪异。

从餐馆出来，约八点十五分。我们沿车公庄的梧桐大道散步。天已黑了下来，在灯光充盈的城市的夜空，我看到了半月（今天初五）和最明亮的那颗星星，金星（半月和城市的光掩盖了其他星星）。而在这半月和一颗星下，我觉得城市多么渺小。月与星对城市的喧闹，有了一种制约。

四月二十六日

收到一平的第二封信，写于四月十四日。寄来了他的序。

四月二十七日

同林贤治通电话，谈一平书事，他说他筛选了一下，选了十五万字。他说他完整地看了一平的作品后，同意我上次电话中讲的观点，即作品过于松散、随意，妨碍“文本”和“爱不释手”。

并为他的《散文与人》约稿。

四月二十九日

晚黑大春和林燕先后打来电话，告诉《蔚蓝色天空的黄金》样书已到。林燕谈了这套书的宣传问题。

四月三十日

读《巴赫金传》。

五月

五月三日

上午十一点半过后，我外出回来，坐在沙发上，随意翻看书报。忽然我感到了晃动，很明显的感觉。起初我以为自己眩晕所至，但我还是看了看吊灯，灯也明显地摇动，并且书柜还发出了声响。可以断定是地震了。我未失常态地下了楼，没有其他人从楼内出来，也无人议论。我只把它视作一次小的地震。晚间，报道包头西部发生六级地震。伤亡很小。

五月五日

今天恰好是“立夏”，春天正向夏天转化。风弱化了，地面上出现了树木投出的阴影，视线中一片新绿。我选择了这一天。最初我想将《蔚蓝色天空的黄金·散文卷》中的北京作者召集到一起。冯秋子、杜丽、元元、胡晓梦、彭程，另外还有于君和止庵（他多次向我表示过希望参加聚会）。也是为了完成我的承诺（还有一个尹慧）。但止庵去了法国，于君去了湖北，尹慧、元元、胡晓梦都不能确定自己是否能来。这使我重新做了考虑。

今天，黑大春、王兰、杜丽、彭程、英子及大春带来的张为民，英子带来的一个姓张的小伙子来了。大春带来了《蔚蓝色天空的黄金》三套。英子送给我一册甘少诚画册。

五月七日

《北京青年报·文化导刊》中的《华珍精品》栏刊出《美消逝了》。

而五月三日的《文艺报》刊出《我的邻居胡蜂》及一平的《波兰——文明的一个象征》。一平文原约三千字，刊出时删去约百分之五十。

五月八日

下午两点，去电信局交电话费。有两个窗口，两队。当我排到窗口，我前面的人交完后，一个三十岁上下的男青年从后面赶来，伸手将交费本递了进去。我说：大家都在排队，你怎么来了就交？男青年嘴里骂道：你他妈怎么这么多事。并揪住了我的衣领。我叫他松开，队中也有人插话。男青年嘴里骂着，说到外面再说。我交了费，没有多想，走了出去。在院门口，这个人正等在那里。我走了过来，开自行车。男青年嘴里骂着，一拳打在了我的嘴角下部，我的嘴唇破了，流了血，另外的地方也挨了打，但不重。这个过程中，我没有骂他一句，也没有自卫。附近的巡警赶了过去，制止了他。巡警把我们带到“新世纪商城”前的岗亭，后又去了松园派出所。

在松园派出所，巡警把我们交给一位警员，开车走了。在一个小会议室里，警员开始询问。男青年认识这位警员，警员先问他。男青年说了一番编造和夸大的话。警员的方式显然将我视作一个与这个男青年街头打架者。我为了消除他这个偏见，申明自己是一个教师，也是北京作家协会会员。但警员并不以为然。他问话的语气是冷漠的，方式是傲慢的，仿佛我是歹徒。他询问我处理方式（而我觉得他是应依条例处理的）。在他的暗示下，我提出两点，一对方道歉认错，二适当赔偿治伤费用。警员让我先出去，并叫进那个青年。短暂协商后，我被唤了进去。青年起身向我道歉，满口“大哥，大哥”。警员递给我七十元治嘴角伤的费，我拿了一张五十元面值的。事情就算处理完了。

从派出所出来，我和青年步行返回电信局取自行车。路上有了交谈，青年说他过去打架很凶，在昌平出名。这几年结了婚，有了小孩，已大改变。在快到电信局时，我将五十元钱还给了他（我希望像米利哀主教改变冉阿让一样，多少让他有所感触）。这时马路对面有人叫他，过来了几个人。说知道青年进派出所后，便给所长打了电话。青年向他们介绍我，说这是大哥。他们叫着分别与我握手。我离开了他们。

五月八日这天，北京的电话号码恰升八位。

五月十三日

针对那个警察对待受害者的态度、方式，今天我到县公安局“申诉”了他。接待来访的一位女警员做了记录，最后说将给我一个答复。

五月十六日

收到一平的第三封信。

这是他回波兰后写来的第三封信。

五月十八日

与一平通了国际长途电话。很简短。当许多话都欲说时，反而什么也说不成了。这时重要的是听到了对方的声音。

五月二十一日

郑单衣从贵州打来电话。

郑是诗人，黑大春的朋友。我让黑给他寄了一册《大地上的事情》。

由于这几则日记是补记的，电话中说了些什么，我已记不清了。他给我的印象很好，他准备来北京。

下午收到了郑单衣两封信。两封装在一个信封中。前信写于五月八日，尚未读到《大地上的事情》，他说："前段和大春通过一个电话，我们长时间地谈到你。"后信是他收到《大地上的事情》后写的："收到你的大作和大春的长信，兴奋得像个孩子……《大地上的事情》这个书名是我看到的少有的好书名。"他说："……也许我们——你、大春、海子、我及其他的诗人，如叶赛宁等——之间是有亲缘关系的……我相信神用'大地'这个词把我们联系在一起。"

读他的信，我喜欢这样的诗人。

五月二十六日

写完给一平的回信。

六月

六月一日

给郑单衣回一短信，向他说明我由于六月八日的考试，暂不能给他详写回信。也是由于正给一平写信。

六月五日

今日芒种。说“今天芒种”。前为文字语，后为口语。河南的麦子从月初就开始收割了。北京的麦子要过十日才开镰。

下午又收到一平托公司人带回，从北京寄来的一文，叫《文学之责》。及信，谈了中国人和俄罗斯民族。晚让小松将打印出的有删节的《光明的豆粒》（主要删了过多的引文），传真给一平，并和他通了简短的电话。

六月七日

晚七点，忽然很意外地接到一平打来的电话。他同意我的删节，并希望我再恢复一段分析《大地上的事情》一个片段（关于孩子与“老锁”），他较偏爱这段文字分析。并祝我明天考英语过关。

六月八日

今年是我的职业评高级讲师的年限，要考英语。考《大学英语》一、二、三册。我曾在七八年前努力学习过英语，译过短文，且发表过。但后来放下了，至今。这使我不得不重新开始。四月、五月上了一个英语班，速讲《大学英语》一、二册。这件事使我将写作完全放弃了，它使我焦虑，硬着头皮进入英语。唯一安慰我的是我想通过这次考试，进一步学学英语，以便最终能看原文或译译英语作品。

今天是考试的日子。上午两个小时。觉时间不够用。分数可能在六十分上下。

六月九日

继续给一平写回信，这是他到波兰后，给他的第三封信。

六月十日

上午约十一点，一个称新华社记者（称编一张“第三产业”报）的青年打来电话，他说很喜欢我的《大地上的事情》。他打电话给对外翻译出版公司的责编林燕，问了我的电话。我们谈了谈。谈到了张承志、海子、梭罗。

六月十二日

周三，赶在周五航班前，将给一平的信发走。有一页《文艺报》。

考完英语后，有许多事待做。放在前面的，有给一平的信，单衣的信，都是需要写长的。写作，则首先要考虑的是关于《散文与人》（应林贤治要求），给《文艺报》的创作随笔，及关于田晓青的文。

六月十三日

今天，大学时同一宿舍的同学陆平（财会专业）打来电话。毕业后我们即失去了联系。他通过周新京知道我的电话号码。他“下海”了，已换工作，现在一文化性质的广告公司。

六月十四日

将近两个月未进城了。上午先逛了逛新街口、西四的书店。十一点钟到对外翻译出版公司大门旁的书店，大春已到。见到了书架上的《蔚蓝色天空的黄金》。我们进去。林燕送给我们《美国作家访谈录》，其中有她译的一篇。将一平《光明的豆粒》给林燕，她说间接转给《读书》。

今天中午，出版公司请两个《北京青年报》的记者，一是刘晓春，一是署名“惊鸿一瞥”的记者，将兴安、大春、我也约来，谈《蔚蓝色天空的黄金》宣传事宜。定于七月三日召开“新书发布会”。

下午三点半赶到冯秋子家，止庵已在。更多地与止庵论证“理想主义”。止庵是“理想主义”的反对者或厌恶者，他的理由：一、任何理想倾向都没有用，世界依旧自己运行；二、“理想主义”是恐怖的，如宗教迫害、希特勒、斯大林的大清洗等。争论有时是激烈的。止庵是一个务实主义者或实用主义者，他当然要为自己寻找理由。他的错误是将“理想主义”完全等同于他所列举的宗教迫害、法西斯等。他只看到了从“理想主义”出发有可能出现的弊端，但他没有看到非理想主义的弊端本身。

六月十六日

近晚，林燕打来电话，谈了她读《光明的豆粒》的看法，说很好。《读书》会欢迎。

晚何锐（《山花》执行副主编）打来电话，约散文稿。

中央电视台《东方时空》每周日《实话实说》栏目，今晚的话题为“孩子不打不成材？”四个受邀嘉宾中，一个中学校长，一个医生，一个演员（宋丹丹），一个记者（为冯秋子）。

六月十七日

给郑单衣发第一封正式的信（未留副本）。

着手写《散文与人》一文。《散文与人》[①]是一本杂志，邵燕祥、林贤治主编。这是一本国内最好的散文杂志，且有不少的散文译文篇幅。它靠一种可贵的精神支撑。和林贤治通电话时，曾谈到这个刊物，我建议他再加大译文篇幅（可由目前不足三分之一增到二分之一），他也有这一想法。最近他通过杜丽转告我，写一篇宣传《散文与人》的短文。我想借此谈谈散文与人的关系，会涉及散文与诗、小说的比较。

六月十八日

在读《俄罗斯文化之路》。中国学者写的。由于补记日记将日期记混。这本书二十二日才买。

六月二十日

近晚大春打来电话告诉我，说今天是端午节（五月初五），我说我还真没有意识到，我知道明天是“夏至”。

---

① 此为以书代刊形式出版——编者注。

给《人民文学》陈永春写信，主要是略修改一下在他手里的《大地上的事情》，删去关于梭罗的那个片段。前些天曾给他打电话，他恰出差，与他夫人（大嫂）讲了讲一平的情况。

六月二十一日

写《散文与人》一文，不顺利。我给彭程写了一信，我说考英语让我付出了最大代价，就是“写作”进程的中断。我现在对文字表述有一种生疏感，头脑似乎也僵化了。

六月二十二日

约定去张卫民家。上午十一点到六部口北京音乐厅，万圣书园在此设了连锁店，但其比原始店书量大。中午书店几乎无人，我在此待到一点。见到了《蔚蓝色天空的黄金》。买了《小说是一种需要》（卡彭铁尔谈创作）、《雨果评论汇编》、《西方摄影艺术流派及其大师们》、《俄罗斯文化之路》。

下午两点后去张卫民家，黑大春、彭程已在。这里是中央团校，又来了一位该校的教师。谈起《读书》上的那篇《瓦尔登湖的神话》（作者程映红），教师说作者是他的师弟，现在美国（作者无视《瓦尔登湖》给人类呈示的精神，而拘于梭罗生平某些行为）。

六月二十五日

收到上次那位新华社记者寄来的信，他是新华社辽宁分社的，做《中华第三产业报》编辑。他将他去年编的一版有关张承志的文章复印寄给了我，同时还附了张承志就此给他的信复印件。这是我第一次看到张承志的信，依然激烈，有火药气息。

六月二十八日

上午大春来电话，说郑单衣已在来京的路上，下午约四点到达西客站。

晚六点，他们打来电话，火车略晚点，在车站他们又互找，多波折。

与单衣通了半小时电话。

六月二十九日

上午约十一点，骑车回老家。

买了杏。祖父吃了一个，祖母吃了两个。当我再给祖父半个时，他用他一贯的语音并不十分清晰的话说："不吃了。"我再坚持，他重复并加重连声说出这句话："不吃了，不吃了。"祖父又吃了一片蛋糕卷。

下午三点返回。在河边（无水）的树丛中，我在一棵柳树的树干中部（偏下）发现了一个树洞（鸟巢），我站在这棵树下，望着洞口，这时一只麻雀急切地在附近叫了起来，它试图引开我。我还听到了就响在头顶的布谷鸟的浏亮啼鸣。在一处道洪渠（引水渠遇道路时，从一端下挖，从路下通过，另一端涌出）中，我发现了数条小青蛇。

晚单衣从大兴打来电话。他随大春跟一搞摄影者到大兴玩去了。他说他玩得很开心。而大春正在唱卡拉 OK。

七月

七月一日

周一

收到蓝蓝寄来的《滴水的书卷》，她的一本散文集。

收到顾城母亲寄来的顾工编的《顾城诗全编》。

七月三日

周三

下午两点，中国对外翻译出版公司在其南侧的湖南大酒楼举行《蔚蓝色天空的黄金》出版座谈会。我和小松中午去了王府井书店（在那儿，我看到一个小伙子选了几本书，其中有《大地上的事情》，我幸福地看着自己的书被读者买走）。赶到大酒楼已经两点一刻，林燕说我不该迟到。邀请的有关与会者已基本到。它包括三部分人：作者、评论家、报纸编辑。林燕告诉我，老愚也来了，让我同他打个招呼。《博览群书》副主编武宁同我打招呼（我们只在电话中交谈过，会后我将一平《光明的豆粒》转交给他）。陈旭光过来打招呼，我们未联系过，他写过散文评论。我同楼老师、张守仁、林莽、邹静之打过招呼，最后是郑单衣，他与黑大春、俞心焦坐在一起。散文作者杜丽、胡晓梦、元元，小说作者孟辉、关仁山，诗歌作者西川及俞心焦、郑单衣参加了会。白烨、李洁非、李旭东，还有止庵。报纸有《北京青年报》《中国青年报》《北京晚报》《中华读书报》《精品购物指南》，还有《光明日报》的彭程，也是作者。

林燕主持，大家分别发了言。编者中，诗歌编者大春先发言，他的发言很简短，说了几句这套书并未让编者包销的话即结束。他的简短及大家私下的小声交谈，使我原做了准备的发言也很简短。大意是：这件事情具有即兴色彩，它也是一个过程的结果。原以为是想想的事，但事竟成了，是中国对外翻译出版公司玉成了它。以往我们的出版物大多小说、诗歌和散文各出各的，它实际上是精细的社会分工在文学中的反映。这种分工，一方面促进了文体的发展演变，但另一方面似乎也偏离或背离了文学的本义。我常引用帕斯的一句话：诗把一切诗人变成兄弟。我更梦想有一种东西能把人类变成兄弟，这种东西如果存在的话，那一定是文学。我相信这是文学产生的根源之一，也是它今天依然存在的最大意义。

散会后（林莽、邹静之、西川、郑单衣、黑大春、俞心焦、杜丽、陈旭光、小松和我），我们在湖南大酒楼外简单吃了一些东西，谈了谈。

七月四日

周四

早近七点，妹妹打来电话，说爷爷病危（爷爷是在三日凌晨突然病危的——失去知觉，只有呼吸）。那么就是说，当昨天我在城里活动的时候，爷爷在家里已进入弥留状态。这一天终于来了，我要接受死亡这一事实。

七月六日

约好的时间，下午近五点，郑单衣在大春、王兰带领下来到昌平。

晚饭后去南面科技园区路散步。大春和王兰走在前面，我和单衣交谈。谈到了海子。

晚还谈到了一平。已近凌晨五点（天已亮了，不知不觉就亮了），我才去睡。

七月七日

上午十点，带单衣出去，借了一辆车，大春还在睡。我们去了十三陵水库，路上有杜鹃叫声，我说是“四声杜鹃”。单衣不能分辨马与骡（这是一匹马骡，马配驴而生。还有一种驴骡，驴配马而生）。回到县城，我特意带单衣到中国政法大学门口看看海子任教的学校。在昌平的三味书屋买了几本书，我推荐他买了《俄罗斯思想》《书和画像》。

单衣对我说，看了《大地上的事情》，不相信中国还有我这样的人。

下午他们返回。

七月十四日

回北小营。祖父去世后，在老家的房子里只剩下祖母了。祖母已经八十五岁，她因摔坏腿也已在炕上瘫痪两年了。这座西屋的东面，原为村中大街，院门口有大树，两旁有石座，这里过去常聚街坊邻居，现在由于村中建房规划，这里已盖起高大的新房。祖母坐在西屋的炕上向外已看不到一人，甚至听不到人说话的声音。每天三姑给她送来饭。

今天三姑打开了祖父的柜，取出了祖父的日记。我和祖父祖母生活到十八岁（考学走前）。从我记事起，就看到祖父每晚睡前必写日记，但我从不知他记的什么内容，及他从什么时候开始写的。这次我看到了他的由十六开白纸自订的日记本，一年一本，从一九五一年开始记起（那一年合作社成立）。记的内容大体是每日劳动内容：劳动项目、相关人员、所分物品等。一日不缺。他第一次偏瘫中断了一月，到一九九三年十二月三十一日第二次偏瘫止。还看到了他写的家谱等。我带回了一本一九五二年的历书皇历。

七月十七日

在北京展览馆看全国图书展。在主展厅中看到中国对外翻译出版公司的展览橱窗中摆着《游心者笔丛》和《蔚蓝色天空的黄金》三卷。在销书摊位买了几本散文书:《卢梭散文选》《英国名家散文选》《美国名家散文选》等。

七月十八日

上午彭程打来电话，言去新疆参加一个出版社活动。

给一平发出第四封信。

在我的楼前一小块空地上，又开始画线，就是说又将盖起六层楼房，它坐北朝南，只有三个门。这栋将盖起的楼与我居住的楼呈丁字形，它的侧端对着我的朝西的窗，最后的这点空间视野将彻底被遮挡，两楼仅距十二米。

七月二十日

这座欲盖的楼开始挖地基，晚十点，我们阻止了它的欲进行一夜的施工。

七月二十二日

为楼前将盖的这栋楼是否合条例（法），走访司法局、建委，也通过电话与律师事务所做了咨询，打了县长热线电话。

七月二十五日

上午到市规划局，咨询“北京市建筑间距暂行规定”有关规定。接待的是一位五十余岁的老同志，他很热情，为我移过椅子。我将画好的两楼的位置、间距解释给他听，问他这种状况是否合乎规定。他肯定地说合乎规定。他说这个“暂行规定”灵活性很大，解释度很宽，等于什么也没说一样。他说北京市很多规定施行时并未认真执行。即使此事诉诸法律，也会白费时间、精力和钱。他劝我放弃吧。我又到法制科，该科正在搬家，我问一个年轻的科员，他很不耐烦，一边看报，一边敷衍地回答着我的问题（对于这件事我做了最大努力，今天彻底绝望了。我还对在北京电视台做主持人的元元讲过此事，她说这种事平时有很多给他们打电话的，他们毫无办法）。

下午两点半，赶到东城兆龙饭店。大春通知我有个诗会，在此集合。西川、俞心焦、宋逖、殷龙龙、胡军军及黑大春都到了。法国来了两个诗人，由于《蔚蓝色天空的黄金》，他们想找更年轻的诗人谈谈。现在在等法国驻华使馆文化科学合作处的文化专员柯孟德，柯出来接我们。我们到了使馆文化科学合作处的一个小会议室。两个法国诗人一男一女，男五十多岁，女四十多岁。他们不会说汉语，有翻译。各自做了自我介绍后，男诗人讲了明年诗歌节邀请中国诗人的情况（有西川、陈东东、柏桦、陆忆敏等）。大春让我介绍了一下《蔚蓝色天空的黄金》。我问到关于雅姆的两个问题：a. 雅姆的作品有多少；b. 法国诗人对雅姆的评价。他们回答，雅姆的作品很多，但认为雅姆是已经过时了的二流诗人。还谈到其他一些法国诗人的情况。

七月二十九日

骑车回老家。先到村东南祖父墓地，去看他，并为他上供了蛋糕和荔枝，为他磕了两个头。

十月

十月一日

（我的日记中断了两个月，原因一是由于八月的出行，二是九月的坐班——天天到单位，晚上去课堂。我希望十月起，我能将日记恢复起来。）

我在打扫房间时，很偶然地在书房窗帘接近地面的部位，发现了一只近乎紫色的螳螂，它身躯半僵硬地爬在窗帘上，它的六足已失去力量，我很轻易地将它拿了下来。它仍活着，还会动，但又无任何反抗。我将它放在窗台的花丛上。使我奇怪的是它是如何到我的书房里来的呢？飞到五楼这么高，在我偶尔开窗未掩纱窗时进来的吗？它让我想起去年（大概已是十一月）我看到并写入《大地上的事情》那只螳螂，它是绿色的。

十月三日

晚《山花》常务副主编何锐打来电话，言其到北京来了，五日返回，希望明天能见一面，他说我们有两年半没见面了。明天还有黑大春、郑单衣。

十月四日

上午将照片和一则“大地上的事情”给《台港文学选刊》蔡江珍寄去，并复信。除她寄来的两位摄影者的照片，还有我的一幅摄于“坝上”大滩的关于羊群的照片。这是我勉力写出的第一则。将用于该刊封二。我向蔡提了一个建议，即由较知名的作家、诗人提供照片并由他们自己配文字。

下午进城。下楼时从信箱拿到一平的信。我在 345 路车上拆开信封，除信外，还有一文，叫《守林人》，一平说，这是去波兰后送我的礼物。

按大春的约定，我在五点之前先到“前三门”的满福楼。后大春打来电话，说何锐与郑单衣正在北大东侧的“万圣书园”，黄维一会儿来接我一起赶过去。赶过去时，已六点多了，黄维还带了一个哈尔滨来的歌手。在一个简易的餐厅，大家一起吃了晚饭，谈了谈。我已给过何锐一组“大地上的事情”，他问我是愿意今年十二期发，还是明年一期发，我说都行。他说一期发好些，我说那就明年一期。

乘十点末班车赶回昌平，到家已夜十一点一刻。

十月五日

星期日。下午未到两点，宋逖提前了一些到了。宋逖，诗人，原名王京生，在《人民铁道》报编《读书》副刊。他第一次来我这里，带来了他的随笔。

十月七日

翻《世界博览》第九期，有一篇讲惠特曼的文章。说惠特曼“家庭对他的影响微不足道”（母亲仅读过一些宗教书，父亲为一嗜酒如命的俗陋之人），“学校对惠特曼的影响似乎也不值一提”（十一岁便因故辍学了）。

惠特曼曾（年轻时）多次光顾两位颅相家住所，两人对他的评判是：“待人友善，富有同情心”，但“有懒惰和耽于声色犬马的倾向”。

惠特曼当记者、编辑，还到学校代课，到印刷厂当学徒。写过一些短篇小说和一部禁欲主义主题的长篇《富兰克林埃文思》。于而立之年开始创作《草叶集》（“许多人着意表现痛苦和悲哀，而激发惠特曼创作灵感的却是最令他感到快乐的事物”）。

《草叶集》一八五五年出版。惠把它寄给美国当时最负盛名的诗人爱默生。他根本没有指望得到回音，因为他俩从未谋面，也没有共同的朋友。爱默生从马萨诸塞州给他写来了回信：“我揉着眼睛，想看清这缕阳光是不是梦幻：《草叶集》是美国迄今为止所产生的最富智慧的诗作。”

从来不会故作谦虚的惠特曼，在报上撰写了未署真名的评论自己作品的文章，不少报章纷纷加以转载，有张报纸的标题是《美国终于有了吟游诗人》。一八七二年，在达特茅斯学院的成立大会上，惠特曼朗诵了一首诗。随后不久，一家报纸就出现了一篇匿名评论，将惠特曼与荷马和莎士比亚相提并论。那文章的作者就是惠特曼自己。

正在创作启示录般的作品《星夜》的凡·高，阅读了法文版的《草叶集》后这样评价道："惠特曼在群星闪烁的天穹下发现了一个劳作的世界，一个友谊的世界，一个充满爱的世界——那爱是那样的健康、强烈、坦率而又有血有肉。"

（惠特曼："最肮脏的书就是所谓的'洁本'。""诗本来就是要朗诵的。""朗诵比默读更令人陶醉。"）

尽管惠为人类平等而讴歌，他本人却并未摆脱当时的时代局限性。他从未倡导过要把新获自由的黑奴当作平等的美国公民一样看待。

十月十日

今年的诺贝尔文学奖获得者为波兰女诗人维斯瓦娃·辛波丝卡（一九二三年生）。她有这样一句话："在我们这充满兽性的行星上，一颗清洁的心是最重要的。"（《赞美"自我感觉不良好"》）

十月十一日

晚陈长吟打来电话，说他已来北京，同行的还有贾平凹、宋丛敏两位《美文》主编，他们到北京来做宣传工作，住西安驻京办事处。他说明天他们在办事处召开一个座谈会，希望我能去，并请我通知几个新闻单位的朋友。我给《北京晚报》赵李红，《中国科协报》梁京生，《人民铁道》报宋逖打了电话。并让陈长吟通知彭程。

十月十二日

上午十点，新街口西安驻京办事处，《美文》座谈会。常务副主编宋丛敏主持，贾平凹、陈长吟，被邀人员白烨、李炳银，及报纸编辑、记者。

下午，去美术馆奥地利皇家藏画展。看到了委罗内塞、扬·凡·艾克、鲁本斯的画。古罗马皇帝饰品。（美术馆东侧三联图书中心，见到《蔚蓝色天空的黄金》。）

十月十三日

陪陈长吟去长城。他找来了一辆旧车，坐在里面噪声大，汽油味重。今天天气晦暗，光线不好。陈是业余摄影家。他带来了一些照片，我为《台港文学选刊》选了几张。

十月二十二日

上午十一点去小汤山岳父家，为小松取衣服。午饭后返回，转去沙河第三福利院，去看食指。食指已从病区二楼数人一间的病室搬到大门东侧的“职工之家”。在此，他同另一病友居一室，管理“职工之家”（娱乐健身室）。各方面都有益于他，特别是写作。

他的精神状态良好，只是气色有些病状。我向他讲起我正在写一篇叫《谨读赠书》的文章，要写十个人的十本书，其中有《食指　黑大春现代抒情诗合集》。主要写他。我向他讲了开头：“我曾不止一次看到我们的青年诗人津津引述庞德的一句话：‘我对朋友的邪恶一点兴趣也没有，只对他们的才华感兴趣’……”我问他如何看待庞德这句话，他说他赞同，比如……他的回答让我很感意外，因为我下面的文字是“我想，如果是食指，他引述的将是波德莱尔‘诗人因其丰富而饱满的天性成为不自愿的道德家’……”他给我看了他整理好的两册诗集，他说林莽给他联系了一家出版社。《中华读书报》刊出专访他的文章后，他收到了周良沛的信，他让我看了这封信。

他说一段时间以来他感到很空虚，写不出诗，只写了两篇小文。他讲到了小文的内容，依然是政治化的文章，杂文性质。

我说由于环境的局限，你的诗歌能否在内容上有些转变，侧重自然变化方面，或多写一点散文随笔。他说无法改变，他注定关注人心。我向他提到《山花》《山东文学》，问他愿意不愿意给他们诗稿。他表示愿意，并希望其能将他早期诗歌发表出来。

我待了约一个小时。出来时，他希望我给他写信，我们通信。他送到大门，说他出不去了。

十月二十三日

下午两点半左右，我刚起来，准备上班。徐晓打来电话，说他与杨健刚从食指那儿出来，打算来这里，我说我等着你们。

杨健是《文化大革命中的地下文学》的作者，年龄与一平相近。我们谈了一下午。

十一月

十一月十一日

写完《谨读赠书》，共十则。陆续写的，包括蓝蓝的《滴水的书卷》，刘烨园《领地》，钟鸣《畜界　人界》，食指《食指　黑大春现代抒情诗合集》，萩原朔太郎《绝望的逃走》（于君译），王开林《灵魂在远方》，林莽《永恒的瞬间》，冯秋子《太阳升起来》，顾城《顾城诗全编》，鲁亚斯《美国作家访谈录》。每则在三百至七百字之间，讨论式的。非正式书评性的文字。也是借这个方式表达一下个人观点。

十一月十三日

宋逖打电话告诉我，明天北大有一个纪念戈麦的诗会。

我没有见过戈麦，对他的诗也无阅读印象，他是因自杀而被列在海子之后的诗人。

十一月十四日

《博览群书》将一平写的有关波兰诗人辛波丝卡的文章退给了我。武宁附信说，他们已有一篇写该诗人的文章，故此篇不宜再用。

十一月十五日

经王健联系，北京作协与房山区文联联合在房山搞了一个“龙骨诗会”。作协人员（赵金九、王庆泉）和诗人林莽、王家新、黑大春、郑单衣、树才、孙文波、莫非、蓝棣之等参加了会议。还有谭五昌、于贞志等人。

下午进行讨论。当《北京日报》记者彭俐发言，说现在的诗脱离人民，人们不喜欢之类的话后，诗人纷纷反击，出现群起而攻之的局面。其实诗人应该听听诗歌圈外的声音。

晚上为诗歌朗诵会，我朗诵了《放蜂人》。

十一月十六日

上午游览了云居寺和韩村河。

云居寺以其大量收藏的石板经闻名。韩村河是京郊以建筑致富的乡村的典型。“韩建公司”承揽了大量北京及其他省区的大型建筑，对于一个村庄来说，这简直是个奇迹。

下午返回。

十一月十八日

祝勇打来电话，问到我是否能参与一套散文书。我说我《大地上的事情》之后的文字尚不足以出一册书。他说他将把其《文明的黄昏》寄给我。

十一月二十一日

今天是食指四十八岁生日。

照例他的一些朋友去福利院给他过生日。林莽、黑大春、刘孝存、李恒久、徐晓等。

十二月

十二月六日

冯秋子为我赠订了明年的《文艺报》。她说报社的人每人给五个赠订的名额。

十二月七日

回老家北小营。我先将自行车骑到畲砼屯（这里距北小营已近一半距离，越过了村庄、车辆密集的区域，前面过了京包铁路便是开阔的田野了），将车存在一个小卖部，然后步行。

这两年我已终止了步行回北小营的做法，今天再次步行。

十二月九日

今天将祖母从北小营接到昌平母亲处。冬天了，接她来有暖气的房间过冬。她也一直想来，换换环境。由于她已病卧三年，行动不便。她应该过一过不同于乡下的城镇生活，她毕竟在世时间已很有限。

十二月十一日

收到楼肇明老师的信。

十二月十五日

林燕（《大地上的事情》责任编辑）转来了一封复旦大学新闻系四年级学生袁克成的信。

十二月二十日

收到署名陈傻子的诗集。

（以上日记根据纸片上要点补记。一九九八年九月三日。）

第十二辑　日记

一九九七年

一月

一月一日

它是以珍贵的雪来迎接新年一九九七的。昨天一早醒来即见到了雪，雪通常在夜里下起来，以给人惊喜。昨天雪持续下了大半天。这场雪完全结束了近期北京的持续多日的十几度的暖冬天气，也缓解了北京市民近期对地震的恐惧（高温与近日顺义的四级地震）。

昨天夜里我一直在看电视《新年时钟驿站》。看到了一九九六年斯德哥尔摩诺贝尔颁奖场面，女诗人辛波丝卡。我经历了一九九六年延续至一九九七年的一瞬。新年的钟声。

在一九九七年的第一天，大地蒙着薄雪，空气冷冽。我读的书是海因里希·伯尔的小书《爱尔兰日记》。一本去年八月由郑州（蓝蓝推荐）带回的、迟读的《爱尔兰日记》。一部很艺术化的、优美的、举重若轻的、像花朵般开放的“日记”。它引人入胜，使我连续地读下去（这样的书，对我已不多了）。

一月二日

与郑单衣联系。我告诉他，我打算五日邀请他们来昌平，五日正好是“小寒”（这之前，《十月》编辑顾建平和俞心焦曾打来电话，问候新年，并表示有机会来昌平）。希望他也通知陈旭光。即郑单衣、陈旭光、顾建平、俞心焦四人。

一月三日

给读者袁克成复信。这是我今年写的第二封信。元旦给钟鸣写了第一封信。

一月四日

雪又在夜里开始了，一早看到的已是一片雪色了。在近年常见的无雪的冬天背景下，这两场雪（尽管它远不是大雪）令人感到意外。

单衣打来电话商议来昌平事改期。

一月五日

今天周日，“小寒”。外面冰天雪地，雪后的天空非常洁净、明亮。天气与节气是一致的。

和小松去自由市场，见到一个卖瓜子的摊位有一只死野兔。它的颜色是我最喜欢的一种颜色。它是土地的延伸，是土地的灵魂。这颜色比母亲的胸怀、比火焰还要温暖。它四肢前后直挺，卧在雪地上。一只死去的野兔驱散着四周的严寒。这只野兔来自赤城。小贩说野兔是用套子套的（将套设在它们常走的小径上），他已卖出去十几只，这是最后一只。野兔的命运即是大地的命运。

晚陈旭光打来电话（单衣给他留条，告诉他去昌平事）。他说他与佘树森教授共同写了一部《中国当代散文报告文学发展史》，佘去世后，他续写了后半部分，其中写我的篇幅有一千余字。

一月六日

星期一

给楼肇明先生寄信。针对他和止庵关于“新生代散文”的对话，谈了一些看法（这封信使我迟疑了许多）。

一月七日

星期二

《文艺报》今年改版，有了新变化。今天看到冯秋子编的今年第一期副刊《原上草》，确有焕然一新之感，下午给她打电话谈了一些看法，也谈了其他，如楼肇明先生欲编的《新生代散文选》。

今天是我生日，三十七岁生日。我和小松晚在“银月豆花庄”吃了晚饭。

一月八日

星期三

《爱尔兰日记》很薄，但我每次只读几页，故至今仍未读完。

一月九日

星期四

近午我在书房听到一声猫头鹰的啼叫，它的特有的连续的啼声。它蹲在楼顶的共用天线架上。它白天会在光亮处，且啼叫。在我看着它时，又飞来了一只喜鹊，也落在天线上。但猫头鹰迟疑了片刻（由于喜鹊的到来），飞走了。

同一天，我还看到一只雀鹰在飞行中，由于一声花炮响而全身一震欲改变飞行方向的情形。

一月十日

星期五

收到中国人民大学第一分校校友通讯录。大体为七八级至八四级各班名录。

一月十一日

星期六

下午郑单衣打来电话。这几天他大病了一场，重感冒，在床上躺了几天。谈到来昌平事，及想在北京郊区农村买所农民房子事。

小松晚饭时向我讲了这样的话：她与我在一起，仿佛是在一个巨人的一只手掌上玩耍，巨人专心做着自己的事情，只在她欲掉下去时，才转头顾及她。

一月十二日

星期日

收到山东《联合日报》王川寄来的张炜《心仪》。山东画报出版社出版。这是张炜所写一组域外作家的随笔，每篇配以该作家的照片。这是一本难得的书。印刷精美而朴素，它与张炜的文字和谐相映。

一月十三日

宋逖打来电话，谈他收到了刊发他的随笔的《山东文学》（第一期），他表示这是他的作品首次在正式刊物上发表，为此感谢我（我为其寄至《山东文学》）。我说是你的作品本身。他有一个想编一本诗人随笔的想法，并希望我支持。

一月十四日

（收到寄赠的《山花》《山东文学》《书摘》等杂志及《中国合作经济报》。给高维生信。给黑大春、梁京生寄回照片。）

读完《爱尔兰日记》。这是海因里希·伯尔的一组现代主义游记。我可以阅读、欣赏，但我不太赞同这种方式。这是一种把注意力和核心放在手法上的方式，是“简单的内容，繁复的表述”的方式（引号内文字，并非引自别处）。伯尔有些炫耀，但他对人类满怀善意，他的文字不刺人。

一月十五日

收到《台港文学选刊》。它的封二是摄影配文字。从今年起，他们邀请我为其写文字，而栏目名称即为《大地上的事情》。第一期为我摄于“坝上”一幅关于羊的照片，而文字便谈了它们。

一月十六日

与《台港文学选刊》蔡江珍通电话，谈了对其一期封二的看法。照片处理好，但文字的改动不妥。她希望我月底前给她一则新的“大地上的事情”。

读《列·尼·托尔斯泰与俄国作家通信集》。其中有屠格涅夫数十封信。其中两封涉及了屠劝告托做文学家一事。如：“您信上说，您十分满意没有听从我的所谓不只当一个文学家的劝告。……如果您不当文学家，那您干什么呢——当军官？地主？哲学家？新宗教教义的奠基人？”

这部书分上、下两册。这是上册，下册无。从郑州买回。

一月十七日

终于收到一平信。这是我寄了两信后收到的回信。我原以为是欧洲的严寒妨碍了飞机。他讲，一是搬家，二是办去美国的签证，妨碍了回信。

一月十八日

在监考时，一位年龄在四十五岁之内，曾经写作过的老师告诉我，读现代的作品再也不能激动人心。他讲了他过去读《当代英雄》《茶花女》《上尉的女儿》时的心情。那是一种激动难眠的心情。

一月十九日

中国青年出版社约楼肇明先生编的《新生代散文选》截稿日期为一月二十日。但我还未做任何准备，包括应写一篇千字散文观。我给楼打了一个电话，讲了一平的稿子，他说时间来得及。他反对我写的《谨读赠书》，认为我应写《大地上的事情》。他不赞同我的观点，认为这篇东西不会为我带来赞誉而会相反。我向他解释了写它的原因。楼先生是后现代主义者。他的“新生代散文”理想，实际是后现代主义文学理想（散文的）。

一月二十日

中午，《为您服务报》编辑杨文利打来电话，告诉我《谨读赠书》将从周四（二十三日）开始连载。第一则为冯秋子《太阳升起来》。

一月二十一日

为了《谨读赠书》能完整地刊出，将其另寄《美文》杂志。

一月二十二日

收到彭程寄来的为楼肇明所编《新生代散文选》写的谈散文的短文《漫游》。其中谈到所喜欢的作家当代的有："张炜、张承志、韩少功、周涛、余秋雨，还有一位不大为人知的苇岸，在语言的泛滥暧昧几成风尚的今天，他的坚实、澄澈、节制的文体尤其可贵。"

晚徐晓打来电话，讲她在写关于"朦胧诗"的过程的文章，已写了一万字，她想给我念念，听听我的看法。文章的开端是好的，它不是《今天》之外的研究者的笔法，而是一个当事者的亲历记的笔法，它有回忆录的口吻，体现着个人立场。我建议她既从"亲历记"角度写，有她亲历的主线，而不必过于周全。她写成的文字，缺点是议论过多，叙事不足。细节缺乏，需要增加生动感。我建议她看看《流放者的归来》和《文学"爆炸"亲历记》。

一月二十三日

读《列·尼·托尔斯泰与俄国作家通信集》中，屠格涅夫与托尔斯泰的通信。托尔斯泰一八二八年出生，屠格涅夫比他年长十岁，但屠对托一直很敬重，每信署名必写“忠于您的，伊凡·屠格涅夫”。屠有多信都劝喻托不要偏离文学活动，那样将是文学的损失。这是两人的分歧之一。一八六一年五月，两人在费特的庄园发生了激烈的争吵（争吵原因不详）。后托尔斯泰信中说：“我希望您已经良心发现，在我面前您是多么的无理，尤其还当着费特和他妻子的面。”并提出与之决斗，请屠格涅夫“带着武器到鲍格斯洛夫的林中空地去”。但也许屠对这一决斗“邀请”未做反应，不久屠听到“谤语四起”。屠认为托在莫斯科散布他为怕死鬼，不敢与之决斗，遂提出“明年春天回俄国时将要求与您决斗”。托回信说：“我想请您原谅，承认是我不对——并谢绝决斗。”“如果我侮辱了您，就请您原谅，想到我有一个敌人，我便痛心疾首，不堪忍受。”时年，托尔斯泰三十三岁，而屠格涅夫四十三岁。

一月二十四日

与蓝蓝通了电话。她已调至河南省作协（原在省民协）。我向她讲了《谨读赠书》情况，她说《武汉晚报》刊发的，她已收到。她最近买了本《博尔赫斯传》。

将一平《文学之责——我对中国文学的看法》寄给《武汉晚报》袁毅；楼肇明与止庵《关于新生代散文对谈》复印件寄给钟鸣（上次电话中许了诺）；将一平信《现代世界需要一点反艺术》，我的《观散文杂志》及报摘《欧美作家谈文学走向"古典"回归》复印件并附一短信寄楼肇明先生。

一月二十五日

［《为您服务报》（每周四出版）于二十三日刊出《谨读赠书》第一则：冯秋子的《太阳升起来》。报尚未寄到，今在报摊上买了两份。］

近在《文艺报》上看到一则文摘，称一九九六年夏初在马德里国际图书节，一批欧美作家汇聚，认为二十世纪末的文学正在向"古典"回归。加西亚·马尔克斯表示，早在二十世纪八十年代初他就已经注意到了人们对业已丧失的伦理道德和纯真爱情的渴望。回归的原因为：

1. 对二十世纪甚嚣尘上的现代主义和后现代主义的厌倦和反驳。由于两者过分崇尚形式的创新和文学的哲学内涵，从而使文学愈来愈远离读者。

2. 文学呼唤理想主义的乌托邦精神。二十世纪是创造主义的世纪，层出不穷的主义具有较大的颠覆作用。但维系进步或生态平衡的存在法则或道德规范却远未建立。文学愈来愈偏离文学的本质——愉悦和教化。

墨西哥诗人帕斯对自己的“某些作品”做了自我批评。他正着手撰写一部对现代主义和后现代主义进行“批判性反思”的论文集。

这则文摘报道的内容，我早就坚信是必会出现的。

一月二十六日

回赠祝勇《大地上的事情》(一个月前，他寄赠了散文集《文明的黄昏》)。开封39231部队19分队中校任俊全元旦前曾寄来贺年卡，表达了他的友谊之情：“结识您和大春是一九九六年乃至一生之幸事，相信我们一定能成为至诚至信的朋友……”(一九九六年八月我和黑大春徒步走黄河，在刘店我们登上了他指挥的救灾艇)。寄赠中校一本《大地上的事情》。给蔡江珍寄去一则观察星星的片段。

一月二十七日

今天起学校放寒假了。一年结束了。这一年，上半年参加计算机等级考试和评高级职称考试(考《大学英语》一、二、三册)；下半年上全班(坐班)负责大专考务工作。这一年的主要精力，基本上就耗费在这样的事上了。而写作，我抑制着内心的冲动（许多想写的篇目，只有待来日），使自己不去想它。这种痛苦只有我自己深知。人们习惯了将写作只看作某一个人的事情。这一年，我全年的写作数量不足一万字（包括数则《大地上的事情》及《观散文杂志》和《谨读赠书》）。

应该结束了，我在争取今年（一九九七年）不再坐班。

一月二十八日

今天收到一张西安的报纸，叫《社会保障报》，副刊刊出了我的《我的邻居胡蜂》。同版还有《美文》编辑陈长吟的照片和文。显然这篇小文是陈长吟转去的。

一月二十九日

醒来，想起了夜里做的梦，很清晰。情节大概是与抗日战争期间有关，因为是到一个地洞或地下室躲避日军。洞内很黑，隐约是祖父已在里面，我感受得到他，他似乎在帮我进来。祖父去年七月即去世了，这是我第一次梦见他，我有一种祖父在召唤我的感觉。

为写《新生代散文选》中的“散文论”，翻阅了《古文观止》，细读了范仲淹的《严先生祠堂记》和《岳阳楼记》(《古文观止》仅收的两篇）。并了解了范仲淹生平简历，始知了中国古代的一位伟大、高尚的人。他与他的“先天下之忧而忧，后天下之乐而乐”合一。他使我开始意识到了我对中国文化和民族的偏见。我有些绝对化。

给《山花》何锐寄信，谈到对《山花》今年一期的看法，并提醒他一平的《去奥斯威辛》一文。给山东《联合日报》编辑王川回信，并附《谨读赠书》。

一月三十日

进城。很久未进城了，首先去美术馆东侧的三联书店图书中心。这是一个地上二层、地下一层的规模很大的书店，可以称京城最大书店。开业不足一年。我从上午十一点，待到下午近四点，它的面积太大了。买了《伯尔文化》《生存与发展——地球伦理学》等书。

一月三十一日

《新生代散文选》由楼肇明先生编选，中国青年出版社出版。它的截稿日期为一月二十日，每位作者要回答下列问题：您心目中的散文传统是什么？在古今中外的散文作家中，您最喜欢的是哪些人？您本人的心路历程与您的散文创作的关系？您的散文美学追求是什么？

至今这篇《散文论》我还没有写完，但今天写得很顺利。

二月

二月一日

收到北京作协寄来的通知及表格。通知说，“经过我们和市委宣传部的认真研究、筛选，您已被列入‘北京市跨世纪文艺人才百人工程’，现寄上一份表格”。并附北京市委宣传部有关文件。

二月二日

陪小松去海淀自学高考办公室报名。并去“风入松书店”，买了《复活的圣火——俄罗斯文学大师开禁文选》及《垮掉的一代》，罗兰·巴特的《一个解构主义的文本》，法国学者利奥塔《后现代状况》等书。

晚《中国文化报》一位副刊编辑（名王丽）打来电话约稿。

二月三日

将表寄回作协。

给山东高维生寄三本《大地上的事情》，其中转《联合日报》王川和张炜各一本。在给张炜的书中扉页，我称张承志和张炜最富于精神性的作家（在中国当代的作家中）。

二月四日

今日“立春”，也是腊月二十七。下了小雪，让人很愉快。

二月五日

《武汉晚报》袁毅打来电话，告我《谨读赠书》中冯秋子一则一日已刊出。陈旭光写的《微型作家论》，关于我的一篇在十五日刊出。并收到我寄他的一平文。

（给郑单衣打电话，他将一人在北京过年。）

二月六日

今天是腊月二十九，也是除夕。我和小松去小汤山过年。自一九九一年结婚以来，几乎年年去小汤山岳父家过年。

爆竹制造得越来越大，越来越响了。一位顺义的听众在电台中说，它的声音与开山的炮声无异了。它是这个时代精神的一个细小的反映：占有、求大、贪婪、称霸。而人们为此的愉悦，说明它呼应了人们那幽暗的心灵。

二月七日

大年初一

上午去疗养院大院中散步。空旷、无人，零星爆竹声中的寂静。街上出现了与这个时代很不协调的传统民服着装的秧歌队。

下午返回昌平。

晚读文集《复活的圣火》。读了索尔仁尼琴的两篇演讲式文章:《无情的新奇崇拜及其对本世纪的摧残》和《革命不会使历史进程笔直，而只能使它变得坎坷不平》。我很认同地接受他对现代主义艺术的观点。

二月八日

继续写作“散文观”。

陈旭光打来电话，说明天他与夫人及单衣来昌平。

二月九日

他们来得很早，上午九点半就到了，郑单衣、陈旭光及夫人何一薇。

交谈、聊天。旭光较腼腆，话不多，而我一向口拙，单衣相对成了最健谈的人。话题涉及诗歌、《马桥词典》事件（张颐武）、后现代主义（我的过于个人化的信仰、生态、素食主义、道德等话题，我未涉及）。

下午旭光及妻去“老北京微缩景观”游玩。我和单衣在家交谈。单衣带来了一些作品，几篇文章，一组诗。我无法用口语谈出我对单衣诗歌的看法（对“真理”的坚持，不能胜过我的不使朋友不悦的“善”。单衣的诗，当然是国内青年诗人中一流的，但我要求着更多的东西）。单衣读了他的一首诗，我读了雅姆的诗。

旭光带来了他与佘树森教授合著的《中国当代散文报告文学发展史》（佘去世前嘱他续写此书。他主要续写了第五编《散文的变革与报告文学的潮涌》）。

晚八点后，我送他们至汽车站。

二月十日

读《生存与发展——地球伦理学》，一本中国学者写的综合性的关于生态（地球）保护的书。涉及《沙乡的沉思》《生存之路》《寂静的春天》等著作及《人类环境宣言》和“罗马俱乐部”等。

二月十一日

今天初五。这两天主要在写“散文观”，我将它定名为《在散文的道路上》。今天基本写完，约一千八百字，我是满意的。

二月十二日

对《在散文的道路上》，做了些许修改，完全定型。

给陈旭光写信，谈了我对《中国当代散文报告文学发展史》的看法，并表示了两点歉意：一是招待他们简单，二是我的不健谈。

给彭程回信。

二月十三日

将《在散文的道路上》寄《中华读书报》萧夏林。

二月十四日

写完一篇东西后，我都要补写一下因写作而中断的日记。

读《复活的圣火》。

二月十五日

与小松进城去美术馆看画展。我们先去了美术馆东侧的三联图书中心，买了《猎人笔记》。小松买了《伍尔夫读书随笔》《自然与人》《沙漏》等书，它们也曾是我想买的。

美术馆有三个展览，一个是卡门·蒂森—博恩米扎收藏精品展，一是德国一收藏家捐赠作品展，还有一个是陈逸飞画展。恰赶上陈逸飞在签字，小松买了他的画展的首日封和明信片，排队签了字。

卡门·蒂森—博恩米扎收藏精品展，从苏尔瓦兰到毕加索，几个世纪画家的作品。包括戈雅、库尔贝、毕沙罗、莫奈、西斯莱、劳特累克、马蒂斯、康定斯基等。这些大师的作品，一般只有一二幅。

德国收藏展主要为包括毕加索在内的现代主义画家作品。

在美术馆买了一本马蒂斯传记。

二月十六日

初十

与王开林、郑单衣、林贤治、宫苏艺等人通电话。想说服王开林参与楼肇明编的《新生代散文选》，应超越个人看一些事情。但他仍坚持他的决定。林贤治讲那套散文丛书（有一平一本），转由中央编译出版社出版，预计五月出书，需一平一张照片。

读《马蒂斯》，看到他的一句话："我所梦想的是一种平衡、纯洁、宁静、不含有使人不安或令人沮丧的题材的艺术……"它亦表达了我的写作观。

二月十七日

收到一平自美国寄来的信。

他说："在今天的世界走向纽约并不难，难的倒是背向纽约。由是我想起你那套丛书之友对你的嘲讽。"

二月十八日

今天"雨水"。

为了写《大地上的事情》（给《台港文学选刊》第四期的稿），上午去昌平北山边散步。这里是山前地带，由于土层较薄，树木不茂盛。主要树种是洋槐，几十年的树，但并不粗。我看到的主要是喜鹊和灰喜鹊及麻雀。还有一种小鸟，我尚不能确定它的名称。

"喜鹊是王，灰喜鹊是后"，我有了这样的想法，我可以写出一则了。

二月十九日

上午写作。这则关于喜鹊和灰喜鹊的“大地上的事情”写完，并寄出。

高维生和彭程打来电话。丁乙来北京，住国际艺苑所在的“皇冠假日饭店”，他约我见面。

二月二十日

晨，电台播出邓小平逝世的消息，播《告全党全军全国各族人民书》。二十世纪的一位政治伟人（强人、巨人）去世，标志着一个时代的结束（十九日二十一点零八分逝世）。

进城，去皇冠假日饭店。丁乙住658房间（西门子公司出资）。他这次来三天，主要为五月他的画展做准备。我准备为他的画展写篇相关文章，向他提了一些问题。

中午在附近的“天食”素食馆吃饭，还有一位《中国体育报》记者叫许晓煜。饭间谈起了素食主义和生态、环境、反现代话题，在这样的话题上，我最表现出健谈能力（素食馆的走廊中挂着一些素食名人肖像，有苏格拉底、柏拉图、雪莱、托尔斯泰、甘地、萧伯纳、爱因斯坦等）。[想写《素食主义》（二）]

在王府井大街新开的风入松书店买了几年前出的综述书

《西方现代美术思潮》（邵大箴著）。

二月二十一日

今天正月十五。与小松去她父母家。

二月二十二日

燕山区的小军及他的朋友，购买了《瓦尔登湖》。约好他们今天与我通电话，想听我讲讲梭罗和这本书。

我读过三遍《瓦尔登湖》。梭罗对我最大的影响是不做物欲的奴隶。自由是与少消费连在一起的：不拼命消费即不必去拼命工作。“我最大的本领是需要很少。”而它于当代最大的意义是，对于资源有限的地球来说，减少需要是人类最迫切的问题。这具有唯一性，人类未来唯一的道路（我坚信这一点，科技不能改变这一点）。

二月二十三日

收到《散文天地》约稿信。“今年新辟两栏目《名家荐散文》《我的散文观》，若您能在百忙中填写，则是本刊之幸。”

《名家荐散文》是举出最喜爱的五本散文集。我想我的例举应有《瓦尔登湖》《爱默生集》《小银和我》《米什莱散文选》和张承志一本散文集（或《荒芜英雄路》或《心灵史》。我愿在这有限的五本选择中列上一本张的具有精神性的散文集）。

二月二十四日

将《新生代散文选》稿寄出。一平的是《辽阔俄罗斯》《耶和华的见证》。我的是《大地上的事情六十六则》。

同时寄信（郑单衣、王丽——《中国文化报》编辑、一平《文学之责》、林贤治——一平散文需要的照片和简介、刘烨园——《为您服务报·读书版》）。

晚，山东高维生电话，告我已将《大地上的事情》转张炜。张转赠我一本《古船》。

二月二十五日

今天收到《为您服务报》两期（刊《谨读赠书》蓝蓝、刘烨园两则），《读书之旅》（林贤治赠报），《武汉晚报》（二月十五日报，刊陈旭光文《苇岸：倾听神秘与回到本真》）及陈旭光信。

陈旭光提出，希望我为《中国当代散文报告文学发展史》写点评介性文字。我决定以《谨读赠书》方式写一则。

（今天上午十点，人民大会堂举行万人“邓小平追悼大会”，李鹏主持，江泽民致悼词。十点整，工厂、车、船鸣笛三分钟。）

二月二十六日

收到《台港文学选刊》第二期。其封二图像处理很好，文字为《大地上的事情》关于麦田上的雀鹰一则。收到《湖南文学》第二期（今年，我收到的赠刊报有：《文艺报》《读书之旅》《山花》《书摘》《山东文学》《湖南文学》。它们分别是冯秋子、林贤治、何锐、彭程、刘烨园、王开林赠。谢谢他们。）

二月二十七日

冯秋子中午来电话，嘱我将入会申请相关材料寄中国作家协会创联部孙德全。

读《书和画像》中《现代小说》一篇。其中我看到了这样的话：

“只要一提俄国人，我们就不能不感觉到：写文章谈小说，要不谈他们的作品，简直是浪费时间。

“他们（俄国人）当中哪怕最不起眼的小说家却对于人的精神生来就怀有一种天然的崇敬。

“在每一个伟大的俄国作家身上，我们都仿佛看到了圣徒的特征——如果对他人苦难的同情，对他人的爱，以及为了达到某种要对人的精神进行严酷考验的目标而奋斗，即构成为圣徒性格的话。正是他们的这种圣徒精神使我们感到惶惑，觉得我们自己由于缺乏信仰而浅薄无聊，因而使得我们的许多著名小说看来华而不实。”

二月二十八日

写《中国当代散文报告文学发展史》的书评。将它纳入《谨读赠书》之中。发表标题叫《当代散文的轨迹》。六百至七百字。

三月

三月一日

本期（周四出版，周五到昌平）《为您服务报》（二月二十七日）又停报。原因大概与邓小平逝世有关：所有的报纸无论日报、周报、专业报均用大量版面刊发有关内容。而这张报也许为避开这个时间（该期应刊《谨读赠书》钟鸣那则）。（补记：该期报迟三天。）

三月二日

为写《名家荐散文》（推荐五本散文集）做准备。

三月三日

收到山东高维生寄来的张炜《古船》。我赠张炜一本《大地上的事情》，他回赠我《古船》。均由高维生中转。

三月四日

杜丽寄来《中华散文》第一期。刊有一平文《波兰人和自行车》。

写完《名家荐散文》评语。“百字评语”。

三月五日

今天惊蛰。

下午去“成人教育中心”劳动。搞教室卫生。

开始给一平写信。这是一九九七年我给他写的第一封信。之前收到他离波去美前写的和在美写的两信。但不知他何时回波。

三月六日

写完《我的散文观》。五百字。主要综合自《在散文的道路上》。与《名家荐散文》百字评语，一并寄《散文天地》楚楚。

三月七日

收到《延安文学》史小溪信。有两三年没有联系。他来信主要要一本《蔚蓝色天空的黄金·散文卷》。我会寄他。

三月八日

陪小松进城。她今天去海淀听“高等教育自学考试”辅导课。

九点我去风入松书店。约了郑单衣。买了《福克纳传》《变形记》（卡夫卡）和《雨果散文选》。出书店时，单衣指给我看其门上贴着的诗集出版消息和举办相关座谈的通知。这是改革出版社出的一套诗集，作者大体有翟永明、欧阳江河、西川、陈东东、孙文波等。

我和单衣在书店西侧的饺子馆吃饭。单衣感叹诗界“生存竞争”的激烈性。他主张要“斗争”和“进取”，否则便会被“排挤”出去（他正月初三来昌平时我给他抄了一平写给我的话：“不要卷入中国的现时和现实”）。

在百货大楼买了一架望远镜。这是我去北山边观看喜鹊和灰喜鹊时想到的。随后我看到梭罗旅行时是带望远镜的，还有夹植物标本的本子和测量用的尺子。

回来收到山东滨州诗人雪松寄来的诗集和信。

三月九日

今天是一个奇特的日子。日食和波普彗星同现。在黑龙江漠河能看到日全食及日全食时现出的彗星。

我上午八点后醒来，听广播才意识到这点。北京看到的是日偏食，上午八点二十后开始。我毫无准备，没有观看工具。楼下有人在观看，我下楼用其蜡烛熏黑的玻璃观看，偏食已达到最低点。太阳像一弯新月，光线似风沙天，更接近日光灯的颜色，气温降得很低，人影是双的、虚的（电视在漠河直播实况。这是二十世纪最后一次日食，下一次在二〇〇八年出现，在长江中下游地区）。

三月十日

星期一

昨天日食后，我去田野，带上了望远镜，这是九倍的，我觉得倍数还不够。今天上午进城去换，这是二十倍的。

风入松书店在王府井开了分店，只买了一本画家《克利传记》。在三联图书中心买了《博尔赫斯传》和《自由交流》，《后现代性与公正游戏——利奥塔访谈、书信录》。

三月十一日

星期二

收到《山东文学》第三期。散文栏中是一平、苇岸、杜丽、周佩红的作品。一平的《一个故事》，标题改为《她怎么在俄国大地行走》，我的是《大地上的事情》十六则。杜丽的《相遇》中谈到在我的中介下，与黑大春、一平的相识。

三月十二日

星期三

读《博尔赫斯传》。

洛尔迦去过布宜诺斯艾利斯。博不喜欢他，“我从来都欣赏不了洛尔迦”。认为洛尔迦的词语背后便再没有多少东西了。两人相识时，博已放弃了极端主义，不再相信惊人的隐喻的力量；他曾说，他正趋于更加质朴，走向古典主义。而洛则为超现实主义所吸引，并以其出人意料、光彩夺目的隐喻著称于世。

对于聂鲁达，博说：“他是位很不错的诗人。我不欣赏他的为人，我认为他很卑鄙。”

（给一平发信。）

三月十三日

开始写《关于〈蔚蓝色天空的黄金〉》。我曾着手写过此文，但中断了。

三月十四日

《为您服务报》杨文利电话。他的《读书版》有两篇主体文章，上是《京城书评》，下是一篇人物写真性文章，对象为作家。近一时期杨泥在写这个栏目。现在即将结束。杨希望接下来是“新生代散文作家”系列。他问我想不想写，我说我给你推荐一个人。

西川中午打来电话，说他出了诗集欲寄我，核实地址。

三月十五日

山东《作家报》副刊编辑谭延桐寄来一些报纸（高维生嘱其所寄）。过去我见过这张报，现在它扩版了，但仍是小报形式。副刊作品仍以文学青年为主。即它未摆脱其地方性。

三月十六日

前天收到中国作协创联部孙德全先生寄来的“入会申请表”，表须有两位中国作协会员做介绍。今天进城。先去北京出版社院内，在看了王纪仪后，去张守仁先生处。这是我第一次去张先生家（整洁、优裕、保姆），昨天已约好，他很认真地写了介绍评语的草稿，并征求我的意见。评语是这样的：

“苇岸是新生代的散文作家。他的创作数量不多，但质高，可称得上是世纪相交之际的散文之星。从他已出版的《大地上的事情》等作品看，他崇尚观察和思考，对自然、生物充满爱恋和关切。他和梭罗、普里什文一样，是大自然的歌者。他的散文纯正，品位较高，我乐于推荐他加入中国作家协会。”（谈到徐迟。他送我一本刊其悼念文章的《人民文学》。）

我们合了影。我出来后赶到北京图书馆，小松正在其报告厅听课。我们中午吃饭后去了紫竹院公园。我们是为风车展览而来的，但遗憾的是，它于三天前已结束。我们都是第一次来这个公园，它的面积还是很大的。我带了望远镜，看了灰喜鹊，也看见了一只在杨树（或柳）上的小松鼠。

下午四点，我和小松赶到楼肇明先生家。谈了克隆羊、张承志及他编的《新生代散文选》等。楼老师为我写的介绍评语是：

“进入九十年代以来，世纪末的散文创作已形成新的高潮，其中‘新生代散文作家’的出现是这个高潮的重要标志。苇岸是‘新生代散文作家’中的佼佼者，随着他的第一本著作《大地上的事情》的出版，影响正在扩大。他是一位勤奋、严肃、重品位的青年作家，这一点在商业大潮袭来，尤其值得重视。我本着散文跨世纪的发展和繁荣，作协大门更应向这类青年作家敞开。”

近五点，我们返回昌平。

三月十七日

收到西川寄的诗集《隐秘的汇合》。改革出版社出版。这是“门马”主编的《坚守现在诗系》第一辑六本之一。其余五本为翟永明、欧阳江河、陈东东、孙文波及肖开愚的诗集。

这本诗集深蓝色，设计是较好的。

三月十八日

与《中华读书报》萧夏林联系。我寄他的《在散文的道路上》又做了修改。给他换修改稿。

读《博尔赫斯传》。

三月十九日

将中国作协入会申请表寄回。留了复印件（校长要了一份）。

收到刘烨园信。郑单衣的诗由于《作家报》已刊，故从《山东文学》第三期撤下。刘做了解释，并说食指诗还须等。

三月二十日

写完《关于〈蔚蓝色天空的黄金〉》。约两千字。

今天“春分”。近日我有一想法，即在二十四个节气日都照一张大地的照片，地点选在我的出生地北小营的田野，在同一个位置。但“立春”“雨水”“惊蛰”都过去了。“春分”来的也很突然，而上文恰还须今天收尾、定稿，故又放弃了“春分”。天不太明朗，近午刮起了风。

三月二十一日

将《关于〈蔚蓝色天空的黄金〉》寄《博览群书》武宁。

大春从深圳返京。他在那里过了近一冬。

三月二十二日

着手写陈长吟散文集《那片裸土》评语。将其纳入《谨读赠书》中。

三月二十三日

去小区东部的田野。今天天气很好，是上午八点钟。我带着望远镜。我观察的重点是一棵杨树上喜鹊的筑巢和田地里一只两足修长的觅食的鸟（它应该是一只涉禽，但它在麦田觅食，我不知其名），还有一只飞来落在麦田中便一动不动（除了头偶尔转一下，它好像在休息）的隼。

三月二十四日

寄中国作协创联部孙德全三册《大地上的事情》，一册赠他，两册供入会参阅用（冯秋子嘱寄）。

寄西川一信，为他寄诗集的回复。

三月二十五日

晚给邹静之写信，这是我给他写的第一封信。

三月二十六日

写完陈长吟的散文集评语。与《中国当代散文报告文学发展史》那则评语，一并寄《为您服务报》。到此，《谨读赠书》我共写了十二则，《为您服务报》将连载到四月底。

今天上午再到田野，只过了三天，那棵喜鹊筑巢的杨树柔荑花序已伸展开来，下垂着，遮挡着尚未完工的鹊巢。这时的田地，几乎是喜鹊们的乐园了，它们噪声一片，追逐着，翩翩飞翔。也听到了斑鸠、啄木鸟（啄木声）和乌鸦的叫声。

三月二十七日

下一篇要写的是去年的徒步黄河之行，这是一篇早该写出的散文。着手做写作准备。

宋逖来电话说要同汪剑钊一起来访，定在三十日。我让他改期，三十日我要去给祖父扫墓（而二十九日进城）。

三月二十八日

于贞志打来电话，说明晚在北大举办一个纪念海子的诗歌朗诵会，他代主办者北大五四文学社邀我参加。

邹静之收到我信后，打来电话，谈了他近期情况。他又在写电影或电视剧本。

三月二十九日

进城。先到王府井风入松书店，买了《艾丽斯自传——斯泰因文集·自传卷》和一本进过纳粹集中营的心理学家（精神分析学家）弗兰克尔的小书《人生的真谛》。后又到了三联韬奋图书中心。止庵告诉我，《梭罗集》出来了，今在此见到。它收入梭罗四部著作，分上、下两卷（我暂未买，我想等几天再在“风入松”或“万圣书园”买。我有它们的优惠卡）。

今天刮五六级大风，今春的第一场大风，树木的新芽被漫天沙尘侵袭。我从中午即开始头疼，有些冷，故没有赶往北大。有些内疚。

下了345路，近晚八点。听孩子们喊“彗星，彗星”，我顺孩子们观看的方向寻找，发现了这颗惊世的“海尔·波普”彗星，它二十四年一遇。是我们这代人的幸运。回到家，小松说告我一个好消息，引我去阳台，即观彗星。用望远镜（二十倍）看，可以看到其宽大、十几米长的彗尾。用人眼看，彗星像一团棉，有很短彗尾形态，体积比其他星大，但亮度并不亮。它反射太阳光。

三月三十日

今天去给祖父扫墓，并立了一碑。

在墓地周围喜鹊和灰喜鹊非常活跃。附近有一条高压线路。比树木高大的高压线高架铁梁上有喜鹊在筑巢，几乎每个架上都有喜鹊巢。

（开始读《人生的真谛》。）

三月三十一日

收到楼肇明先生信。信中主要为王开林、元元至今还未给他供稿（编《新生代散文选》）而托我问问这两人，动员一下他们。同时信中告诉我，中国作协创联部近日讨论申请入会者名单，说一百八十多个申请者中，对我的异议是最少的。

四月

四月一日

今天下了一天雨，雨量在小到中雨之间。这是今年的第三场雨。

在一本杂志上看到一篇文章，名《对自己的相貌负责》。它引了林肯一句话："四十岁以前的相貌上帝负责，四十岁以后的相貌自己负责。"即人生（内心）影响相貌。我在张承志《心灵史》中也看到过这样一句："一张张脸庞上再也没有苏莱提了。""苏莱提"即信教者的容貌之美。这句话让我想起多年前在宣武门一个小饭馆（位于宣武门十字路口的东北处），遇到过的一位来自宁夏的穆斯林，一个五十岁左右的男子，我难忘他的那张善良、温和的脸。

（今天呼了元元，她因未写"散文观"而至今未寄。她说一周后将稿寄出。）

四月二日

上午到田野，我关注的那棵杨树上正在建筑的喜鹊巢不见了，干干净净，不见一根细枝，这定是三月二十九日那场大风将其刮飞了。两只喜鹊的十数天的辛劳付之一炬。它们没有再重于原址建造，它们去了别处。那棵杨树又归于寂寞。

我忽然想到中国人日常的一个思维方式：我一人这样做不管用，或我不这样做所有人都会这样做。我是在去菜场买菜想这个问题的：我每次都尽可能带上几个塑料袋，以重复使用它们，减少塑料袋的废弃。而小贩们为了省事，并不高兴我这样做，他们已不在乎给出他们手中的塑料袋。很少有人如我这样做的原因，一是人们的认识问题，二更重要的即是我上面所说的那个思维定式。

四月二日 晚（补）

本已给楼先生写了回信，因涉及了对张承志看法，怕其导致误解，故决定不发信，而打电话。电话中我答复了关于王开林、元元的供稿情况（王开林已寄）。

关于我为什么在列举的散文作家中提到张承志，我谈了四个原因：1. 张承志倡导和高扬清洁、信仰、心灵、精神，这在物质主义吞噬一切的当代中国有特殊意义。2. 在当代作家中，张承志也许是最执着、最真诚的一个。3. 张承志对底层民众的感情及不辞劳苦多次深入西北的精神很感人。令人敬重。4. 他对汉字的运用，美与新意也是我在其他作家那里体会不到的。当然我对他有一定的保留，约为十分之三。

楼先生说他对早期的（《北方的河》《黑骏马》时期）张承志是赞赏的，但对《心灵史》的张承志是持批判态度的。

四月三日

与《博览群书》武宁通电话，改《关于〈蔚蓝色天空的黄金〉》个别之处，将“唯一让我淡化这一愧意的，是博后来写的一篇将自己与文学的‘博尔赫斯’区别开来的短文《博尔赫斯和我》。我当时说服自己的，也是基于这样的观念：超越‘个人’来看待一些（抽象）事情”划去，而补为“这里，我绝无将自己与博尔赫斯比附的意思”。

为写《徒步旅行》做准备。读了裴多菲《旅行札记》，内亚古《橘黄色旅行中的奇妙瞬间》，史蒂文森《徒步旅游》，培根《论游历》，哈兹里特《谈旅行》等文。

四月四日

《徒步旅行》的准备中断。我忽然想将人的心质、灵魂能够影响他的相貌这一现象写成一则《大地上的事情》。也是由于《台港文学选刊》。

四月五日

今天是黑大春生日。他三日在电话中曾说今天不搞聚会，只和王兰去趟白云观。今天中午他打来电话，说下午要去沙河第三福利院将食指接出在饭馆过生日。他要我在五点前赶到福利院，免得食指吃晚饭。

我四点半赶到，然后与食指一起出来，在院墙外的田边等大春。食指感叹当代诗越来越不懂了，不美了。他说，中国古典诗歌趋势是超越语言（书面语），走向口语：由诗而词而曲就是这个方向。但现在诗歌的时尚是：一写得让人看不懂，二写得不美（他推崇大春的诗写得美）。他很想就此写篇文章，但又担心发不了，他想发在《光明日报》上。我鼓励他写。他说《山花》办得不怎么样，但又是中国最好的文学期刊。他想自己出本诗集，赚到钱后给大春出诗集。大春与王兰、胡军军五点赶到。

福利院内的树伐了，食指说北京市民政局要在此盖住宅楼。

四月六日

从园区东边的田地取来一袋土。我和小松开始为几盆花换盆换土。这件事使小松很高兴。

我和小松讲起我粗看一遍的《人生的真谛》，这本不足十四万字的小书，对我具有很大的意义。作者弗兰克尔为维也纳第三心理治疗学派创始人，二战时他在纳粹集中营三年，是少数幸存者之一。他在集中营的非人生活中发现，人们拥有选择人生态度的自由：有的人到一所所监房安慰难友，把最后一口面包让给其他囚犯等。

他批评弗洛伊德曾经断言:“试让一些截然不同的人同样面临饥饿,随着饥饿的强制性刺激增强,一切个人差异都将渐趋模糊,代之而起的,将是所有人都表现出一种不可遏制的冲动。”他说:谢天谢地,弗洛伊德不必身临其境了解集中营。“在那里,个人差异并没有渐趋模糊,而是相反,人们的差异越发明显;无赖或圣人,各显出他们的本来面目。”“确实,圣人只是少数,而且始终将是少数,但我却从中感受到一种特殊鞭策,激励人们加入少数,因为世界状况不佳,除非每个人都竭诚努力,否则,一切将更加恶化。”

很多人赞同弗洛伊德的“个人无差异”论,认为历史上的圣人是后人塑造出来的,从而否定人的完善完美的可能性。由于这种不信,他们也放弃了自身的完善努力。这册小书,从实证中得出的结论会改变他们的观点。

四月七日

北京作协寄来全体会员名录。为五月中旬召开的第三次会员代表大会进行信选(普选)。代表人数是百分之十,即会员代表八十七人,除去上届理事等名额,信选为每人提名三十人。

写完《大地上的事情》关于“相貌与灵魂”的片段,比预想的内容简单些。

四月八日

这几天刮风，天空很明净，观看彗星的效果好于上次。它的位置没有大的变化，仍在西北方向的上空。天一黑即观看最好，之后它便向地平线方向移动，愈来愈远。

《书摘》第三期有一篇《文艺道德批评在西方的回归》书摘，介绍的是《小说修辞学》的作者布斯一本一九八八年出版的新著《小说伦理学》。该书批驳了种种否定文艺道德批评的观点，肯定了文艺道德批评的必要和可能。

西方文艺道德批评所以陷入困境，其原因是多方面的：

1. 本世纪流行的对价值观的否定。认为人类获得的知识只可能涉及事实，而非价值。这种事实和价值分裂的观点必然导致否定文学作品的价值。

2. 艺术纯属抽象形式的理论的盛行。它断定艺术的真实的或唯一的价值仅在于艺术的形式本身。

3. “自我中心论”。它认为个人的本质并非通过和他人的人格交流而塑成或可以由此塑成的。这种排斥一切外界影响的自我中心论当然要否定文学作品在塑造个人性格方面的影响。

文学作品本身是否具有伦理道德内涵，这涉及文艺的功能、作家的责任等一系列问题。布斯列举了契诃夫篇《在家里》，说明人具备从故事（文字）里塑造我们自身的天性（“第二天性”），文艺道德功能和道德内涵无疑是存在的，文艺道德批评的任务就在于对文艺的道德内涵进行鉴别。他引用了当代英国著名女作家多丽斯·莱辛的话：“发表一篇故事或小说的行为属于一种交流沟通的行为，属于一种要把个人的人格和信念加给别人的企图，如果一名作家承担了这一责任，他就必须把自己看成一名灵魂的建筑师。”

布斯认为文学作品的伦理道德影响既能促进人格的形成，就必然会在人们的行为中产生某种效应。自古以来一些著名思想家都持有相对的观点，即完全与世隔绝的孤立的个人是不可能存在的。亚里士多德名言：人是政治动物。布斯认为，人们是在相互交往相互影响下，也包括在各种文学作品的影响下，形成自我的个性的。文艺的伦理道德功能正建立在这一基点上。

四月九日

将关于“相貌与人”的《大地上的事情》一个片段寄《台港文学选刊》蔡江珍。供该刊六期使用。配合的照片是林莽提供的张平照片：内蒙古有金黄向日葵围栏的民居。陈长吟的数幅照片也一并寄她。

为作协代表会选了三十名代表：小说十名，诗歌六名，理论五名，散文四名，儿童文学三名，影视二名。

四月十日

与大春通电话，谈了几个问题。他提起五日那天与食指分手时，食指当时讲了一句（我已忘）“让诗走出迷宫”的话，而我随口也说了一句：生活模仿艺术，生活本来是简单的，但艺术却复杂了（“生活模仿艺术”是王尔德反传统“艺术模仿生活”的说法）。我说时，本无多少“言外之意”，但大春对此敏感起来，认为我这种观点与我过去的观点相悖，似乎是故意与他对立。那天我说话很少，觉一切都很正常，未想到大春对那句话多想了。

大春有过高看重自己的诗歌，自恋、轻视其他文体的倾向。我坦然向他谈了我对他的诗歌的看法：风格独特，但传达的主要是个人的精神状态（低调、绝望的）。正视它的美学风格和特色，但不夸大。就精神性而言，我期待的是另一种内容。我对他讲，就精神性而言，我们两人似乎是对立的，因为我们各自代表了“一极”。这种对立，不是针对对方的，即使一方不在世了，我们各自仍会坚持自己。

四月十二日

进城。中午到六部口音乐厅万圣书园，买《理想藏书》，日本尾关周二《共生的理想》及一本《人类面临不明现象》。

下午两点去东单市公安局招待所，安民来京了，住在这里。谈了谈，我坦诚指出他写了那篇《新生代散文论》（刊一九九五年第十二期《北京文学》）后，便有些狂妄自大的倾向。谈到写作《为您服务报》需要的“新生代散文作家”介绍事。后一起去王府井大街风入松分店，我买了《斯泰因文集·随笔卷》和朱学勤著《道德理想国的覆灭》。再去三联图书中心，推荐安民买《梭罗集》。

四月十三日

近午，楼肇明先生来电话，问我是否认识萌娘（或萌萌），并问中华文学基金会是否已从文采阁搬走。他找萌娘有事（谈了读书情况。强调要读思想大师的著作，如上海人民出版社的《当代思想家访谈录》。告我别尔嘉耶夫著作又出了一个中译本）。我向林莽询问了萌娘址，并转告了楼先生。

下午树才打来电话，这是自去年房山诗会后我们第一次通电话（诗会上我们第一次见面，对他印象很好，他口才好，思路清晰）。谈到花城出版社欲出一套散文译文集，约请他译一本。他尚未决定译哪位作家的，征求我的意见。我建议他译雅姆的散文，雅姆至少有一本散文集《野兔的故事》。他对我的建议有共鸣。法国诗人诗集的单行本译文很少，可数的几本（《恶之花》《佩斯诗集》《普吕多姆诗选》）。希望他能担起重任。

四月十四日

收到《台港文学选刊》第四期。照片处理得很好。我很想裁下一张，放入镜框。文字为《大地上的事情》谈“十二月太阳升起方位”的。

四月十五日

顾建平电话，他收到了我给他寄的一平《守林人》一文。他希望我再寄他一篇。我决定寄他《丽迪亚一家——一个波兰的家庭》。

晚我去上课，回来小松告诉我一个叫金汕的人给我打电话，他欲写关于《新生代散文》的评论。他从祝勇处知道号码。

四月十六日

今天《中华读书报》五版有一篇《巴金与他的“先生”》文章。讲了这样一件事，一九二八年八月，巴金为其第一部作品《灭亡》写序，其中说“我有一个‘先生’，他教我爱，他教我宽恕。然而由于人间的憎恨，他，一个无罪的人，终于被烧死在波士顿、查理斯顿监狱的电椅上。就在电椅上他还说他愿意宽恕那个烧死他的人”。

这位“先生”是意大利工人社会主义者巴尔托·樊塞蒂。一年前以莫须有的持枪抢劫杀人罪与他的战友尼克拉·尼克，在波士顿被处死。在巴黎的巴金读到了樊塞蒂的自传《一个无产阶级的生活的故事》。作者的“我希望每个家庭都有住宅，每张口都有面包，每个心灵都受到教育，每个人的智慧都有机会发展”的主张，令巴金共鸣，他称赞其拥有“全世界最优美的精神”。他给作者写了信，作者从美国监狱回信，要他“忠实地生活，帮助人，要爱人”。四大张纸正反两面都写满了字。樊塞蒂决定了巴金（中国的良心）的一生。

四月十七日

《徒步旅行》的写作停顿了下来。原因主要在于写作此文的内在冲动不够充分。也有内心因事波动的因素。

四月十八日

武汉袁毅打来电话，说他要去郑州开会，为与蓝蓝联系而征求我的意见。

四月十九日

《湖南文学》四期介绍了“后现代文化批评家”杰姆逊。这是我第一次见到较详细介绍这位批评家的文字。

一九三四年生于俄亥俄州，一九八五年曾来华。他的“后现代”理论把资本主义分为三个阶段和由此产生三种对应的文化：即国家资本主义产生现实主义文化；垄断资本主义产生现代主义文化；后工业化资本主义产生后现代主义文化。现实主义、现代主义和后现代主义分别反映了一种心理结构，标志着人的性质的一种变化，因而分别代表了一个阶段的文化风格。

杰姆逊还有“第三世界文化”的理论：经济和生产方式决定着文化产品的性质，在“第三世界文化”中，即使表现个人的作品，也必然以“民族寓言”的形式突出政治的某个方面。而资本主义文化中是“个人与公众之间的分裂，诗与政治之间的分裂”，其处于悬空的自我欣赏之中，远离了社会、经济、政治和现实生活的基础，它必须通过“第三世界文化”进行自我反省才有可能进一步发展。

四月二十一日

顾建平电话。他手里已有两篇我寄的一平散文，即《守林人》和《一个波兰的家庭》。他希望我再给他一篇，这样成为一组关于波兰的散文。并征求我总题名称的意见，我说用《波兰札记》吧。将《布鲁耐克》再寄他。

四月二十三日

中断了《徒步旅行》的写作。又写了一则《大地上的事情》，为关于我将蜂蜜瓶为筑巢胡蜂摆放导致一个事件的内容。

四月二十五日

黄海声邀我去霸州，看看春天的平原。现在已是暮春，快进入夏天了，遍地绿色，树叶已完全舒展开来，它像夜色掩护了强盗一样，掩护了鸟和它们的巢。天气已热了起来。

我近午赶到城里。在新街口邮局买了一份《中华读书报》，我的《在散文的道路上》仍然没有刊出来。

下午两点至木樨园长途汽车站。三点钟发车。一路顺利（京南郊比北郊脏乱得多，至大兴的公路上，发往河北各地的长途车很多）。

下午五点十分到南孟中学。这是我第二次到黄海声这里（第一次是两年前与黑大春同至）。

中学的院子里麻雀很多，它们将窝做在教室房顶的瓦片下。我带来了望远镜，可以将停落的麻雀拉至一米的距离观察它们。

晚我们走出校外，来到一条河旁，在这里用望远镜观看彗星。河里有青蛙的叫声。

吃晚饭时，我向海声和其妻小纪谈起素食主义。在宇宙中有一种现象，由于某个天体距离地球非常遥远（距离用多少亿光年计），故当这个天体已不存在时，它的光却正在射向地球的路上，它使我们看起来仍是一颗亮星。而光源已关闭，光束仍在途中，且还须经过亿光年才能彻底走完。海声用此比喻我们今天即处在一种死去的文明的余光中（夜里交谈至一点半）。

四月二十六日

早晨六点，学校的喇叭便响了。我无法再睡，尽管我昨夜一点半才睡。躺了一会儿，便带着望远镜走出校外。来到昨晚到过的那条河边，我很吃惊。依然是上次来这里时的样子，纯粹的变了色的污水河。这是小企业的工业废水。我惊异的是昨晚到这里时，河里蛙声一片。有蛙声的河竟是这番面目。

返回吃了早点后，约八点半，照过相后，我开始上路。海声陪我沿河（有树）走了一程。

我徒步走了一上午。差十分十二点乘上开往北京的长途车。两点后到京，下午四点我赶到海淀风入松书店。书店在以八八折酬宾，我买了波普尔《通过知识获得解放》，韦尔什的《凡·高论》，别尔嘉耶夫思想自传《自我认识》，赫伊津哈

《游戏的人》，汉斯·昆《莫扎特：音乐的神性与超验的踪迹》，苏维托尼乌斯《罗马十二帝王传》，戈尔《濒临失衡的地球》。

四月二十八日

今天的《人与自然》电视节目主题是野兔。

兔形目分三科，现存二科，一为兔科，包括各种家兔和野兔（耳长，后肢长而有力。尾短。共十一个现存属）。另一为鼠兔科（生活在戈壁、高原。耳短而圆。仅一个现存属）。而古兔科已灭绝。兔与野兔在身体构造上无大差异，主要区别是兔出生时无毛，而野兔出生时被毛，且不久即能蹦跳。再有兔成群生活，而野兔一般独居。兔及野兔不发声，鼠兔则有声（故它们又被称作“啼兔”）。

将自然历史与神话传说交织在一起的是野兔。它们被视为月亮女神的象征，有时也被视为遭追逐的巫婆的化身。耳比头长的神奇的野兔，据说白天见到一只野兔时的地方，夜晚会出现二十只。过去人们认为野兔能改变性别。在三月，求偶期，它们被视为“疯狂的野兔”。它们的死亡率很高，故有高出生率。它们是被追逐的生命。

在地球上，凡野兔均与月亮有关。一首民歌说：

月亮支配着我，

在它的注视下活动，
生命复生的周期中，
代表月亮心意的是我。（野兔语）

在另一首民歌中，野兔是这样唱的：

冬天唤醒我十二分的警觉，
这里一片荒凉，
只有我呼出的热气，
我在这世上只有一线希望。

以及“随着我的召唤而出现的／是黎明和春天的到来”“这是人的时代”。而女巫说“我要变成野兔，在火光中再生、复活”。

（这个节目制作得非常好，如交响音画或诗。英国制作。）

四月三十日

大春告诉我，“相信未来诗歌朗诵会”被取消。这个朗诵会由《北京青年报》和青年宫联合主办。主办者本报批过并获准，手续齐备。随后做了广泛宣传，向公众售了票，诗人们也已排练过。

安排的朗诵者有食指、邹静之、大仙、郑单衣、童蔚、林莽、姜涛、田晓青、黑大春、张洪波、黄燎原、芒克、李小雨、古诺、西川（这是朗诵的顺序。时间原定五月三日、四日两场，晚七点十五分）。

五月

五月一日

今天在小汤山。带着望远镜。在疗养院的园林化大院里，我观察了鸟类。不多。看得最仔细的是一只灰喜鹊。树叶荫遮了鸟，能听到它们的叫声，但大多看不到。

喜鹊将巢筑在了高压线的铁架上，它的高度要比一般的树高一倍。那么喜鹊筑巢时要比在树上筑巢付出一倍多的辛劳。这是我们时代的一个特征。

五月二日

今天的《北京工人报》刊出金汕、孟固两位作者的文章《世纪之交的北京新生代作家》，重点介绍了小说，也涉及评论和散文，提到了我。前不久叫金汕的曾打来过电话，我恰晚上授课，小松接的，留下了其号码，但我一直未给其回电话。因为它涉及评论，如果是一位读者，我会回的。（金汕称是祝勇给他的我的号码。）

五月三日

在我的西向阳台上，晾衣服固定铁丝的三角铁下，又出现了一个微小的蜂巢。我是由于看到一只不时出现的胡蜂才注意到的。但是它怎么能在这筑巢呢？这意味我的阳台不久就会关闭。但我很想观察一下这只蜂采集巢材时要用多长时间，它一天要飞去多少次。

五月四日

祖母一周前被送回了老家，安置在三姑家。现在她可以到门口接触阳光了。她在昌平母亲这里时，一个冬天未离开楼房。

今天我去看她。她的精神状态有些低沉，她的手上出现了淤血斑块，这使她有些恐惧。因为去年祖父去世前也出现了这样的斑块。因此她急于从昌平回到村里。

五月五日

今日“立夏”。

上午八点左右，我和每天一样骑车到小区东边的麦田。将车停在路边，然后走进田地。这里有一条田埂，我常在此跑步。这条田埂像一条人行小路。北面是一大片麦田。忽然从麦地的麦畦缝隙间钻出一只黄褐色的、像成熟的麦田色的野兔。这让我非常吃惊，因为看了关于野兔的《人与自然》后，我正考虑写一则野兔的文字。它发现了我，但并不惊慌，又拐入另一条麦隙中。我注视着它。恰巧今天我未带望远镜。麦田深处，有一带小孩的年轻夫妇，正在拔杂草。野兔听见了响声，它顺着麦垄又返回了，不慌不忙的。我怕它看见，闪在一旁。但它并未出来，我再向那条麦垄看时，它已不见了。我注意看着，麦秆没有晃动。

我有许多年未看到野兔了。未想到在这里看到了一只，这是一只成年兔。这片麦田距住宅区很近。

晚大春打来电话，说山东的张亮来了，欲来昌平。我说可以，他们随后即赶到。傍晚，下了一阵雨。谈起野兔，张亮说，打野兔的人，往往会自伤或伤伙伴。这是野兔的神秘性之一。

五月六日

上午为学校事去首师大。中午返回。大春和张亮起来后也于上午返回城。中午林莽、郑单衣赶到马尾沟大春处，与两人通电话。

五月七日

着手写“野兔”，作为《大地上的事情》一则。

五月八日

这一时期，主要阅读戈尔《濒临失衡的地球》。

五月九日

《美文》五期刊出《谨读赠书》中的五则。将另五则寄《散文天地》（前五则涉及蓝蓝、于君、林莽、冯秋子、顾城五本书，后五则为钟鸣、刘烨园、食指、陈长吟、陈旭光五本书）。

五月十日

两周前，微波炉因故障而得到这家维修部的上门服务。但没过多久，它的制热系统又出了故障。今天上次来的两位师傅再次上门修理（维修部在宣武区），并意外地为我们换了一台新微波炉。旧机我们已使用了近一年。我送他们下楼时，司机贺师傅告诉我，由于我上次执意留他们吃饭，热情对待他们，使他们受了感动，破例为我搬来一台新机（他们到其他用户家时，一些用户由于其产品出了故障，常常理直气壮对待他们）。

五月十一日

在电视节目中，看到关于“大地原点”一事。我首次听到这个词。“大地原点”在陕西，在一座建筑物内。“原点”是一个十字形，这个十字用宝石镶嵌。

香山的喜鹊很奇怪，不怕人。它们敢落在游人的肩上、头上。敢从游人手中取食，并将食物叼到石头后面藏起备用。

蚂蚁有“放牧”行为，这我也是始知。它们将昆虫的幼虫囚在穴内，并每天驱赶它到穴外树上吃叶。虫吃足后，皮肤上会分泌出含蜜的东西，蚂蚁即吃这种分泌物。它们囚禁这种虫，直到其羽化为蝶，便将其送出地面放走。

瓜达卢佩尖嘴啄木鸟在十世纪时在美洲还随时可见，但到一九〇六年便灭绝了。

（以上三则来自电视节目《人与自然》和《走进大自然》。）

五月十四日

阳台上晒衣架上的蜂巢还不到一只酒杯那样大，且从月初以来始终是一只蜂在筑巢。但现在我看不到这只蜂了。不知它是遇到了不测，还是由于觉察到这里不安全（经常晒衣被）而终止筑巢迁移他处了。

五月二十一日

汪剑钊上午打来电话。宋逖曾谈过他（宋逖告诉我，汪说在北京该见的人都已见了，只有苇岸还未见过，表示欲来昌平）。他们在三月曾与我约过一次，但那一天我恰已定好与大春去W处，晚上并有北大的“海子祭日诗歌朗诵会”，故只能改期。

汪是中国社会科学院青年学者，致力于研究俄罗斯“白银时代”诗歌。他正为昌平一所私立性质的高校（设在昌平城西北方向）讲世界文学。每周都来昌平，他表示如条件许可即来访。并带一本俄罗斯文学杂志约我写一篇《我与俄罗斯文学》的文章。

郑单衣欲在昌平买房，我已给他咨询。我给他打电话，说可与剑钊一起过来。单衣与剑钊商议后告诉我，下午两点他们的车到。单衣先过来，剑钊去上课，五点下课后再过来。

单衣被车送到政法大学门口，打电话给我，他找不到我的住处了。我去接他。单衣面临是回贵州，还是留北京的问题。留下有两个生计问题，一是办一个书店；一是在昌平买房以写作维生。我不太赞同他办书店，这会毁了写作，会有开始而无终结地运转（也许会办不下去而倒闭）。我们去昌平房屋开发公司咨询，在水关新村还有一栋“拐把楼”有房，一居室的一室一厅约九万多元，而两室一厅为十二万多元。我希望单衣与我做邻居。

剑钊下课后赶来，我们第一次见面。他搞诗歌批评。交谈是宽泛的，他给我印象很好。他问我一个问题：普里什文对我的影响。我说普对我的影响是阶段性的，更多的是文体上的，我已不能确定我写《大地上的事情》在时间上是先还是后于我读普的作品，但我曾非常喜欢他的作品，现在也喜欢（我写这则日记时，查了《林中水滴》，扉页上我写着这样的话：“没有这个人，大自然就失去了一个真正的朋友，这个人死了，大自然唯一的一面镜子破碎了，如果可能，我再去做这面镜子。一九八六年二月二十八日邮购于天津百花文艺出版社。”从这个日期看，我读普的作品在先）。

剑钊晚乘十点末班车走。我和单衣送他去车站。等车时有这样一个细节，剑钊抽完烟，走出一二十米将烟头扔进垃圾筒。单衣说：看看苇岸的精神力量，使剑钊都改变了。

五月二十二日

给单衣听了顾城的录音，他第一次听到顾城的声音。这是顾城一九八四年（或一九八五年）八月来昌平时我们谈话的录音。我感叹今天的诗人、作家见面时已很少涉及这样的话题了。

单衣下午返城。送单衣回来，从信箱拿到中国作协的通知，说“中国作协书记处已于一九九七年五月六日批准您为中国作家协会会员”。并附表“作品发表登记表”。入会手续：写一小传，交两张二寸照片，交纳一九九七至二〇〇一年五年会费一百元，咨询费五十元。

五月二十三日

忽然想写两文，一个篇名为《诗人皆兄弟》，另一篇名为《有朋自远方来》。后者我将引用来访者的留言并相应对每个人做些议论。这个想法及明天陈燕来昌平，使我决定邀请 W 和大春同来昌平。

五月二十四日

上午十一点半，W、黑大春与陈燕同时到（他们在昌平相逢）。

午饭大家一齐动手。饭间话题我谈了素食主义的七个理由。W 说东方人体质劣于西方人正是偏于素食造成的，他反对刻意素食。我说你遵循的是现实原则，我遵循的是理想原则。俄罗斯人走上大帝国之路也是违背他们的心灵的，但现实原则（不在现实中强大，便受奴役、劫掠）迫使他们有悖自己的心灵。我一直想再写一篇《素食主义》。

又涉及了列举三个最喜欢的动物的游戏。W举的是恐龙、大象、鲸鱼，陈燕举的是马、狗、羊。大春窃笑，说难怪W找不到妻子（第一个动物代表的是妻子，第三个动物代表的是自己）。W在给我的留言中这样写："鲸鱼羡慕驴，因为驴有腿。"

陈燕带了照相机，我们留了影。

（晚人大一学生打来电话，说为校庆编人大校友诗歌集事。）

五月二十六日

回北小营。路上在一个大院墙外停留。这个大院据说是市储备局的一个仓库。它的面积很大，树木丛生，安全寂静。它成了周围鸟类最理想的汇聚之地。灰喜鹊不断从里面飞出，落在墙外，这使我能很近地用望远镜观察它们。这些漂亮的仕女。而更令我激动的是一只黑卷尾，它仿佛像马驹撒欢一般在空中疾速飞转，它让我想到"黑色闪电"，它的生命活力中蕴含着攻击性。

我进了三姑的院门后，大哥也赶到了。祖母的状态尚好，她的开始于一两年前的幻视，依然如故。她将墙壁上的苍蝇看成小孩或仙女，她说它们爬着爬着就变了。她说它们并不害我，你们也不要打它们。

五月二十八日

进城。先去黄寺总政医疗中心咨询了药物注射（非手术）治疗下肢静脉曲张。由于须缠纱带，天已热，九月后再做。

去书店。在王府井风入松书店买《梭罗集》（上下两卷），《淮南子》和《价值的颠覆》。在三联图书中心买《茨威格散文精选》和契诃夫的《萨哈林旅行记》。

五月二十九日

收到《散文天地》第三期。刊出我的《我的散文观》。在这个栏目中，还有肖复兴和许淇的《我的散文观》。我是在四月寄给它的。

六月

六月一日

今天有一个戏剧性事件，即香港特技艺员“亚洲第一飞人”柯受良将驾车飞越黄河壶口。中央电视台的转播从中午十二点三十五分开始。这类英雄式的壮举，由现代技术做条件的英雄主义将给庸常的现代人以新鲜的刺激。

在壶口瀑布搭着起跑与落地的设施。起跑线路在东岸，二百五十米，木架搭制。落地点在西岸，五十米，由纸箱堆成。两端相距五十六米，即柯将驾一个特制的三菱越野跑车飞跃五十六米。由于气候原因，原定下午两点半的飞越时间提前到一点十五分。上车时柯的表情是丰富的、严峻的，有一种退却不能的因素，一种非很有把握的因素，含在其中。我看到他的表情和潜在的犹豫，由此而有一种预感，一种不祥的预感。第一次启动，中途停住了。这加重了紧张的气氛。但第二次启动后，一越飞过去了。从车子启动，我即开始为他鼓掌。我知道他的妻子和子女这时的心情。

六月五日

今日“芒种”。锋芒毕露的麦田与“芒种”呼应。

自五月二十六日起写《徒步黄河》一文。指去年八月我与黑大春沿黄河徒步行走数天的经历。由于它的行文口吻要求使用“我们”，也会涉及我向大春询问当时经历的一些我可能已记不起来的事情。故我决定署名时用两个人的名字。

大春开始参与了创作。我想将全文格调定为叙述的、叙事的、平白的、朴素的。大春则有诗人的习惯：抒情的、诗意的。而全文开端则定在了大春的倾向上。这使全文进展缓慢，现只写出五百字，约占全文预定字数的四分之一。

六月七日

今天是周六。上午十点，接到食指电话。这是他第一次从福利院打来电话。他先问候了我几句，问到写作。他说他写了一首小诗，名《中国》。他给我朗诵了一下，大约是八句。概括地、宏观地讲这个民族的，很准确。他说太少了，应该再有几句。他的声音苍郁，有迟暮感。他在那里太孤单了。想想我有些心痛。我去看他的次数太少了。

六月八日

近日陆续读了《茨威格散文精选》中的一些篇目，首先是《俄罗斯之行》。这是一篇较长的纪行，分若干小节，各有标题。

“今天，在我们这个狭小的世界上，有什么样的旅行能像俄罗斯之行那样有趣，那样迷人，那样富于启迪，那样令人激动不已？”这是它的第一行文字。他说，对于俄罗斯需要一生的时间才能浏览一遍。他这样概括俄罗斯民族的本质：“这个民族的危险和天才，主要存在于它的巨大的等待能力当中，存在于我们无法理解的忍耐当中。”俄罗斯战胜一切，靠的就是这种在被动中的唯一能量，靠的就是一种忍受无限痛苦的神秘能力，“这种坚韧的、默默的和在内心深处所信仰的忍耐，是它特有的、无与伦比的力量。”

对它的知识分子，茨威格说：“在俄国最令我感动和震惊的，是俄罗斯知识分子的英雄主义。”茨威格拜访了高尔基，参观了托尔斯泰故居。在故居他谈到了两件给他留下强烈印象的小事，一是一玻璃柜里，有一外国妇女寄他的一封信和一条绳索，让他不要再用令世人忧伤和没完没了的不满和愤怒来折磨自己，折磨人类，最好赶快结束自己的生命。另一是一个盖着官方图章的证件，一张运货单，而货是托尔斯泰的尸首，收货方是托的家庭。

另外的篇目是《莱依纳·马利亚·里尔克》：“对表述和袒露感情有着巨大的羞怯感”的里尔克；“穿着最简朴的但却是非常整洁和得体的衣服，避免任何让人看出是诗人标志的举止，禁止在杂志上发表他的照片”的里尔克；“有他在场的情况下绝不会有人敢于口吐脏字和粗话，没有人有勇气去谈论文学上的流言蜚语和说些刻毒的言辞”的里尔克；“若是有人借给他一本书，他归还的时候，就非常细心地用棉纸把它包好，并用一条细细的彩带把它捆好，放上一束花或写上一句特殊的话”的里尔克；“人们能感觉到他的本性的温暖，同他交谈是一种幸福和一次道德教诲”的里尔克；“在公众中从不出头露面，在人们中间从不提高嗓门，从不读评论文章，从不使人感到好奇，从不接受采访”的里尔克。

《赫尔曼·黑塞的道路》：“用歌德关于鉴别真正的天才诗人的话说，他是一个有多次青春的人，一再地焕发新的青春。”还有“让-雅克·卢梭不属于时代，不属于任何时代”的《谈让-雅克·卢梭的〈爱弥儿〉》。卢梭向来置身于任何时代之外，“在他身上存在有人类的一个原始孩子的某种东西”。“他的作品是无时性的”，康德在读它时四十年来第一次忘记了他每天要做的散步。

《乔伊斯的〈尤利西斯〉批注》，谈到这本书的缘起，他说：“某种邪恶就是根源。在乔伊斯身上什么地方，从青年时代起就潜伏着一种憎恨，一种心灵创伤的初期浸润。”“这个伟大天才人物所写的一切都是对都柏林的报复。”“我间或记起了乔伊斯的面容：它很适合他的作品。一副偏执狂的脸孔，苍白、衰弱，一种细微而不柔和的声音，一双悲哀的眼睛，嘲弄地躲在磨得光光的镜片后面。”“乔伊斯的真正天才却在于憎恨。”

六月九日

周一

陈旭光电话，谈了谈，说他已写完博士毕业论文。

六月十日

周二

高维生电话，说他要寄一本他父亲的书给我。

六月十一日

周三

午宋逖来电话，无具体事。他对我的文字谈了这么几点：1. 苇岸的散文具有文体学上的意义。2. 苇岸的散文一开始就是一种本质的东西，一种摆脱了青春美文的东西。3. 惊奇苇岸的心静（心境）。这样的散文须一切安定后方能读进去。4. 苇岸建立了一种“苇岸文体”。

下午彭程打来电话。无具体事，交谈。

六月十二日

宋逖告诉我王家新从美国回来了。我给他打了一个电话，主要问他是否见到一平或与一平有联系。他说没有，他与一平相距近似北京与新疆的距离。

六月十四日

进城。陈燕为我设计了一个名片，这是我请她设计的。名片上有个图标，我很喜欢，为 W、A 两个字母和芦苇与河岸的抽象与具体的结合体。这张名片我将主要在文学界外用。文字为“中国作家协会会员《大地上的事情》作者”及住址、电话等。

买了一些书，有《瓦尔登湖》（这是我买的第三个译本，刘绯译）、《诺贝尔文学奖获奖作家散文诗精品》《奥斯卡·王尔德传》《达利自传》《塞尚传》《尼采传》，及两册《老照片》。

与郑单衣和陈楚寒在三联图书中心会面。楚寒在一个影视制作公司做部门经理，我介绍单衣到他部门工作。后我们一起赶到大春家。交谈时我发现单衣喜欢的画家与我很一致：夏加尔、凡·高、米罗、克利、马蒂斯等。

六月十六日

（《北京晚报》今天刊出《住在昌平》。它不是创作。谈的是表扬微波炉维修师傅及关于“白色污染”中塑料袋的话题。分两个部分。它回到了生活中。）

六月十七日

几日未到田野跑步。今天早晨我发现玉米长高了许多，已经秀穗，蜜蜂在花穗上采蜜（这一点我第一次发现）。我有一种“一日不见如隔三秋”或“士别三日，当刮目相看”之感。

收到《武汉晚报》。七日的报纸。刊出了《在散文的道路上》。

六月十八日

进城。取名片。中午与止庵、周晓枫在“天食”素食馆午餐。与止庵争论。他的基本观点是世界是改变不了的（或必定要毁灭的），故作家不应企图改变世界或拯救世界（有一点，人都是要死的，但人——止庵——生病了，还是要去就医，要锻炼身体，以图延缓死亡）。

下午去树才家。单衣已赶到。树才，诗人，法文诗歌译者。他译的最多的是勒内·夏尔诗。他给我们看了法文版《勒内·夏尔诗全集》和雅姆诗选（一本小书，有毛驴及田园、村景、动物的朴素插图。图与诗非常协调）。见到法文版雅姆诗选，我很幸福。

六月二十日

给一平写完回信。发出。我想将这封信补充修改一下，写成一篇书信体文。

六月二十三日

上午北京作协王庆泉打来电话，说中国作协在北戴河有个创作之家，每年给北京作协几个名额到那儿休养，这批时间是七月四日至十日，凡中国作协会员都有资格。他问我能否去，我说晚上给他答复（我的课已考完，又正好完成一篇文章，故我决定去）。

六月二十五日

郑单衣决定在昌平买房，我带他跑了两家售房单位，分别看了房。其中一家即在水关小区有房出售。我们看了这栋楼房，它与我的住处相邻，几分钟的路，楼形也是“┏”形。单衣想买的为东西方向，六楼，两居室，约十万元。看好的这个居室封闭的阳台处恰好也有个正在建筑的胡蜂巢。看了房后，单衣非常兴奋。他有可能与我做邻居了。

六月二十七日

上午将致一平信《少数的意义》，彻底写完，修改好，用电脑打出，约两千字。

（接到《中国文化报·书与人》专刊编辑孙小宁电话。近日星竹曾打电话告诉我，孙小宁通过他向我约稿，并问了我的电话。她说一直在注意我的文章，看了《为您服务报》和《美文》上的《谨读赠书》，与流行的书评文章不同，希望我为她写稿。我问了一下曾向我约稿的王丽，她说王丽只干了一个月即走了。我有一篇《在散文的道路上》还在她手里。）

下午去看食指。带去了一个西瓜。他很兴奋，找来了一个菜刀切开。他在电话中给我念的那首诗已改好，补充了一段，有十六行，叫《中国这地方……》。我问他是否愿拿出去发表，他表示愿意。我建议给《文艺报》或《武汉晚报》，他说他想在《北京晚报》发表，这是家乡的报，刘孝存曾在该报写过关于他的一文，他说用这首诗作个回应。我将诗抄了下来。谈到一平，食指说一平很像昆德拉《生命中不能承受之轻》中的萨洛美（我已忘了这部书的人物），认为一平不该久待国外，应回来。我们在大门合影。

六月二十八日

将致一平信《少数的意义》寄《武汉晚报》袁毅，《中华读书报·家园版》王小琪。一平致我的信曾在这两报刊出，故我将致一平信也给这两报，作为回应（同时将食指诗寄袁毅）。

六月二十九日

将《在散文的道路上》寄《中国文化报》孙小宁。

六月三十日

将食指诗寄《北京晚报》赵李红。将打印出的食指诗《中国这地方……》两份寄给食指（我曾说寄他）。

寄彭程信，附卡片。

收到《散文天地》约稿信，称今年第六期（十一月份）再搞一期“新生代散文专号”。

下午回老家看祖母。她这一时期进食少，精神状态不好，言语也有些失常。她自己有不久人世的感觉。

回来的路上，我听到了布谷鸟的叫声，有三只，是“四声杜鹃”。其中一只停在一棵低树上。声音很近，但我用望远镜找了半天，才在枝叶中发现了它。它在望远镜中很大，像一只鹰。

七月

七月一日

今天是香港回归日。庆典通过电视传播渲染出来。百姓是平静的，夜里零时楼区也有鞭炮声，这是百姓中的方式。

给树才写回信。我为树才因《大地上的事情》写了长信而感动。他随信寄来了勒内·夏尔的“散文诗”。从夏尔的作品中，我看到他兼有雅姆和勒韦尔迪的诗歌因素。树才挚爱勒韦尔迪，我挚爱雅姆（附树才《在散文的道路上》和《少数的意义》，及一组《大地上的事情》，一平的《现代世界需要一点反艺术》）。

七月二日

晚打了一辆“面的”与小松回乡下看祖母。明天我即上路去北戴河，须八天。祖母身体状况不好，我担心在这期间她去世。三姑说，不会有事，你放心去吧。

七月三日至十日

北戴河 中国作协创作之家

三日，晨四点半醒来，乘345路支线六点头班车，小松送我到车站，她也去上班。火车发车时间七点五十二分，车为209次，至秦皇岛的旅游车。度假人员可带一位家属，因小松去不了，我邀单衣同去。

一路主要交谈，十一点五分到北戴河站。创作之家一位青年接站，“面点”出租车，正逢下雨，雨量较大。办好手续，进住房间，房号也是209。下午在房间的阳台上我看到一位女士很像于君，当时一辆红色夏利开进了大门，女士下车到里面服务台办手续，我甚至用望远镜确定了一下。我对单衣说，刚来的一个人很像我的一位朋友。不久有人敲门，开门一看果然是于君。她知道我住此房间，先来打个招呼。

七月十一日

昨晚到家后，得知岳父跑医院（照顾岳母）在公交车上因拥挤摔倒，造成腰脊椎骨折，住在他原供职的小汤山疗养院。今天我去看他。在这个疗养院的院子里，树木丛生，许多灰喜鹊飞来飞去，它们并不怕人。仿佛幼鹊已经长成，做着它们最初的飞行。它们的体形都不大。

（从单位拿到徐晓寄的《〈今天〉与我》，林莽寄的《华人文化世界》（第四期），西川赠的诗集《虚构的家谱》。在报摊见十日的《为您服务报》刊出《素食主义》，并配作者漫画头像。《光明日报》刊出《博览群书》第七期目录，《关于〈蔚蓝色天空的黄金〉》在此期刊出。）

七月十二日

晚徐晓打来电话。我尚未告她《〈今天〉与我》已收。她主要问及这个。

七月十三日

这是连续酷热中的一天（气温在三十七摄氏度以上，湿度也高，人一动即出汗），下午我骑自行车回乡下看祖母。她这段时间状态不好，进食很少，但与我去北戴河前比，有好转。她的生命力是高的（姑姑和母亲都以为她这次会挺不过去）。

返回时，我在那条被家乡称作“二道河”的人工修整过的干涸河岸坐着休息，忽然一只野兔从对岸奔下，越过河床，跃上此岸。它想到这边的田里去，但由于有一道篱笆，便迅速返身回去了。它看到了我。过了片刻，我见它在前方又越过了河谷。看到一只野兔，我的喜悦难以述说。而在我起程后，我又在不远的豆地中看到了两只。它们在豆垅中卧在地上避暑。

今年我已看到了四只野兔。

七月十四日

上午接《中国文化报·书与人版》编辑孙小宁电话，她告诉我《在散文的道路上》已发，报纸已寄出，但我还未收到。

下午即收到该期《中国文化报》。

七月十五日

进城。在王府井风入松书店买《达利自传》《塞尚传》《尼采传》等书。下午与郑单衣在三联图书中心见面，有陈楚寒。后我们一起去马尾沟黑大春家。大春将谭五昌请他转我的《海子论》交给我。

七月十六日

止庵打来电话，谈了“尽管我们观点不同，但不要影响我们之间的友谊”等话。

给孙小宁寄一本《大地上的事情》。给陈炎寄五则“大地上的事情”（《中华第三产业报》），给山东刘泉（大野）复信。

收到一平信。

晚大春打来电话，主要谈了他读了《武汉晚报》上的《在散文的道路上》的看法。他认为我对散文美学谈得少，而观点谈得多，且他看到了一种“文革”式的语言或口吻。

七月十七日

收到于君信，她寄来了在北戴河，她、郑单衣和我的合影。她叮嘱我注意身体，因为四十岁还是一个“坎”呢。谢谢于君。

下午大春又打来电话，为昨晚他说的关于“文革”式语言的说法向我道歉，并继续就《在散文的道路上》与我交换意见。他说：“你有一种使人收起黑暗的翅膀、只向你展现光明的力量。”

七月二十日

今天树才和其夫人小林来。中午郑单衣打来电话，说他参与一个电视片脚本写作（这使他有一个有收入的工作）来不了了。今天本来我还想请大春通知谭五昌一起来，但大春未能与谭联系上，故也未来。

树才带来了他译的勒韦尔迪的散文诗（这是他第一次来）。

七月二十三日

食指从福利院打来电话。两天前我为他转给《北京晚报》的诗《中国这地方……》发表了。他说他已看到报纸（这首诗我曾建议他给《文艺报》，但他想让北京的父老看到，还是希望能给《北京晚报》发表）。

七月二十四日

高维生打来电话，说张炜讲，看了几遍《大地上的事情》，并给予很高的评价。《大地上的事情》我是请他转赠给张炜的。

七月三十日

今天我看到了燕子。

宋逖来电话，告诉我说张炜称我为散文大家。我想他的说法也是来自高维生。

我将朋友转告我的张炜对我的散文的评价，记在日记上，不是因虚荣（尽管我很高兴），只是客观记事。

七月三十一日

郑单衣来访。

谈到编书事。比如出一套“复合型”丛书：小说、诗歌、散文、评论、译文各一本。五人每人一本。作者拟为格非、郑单衣、苇岸、陈超、树才或汪剑钊。但我讲散文还是另考虑一人，如张锐锋（我的文字尚不够新出一册书）。

还议论了另一套书，内容包括书信、日记、问答（如你为什么写作，对你影响最大的五个作家或五本书等）、访谈等。

这些仅仅是设想，而我希望有人编出这样的书，但我并不愿再参与编书的事。

八月

八月一日至三日

我所在的学校确定组织教师去张家界旅游。分两批走，第一批八月四日走，我在第一批。

做走前的准备（回乡下看祖母。宋逖采访。发数封信）。

八月四日至十三日

一早赶到学校，五点半发车，六点半到西客站。火车发车时间约九点半，要等三个小时。七点左右，我走出候车大厅，太阳刚出来，外面是清新的，都市的喧闹似乎还没有真正开始，厅外小广场上旅客不多。在一粗大圆柱旁，我发现了一只麻雀，它正在觅食。我忽然注意到它能够迈步，它想快速走动时，便向前蹦，而移动幅度小时，便迈步。我过去从未看到过麻雀迈步。

车为北京西站到湖南怀化的“芙蓉王号”，硬卧。一路无深感触。五日午后到张家界站。进张家界住宿。不规整的、有新兴的苗头的山区小城市。缺少给人印象深刻的特色。唯一令人难忘的是它满街跑的类似北京面的小三轮出租车，一律两元（市区之内）。六日先到黄龙洞，溶洞，洞大，但不如北京的石花洞秀。下午爬山，一路的石阶，典型的旅游小路。夜宿天子山上的宾馆。晚九点后出来，在墨黑的山路上散步，一边是渗水成流的山坡，一边是水响有声的山涧。在此我想了一则水与人类对应关系的片段，将把它纳入《大地上的事情》中。七日继续行走，张家界区域很大，又称武陵源风景区。它的景点，人工命名很多，加上原始地名，故使游人很难记清自己游过的地区。夜仍宿景区。八日上午下山后，又上了一个景点，这是张家界的一个代表性景点。傍晚返回张家界市区。饭后赶到火车站，北返宜昌。（三天的张家界之旅，相当于爬了三个泰山）。夜在火车上度过，旅客很多，挤，勉强站在一个地方，我基本上就是这样站着过了一夜（偶尔在车厢两座位之间的茶几上坐片刻）。学校的人分散在各车厢。九日晨五时到宜昌。经与旅行社导游交涉，上午在宾馆睡觉。下午游葛洲坝电站等地。晚上船，睡二等舱，上溯三峡。十日至巫山，游小三峡。长江水色已黄，与黄河水已没有差别。小三峡（大宁河）的水是本色的，乘吃水浅、载三大人的小舟。晚返到大游艇上，继续上溯。十点到奉节。住县招待所。十一日上午游白帝城。下午船顺流而下返回。观三峡风貌。晚十点后到宜昌住下。十二日晨赶至火车站，等候进站时，我买了一本小说。依然卧铺，车上读小说。十三日晨到北京西站，学校车接站，到单位七点。七点二十分回到家里。

八月十四日

从邮局取出申力雯寄的她的小说集《女性三原色》和中国作协挂号寄来的会员证。

处在出游后的调整状态中。

八月十六日

完成一则关于麻雀行走方式的片段，列入《大地上的事情》之中。它缘于去张家界在北京西站候车时，我在站前小广场所见（一只觅食的麻雀）。

八月二十日

又完成一则关于水系与人类社会组织对应关系的片段，列入《大地上的事情》之中，为在张家界天子山夜宿时所感。

收到胡军军寄来的诗集《冷的上演》。它的开本不同于一般书籍，介于杂志与书籍之间。这是她自费印制的，像香港出版物。印数一百册。

八月二十一日

郑单衣在电话中告诉我，他被流氓打了，希望我去看看他。今天上午我赶到他租住的位于圆明园东侧的民房。他是二十日凌晨被打的，据他讲同时被打的还有另一房客（小伙子），当时一辆小车上下来四人，两人围打一个。他的头、腿、手多处受伤。房东将其送去急诊，二十日全天，他昏睡了一天。

汪剑钊也赶来了。郑还须到派出所报案，去北大说明情况，去医院进一步治疗。我推掉了下午的约会，陪郑去颐和园东门附近的青龙桥派出所报案。然后去北大找系负责人，并去北大保卫部说明情况。再去北大校医院，已近五点三十分，急于下班的医生推辞了收治，让我们再去那家急诊医院。我们又赶到市区的北大医院，但郑不想在此诊治，想回校医院，我为他拦下出租车，由此返回昌平。到家已晚九点多。

八月二十二日

《武汉晚报》袁毅打来电话。告我的致一平信《少数的意义》已发。

八月二十三日

前天，一个称从美国回来，叫王昭阳的人给我打了一个电话，说他同一平在一起，带回了一平一封信，约同我见面。我将时间定在了今天。

下午，王昭阳赶到。他年龄比我小两三岁，曾在北外读书，未毕业去了美国，已在美国待了十五年。现在他与一平、苟红军在旧金山。

苟红军笔名菲野，写过诗，更多地以翻译俄罗斯诗歌在青年诗人中知名。一平年初去了旧金山后，在乘公共汽车时遇到了苟红军（他们认识）。苟与王是朋友。这样在旧金山他们三人便经常在一起。

八月二十五日

《山花》副主编何锐打来电话，告诉我《关于〈蔚蓝色天空的黄金〉》一文已编在第九期。并希望我再为明年的《山花》供一篇稿。

八月三十日

去北大，看郑单衣。他仍住在北大校医院。今天去看他的还有两位女士，一位叫周袁红，另一位叫不上名字。午，一同在北大南门西侧的饺子馆吃饭。

八月三十一日

收到宋逖寄来的《人民铁道》报。宋在他的《汽笛·读书版》上开设了一个《艺术家专访》栏目，陆续介绍了一些艺术家，以诗人为主。已介绍的有王家新、藏棣、孙文波、伊沙等。八月十二日刊出了他介绍我的文章《苇岸：大地上的事情》。

（今天的节目播出了英国王妃戴安娜遇车祸身亡的消息。）

九月

九月一日

今天明显地有秋天开始的迹象。天蓝、风爽，有空间感。

九月二日

《北京日报》编辑刘晓川到《京郊日报》任副刊主编，今天他打来电话为他的版面约稿。

九月三日

将一组“大地上的事情”（六个片段）寄《散文天地》。它今年第六期为“新生代散文专号”。

九月五日

写完散文《第二条黄河》。约一千五百字。长江的颜色已经变成黄色的了，和黄河不再有区别。

九月六日

（将《第二条黄河》寄《光明日报》副刊宫苏艺。）

下午去看郑单衣，他仍住在北大校医院。并约《中国文化报·书与人版》编辑孙小宁五点钟在北大南门见面，然后到西侧的饺子馆交谈。

单衣在昌平曾向我谈起编辑一个有关作家档案的丛书。它涉及书信一卷、日记一卷、“你为什么写作”一卷、“你最喜欢的三本书”一卷、“对你影响最大的三个作家”一卷，五本。就是说同一个作家在这五个方面提供材料。关键的是入选作家的范围：包括小说、诗歌、散文的创作作家。今天我们一起议论了这件事。它有意义，但也费时。我的态度是消极的。

和郑单衣又产生了观点不同的争执，这是北戴河后第二次较激烈的争执。他对海子、梭罗都进行了非议：海子诗歌有暴力倾向，梭罗在美国品行不端。这是我们争论的直接原因。

九月十日

王昭阳打来电话，说他要回美国了，一周内。他原定十月底回去，但因事决定现在返回。前几天我带他去看了食指。

我整理了刊有一平发表作品的报刊，我给一平写了信，准备让王昭阳带给一平。

九月十二日

我和王昭阳约在北大南门那家饺子馆（因曾答应单衣与他见面）。并约了树才、宋逖。树才带了夫人和一个住在他家里的法国青年诗人。

我将报刊、信及送给一平的别尔嘉耶夫的《思想自传》交给王昭阳，他的机票是明天的。

九月十四日

骑车回老家看祖母。

九月十五日

收到中华文学基金会寄的请柬：

“兹定于一九九七年九月二十五日上午9：00在文采阁举行‘世界文学与发展中的中国文学’研讨会”

这是中华文学基金会和《世界文学》杂志社共同举办的。

九月十六日

今天是中秋节。第二次让我明显感到秋天已经来临的迹象。

秋风刮起来了。

夜里将出现二十世纪最后一次月全食。时间在夜里一点二十分左右。

夜一点，我穿上军棉大衣，带上望远镜及小凳下楼，在楼区的一块利于观察的空地，我做好观察准备。中秋的天空几乎一尘不染，看不到云彩，不必担心月亮会被遮掩。秋虫鸣叫，月光银亮。我的二十倍的望远镜能够将月亮放大到可清晰地看到月亮表面遍落陨石的坑痕：石头落在粉尘中四溅的痕迹。望远镜中的月球像乡村碾盘一般大。

从初亏到月球全部被遮掩（这时黑色球体周边现出橘黄色彩），时间已近两点。月食开始后，随着球面被蚕食愈来愈大，一种恐怖气氛显现了，星星也逐渐增多。我没有看到其他人观察月食。我没有等到月亮全部复出，回去睡觉了。

（收到青岛一封来信，署名“青岛华夏文化艺术传播中心”杨文闯。内容是为中国现代文学馆制作两只花瓶，征求中国作协会员题词、签名事宜。）

九月二十二日

收到《青春》杂志的约稿信（编辑衣丽丽）。讲其在组织六十年代出生作家的散文。

（周晓枫、郑单衣、林莽电话。）

九月二十五日

上午九点到文采阁中华文学基金会参加“世界文学与发展中的中国文学”研讨会（与树才同行）。

会由林莽和《世界文学》副主编申慧辉主持。出席会议的有小说家王蒙、徐小斌、林白、刘恪；诗人西川、树才（兼译者），我以散文作家身份到会；翻译家高莽、李文俊、董乐山、吴元迈、童道明、郭宏安、赵德明、刘文飞、陈众议，评论家王一川、程光炜、陈旭光。

会后与林莽、西川、树才、刘恪、《世界文学》高兴在文采阁三楼聊天。

（今天的《为您服务报》刊出王京生写的《苇岸：大地的歌者》，配宫苏艺的照片。）

九月二十七日

写关于雅姆的文章，标题《弗朗西斯·雅姆》。

张亮打来电话。

九月二十八日

杜丽、宫苏艺、林贤治打来电话。

十月

十月一日

从晚报上看到一条消息，说一只澳大利亚的喜鹊啄瞎了一个小男孩的一只眼睛。这个小男孩正在一只船上，喜鹊飞来时他并未在意。消息说，那里的喜鹊专门喜爱啄小男孩的眼睛。这件事情之所以作为一条新闻报道，因为它与传统的喜鹊形象是相悖的，同时也具有一丝神秘性（关于喜鹊，我很想写一则“喜鹊在高压线的铁架上筑巢的现象”）。

十月三日

写完《弗朗西斯·雅姆》，副标题为《我热爱的诗人》。我早就想写一篇介绍雅姆的文章，这个迄今为止只有十几首诗被翻译过来的诗人，但我写了一句“没有什么大诗人比他更令我倾心”（全文约两千字，寄给《中华读书报·世界书林版》编辑赵武平）。

十月四日

树才与妻子要去非洲科特迪瓦供职，需一年半（在一个中国援建的歌剧院工地）。我在昌平为他送行（饯别）。今天同来者还有郑单衣和索杰。索杰因公职也常去非洲。

他们下午到。一起赶在日落前照了相，并走进了我早晨常去散步的那片高科技产业开发区中的庄稼地。此时，恰好日落衔山。

树才带来了他一篇谈翻译的文章和约十年前写的带有勒韦尔迪风格的散文诗。去年秋天在房山第一次和树才见面，之前常听大春谈到他，我意识中他是北京人，年龄比我略大。见面后有同龄感，这次知道他六五年出生，比我小五岁。

十月五日

写出一则“大地上的事情”。这则与《第二条黄河》的结尾有关。

上午彭程打来电话（谈到了他寄给我的那篇写圣埃克絮佩里的童话《小王子》的文章《王子与玫瑰》）。

十月六日

冯秋子说她十月份要编三个版的作品，需要好稿。我忽然想从一平的信中整理一篇。我用了半个上午，一个晚上，将一平给我的所有信浏览了一遍，整理了近十个片段，取名《只言片语》，连同树才的两首散文诗一并寄给冯秋子。

（看到十月一日的《中华读书报》刊出《少数的意义》。不知由于校对还是由于编辑，文内“都柏林”变成了“柏林”。这关系很大。）

十月七日

《散文天地》常务副主编楚楚打来电话。该刊今年最后一期为“新生代散文”专辑。她手里还有一篇郑单衣的散文，亦准备排上。她让我转告郑准备一则小传，一则三百字散文观及一则五百字的友人评论。

这是我们第一次通电话，她喜欢我的文字，谈了谈。

十月八日

孙小宁打来电话。她收到了我寄的《我喜欢的几本散文集》和安民写于君的稿子。她说安民的稿子涉及中日关系不太好发。孙小宁，《中国文化报》编辑。

十月九日

为郑单衣写了几百字散文评论，用于《散文天地》。

收到《中华读书报·世界书林》编辑赵武平信，言其收到我的《弗朗西斯·雅姆》，表示尽快排上。

杨文利打来电话，他已由《为您服务报》调到席殊书屋有限公司，他希望我去书店选一选书，然后写写书评。他们在各地报纸上开有书评版，向其俱乐部成员介绍书籍。

今天去邮局取出了一平姐姐转寄来的一平托人从美国为我带回的书三本，《爱默生日记选》《瓦尔登湖》《梭罗传》，英文版。我非常高兴。晚给他姐姐打了电话。

十月十日

《世界文学》编辑高兴打来电话，他希望将《中国作家与外国文学》栏目恢复起来，希望我写一篇。并想为栏目起个恰当名称，征求我的意见。

十月十一日

陈燕来，为绘画她想到十三陵一带拍些照片。我陪她去了十三陵水库。沿南岸公路返回。秋天的黄金季节，非常美，树木斑斓的颜色令人激动无比。结群的灰喜鹊，它们动听的叫声，我对陈燕说，河南的女声即像灰喜鹊的叫声。

十月十二日

一直在读《古拉格群岛》。我读得细，故较慢，第一册还未全部读完。第一册读到一半的时候，有过停顿，因为我对索尔仁尼琴的方式产生了厌烦感。索的方式是叙述的、罗列材料的、控诉的，但他采取了嘲讽的、刻意幽默化的做法。这反而妨碍对事实叙述的明晰、客观。一种过于情绪化的做法，易使人产生夸张的感觉。

十月十五日

宁民庆让人带来过他写西藏的一组散文，写得很成熟，小说化的笔法。今天下午他开车来，我们先到了十三陵区的德陵。我从未来过这里，它有定陵一样的格局，但比定陵小。前部建筑已坍颓，有守陵人，但不售票，个别游人到此可随意进入（宁民庆，供职《中国环境报》，笔名宁肯）。

秋天最美的时刻，已是山区环境的农民正在收获柿子。今年柿子是个罕有的丰年，大小的树上都挂满了。

十月二十一日

周二

《为您服务报·读书版》编辑调到席殊书屋有限公司去了，他叫杨文利。他给我打电话，希望我给他写书评。他们在《中华读书报》(每月一张《好书》专刊，四个版）等多家报纸开有读书版或专栏，需要大量书评。他希望我为他介绍一些朋友写书评，到席殊书屋去挑书。

我约了冯秋子、杜丽、汪剑钊、黑大春、郑单一，下午三时到席殊书屋（于君由于怀孕未能到)。我们各自挑了二三百元的书。这次我挑了《蒙田随笔》三卷,《叶芝文集》等书。(后一起吃了晚饭，谈了谈。)

十月二十二日

昨天，在下午去席殊书屋前，我和冯秋子、郑单衣（他多次表示见一见冯秋子）在三联图书中心附近的一家餐馆一起午餐。交谈中，我和郑单衣又吵了起来。观点的不同。他有一个观点，好的东西再去表现它是荒谬的，作家的职责就是批判。那么，批判是为了什么呢？批判之后呢？我倾向的不是“批判”，而是“建设”，并注重每一个个体是怎样的。这是我更注重每一个人自身的原因。郑单衣说我是一个道德家，人的一切终极不是道德又是什么呢？（今天在电话里我和冯秋子又谈了此事。）

（今晚人大团委一个叫彭凯雷的学生给我打电话，说人大为庆祝六十周年校庆准备搞一个文学晚会，邀请我去。这是他第二次给我打电话，今夏时，为出“六十周年校庆校友文集”曾打电话给我。）

（黑大春打电话告诉我，山东东营的韦锦到北京来开会了，去年我随大春去邹城张亮家时曾在电话中与他谈了几句。由于读了我的那篇《四姑》，他提出要去看看她。）

十月二十四日

下午两点，大春带韦锦赶到。韦锦是东营胜利油田的一个官员，他是乘“奥迪”来北京的。大春说韦锦比我们小两岁，我看他年岁显得比我们大。韦锦是诗人，但我未读过他的诗。

我们先到了三姑家，看看祖母。然后到乃干屯四姑的家。四姑在菜园。“奥迪”直接开进了菜园。四姑正在暖棚里，她对我们的到来感到意外。我们在暖棚里与四姑合了影（四姑不太喜欢照相，在我的说服下才同意），在外面，当我提出再照一张合影时，四姑执意不肯了。

庄稼已经收获，田地空旷而辽远，小麦的绿色与草木的斑斓构成了秋天。这里离山已很近，它正是我所说的在华北大平原开端的地方。

离开这里，我带他们去了十三陵的德陵。我已经是这个秋天第三次来这里了（与宁民庆一次，后与小松一次）。

返回时，天已黑。韦锦让我感动，因为他是第一个提出去看看四姑的人（由于我的《四姑》），为此我对他说，我将他视为血缘上的兄弟。但他也令我惊奇，作为一个中国的权力位置上的人，他依然葆有这样的心情。

十月二十五日

人民大学学生会一位女生打电话来，说人大的文学晚会定于二十九日晚六点半开始，地点在人大新图书馆学术报告厅。她问要不要派车来接，我说你们事情多，我自己赶去。她说我们在大门等您。我说不用了，我自己找就行。（谭五昌晚打来电话。）

十月二十九日

我下午进城，先到文采阁找田晓青。关于写田晓青的那篇文章，我拖了至少一年以上了，《诗探索》也一直在等。有多种因素造成：时间、写作动力、难度等等。这次我想以“对话”或“访谈”的方式完成这篇文章，并分别征求了林莽和晓青意见。今天我将前五个问题交给了晓青（我过去已对晓青进行过采访），讲了讲方法。林莽也在，我们一起谈了谈。晓青说，多多回来了。

晚六点，按照学生会女生的通知时间，我准时赶到人大。但晚会时间改在七点。被邀请者，我第一个赶到。到的还有贺敬之、蔡其矫、朱先树、殷之光、邓拓夫人等人大老校友。我朗诵了写于一九八七年的《大地上的事情》中的一个片段，关于秋天的。朗诵前我说："在这个世界上，学校和秋天是两种直接对应的事物，它们都是为世界贡献果实的。"

我由于要赶车。蔡其矫先生朗诵完后（他在我之后朗诵，第四个），我便提前退场了（七点半时）。

（月中给《山花》的何锐寄了一组《大地上的事情》，它是我今年写的，共九则。曾在今年《台港文学选刊》封二连载。）

十一月

（注：我的一九九七年日记自此中断，今天当我根据夹在日记册中的简单的备忘记录，补写下面的日记时，已是一九九八年八月二十三日下午了。故我将简化地凭记忆写几句，只起一个记事作用。）

十一月五日

今天我和小松在位于昌平政府街的昌平县民政局离婚登记处，最后办妥了离婚手续。手续办理还是顺利的，这是我们第二次来。我先给此处打过电话，询问需要准备什么，后我和小松第一次来时准备还是不齐全。今天工作人员惋惜地（劝说了什么）、温和地给我们办理了手续。

我不爱在日记中涉及家庭事，今天的事是我的大事，故我写下这些文字。

我们一九九一年九月“中秋节”结婚，今天离婚，六年的婚姻生活。我更多的是自责和内心隐痛。我深感婚姻是需要经验的，也醒悟到我有些不懂女人。我过去有反生活的倾向，不能自然地顺应人性，将理性或信念的因素引入家庭。在小松和我生活的期间，我深感歉疚。文学通过我妨碍了她的幸福。

十一月十一日

《武汉晚报》编辑袁毅打来电话，言月底将来北京开会，说到时来访。

十一月十二日

位于内蒙古和吉林交界的吉林兴隆山镇一个叫葛筱强的小学教师，在他给我的第二封信中提出买我一本《大地上的事情》。今天我给他寄去了一册，并告诉他，书是送他的，不必付书款了。

将冲出的照片寄给韦锦。给一平发信。

十一月十三日

楼肇明先生打来电话，告诉我他家的电话号码变了。谈了些其他话题。他建议我读些“后现代”理论著作（过去也建议过）。

十一月十五日

回北小营老家（三姑家）看祖母。天冷了，我给祖母带回了一个旧棉被，让她夜里压身用。还带了小松的一个旧棉背心给她。

收到刘烨园信，讲他约的（通过我）食指的诗，明年一月选发了三首，他写了一篇关于食指的文字附后。他曾想将食指各个时期的诗陆续发一些，但未如愿（原因是食指的诗当时年代色彩太重）。他让我向食指解释一下，并表示一下歉意。

黑大春打来电话。

十一月十八日

买了一册叶芝的散文集《生命之树》，小三十二开本，十二万字，上海三联书店出版。书前有题赠《致勒那克斯·罗宾逊》:"我将此书献于阁下，因为我看过阁下的短剧杰作——《怪脾气的青年和老年》，并想向未来致意……"

我读过叶芝的诗学著作《幻象》，极为晦涩，并未读下去。今天读了叶芝的两篇散文，它们是明晰的。散文与诗学文章还是有区别的。

十一月二十五日

《诗探索》杂志复刊后，陆续以"关于 × ×"栏目介绍了一些朦胧诗时期的主要诗人。方式是一篇评论诗人文章，一篇诗人自述及诗人作品目录。该刊拟介绍田晓青，晓青让我写一篇关于他的评论文章。他约一年前即告诉我了，但我拖到了今天。我感到有些力不胜任。

我建议晓青文章改为访谈式，我提问题，晓青回答。近日在做此事。

十一月三十日

在单位的院子里，同事朱老师碰到我，说了这样一件事。我曾送给她一本《大地上的事情》，她的上高中的女儿对这本书爱不释手，并将它借给了她的一位同学，同学读时，说喜欢得要跳起来。

十二月

十二月八日

收到青岛杨文闯信，关于征集中国作协会员一句话事宜。提出希望能得到一册我的《大地上的事情》。

十二月九日

收到一平信，田晓青信（回答提问）。

十二月十日

林燕打电话告《读者》明年一期摘了我的《现代的孩子》一文，该刊向出版公司查询我的地址。

魏戈、周新京电话。

十二月十一日

宋逖、宫苏艺电话。

收到《世界文学》高兴的贺卡，《中华读书报》赵武平信。

止庵信。

十二月十五日

《美文》陈长吟打来电话。他让我为明年《美文》的搞法提些建议。我说栏目设置是体现自己特色的一个主要方式，故不妨设置两三个栏目，如《美文问答》（提出几个问题，请重要的散文家回答），《读者评选》（如由读者回答“我喜欢的十名当代散文家”及“我不喜欢的十名当代散文家”），《散文批评》（散文评论相对小说、诗的评论一直偏弱）等。

十二月十九日

进城。下午。

先到地安门西大街的文采阁，将对田晓青的访谈录交林莽。与林莽、田晓青闲谈后赶到对外翻译出版公司。黑大春也到，谈了约一小时。大春邀我去阜成门。我对他开诚布公谈了看法，主要两点。他同意我指出的两点，并深为感动。他执意将我留下，待王兰回来，一起吃晚饭。

收到《读者》杂志编辑张涛信，告我的《现代的孩子》载该杂志明年一期。信中讲很想得到我的一本《大地上的事情》。

十二月二十四日

因学校工作事去市成人教育研究会开会。该会与北京作协同在一个大院，西长安街七号。会中出来去北京作协，看看工作人员（他们是为会员服务的，理应受到会员尊敬），给他们拜个早年。王庆泉、王升山在，谈起了我的《大地上的事情》，王升山说很喜欢，但他手里还没有，我答应寄他一本。

会后去音乐厅万圣书园分店。

下午按约去黎先耀先生家。黎先生编了两本关于涉及生态、环境方面的散文集，中国卷中收入了我的《放蜂人》。

十二月二十五日

圣诞节。

收到《台港文学选刊》第十二期。今年我共给该刊封二写了九则“大地上的事情”。

十二月二十六日

给一平发信。给北京作协王升山及《读者》编辑张涛各寄一册《大地上的事情》。

晚应黑大春代为邀请，到一酒吧朗诵。朗诵者有黑大春、邹静之、俞心焦、王健和我。我不善朗诵，第一次是我朗诵的，读的是《杜鹃》。第二轮时，我表示不读了，一位听众、一个熟悉我作品的三十岁左右的年轻人提出代我朗读。我示意他读《野兔》和《喜鹊》两则。

夜里两点，大春的朋友开车将我送回。

十二月二十七日

晚我已睡下，广东的巫国明（刚从鲁院学完返回，他与山东的大野曾来访）和丁乙相继打来电话。

十二月二十八日

收到《散文选刊》王剑冰信。他将接任该刊主编，请我准备两张照片用于封二，另外准备万字的作品及请人写一篇评论文章，用于该刊的“××作品小辑”。

收到树才从非洲寄来的信。

十二月二十九日

收到于君寄来的贺卡。

在吉林与内蒙古交界的吉林通榆县兴隆山镇中心校的葛筱

强来信，他是通过《蔚蓝色天空的黄金》(读后)来信的。

十二月三十日

应《青春》杂志约稿，给它寄去《弗朗西斯·雅姆》和《第二条黄河》。给《散文选刊》复信，给树才复信。

我在一个打字复印部复印时，另一个顾客看到复印的署名"苇岸"的文稿，对我说，他喜欢苇岸的文章。他是交大分校的一位老师。

收到《散文天地》楚楚，《台港文学选刊》蔡江珍寄来的贺年卡。

十二月三十一日

爆竹响起来了。

收到兰考县河务局书记的信(我给他寄了贺卡)。

宁肯寄来了贺卡。

第十三辑　日记

一九九八年

一月

元旦

气温约 5℃～ -5℃，上午晴，下午多云

醒来已近九点。我有些懊悔没有上表，今天应该看日出。今天外面很明亮，一改近日晦色的冬天景色。天气呼应了这个新年的开端。我到那块土地上做了操，周围比较安静。阳光带点金黄色了。

上午为写丁乙的画评做准备，读了相关的资料。《古拉格群岛》第二卷已读到结尾，我为我的阅读速度惭愧。

中午，我将一九九八年的第一个电话打给了大春（他去了中关村，我给王兰念了兰考县河务局胡书记的贺年信，他是收到我的贺卡后写来信的），为了他将一九九七年最后一个电话打给我，昨夜近十二点，大春打来电话贺新年。同时潜在地我也期待有人打来电话，我甚至心里说我将记住一九九八年第一个给我打来电话的人。

下午骑车上路，回北小营看祖母。我带了望远镜。过京包线时，我看到一只啄木鸟很优美地低飞过来，停在了一根木电线杆上。我用望远镜观察它，它的背部是淡橘黄色的。祖母没有大变化，但她总讲活不了几天，她是出于活着给人添麻烦，自己也受罪而讲的。我给她看了二姑孩子国俊结婚时的一些照

片。我说让她再活两年，活到九十岁，她已经八十八岁了。

路上我也在为自己确定一九九八年的道路，比如，远离文坛，写些容量大的散文，不要抱怨那些与我做的不同的人。

（收到中国作协创联部孙德全的贺卡，我给他寄过，一个冯秋子、于君常讲的好人。收到一九九七年十二月二十七日的《人民政协报》，刊有《谨读赠书》中的三则，做了删节。附信及名片，编辑杨春。

晚十点，谭五昌打来电话，他是一九九八年第一个打来电话的朋友。我将我的真实心理写在这里：五昌让我想到了郑单衣。之后打来电话的是止庵，我们谈了约半个小时，谈到他发表在《山东文学》上的《真的研究》和《美与美合论》两文。我说止庵的两文，让我想到王朔和王小波，你们有相似之处。）

一月二日

气温5℃～ -5℃，晴

上午原欲写关于丁乙的画评文，但没有进行下去。顺其自然，我继续读《古拉格群岛》二卷。已接近结尾。索尔仁尼琴在此谈论了一些涉及超社会或制度的人性的问题。

（收到《散文天地》寄回的使用的照片。收到黄海声的信，他收到托我买的《余纯顺孤身徒步走西藏》和《哥德尔》。附来了书款。）

一月三日

降温，约 -2℃ ~ -12℃，大风六七级，但树冠摇晃不太明显

关于丁乙的画评文依然没有着手。我听命于内心的“随意”的声音。上午先读了会儿《冒险图鉴》（只是因为它在手边），这是一本台湾编辑的书。它非常丰富，文字简洁，图片多样。在我的少年时期，没有读到过这样的与这一时期对应的书。

读完《古拉格群岛》中册。（续读下册。）

晚看了一部电视中的外国影片《即兴之作》。影片人物为十九世纪末的一些欧洲艺术家：乔治・桑、肖邦、李斯特、缪塞、德拉克鲁瓦等。以桑与肖邦（天使式的人物，女人化，这是影片渲染的）为中心，影片在他们的爱情开始中结束。

（收到《读者》第一期，其摘刊了我的《现代的孩子》一文，更名为《现代的城市孩子》。）

一月四日

依然处在大风降温中

仍未写关于丁乙画评文（我是想十号丁乙画展在京展出前写出）。

读《古拉格群岛》下册（第三卷）。在今年第一张的《文艺报》上有一篇《西方对后现代主义的重新估价》的文章。文

章介绍了一些情况，美国著名文学专家勃拉特勃雷说，后现代主义流行于二十世纪六十至七十年代；但“在一九八〇年后，美国小说的精神已经变了”。文学一方面开始自觉地归向现实主义，另一方面，“后现代主义表现出了正在过去的迹象”。《哥伦比亚美国文学史》（一九八八年）：“在八十年代中期，人们可以喘一口气说，我们终于把它们打发掉了，这一种叫人厌烦、叫人生气、叫人发火的记述形式，对我们来说，终于结束了。”“写自我感受的小说已经完了。”（后现代主义否定语言能再现世界，作者已死亡，因而只能走表现“自我感受”这唯一的一条路）凭直感我早预料到了这点。文学的后现代主义化也即文学的死亡。

（魏戈午打来电话，告诉我《美文》第一期刊有我的《少数的意义》，她已读，她从去年订了此刊。）

晚在电视中看了影片《凡·高传》。旷阔的、透明的、色彩鲜明的北欧（荷兰）空间环境，它产生凡·高及蒙克似乎是一种必然。影片气氛与凡·高的精神气质很对应。病态的、悲剧的。凡·高，一个恨不得将自己彻底献出去的、不断地道歉的、天然地与他的生活环境不可调和的画家。他与高更及其他画家的区别在于，后者的画是技法的、认识的，而凡·高的画是灵魂的、热血的。

（今天开始整理发表作品总目，输进电脑里。过去我一直未想到这点。）

（收到：筱敏寄来的散文集《女神之名》，中国作协的《作家通讯》一九九七秋卷及贺年卡。）

关于《凡·高传》点滴感想：才能上我无法与凡·高相提并论，但有两点我与凡·高相似：一是总向人道歉；二是不招女人喜欢。

一月五日

上午高维生打来电话，告诉我他将《弗朗西斯·雅姆》给了《济南时报》。

从邮局投递组取出丁乙寄来的画册。

收到韩小蕙寄我的贺年卡。

收到《美文》第一期。刊《少数的意义》。

一月六日

不想写作，继续整理作品总目。

上午《济南时报》编辑马知遥打来电话，一个爽快的小伙子。

午大春打来电话，问我是否决定过生日，我说生日是富人过的，四月五日给大春过吧。他笑并向我祝福。

下午给冯秋子打电话，告诉她十号丁乙画展事。她说起

《散文选刊》王剑冰给她寄了一篇关于新生代散文的评论。

一月七日

今天是我的三十八岁生日。（上午八点半，孙小宁打来电话。）

昨天下午我从学校返回前给大春打了一个电话，他再次说如果我同意他马上赶过来给我过生日。我还是婉言谢绝了。上午继续整理总目（书房很乱，这也是我不同意朋友们来的理由之一）。近午宋逖打来电话，祝贺生日。他说昨天大春让他通知胡军军，还有陈燕，他们四人要来昌平给我过生日。

我的生日我一人很平淡地过了（晚餐煮了挂面）。

晚丁乙打来电话，说他已到北京，住在汉斯那里。

一月八日

整理完发表作品总目，从一九八二年起将公开发表的作品按年限逐一输入电脑（作品名称、报刊名称、发表时间、字数），并各存一份报（刊）。

着手写丁乙画评。

收到山东《文艺百家》杂志编辑寒烟的信，谈到我寄她的《谨读赠书》。这是高维生代约的稿子。最后她写道："看过你一些散文，很喜欢。在当今文坛，多么需要这种沉实、澄澈的品质。”

一月九日

明天丁乙画展开幕。往汉斯家打电话找丁乙，汉斯说丁住在艾未未家了，给了我号码。丁乙尚未回来，我原以为艾是女性，我是从胡军军诗集后鸣谢名单中知道这个名字的。他原来是艾青之子（丁乙后来告诉我的）。我问他胡军军是否知道画展事，他说北京画家大概都已知道。

一月十日

上午十一点，乘345路支线进城（张家口发生6.2级地震时我正在车上，没有感觉出来。地震造成了伤亡：死四十余人，伤数千人。更严重的是酷寒中两万多人无家可归。震中在张北农村）。

午在三联图书中心。买了几本书。

丁乙画展下午四点在国际艺苑展览厅开幕。之前他说给我十张请柬。我通知了周新京、黑大春、冯秋子、宁肯、止庵、宋逖、陈燕（梁京生因通知未明确而未到）。

丁乙画展题为“89—98丁乙作品展”，他的《十示》系列作品挂满了展厅。来的人较多，汪剑钊与程光炜也来了。看完展览，我们十人在三联图书中心西侧一家餐厅一起晚餐。

一月十一日

郑单衣打来电话。很长时间没有他的消息了，元旦也未接到他的电话。他说昨天给程光炜和黑大春打电话均未找到人。王兰告诉他大春看画展去了。他说回贵州的车票尚未买到，很难买，也许春节前都回不去。他被打的事也无任何结果，这些天处理这些杂事，很忙。我说希望你走前谈一次。

一早看到外面有一层霜一样的薄雪。雪并未完全遮住地面，但已有白色。气温降低了，楼前树丛中一棵不知名的树下，落了一些干枯的蒴果，它们一直未掉，现在落在地上，果夹裂开了，在一片果夹上有一粒圆形的黑种子。

（收到宋逖的《人民铁道》报，他的版上"艺术家专访"为访程光炜的文章。）

一月十二日

写完关于丁乙的画评《返回简单》，约一千字。

一月十三日

（上午下起了雪，一阵儿雪片很大，让我生出不愧燕山脚下的感慨。）

上午给冯秋子打了电话。她说《文艺报》很想市场化，现在它的周末版已上报摊，报社还想将周四的报办成一张《青年文艺报》，社领导跟她谈想让她运作这件事，她只说先了解一下市场情况，不准备接。她希望我给这张报纸及现在的副刊《原上草》出出主意。我说待我考虑一下。

（给徐小斌寄一本《大地上的事情》。给冯秋子寄《返回简单》，也寄了宋逖。）

一月十四日

雪几乎一直未停。早晨起来看，雪已很厚，踩上去没到脚背。雪夜里下得很大。这是多年来罕有的一场雪，让人觉得与张家口地震有关（但这场寒流波及了江南）。

给高兴发信（附了《在散文的道路上》和一平的《只言片语》），给陈炎发信（对他刊发一平大姐李宏的散文表示谢意）。

下午给程光炜打了一个电话。在去年九月中华文学基金会与他见过一面，但未交谈。十日的丁乙画展我们有了交谈。我对他印象很好。大春说程让他想到一平，我说我也有同感，他的微胖的体态，方圆形脸，及说话时偶尔的微微脸红，温和。

给中国作协外联部打了一个电话，询问了一下关于向美国三所大学赠书事。接电话的说叫向前，五十岁以上的女士。

（收到武汉胡发云的贺卡。）

一月十五日

雪后气温继续下降。白天达零下五摄氏度。约好丁乙上午十一点到，但直到近下午一点半才带着他的女友赶到。路上有雪，车开得慢，他们穿得少，下车后即到商店买衣服了。

下午约三点半我们打车去十三陵。先看了神路的石像，然后到德陵。我将上次我与守陵人的一张合影照片给这位守陵人。已傍晚，且因雪，我们没有遇到一个游人。寂静、空旷、寒冷。有一只乌鸦飞来落在了颓败的陵宇顶端。丁乙照了相。回来时走水库北侧的环湖路，看到在低矮的树上的喜鹊巢。司机说，现在的孩子已爬不上树了。丁乙的女友，喜欢艾略特、博尔赫斯的诗歌。我送她一套《蔚蓝色天空的黄金》。因为她想去买。

上午，《散文选刊》副主编王剑冰打来电话。他说关于我的散文特辑还需再定。谈到他们的刊物，我说提两个建议：一增加篇幅，容纳较长的散文，使刊物有厚重感；二建立一个名家荐稿选稿委员会。他说第二个建议很可行，可再写上推荐语。

（晚宋逖打来电话，他想与丁乙谈几句。）

一月十六日

今天学校联欢，集体活动，我必须去，还有一个要参加的集体节目。给丁乙留了条。

回来时近两点，丁乙他们走了。我忽然有一种慢待了他们的歉疚。

下午张少云打来电话。

收到赠阅的《书摘》杂志，袁毅寄的贺年片，取邮件的通知单。

一月十七日

准备写《作家与编辑》。

高维生打来电话（他收到了我寄他的一平两文）。

楼肇明老师打来电话。告我他电话号码变了，已改为直拨。

收到刊发了《人道主义的僭妄》的《生活报》和高维生写的关于我的文《写给友人》。

一月十八日

近年最冷的一天，白天 -7℃，夜里 -18℃

写《作家与编辑》，只开了个头。

给丁乙打了长途，对未招待好他们表示歉意。

《作家通讯》一九九七秋卷刊载了“中国作家向美国三所大学签名赠书”的通告。今天给美国哈佛大学燕京图书馆、耶鲁大学东亚图书馆、哥伦比亚大学东亚图书馆各寄赠一本《大地上的事情》。同时回赠筱敏（她寄了我散文集），赠向前（中国作协外联部）、程光炜书。

在邮局取出楚楚寄来的生日贺卡和袁毅寄的《武汉晚报》，附了一封武汉读者的信。

一月十九日

在电脑上修改了一下旧文。

周袁红打来电话，她将回湖北老家过年。宋逖电话，说收到了《返回简单》，说这篇文章给丁乙“提了份”。

林莽打来电话，他说《作家报》准备发他的诗歌，要求请人写一篇评论，他请我来写，一千字即可。

晚大春电话，他说他与何锐通了电话，何说我的《大地上的事情》已排在《山花》第二期的散文头条。

一月二十日

冯秋子让我给她的副刊提些改进意见（设想）。今为她寄去两个建议：1. 设《我喜欢及不喜欢的当代作家》，各十名。由读者列举。对象包括小说家、诗人、散文家等。使读者参与，并形成文学界关注的一个热点。作家于此可以得到反馈信息。2. 设《一百名青年作家谈——我为什么写作》，反映青年作家（小说家、诗人、散文家）的文学观念。或设中年作家的。

给武汉的读者回信。他的信写于一九九七年八月底，寄《武汉晚报》转。近日袁毅才给我寄来。我为解释回信晚的原因，附上了袁的短信。

收到《博览群书》武宁信。言该刊今年搞“一百年图书回顾展”。约稿。

下午周新京打来电话。

一月二十二日

郑单衣打来电话。很久我们没有联系。他说他在北大的访学已结束（一年半），将要回去。他已同一些友人告别，最后要同我及大春聚一下，还可搞一个关于“六十年代出生作家”的对话。时间定在二十四日晚。

一月二十四日

进城。我先到了王府井，在风入松书店买了几本茨威格传记（一套西苑出版社丛书中的几本），《自画像》（记卡萨诺瓦、司汤达、托尔斯泰），《三大师》（记巴尔扎克、狄更斯、陀思妥耶夫斯基），《与魔鬼作斗争》（记荷尔德林、克莱斯特、尼采）。在三联图书中心（下午两点）恰遇其在二楼正举办一个关于建筑的讲座（涉及贝聿铭的书），嘉宾中有刘心武。遇到来采访的《北京青年报·书坊》编辑刘晓春。与其交谈几句。离开，赶往北大。

下午四点赶到北大 34 楼 118 号郑单衣住的房间，黑大春已到。我给单衣带来了一个小礼物：一个春节前“建设银行”赠的红纸封，类似信封的装钱币的红色币封，里面装了三张未流通过的新两角纸币。我对单衣讲，它有三个意思（至少）：1. 它是一个带点戏谑色彩的“行为艺术”（春节将至，喜庆之意）；2. 是表明我尊重“传统”（以生活的喻艺术、文学的）；3. 是三张纸币代表我们三人的友谊，它们构成“6”的数字，蕴含祝福单衣一九九八诸事顺利。我在一张纸币上写了“花溪与昌平只一步之遥”。大春也在另一张写了字。

本想搞个对话（昨天我曾通知冯秋子，讲了些事，她忙，来不了。她说“对话”搞出可交她酌情发表），因陈旭光或汪剑钊联系不上而放弃。大春晚离去。我与单衣去吃晚饭，后在其住处留宿（留下是错误的，因为我们又发生了争执。其一是对待读者来信的态度。他说他从不给读者回信，而我则对读者来信必复，对电话则都等对方先挂电话。单衣为此说了一句："你是什么东西。"我没有发火。我奉行不要给世界增添冷漠。一个遭到作家冷遇的读者，有可能会改变他的心灵）。

一月二十六日

昨天田晓青来电话，约我给其《华人文化世界》写稿。冯秋子电话，她即回内蒙古。

今天给鲁煤打了拜年电话。给陈长吟打电话。给郑单衣打电话：为免再争吵，希他不来昌平过年。

一月二十八日

正月初一

昨晚午夜后，近一点在爆竹声中入睡。今早正常起床，依然是响亮的爆竹声。出去做了早操和慢跑，火药味弥漫。

上午将电话摘掉，写《作家与编辑》一文。中午高维生、止庵打来拜年电话。下午袁毅打来拜年电话，他在《武汉晚报》值班。

给张守仁、楼肇明、田晓青打电话拜年。给大姨电话拜年。

一月二十九日

正月初二

上午继续写《作家与编辑》。间歇读《古拉格群岛》第三卷。

上午食指打来电话拜年，我问他何时回福利院，他说参加了中国作协和北京作协于二月十日、十一日举办的新年联谊会后回去。

下午丁乙打来电话拜年。

剪报，整理过去报上关于我的评论文章，是一种休息。收到《文艺报》，看到《山花》二期广告，刊《大地上的事情》。

给苗木、王纪仪（老朋友、兄长）、宁肯打拜年电话。宁肯想筹资买个书号，出一本友谊性的书（收他、我、大春写的散文与诗）。

一月三十日

正月初三

上午续写《作家与编辑》。

给林莽打拜年电话。

收到一平来信。他说“三十一日收到你的信，第二天是元旦，好运气”。他现在一家中国书店打工，情况好些，“但没时间看书，也不能写作，看着生命一天天逝去，只好随它去了”。他说：“你应该迈过道德文一个门槛。”我理解他的用意，他希望我的心情好起来和保护自己。

一月三十一日

正月初四

写作。

下午，王健打来拜年电话。

二月

二月一日

初五

继续写《作家与编辑》。每天我只是上午写二百至四百字左右（有时上午修改）。我总是先将前一段基本修改好，再写下一段。

二月二日

初六

继续写《作家与编辑》。

晚燕山的小君打来拜年电话。

二月三日

初七

一出初六，“年”似乎便过去了。

人们已上班。上午高维生打来电话，谈到他写给我的书信体文章。

上午十一点，进城。先到三联图书中心。买了梅特林克《花的智慧》，别尔嘉耶夫《人的奴役与自由》，《结构与符号——罗兰·巴尔特传》及新改版（报纸型）的《书城》，关于自然灾害的《信使》两本杂志。

下午去医院看小松的母亲。

二月四日

立春，气温 -5℃ ~ 5℃

今天立春，真正的春节。春天开始了。气温五摄氏度，但有四五级风，一早便刮起了。我到水关新村我的居所的东部田野，从今天开始，我将实施我的为二十四节气摄影的计划。我将在同一地点、同一时间（上午九点），在每个节气时均拍一张照片（我原计划骑车到我的故乡北小营去选地点，但我这一时期骑车不便）。

高维生从滨州打来电话，转告《作家报》约稿事。该报设了一个《青年散文家方阵》栏目，要求提供照片、小传、文学观和一千五百字内的作品。

田晓青打来电话，询问稿子情况。我曾告诉他初六会写完。我问他将稿子同时再给《光明日报》行否（韩小蕙曾两次约稿）。他说可以，《华人文化世界》本月底即出刊。

魏戈打来电话拜年。她说她已采访了食指，跟我交换了对食指的看法。

郑单衣上午打来电话，他去清河公安医疗鉴定中心取去年被打的伤度鉴定结果，说中午赶来看我。我特意准备了一下，为他做了一个炒鸡丁（没想到由于香港的禽流感病毒，他只吃了一点。他不敢吃鸡了）。我说今天是春天的节日，为了春天和友谊干杯（他饮啤酒，我饮“健力宝”饮料）。饭前，他又去他想买的楼房处看了看。

下午六点，我将他送到车站。

二月五日

《作家与编辑》一文写完，定稿。持续了约十天。最近这两天我已感到头昏脑涨，似乎难以为继了，但终于写完了。约两千一百字。密度较大，涉及广。

宋逖打来电话，谈到《白银时代俄国文丛》(昨天我送单衣走后，在三味书屋买了学林出版社出版的该文丛四本：吉皮乌斯回忆录《往事如昨》，洛扎诺夫文选《自己的角落》，沃洛申日记《我的灵魂的历史》，曼德尔施塔姆《第四散文》。还有一本马雅可夫斯基书信我未买）。他建议我编一本中国作家写的有关俄罗斯文学的散文集。因为许多作家有“俄罗斯文学情结”。但我不想介入此事。

（晚给林斤澜、吴思敬打拜年电话。吴谈到要珍惜“苇岸”

这一名字，极是。）

二月六日

已将《作家与编辑》一文寄《华人文化世界》田晓青，《光明日报》韩小蕙，《武汉晚报》袁毅（此非投稿，文后涉及了袁毅）。

郑单衣打来电话。

晚宫苏艺打来电话，他读了《文艺报》上我写的关于丁乙文《返回简单》，认为很好。讲了《光明日报》副刊调整情况（他的《东风版》与韩小蕙的《文萃版》合并），并约稿。

黑大春打来电话，问八日“黄亭子诗歌酒吧”诗会我是否去，此次安排他、邹静之、萧长春朗诵。我说这是“诗人兴会”，我就不去了。他说要说诗人，首先苇岸最配这个称号。

二月七日

补写日记。阅读。读《古拉格群岛》第三卷。读了梅特林克《蜜蜂的生活》中《对雄蜂的屠杀》一章。

将修改后的《第二条黄河》寄《中国青年报》王长安（昨晚看电视《读书时间》，介绍了《长江魂》作者为保护长江源而做的努力。特在《第二条黄河》标题下注“献给《长江魂》

作者”）。

二月八日

今天是正月十二。春节我因骑车不便尚未回老家看祖母。今天我乘出租车回去。元旦我曾回去，一个多月时间，祖母有很大变化。她的脸明显浮肿了，我握着她一只手，她的手很凉。她告诉我现在翻身都很困难，但这几天好些了。她嘱我不要惦记她。

二月九日

写完《作家与编辑》后，我必须休息几天（不写，只读）。今天着手写林莽嘱我写的关于诗的千字评论。我先读了一平评论林莽的一篇文章，感觉没有人会比一平把握得更好，故决定从一平这篇两千余字文章中打出一千字，标题为《谈林莽的诗》。

愿林莽能理解、谅解。

收到杜丽寄赠的《中华散文》和宋逖寄的《人民铁道》报（刊关于丁乙文）。

二月十日

上午参加中国作协举办的新春茶话会。我第一次去位于东土城路的中国作协新址。这条路不直、不宽，有些脏乱。大厅内多是生人，见到陈建功、张守仁、徐小斌、林白等人。有人问我是谁，我说是苇岸，他说他是孙德全。互换了名片。常听冯秋子、于君谈到他，说他非常好。一接触我便感觉出来了。他留我中午吃饭，我说还有别的事。茶话会设在三、五、八、十层会议室，大家分开聚谈。

我十点半离开。到王府井风入松书店，买《新艺术的震撼》和《奥德赛》。

下午三点到家。《十月》编辑顾建平打来电话，为其设的关于旅行的散文栏目约稿。周新京打来电话，谈到了生态与技术。

晚郑单衣（为在昌平买房）、黑大春（谈了黄亭子诗歌朗诵）打来电话。

二月十一日

仍处在写完《作家与编辑》后的休整阶段。阅读。

与周晓枫通了一个电话，她告诉我《东南西北》杂志摘了我的《现代的孩子》。下午上街时买了这本杂志（本月这期）。

发了四封信：给中国作协孙德全的信，给林莽（一平文

《谈林莽的诗》和解释性的信），给北京作协（一九九七年发表作品统计，无信），给止庵（其发表在《为您服务报》上关于于君书评的剪报，无信）。

二月十二日

上午林莽打来电话，他收到了我昨寄他的信，并问了一平的美国信址。

谭五昌打来拜年电话。他说《大学生》杂志有一篇对楼肇明关于散文的访谈文章。他将寄我。

林贤治打来电话，谈到了他编辑的《曼陀罗》丛书（散文随笔）即将由作家出版社出版，出版方希望他组织一下书评。他希望我写一下筱敏的，杜丽写一下一平的。

郑单衣打来电话，他说二月十四日是他的生日，他还未最后决定是否举办个生日聚会。另“黄亭子诗歌酒吧朗诵会”安排他、高兴和一个美国诗人在下周日（即二十二日）朗诵。

二月十三日

开始译《梭罗传》。

与《世界文学》编辑高兴通电话。我准备写一篇关于梭罗的文章给他，他设了《中国作家谈外国文学栏》，约我给他第三期供稿，我说再往后排排。

高维生打来电话，他收到了我应《作家报》之约（通过他）寄给他的《第二条黄河》一文。

收到蓝蓝的信。她去年生了一双女儿，已半岁。她说每天只睡三四个小时的觉。

二月十四日

读完《古拉格群岛》第三卷。至此从去年下半年起我断断续续读了索尔仁尼琴的这部三卷巨著。古拉格群岛，苏联劳改营的别称。作为古拉格群岛的当事人、受害者，索尔仁尼琴在一种激情、愤怒之中创作此书。它是叙事的（缺少分析）、战斗的（缺少理智）、现实的（缺少宗教）。他与托尔斯泰不同，他的胸襟不够宽大，决定了这部巨著过于实录，而少些思想。

（郑单衣打来电话，说今天是他生日，也是情人节。我祝他生日快乐。他将从北大搬出，租房住。）

（韦锦，山东东营胜利油田诗人。他打来电话，说“五一”可以去扬州玩。）

收到广东作家筱敏信。她收到了《大地上的事情》。她说：“早些年在《上升》里看到你的《大地上的事情》就十分喜欢，整本书里那是最令我高兴的。当时就想，要是我能写出这样的文字就好了……”

二月十五日

开始为写关于梭罗文做准备。读了几篇复印的关于梭罗的文章：程映红《瓦尔登湖的神话》，何怀宏《事关梭罗》，钱满素《梭罗的账单》等（均刊于一年前的《读书》杂志）。

宋逖打来电话，说他去听了北京音乐厅举办的舒婷诗歌朗诵会。见到了林莽、汪剑钊，未见其他北京的青年诗人。

陈楚寒打来电话，他在写剧本。

给冯秋子打电话，她刚去内蒙古过春节回来。

二月十六日

开始读三联书店版《梭罗集》。我首先看了后面附录的梭罗年表，我对写好这篇关于梭罗的文章有了全部信心。（我用英汉词典看了点《梭罗传》，较困难。）

谭五昌打来电话（问我是否已收到他寄的《大学生》杂志）。

宋逖打来电话（说他编了一版《白银时代》）。

二月十七日

上午读《梭罗集》中《在康科德与梅里马克河上一周》。

周晓枫打来电话，谈到《大家》杂志以张锐锋、庞培的散文为标志的“新散文”（长散文）。

呼杜丽，她正在为一部散文书稿赶写。向她转告了林贤治的话，即由她写一平的书评。

收到谭五昌寄来的《大学生》杂志，内有一篇对楼肇明的访谈文章《繁华的正面和负面：散文在九十年代》。

收到袁毅寄的《武汉晚报》，有施战军文《手记散文碎金闪耀》。

二月十八日

上午继续读《梭罗集》。

周新京打来电话，谈他写的一篇散文，也谈到了梭罗。

中午同事由单位给我转来一些邮件：《山花》一、二期及二期上《大地上的事情》稿费单，《中国土地报》，韩小蕙退回的《作家与编辑》及她为让我了解她的版面用稿情况和特点寄给我的《光明日报》。这是我应她约稿第三次与其版面不符而退稿。

《中国土地报》是徐展寄来的，两年前她曾向我约过稿。这次她办了读书版，写了恳切的信。我与她通了电话。

宋逖打来电话，谈到了高井。

二月十九日

“雨水”，气温 -2℃ ~ 3℃

多么精确、奇异的节气。今日“雨水”，降水从夜里开始，先是雪，早晨是雨，是“润物细无声”的雨。但雪仍覆盖着屋顶、地面。凡土地均覆盖着饱含着水的雪，踩上去像泥。而凡柏油路面，水泥地面的雪全化了。

我骑车到我为“节气”照相的地点，路上的雪尚未有人踏过，麦田里有一个老农。喜鹊起落着，快到它们筑巢的时候了。我骑车回来时，路边的小树上落着一只喜鹊，我经过时离它很近，甚至一伸手会抓到它。但它未飞走。它的羽毛均被淋湿了。

（高维生打来电话，谈到《第二条黄河》已给《作家报》，谭表示提前刊出。王顺平打来电话，随便谈了谈。

给高维生寄黑塞散文。将《作家与编辑》寄冯秋子并将树才明信片转她。给一平大姐李宏寄一本《大地上的事情》。）

读了《文艺报》上（二月十二日）一文《乔伊斯与〈尤利西斯〉的商业炒作》，谈到乔伊斯曾向维弗表示：犹如战场，一切手段都不算为过，评论界和公众最终总是乖乖地承认既成事实（托尔斯泰会说这样的话吗？）。

二月二十日

今日依然下雨，“春雨贵如油”的雨，不能形成水流的雨。土地松软。可以打伞，也可以不打伞。

依然读《梭罗集》中的《在康科德与梅里马克河上一周》，一部夹在游记中的“沉思”著作。它涉猎广泛，饱学渊博（梭罗绝非仅是个博物学家）。一处他推崇古代作家：“那个时期所有杰出的作家都比较现代的作家更加朝气蓬勃，质朴自然，……而且当我们在一现代作家的著作中读到那个时期某一作家的一句语录时……我们像是在仲冬或早春看到青草一般心神舒畅。”梭罗便有大量印述，如这两句诗：

> “美好的早晨在周围飞翔，/ 仿佛白昼教导着人类。”
>
> “美德如江河流逝，/ 但那道德高尚的人本色不变。”

（高维生打来电话。宋逖打电话告诉我，《中华读书报》刊出了《我热爱的诗人——雅姆》。收到《台港文学选刊》第二期，内有我推荐的一平的两篇散文。）

二月二十一日

读《梭罗集》。下午程光炜打来电话。我在春节前寄他一本

《大地上的事情》。他说读完了。他前不久为《大家》写了一篇关于张锐锋、庞培散文的评论。林莽看后对他说，苇岸的散文与庞培的散文较相近。我说庞培的散文我有某种程度的认同，但我最认同的是一平的散文。

晚郑单衣打来电话，他已从北大搬出，住在了朝阳区一个友人处。他明天晚上要去"黄亭子诗歌酒吧"朗诵诗歌，希望我能去。

黑大春打来电话，谈到《中华读书报》上我的关于雅姆的文章。

二月二十二日

今天学校开学。上午开会。

与袁毅通了电话，告诉他我已收到《武汉晚报》(谈到《作家与编辑》一文，梭罗，武汉长江大桥爆炸事件——一辆公交车在桥头爆炸)。

将一平的美国地址寄给《台港文学选刊》蔡江珍，她将给一平寄杂志。

不准备去"黄亭子诗歌酒吧"了，呼陈楚寒，让他转告单衣。

二月二十三日

续读《梭罗集》。

给韩小蕙发了一封信（涉及她赠的报纸）。给丁乙寄去一份刊《返回简单》的《文艺报》。

收到《中华周末报》，日期一九九七年十二月五日。摘了《现代的孩子》，并注摘自《中外书摘》一九九七年第十一期。我已知《现代的孩子》在《大地上的事情》中完整发表后，近期《读者》(一九九八年第一期)、《东南西北》(一九九八年第二期)，及这两家报刊摘登了《现代的孩子》。但只有《读者》通过询问出版社查到我的地址后，给我寄了样刊和稿酬。我获知苗木告诉后，给《中华周末报》打了电话，其今寄来了报纸。不知我看不到的那些文摘报刊是否也有摘登的。

收到吉林葛筱强信。

二月二十四日

读《梭罗集》(在未读完它之前，我停止写作)。

读了《书摘》杂志上的一文《垃圾，可能是人类的坟墓》。垃圾，人类将自然界的资源消费后生成的。减少垃圾总量的唯一方法是人类自身降低消费："要那么多竞争激烈的报纸干什么？要那么多酒干什么？要那么多衣服干什么……"但它的现状不仅由于人的过度消费的需要，而且还意味着工作（它提供了无数的就业机会、岗位）。人口的增多，对工作的需求，仅此一点也决定了人类的消费品量不会减少，只会增多。因而这一点也是我对未来丧失信心的依据。

（收到周新京寄来的散文《消失的田野》。）

宁肯晚打来电话，谈到近期是否聚一下。我有点消极。他买了一套诗人随笔丛书（王家新、西川、陈东东、翟永明、钟鸣、于坚等人），认为王家新、陈东东写得最好。他对“第三代诗人”并不完全肯定。

二月二十五日

阴，气温在 1℃～7℃

天气阴，又刚下过雨，及绿色尚未涌现的背景。在楼下的植树的土地上，有数只麻雀。它们往返于树丛与地面之间。它们正忙于在这楼间小小的园林中觅食。我站在五楼的书房中，隔着窗子俯瞰它们。它们很迅速地蹦跳着行走，看起来像老鼠一样，颜色和大小都像，且它们拐弯很灵活。

二月二十六日

读《梭罗集》。

将周新京《消失的田野》寄《北京晚报》赵李红。

叶依（王顺平）打来电话（闲谈）。

二月二十七日

高维生打来电话（他收到了我寄他的黑塞两则散文）。

二月二十八日

读完《在康科德与梅里马克河上一周》。作摘记。

这篇游记是不纯粹的，作为游记它对这一周的河上游历的记述也是不充分、不清晰的。“游记”的文字其实占全篇不足三分之一，其余则是梭罗的幻想式的议论、表述，间杂在游记之中。谈印度史记，谈古今作家差异，谈友谊、音乐、英雄等。并有大量引诗及梭罗自己创作的诗。

（下午丁乙打来电话，他即将去加拿大参加画展。他收到了我寄他的刊有《返回简单》的《文艺报》。）

（收到筱敏寄来的她的几篇作品及歉意的信。林贤治约请我写一篇筱敏散文集的评论。）

三月

三月一日

（本想约冯秋子一起到书店，然后一块进餐，主要想随意谈谈。但她的时间不巧合。）

上午食指打来电话，说春节期间我们也未能见上面（他未去中国作协联谊会，去了北京作协联谊会。谈到大春。）

午，进城，已与田晓青约，下午三点在三联图书中心见面。我先到王府井风入松分店。买《野兽之美》（一个美国人著），《西方人文主义传统》（英），《中国乡村生活》（美，一个一百年前的传教士）。

三点赶到三联图书中心。武汉袁毅托我买的一本关于熊十力的书没有。吉林葛筱强托我买的《瓦尔登湖》也已卖光。

晓青到后，我们在书店转了一圈，然后去书店南侧一个冷热饮店，我们要了两杯红茶。我约他主要是随意谈谈。主要谈了我自己（他作为一个倾听者和经验指导者）。谈到了我将写的一篇关于梭罗的文章，我的纯粹化倾向（自己已不喜欢的事，就决不再做，“不变成自己不喜欢的人”），我是自己信念的牺牲品（在生活中），与小松的分手，我内心的苦楚（和晓青这样一位经验丰富的兄长谈谈内心，我感觉很好。只是我原想他也会买书，然后顺便谈谈，但他说自己基本不买书了，无处放。

这使得他专程来与我聊天了）。

（回来，已过夜十一点时，郑单衣打来电话，随便谈了谈。他有上次在“黄亭子酒吧”朗诵诗的录像带，一个朋友送他的。希望和我一起看看。）

三月二日

上午在单位办公室读了《山花》上蔡天新的一篇答问录。蔡是数学家与诗人。同刊的诗，我感觉不太好。但他的答问是机智的、丰富的，他引述的卡夫卡的一句话很好：“虚构比发现容易。”（我在我的写作中获得了这种体验）他另引述了一些作家的话，如庞德“最古典的也是最现代的”。马尔罗“有一天，世界会变得与我写的书相像起来”。卡夫卡“我们比较容易从生活中制造出许多书，而从书里则引不出多少生活”（这与马尔罗正相反）。还有尼采《悲剧的诞生》“敏锐而明快的作家的不幸是，读者以为他们肤浅，因此不在他们身上下功夫；晦涩的作家的幸运是，读者费力地读他们，并把自己勤奋的快乐也归功于他们”。（这是导致作家以晦涩为荣的一个原因。不仅读者，批评家更是这样。）

下午，《中国土地报》编辑徐展打来电话，说我的《第二条黄河》放在了该报一个栏目的头条，问了我的个人简介。谈了一下买书情况。她希望我能给她写一篇关于《沙乡年鉴》的书评。我未应允（我过去写过一篇）。

近六点，林莽打来电话。晓青将我和小松的事告诉了他，他责备我这么大的事不早同他们讲，而自己忍着。他希望能为此做点什么。我很感动。我恰刚喝了热茶，接这个电话让我不正常地出了一身汗。我对他讲，如时候适当，我告诉他们。

三月三日

阴，约 10℃

读《梭罗集》中的《缅因森林》。这是一部纯粹的“游记”了，它的对深入森林的记述不再因哲学的、历史的、文学的议论而中断。它是纪实的。

收到山东《文艺百家》（双月刊，一九九七年第六期）。刊了《谨读赠书》中的八则。关于蓝蓝、林燕、顾城、陈旭光四则删去了。

三月四日

阴

读《梭罗集》中的《缅因森林》。写作停顿的时间长了。

上午山东高维生打来电话，闲谈。他多次邀我去山东。今天我萌生了“五一”期间去山东的想法及可行性。

下午给林贤治打电话。告诉他我已告杜丽、冯秋子写一平和他的书评。筱敏文章已收，请他先转告筱敏。

给邹静之打电话。已很长时间未与他联系。主要谈了他写的一部关于《康熙微服私访记》的电视剧，在有线台播出后（我未看，因我的电视未装有线设施）反响很好。我的同事希望他能续写。

给叶依打电话，告诉她其想买的《复杂》一书，三联图书中心有。

（近两周可能由于住户装修房子损坏了公用天线线路，电视只能用室内天线看，很不清晰。故今天我去办了有线电视入网手续，三百元入网费，每月十二元的收看费。）

三月五日

阴

读《缅因森林》。对梭罗的敬重，随着我的阅读（对他的了解）更加与日俱增。那些写文章贬损他的人，多么猥琐呀！“来这里的白人和印第安人大部分是打猎的，他们的目的就是尽可能多地杀死麋和其他野生动物。但是，请问，难道除了干这些事外一个人来到这荒凉的广阔荒野里度过几周或几年就不能干其他的事吗？”“很奇怪几乎没有过什么人来到森林里看松树是怎么生活、生长、发芽的，怎样将其常青的手臂升向光明——看看它完美的成功。但是大部分人都只满足于看到松树变成宽大的板，运到市场上，并认为那才是真正的成功！”梭罗来森林，没有带枪，没有带斧子，他带的是笔、双眼和对“博物”的关注。他甚至主要是为了看看白松树。

今天是周恩来一百周年诞辰。纪念和宣传早就开始了，多部关于这个伟大的个人的纪实片及电影和晚会。周恩来的局限是时代的和政治的，作为个人他的伟大无与伦比（在个人的伟大与否上，最原始的区分是是否利己）。我热爱这样一个个人（为他人着想到无微不至）。这样的人决不会成为暴君和专制者。他无法超越时代为他规定的局限。

（工人今天来安装有线电视。这是我对“现代化”的又一个妥协。）

三月六日

惊蛰，气温 14℃～2℃，风力三级左右，风向偏北，晴

醒来近八点。外面很亮，透过窗帘，也能知道阳光灿烂。八点四十分我离室，赶到田野。前几天连阴，今天“惊蛰”放晴了，这又一次印证了“节气”的精确。当然它不是雨后或风后的晴天，整面天空像一个湖泊或池塘，从边缘的浑浊渐渐过渡到中央的清澈。阳光有一种冬天逝后的金黄光芒。小麦完全返青了，它们是春天最早的绿色。青草也形成了连片的绿色。

杨树的褐色花穗已萌发，似幼鹿头顶出现的角。而柳叶此时则像雏鸟的舌。田里没有农民，“雨水”时的雨雪仍使整个田野松软、湿润，如刚刚解冻。一个穿红上衣的少女一直在公路边的人行道上手捧书籍，走过来又走过去。由于距离我一直未看清她的容貌，大概是个准备考试的中学生。远处有喜鹊的鸣叫，而在我周围的田里，一小群鸣叫的鸟，羽色近似土色，它们疾飞，忽上忽下。落在田里，便很难看清它们。它们怕人，好动。当它们落到田里，我用望远镜搜寻时，它们又已移至别处。以至我始终未用望远镜看到它们。当我在九点，在同一地点，为“惊蛰”拍了照后，我来到不时有汽车过往的公路边。少女已走了过去，我停下欲等她转回来，但这次少女也越走越远，返回了。我没有看到少女的面容。

（高维生打来电话，说刘烨园告诉他，我寄给刘的邮政贺卡中了三等奖，奖一九九七年全年邮票。黄海声给刘烨园寄了三篇散文，刘说不错。

周新京打来电话，说到张小路，大学时的同学。）

三月七日

周六

上午读了一段《缅因森林》，梭罗可以说是一个不自觉的环境保护主义者。

中午给食指打电话，我想下午去看他，我还没有说，他即说他正有个事要告诉我。我下午三点赶到福利院，一进院门食指便看见了，他迎出“职工之家”，我的到来他很高兴。我给他带了报纸及《伊利亚特》《诗人与哲人》《人类的解放》（房龙）。

他想对我讲的事是对我的写作的建议，即我的倾向自然的作品应该再容纳些人生的内容。我同意他的看法。他为我准备了两首诗，今年以来新写的，《生涯的午后》写于一九九八年一月九日至二十三日，二月十八日，《在精神病福利院的八年》写于三月三日。后一首有“似无情残忍的铁锤钢钎”和“不因没成为栋梁的树干”两句诗。他说这两句诗都来自我带给他的尼采的书（《查拉图斯特拉如是说》）给他的灵感。他想让我给他打印出来，多印几份，分给朋友看。他又说他近一两年发表的诗多亏了我，表露出他自己无法发表诗的苦涩。我说主要是编辑们与你联系不上。我知道并理解，他叫我来是希望我将他新写的诗寄给报刊。发表对他是一种支撑和慰藉。

他谈起春节见到大春，说起黑大春新写的一首诗，有一句“那线装的、泛黄的秋天的原野上，遗留下来的谷穗像诗中的删节号”。他不自禁地赞叹道：“真美。得整天琢磨才能琢磨出这样的诗。这很苦。”这也是他给予黑最大的宽容的原因。另一个原因是他认为传统上诗人都这样。

他的桌上有一本《诗探索》，一九九七年第四辑。他让我看王家新一篇文章，主要看前边的两段。大意是中国的当代诗歌在国外的诗人眼里没有中国的特色，似乎像翻译诗。食指很认同这个观点，他说他想让大春看看这段。但他认为，大春的诗相对还有中国传统的审美。

他诚恳地想请我吃饭，主要为我去年为他寄诗发表表示谢意。我说你是兄长，我们之间不必客气。去年他想在《北京晚报》发表那首《中国这地方……》，而不愿发在《文艺报》，但春节期间，在北京作协的联谊会上，有人说大家一般都不看晚报。这改变了他的观念。我们去了一次厕所，路上他特别让我注意院子里的井盖，说不保险。而我带的苹果，他说太好了，因为有一个病友这几天正生病。

我给他带了一本《散文选刊》，让他看我写杜鹃、野兔、喜鹊这三则。他连连称赞，说这是我的特色（但他是诗人，也有些唯美，只有大春那样的个别诗句，才令他激动）。他对我写的灰喜鹊的叫声"娇媚、委婉、悠然"表有异议。他说灰喜鹊的叫声是"嘎、嘎、嘎"的，他学着这种声音。我说灰喜鹊的叫声还有另一面，我比作河南妇女的声音。在院子里我们恰在一棵小桃树上看到一只灰喜鹊，听到了它的叫声。

由于周恩来的百年诞辰，说到周恩来的品德，一个个体的人的楷模。

三月八日

（晚呼小松，留言，祝她三八节快乐，告她已为她报名，四月十八日考试。）

给一平写信，写了一页半。

三月九日

为了尽快发出去，今天主要给一平写信。写了共五页。发出。

晚食指父亲打来电话。他昨天去看了食指，知道了我周六曾去看他。并过问了食指让我打的两首诗，知道了我想将诗寄到《文艺报》，他说《文艺报》比较“左”。他的父亲有些将他当成孩子，似乎对我有些不太放心。

三月十日

与《大地上的事情》责任编辑林燕通了一个电话。告诉她有四家报刊（我知道的）转载《大地上的事情》中的《现代的孩子》一文。她告诉我黑龙江有一个读者因《蔚蓝色天空的黄金》给我写了一封信，寄到了出版社。

三月十一日

给林莽打了电话，讲到食指父亲来的电话，他说有机会与其讲一下，让其放心。也与晓青通了电话，晓青说关于我与小松的事，林莽曾对他讲，谁的忙都不帮，也得帮我的忙。我说我很感动。

给袁毅打了电话，告他其托我买的书没有，但我将送他一本茨威格写的荷尔德林的传记。他说他的版头条现均配作者小传和照片，他打算将《作家与编辑》一文置头条，我须提供照片和小传。我说就不要放头条了。

三月十二日

读完《缅因森林》。一部沿河流在森林中旅行（乘印第安人独木舟或徒步）的游记。纯粹的纪实，一改《在康科德与梅里马克河上一周》不断插入议论，表达观点的方法。河流纵横，使我未理清他旅行的踪迹。梭罗的目的是观察动、植物。一个现代已消失的博物学家。

接着读《科德角》。滨海的游记。

谭五昌打来电话，谈到他寄我的《大学生》杂志中一篇楼肇明先生访谈文章，他问我对楼老师观点的看法。我说一部分赞同，一部分不赞同。后者如其对张承志、张炜散文的看法

（“水至清则无鱼”，至纯至刚的理想也同样有害处，我们对此更应该警惕）。他们的散文表现了一种精神美。而当代文学的倾向是与世俗生活无距离地趋同（如“新状态小说”等），文学丧失了精神性。俄罗斯有句谚语：“朝星星瞄准，比朝树梢瞄准打得更高些。”二张的散文对人起的正是这样的作用，这是一种“朝星星瞄准”的散文（现代一些论者一方面以文学的作用很有限来摆脱文学的责任感，另一方面又将在精神上有极端倾向的文学视为极为危险的）。

三月十三日

收到冯秋子的信和附寄的她发表在《青年文学》上的散文《白音布朗山》（这是我向她要的），七八千字。我随后即看了，并根据信的内容，给她打了电话。一、谈了我读后的印象：非常纯熟。看不出一点破绽（写法与修辞都恰到好处）。意味着很强的写小说的能力。像一段节录的自传（她的童年经历）。语言比她过去的散文更为炉火纯青。她说该文发表后（今年一期）还没有人同她谈起过。她常有写作上的自我怀疑，她需要鼓励。二、我谈到近日去看了食指，拿回了两首诗，问她是否想要。她希望给她发表，配照片，并希望我写一篇关于食指的文章。三、谈到我为她的版面提的建议，她说经过争取，四月起开设一个栏目：《你为什么写作》。信中说请我先写一篇，并附照片、小传。我说可从写小说的作家开始，我往后放放。四、谈到山东《作家报》办得不错，该报希望她请人写一篇关于她的评论。我说如不着急，我给你写（我曾给自己定下不再写评论类文字的条例）。她说，如果写她也只想到于君、我、林贤治、一平。

同时收到《山花》第三期。细读了郑敏《从蔡天新的诗观谈起》一文。文中抨击了当前新诗界的功利主义心态：诗人的第一谋之心，诗歌沦为建树事业的辉煌、个人地位的提高的工具。诗歌界集体无意识中功利主义颇多。她在一套女性诗歌文库（傅天琳、翟永明、唐亚平、王小妮、海男、林雪、阎月君、蓝蓝的诗集丛书）出版座谈会上也直言不讳地说："我很不喜欢现在的一些年轻人过于经营自己。"她认为过分意识到自己是女性诗人未必好，不要把女性的特殊性和人的共同性对立起来，女人和男人应在"人"这一概念下统一起来。她希望女诗人们像西方一些女性诗人那样更多地关注人类的命运。郑敏说自己最敬佩的女性是德蕾莎修女（我早已关注到她）。我很赞同郑敏的观点和批评，像我写过的蓝蓝的书评：不要做"文苑诗人"，而应成为"世界诗人"（借用泰戈尔的说法）。

三月十四日

读《科德角》，见识海洋。

上午周新京打来电话。闲谈。

下午杜丽打来电话，谈到一平的文章（《逛旧货市场》）经努力排上了第五期。她说关于一平的书评，她将写成散文。

宋逖打来电话。闲谈。

晚六点二十分给食指打电话，他已离开传达室。他与家人约定每周六下午六点在此等家人电话，到六点半。门卫让我明十二点再打。

三月十五日

给树才写信（未完）。

因下午要去上课（一点走），我匆忙做饭，忽略了午十二点十分给食指打电话，十二点二十分他打来电话。我告诉了他《文艺报》的事，我说写关于他的文章，想全面了解一下情况，如与医生谈谈（了解第三福利院的情况，医护人员对食指的看法等）。但他不大赞成我找医生，有医生并不将他这个诗人放在眼里之意。在病院里只有病人，没有诗人。

三月十六日

读《科德角》。继续给树才写信，涉及梭罗。

上午约九点半，食指打来电话，他告诉我第二首诗（他在病院传达室打电话，他有意不说此诗《在精神病福利院的八年》

的名称，昨天也是这样。昨天他想将此诗第一节四句删去，我说服他保留）的第二节改了。原为：

饥饿、冷酷、自私和野蛮……
似无情残忍的铁锤钢钎
撞击得我头脑深处的岩石层（我建议他改为“岩层”）
思想灵感的火星四溅

他改为：

懒惰、自私、野蛮和不卫生的习惯……
在这里集中了中国人所有的弱点
这一切如残酷无情的铁砧、工锤
击打得我精神的火花四溅

他说如果已打印好了，不要浪费几张纸了。他问这样直说病院是不是不太好，我说病院外的人更严重。他笑了，说我幽默（他未用“调侃”一词）。

分别呼了孙小宁、徐展（《中国文化报》《中国土地报·读书版》编辑），谈到“春分”来昌平事。也给田晓青打了电话。

三月十七日

九届人大昨、今两日产生人大委员长（李鹏）、国家主席（江泽民）、国务院总理（朱镕基）。

三月十八日

读《科德角》。梭罗写到灯塔守护人，忠于职守、自律和爱的孤独的灯塔守护人。在一个人人谋取私利的社会制度中，灯塔守护人则超越于个人私利之上，忘我地献身给危难中的航海人。我想找出显克微支小说《灯塔看守人》看，并想写一篇散文，就叫《灯塔看守人》。

和林莽通电话，谈《文艺报》刊登食指诗、照片和一篇关于食指文章事。邀他周六（二十一日）来昌平，他恰好那天开会（《诗探索》）。谈到郑敏文章，我说我很赞成郑敏，他说他也赞成。

三月十九日

九届人大今天闭幕。上午看朱镕基率副总理答记者问，至少十年中中国首脑中最富魅力的一位答记者问者。报上刊载的新华社记者写的朱当选总理的报道。标题为《众望所归》。而宣布时，代表们的掌声的确经久不息，最为热烈。

高维生打来电话，谈到施战军写的《谈手记散文》一文。“手记散文”的概念是新的，但它应有一明确涵盖范围。而这是靠作品体现的，即其列举的作品向读者昭示“手记散文”所指。

收到对外翻译出版公司转来的一读者信，他是读了《蔚蓝色天空的黄金·散文卷》(从长春市图书馆借）后写的信，冶金工业部长春黄金设计院人，名张宏达，言与我同龄。

收到冯秋子寄的《作家报》,《新作家发言席版》有她和杜丽谈写作的文章。

（自昨夜起，一股强冷空气南下，刮起五六级大风，气温降至三摄氏度。)

三月二十日

继续大风天气。

收到魏戈信，她寄来了写食指的文章《风中的绝唱》。

三月二十一日

今日春分。强冷空气已过。气温回升，今日零下二摄氏度至八摄氏度，风力二三级，风向西北。

上午去田野。天蓝，云白有形，有些像秋天。但四周的大气依然有浑浊感。柳树已显露绿色，是远看的绿色（不是最初只近看的绿芽），伸展开叶的绿色，风力不大，但风很硬，由冷而感觉的硬。除了零星的喜鹊（它们已开始筑巢），没有其他鸟。农民在给麦田浇返青水。九点，给“春分”拍照。与“惊蛰”最大的差异是远树显现了绿色。

上午十点，田晓青、周新京、宁肯和《中国文化报》孙小宁赶到。宁肯开着借来的车。随意交谈。田、周年龄较大，他们的话题较宽泛，一种不执着什么，世事练达（艺术的大敌）的宽泛。多不是我想谈的。下午去登小区南部的小山。并看了加拿大风格的别墅。

晓青带来了《华人文化世界》（第一期），刊出《作家与编辑》。但未刊一平的《守林人》，晓青曾答应这期刊。我问晓青原因，他说稿子过长，且不大适用。这是一平的第二篇未被晓青采用的稿子。

三月二十二日

读完《科德角》。此次滨海旅行是和钱宁同行的，就像《在康科德与梅里马克河上一周》中梭罗未提同行者其兄约翰，这部旅行记中也未出现钱宁的名字。

收到一平信。显然他发此信时尚未收到我十天前寄他的信。他仍在书店打工，想写的作品无时间写，他说他接受这一宿命。

他要为妻儿的安顿做这样的牺牲，他过去欠他们太多。他谈到了受到房东驱赶的事，“人性是相同的”。

下午下课后给陈长吟打电话，问到我转他的韦锦稿子事。与晓青通话，也谈到一平稿事，我问他与一平是否有矛盾，他说没有，主要是其稿过长。我请他转给林贤治《散文与人》（林二十日曾打来电话，说《散文与人》将在三联书店续出，说到他前两天曾来北京，想见冯秋子、杜丽和我。由于杜丽告他苇岸路太远，而没能与我见面，杜丽也临时因事改约。林只见了冯）。

（我对晓青说，他过于达观了，过于世事练达，这制约了他写作的冲动，当他想“表达”什么时，未及下笔，“逆向思维”便使他找到了反证。而文学是需要某种意义的“偏执”的。）

三月二十三日

（上午《人民文学》陈永春来电话约稿。一九九六年他曾约我一组《大地上的事情》，但迟迟不得刊出。他向我致歉，说由于那组已由其他刊物发，要我写一组新的给他，并会迅速处理。并说将给我赠刊。）

今天主要给树才写信，谈到关于“二十四节气”、爱默生、梭罗的人的“整体性”。下午在单位收到一封来自清华大学的读者信，他叫刘铮，他是读了《中华读书报》上《我热爱的诗人》一文而写来信的（地址来自止庵）。他给我复印了《法文研究》（一九四二年五月号）上一篇介绍雅姆的文章，它让我了解了雅姆的生平。同时信中还列了我所提到的三种诗歌选本之外的其他法国诗歌选本上收入的雅姆诗歌目录。我很感动，谢谢刘铮！

三月二十四日

续写致树才信，四页，写毕。

张锐锋打来电话，他到京，住中国作协创作中心。他获了《大家》第二届“大家·红河文学奖”散文奖，是来领奖的。他在为北岳文艺出版社组一套散文书稿，约我的稿并让我给他推荐作者。我的字数尚不够（《大地上的事情》之后），而赶写又有违我之意。我推荐了宁肯、林莽。

与林莽联系，明进城，和他谈写食指文之事。宁肯打来电话（昨晚我们曾通话，他谈到又看了我的《从汤旺河到黑龙江》，他认为这篇与我的其他作品不同，有“异质”的东西。他认为我应多容纳一些“异质”的东西）。张锐锋刚给他打过电话，他想去张住处看看他，谈谈，问我是否也一起去。我说明天正好进城，可晚上同去张处。

《大众摄影》（一九九八年第三期）杂志有一篇尤金·史密斯的访谈录《一个赤裸裸的人道主义摄影家》，并附有史两幅照片，其中一张是“史怀泽”，摄于一九四九年，史怀泽低着头，背景大概是非洲乡村。我将这本杂志借出来，至少一半是由于这张照片。我很赞同史密斯的艺术观，他说：“做个新闻艺术家比做自由艺术家困难多了，自由艺术家不必有责任感。”自由艺术家就是为艺术而艺术的艺术家，而史认为自己是前者。人们称他为“浪漫理想主义”。他说：“常称我浪漫主义的人，其实自己的生活却充满失败和失望，所以他们不相信任何事情，而我一直相信，他们就认为是浪漫主义。”我相信他的正确性。“我相信每个人都会有好有坏，但如果能有足够的正确影响，而人们又能相信他，那么人性就能向前迈进一步。”我认同这个说法，以其艺术影响。

与宁肯通电话时，我给他念了几句。

三月二十五日

进城，出门前，叶依打来电话，问我今天是否进城，她听张锐锋讲我将去其处。

到王府井风入松书店，买叶甫图申科《提前撰写的自传》。

再到三联图书中心，买《昆虫记》（作家版，节译本，比花城版《昆虫的故事》厚些）。与林莽约下午两点半在此书店见面。我们到了其南侧的一个冷热饮店，其人少，便于谈话。我约林莽主要为写关于食指文章而同他交换看法，并问他一些情况。

我说文章名称就叫《三月七日去看食指》，散文化写法。大体涉及第三社会福利院的概况，医护人员眼里的食指及病院为食指写作提供的便利，食指的诗歌观点，我对食指（诗歌）的认识，关怀食指的朋友们等。林莽简略介绍了食指的情况。关于食指的诗歌，林莽分作四个时期：一、一九六五年至一九六八年“黄金阶段”，认为其所有最重要作品这一阶段均已写出。一九六八年是食指最高产时期，写了十八首。二、一九六九年至一九七六年的“相对停滞期”，并受当时民歌诗风影响。三、一九七七年至一九八二年，“恢复心灵震荡的再创期”。四、一九八三年至今，“沉郁的历史回顾期”。林莽认为，食指的诗形成偏于古典，讲究韵律、意象、象征，诗行整齐。总体上是浪漫主义的、体验型的诗人。我赞同他的看法。我称之“自传型”诗人（心声的、经历的）。食指诗歌的开端性，北岛当年将自己打印的诗集《峭壁上的窗户》送给食指时，题记：“请郭路生指正，你是我的启蒙老师”（林莽讲）。

林莽正在编《诗探索金库》丛书，第一本是食指卷。林莽给其编了“食指生平年表”，自一岁起，很详，附了二十四张照片，及“食指历年创作一览”，自一九六五年起直至一九九七年，每年创作的诗目。前还有一篇约一万五千字的文章，林莽为写此文，打了几十个电话。我说“食指有林莽是幸福的”。

林莽另约了刘福春，约三点半，刘赶到。四点半宁肯到，我们一起到中国作协作家活动中心张锐锋房间。周晓枫和中国文联出版公司编辑薛燕平在，后叶依又赶到。大家一起去《中国青年报》附近一个餐馆吃饭，宁肯又叫来了罗强烈。饭后，林莽、刘福春、罗强烈返回。其余人回作协活动中心。张锐锋带我和宁肯去海男的房间，海男为《大家》副主编。晚十点，宁肯用车送我回昌平。

三月二十六日

上午为食指文，给黑大春打了一个电话（问他对食指的帮助）。他问我北大方面是否为海子忌日的诗会邀请了我。他这样问我，我才意识到今天已是二十六日（我意识中似还有几天）。但我未接到通知（昨天夜里才回来，今天上午又到校）。

收到湖南作家谭谈寄来的书（其自传）和一封为贫困山区建立一个作家爱心书屋征集作家捐书的印刷函。

三月二十七日

打算去看食指，这次主要为了文章。（给冯秋子打电话，文章刊出遇到不顺利事。）

先给病区的朱美兰大夫打了电话，约其访谈。定好我十点赶到。我访朱大夫有意先不让食指知道。

在病院主楼的一个房间，朱大夫向我介绍了食指来病院以来的一些情况。食指一九九〇年五月福利院建院时即来了，来时症状较多，如自言自语、自笑、哭哭啼啼、夸大、妄想、拒绝访者、毁物、外逃（曾外逃二十余天），经治疗，处在丧失了愿望的“衰退”期的食指大为好转。食指一直坚持“不能搞特殊化”，病院伙食分三档，他选择了最低一档（因为中国还有八千万农民没有脱贫）。他的牙全掉了，因怕浪费钱而坚持不镶。朋友来带他出去吃饭，回来他会说“今天又吃亏了”，是说今天又浪费了，吃得太好。朋友带来的烟、水果等食物，他全分给其他病友，特别是那些“无依无靠，无家可归，无经济来源”的三无病友（而别的病人有好东西会马上藏起来）。为此家里嘱病院代为保管食指的钱物，并给病院三个“任务”：一为其镶上牙，二将伙食提到第一档，三帮其成个家。现前两项通过做“假账”和说他得了肝炎需要营养的方法已做到（镶牙花了一百六十元）。

食指曾被选为病院二区（五十多病人）的区长，工作一丝不苟。他每天自愿擦楼道，洗病区的饭碗，目的是多做点事和磨炼意志。病院安排他管过图书馆，每天从上午九点到晚九点，非常守时，每天清点一遍册数（怕丢）。病院了解了他的情况后，也为他写作创造条件：特准他晚上可以在接待室写作，并特供一暖瓶水，一盒火柴（最初不给火柴，以致他为了不使烟灭，须一支接一支抽）。白天病人不许关房门（防自杀），但食指可以。他可以自由地在院子里走。每天报纸一来，由他先浏览一遍，然后才往下分发。现正将他安排到“职工之家”做管理人员（只两个病人一室）。

和朱大夫谈完已十一点。我去“职工之家”找食指，里有人打乒乓球，外则锁着门。打球人说其去饭厅了。我去二病区饭厅找他，一些病人已等在餐厅，食指也在。我们回到“职工之家”。他给我看一封刘烨园的信。我上次给他带了一本刊有刘烨园写的诗的《山东文学》，食指针对这首诗说，现在物欲满天不对。但人民生活提高了，中国毕竟进步了。他说刘烨园“想偏了”。他说：“现在我对许多问题原谅了。罪也受了，苦也吃了，福也享了。今天给人们做点事才是有意义的。诗人须与人民同甘苦。”我们出去吃饭，他执意要请我，他说我为他发诗，为他打印诗，他理应请我，并说就让他请一次，不然他过意不去。没办法，我这次依了他（饭费花了三十元）。交谈时，他说“这儿的生活使他喜欢尼采、贝多芬”。小说家他喜欢雷马克（《凯旋门》），海明威（所有的作品）。我向他提了几个问题，如“哪些诗人对你影响较大”“对中国当代诗歌的看法”“诗人在社会中意味着是一个什么样的人”等，我做了记载，在文章中将以问答的方式录入。一点半后我返回。

晚十点后，金安平忽然打来电话，她是十年前的同事，后考入北大做研究生，现为北大教师。她告诉我二十六日晚北大搞了一场诗歌朗诵会，每年都以这个方式纪念海子，今年又逢北大百年校庆，规模较大。她说在开始介绍来宾时（朗诵者王家新、欧阳江河、邹静之、郑单衣等，来宾郑敏、谢冕、曹文轩等）主持人念到有海子生前好友苇岸，这时一人站起来点了头。金对另一参与筹备者说，这不是苇岸，他怎么站起来了。那个筹备者说，原来他不是，这人来时带了三个女人，大家对他印象不太好。金问我是否去了，我说没有，因我未接到通知。

三月二十八日

对金安平告诉我的这件事，我有些不安，主要为他们对那个冒充我的人印象不好（其带了三个女人）。我甚至想澄清一下（我想到了北大校报）。我给金打了电话，想详问一下当时的情况。金说给我问一下。我又给邹静之打了电话，他说那人一定是骗子。

给《中国文化报》孙小宁打电话，问她是否可以给她书信体文章（她希望我将写梭罗文给她），她说可以。我决定将给树才的信给她。

臧棣为上述事打来电话。我们没有联系过。他说诗会他是筹办者之一，是由另外的人通知我，但未联系上。他为这件事表示歉意。

三月二十九日

修改《致树才信》。回清华读者刘铮信。发出。

三月三十日

金安平电话，问是否有人给我打过电话，我说臧棣来过电话。

郑单衣、宋逖来电话，无具体事（郑说起诗会，他提前走了，故未见到我，我说我未去）。

修改完《致树才信》（谈到梭罗“人完整性”），寄《中国文化报》。

三月三十一日

《梭罗意味什么》寄《美文》。给葛筱强复信，附一份《中华读书报》。

给湖南谭谈寄书（作家爱心书屋的捐书）：一本《大地上的事情》，另十册小书，艾青《落叶集》等。

陈旭光打来电话，其电话号码有变。叶依打来电话。

四月

四月一日

收到全美中国作家联谊会冰凌信，明信片写：“今收到您寄来的赠书《大地上的事情》三册（为美三所大学的赠书），编号132……”

收到陈永春兄寄来的《人民文学》杂志一至四期。

收到清华大学读者刘铮信，他收到我的复信后又来了信，寄来了一首雅姆诗歌的译文，名《古老的村庄》。

（高维生、周新京打来电话。给楼肇明先生打了电话，闲谈。）

四月二日

着手写《我与梭罗》，预计五千字以上。

四月三日

清华大学读者刘铮打来电话，他说他是四年级学生。我告诉他明天我将去美术馆看魏勒画展，如他去，我将送他一本小书《大地上的事情》，以向他表示谢意。

高维生打来电话，说谭延桐（《作家报》编辑）正在他家，并将话筒给了谭。谭表示很喜欢我的散文，说他为《济南时报》写了一篇谈散文的文章，谈到了我，并说《第二条黄河》已发，希望继续给他供稿，并祝福我。

四月四日

上午与父亲、哥哥一起到北小营村东南的村民墓地给祖父及二爷、老爷上坟。我发现高架电线铁架上都增加了一个鹊巢，双巢并列。

上完坟后进村，看祖母。她瘦了些，依然半知事半幻觉状态。

十二点半到三联图书中心。买《长江魂》(义卖)。买薇依的《在期待之中》，它是作为一套基督教学术丛书于一九九四年出版的，但我是在《读书之旅》报上看到对她的介绍（她在二战时在伦敦因病须补养，但她并不按医生嘱咐的进食，而严格遵照法国战时的配给制定量，致病情恶化，享年三十四岁），才决意买她的书的。在译本前言中（刘小枫），我了解到薇依将基督精神与基督宗教是区分开的，多么好的区分。她一直不愿入教："我想，无论在什么情况下，我将永不会入教，为的是不因宗教而使自己同普通人相隔。"是的，无论因宗教，还是因艺术、文学、学术而使自己同普通人相隔，都是"入教"。今天这种现象恰是主流，而具有同普通人相融倾向的作家，如张承志和张炜（这是我喜欢他们的原因）（我不认识他们，但至少作品是这样的）则被讥为“历史复仇主义”和“融入野地”。

和宁肯约（一点半）在书店南侧的冰激凌店。谈话。三点钟到美术馆，清华大学学生刘铮到。一起看马克斯·魏勒画展。我喜欢他的画，抽象的，但隐约可见自然的状态。色彩很鲜明，他喜用原色。一个内心或精神有亮度的画家。刘铮给我带来一份止庵文《关于关灯》，涉及梭罗。我带了《梭罗意味什么》一文，给两人看了。

回来晚近九点，食指打来电话，说他父亲将去看他，给他带去他近两年写的几首诗，他希望一起发表，希望我到福利院去一趟。

四月五日

清明

今天清明，气温在八摄氏度至十七摄氏度之间（昨十六摄氏度），微风，半晴。

近几日均阴天，今天出现了阳光，但整个空间有阴晦感，一种“鬼节”的森然气氛，目测约一千米外即景物朦胧至隐没。我赶到田野，来到拍照的地方。镇内的居民二三正在麦田内挖野菜，没有劳动的农民。周围喜鹊噪叫（鸣噪）、起落，它们给人一种体重腿细的感觉，总站不稳。当我在一棵柳树旁记述时，两只喜鹊飞来就落在了这棵矮树上，离我很近，对鸟来说，已近在咫尺了。我转过身来看它们，它们并未惊飞。在田野深处有一两只鹰鸣叫，声音悠长，我用望远镜也未找到它们，叫声仿佛自冥处传来。

返回时，在三株公司围起的荒地中有近二十头驴，一个四五十岁的憨实农民在近旁看着。这是一小群毛驴（体型小的驴）。我和农民谈了起来，他来自河北的张北，他说驴来自那一带，主要用来屠宰供给餐馆。我说驴给人一种苦相感，农民是否不太喜欢它们。放驴的农民说，不，农民对驴是有感觉的。驴比马皮实、耐劳、好喂养、不挑食。驴的寿命也比马长。驴马交配生出骡子，驴下的骡即比马下的骡命长。我给驴照了相。

四月六日

继续阴天。

写《艺术家的倾向》（后定名）。通过给宁肯信的方式。

（高维生、宋逖、周新京打来电话。《中国土地报》打来电话，问我是否收到了刊《第二条黄河》的报纸。下午收到。）

四月七日

郑单衣打来电话，告诉我他的呼机号，他在社科院帮助做诗歌年鉴。

孙小宁打来电话，她收到了我寄她的《梭罗意味什么》。

一平夫人周琳中午打来电话，她从波兰回来了，本月二十四日走，一平仍在美国，没有回来。

将《梭罗意味什么》寄给止庵，针对他写的《关于关灯》一文，此文涉及梭罗。将刊《第二条黄河》的《中国土地报》寄巫山的谢玉兰小姐。为写此文我曾向她询问过情况。

四月八日

收到漓江出版社寄来的《散文年鉴1995》，北京师范大学中文系当代文学教研室编，刘锡庆主编。收入刊于《中华散文》的《鸟的建筑》。

收到《作家报》（四月二日），刊《第二条黄河》（《青年散文家档案》栏）。

写另一封信，名《艺术家的倾向》。致宁肯。发表用。再涉及梭罗。当我写到“我倒……”时，想到昨天孙小宁说这里“到”应为“倒”，故给孙小宁打了电话，说到这个字。

四月九日

写《艺术家的倾向》。

林莽打来电话，说十三日晚在文采阁为周琳办一个聚会，邀几个朋友。

周新京、高维生打来电话。

四月十日

周晓枫打来电话，问我是否收到了《散文年鉴 1995》。

高维生电话，他打算说服一个书商编一套散文集，五个作者：刘烨园、王开林、冯秋子、他和我。

收到黄海声信。

四月十一日

上午写《艺术家的倾向》。

下午五点钟赶到沙河第三福利院，去看食指。一周前他打电话说要交给我几首诗。十二首短诗：《诗作》（三首）、《我爱》、《灵魂》、《想到过去》、《这些年来》、《人生》（四首）、《给友人》。

我们一起到外面餐馆吃饭。他这次又显露了病症（幻症）。

他经常给病友们买烟和其他食品，如买二百斤西瓜。

四月十二日

胡军军打来电话，问我是否想看话剧，首都剧场的《三姐妹·等待戈多》，一部将契诃夫与贝克特两个剧作混合起来的剧。

四月十三日

进城。先到劳动人民文化宫书市。打折书，买了一些，《世界散文精华（澳非卷）》，《内心旅程》（罗曼·罗兰回忆录），《生活之恶》（蒙塔莱诗集），《小爱大德》（一本法国当代伦理著作），《信仰与重负——西蒙娜·韦伊传》，《农业志》、《农业传》（两本古罗马著作）等。

下午两点与宁肯约在美术馆。但闭馆。欲看俄罗斯画展。

四点半我们赶到文采阁。这是林莽为周琳安排的朋友聚会。有林莽、田晓青、徐晓、江诗元、朱渊、宁肯、胡军军。

七点，我、周琳、宁肯、朱渊、胡军军赶到首都剧场，看《三姐妹·等待戈多》。该剧是实验性的，舞台实景化，有水、砂石、梯子等。演员有吴文光。我中途退场，我对他们说，我已感受到它的全部了。

四月十四日

看到昨天的《中国青年报》，刊出《第二条黄河》。

晚丁乙打来电话，他从加拿大参加画展返回不久。

四月十五日

今天听到了雷声。微弱的初雷。对这第一声雷的呼应是夜间短暂的小雨，混合着沙尘，落在玻璃上是泥点。

宁肯打来电话，谈了上次看《三姐妹·等待戈多》散场后，部分观众与导演、演员的交谈。

王家新打来电话，他离婚了，想在昌平买房，让我给问一下情况。

四月十六日

《青春》杂志编辑衣丽丽打来电话，告《弗朗西斯·雅姆》刊第六期，并问“作者简介”。

王家新打来电话，向我询问房产公司的情况，定明天下午来昌平。

四月十七日

王家新下午约四点一刻到昌平，我们本约三点半在345支线政法大学站见面。我带他去昌平房地产开发公司，然后随公司职员去看房，看了石油大学南侧东关小区和水关新村两处。家新倾向买前者。约五点一刻返回。他要陪刘利安到首都剧院看《三姐妹·等待戈多》。他带给我一本他的诗集《游动悬崖》。

收到一平信。

四月十八日

进城（为看俄画展）。

先到劳动人民文化宫书市，买《梭罗集》（为陈长吟），《叔本华散文选》、《柏辽兹》（罗曼·罗兰著），及几本半价书：《华盛顿·欧文的世界》《未来主义·超现实主义》，巴什拉的《火的精神分析》，索洛维约夫的《爱的意义》。

下午两点赶到美术馆，看“列维坦及同时代画家风景画展”。宁肯已在。在大厅又遇王家新。展览共有三个展厅，画家除列维坦外，还有萨符拉索夫（有他的《白嘴鸭飞回来了》），希施金、瓦西里耶夫、谢洛夫等人的作品。希施金的画让人想到透纳或康斯太布尔，它的“金色”，与俄罗斯的自然并不十分吻合。萨符拉索夫的画过于“冷静”，缺少俄罗斯灵魂中“热烈”的因素。瓦西里耶夫的画我觉得与俄罗斯的风景是最呼应的。列维坦只活了三十九岁，他的画变化最大，他的“风景”有写实的，也有向抽象过渡的：有瓦西里耶夫式的，也有莫奈式的（《黄昏中的赶草垛》），而《湖》则含有抽象因素了。这两幅画都是他三十八岁时画的，表明他的艺术已向现代主义过渡。

看完画展，我们三人在美术馆前院短暂谈了谈，王家新因有事先走了。我和宁肯在那家冰激凌店喝茶，谈到五点半。

四月十九日

汪剑钊打来电话，说云南人民出版社的《俄罗斯白银时代文化丛书》已出版，该社与社科院外国文学研究所将在二十三日举办“俄罗斯白银时代研讨及新书发布会”，邀我参加。并说与会者多为外国文学研究和翻译人员及新闻界人士，希望我从作家的角度发言，也希望能写篇文章（写文章事我未完全应允）。

四月二十日

谷雨

今天气温在十四摄氏度至二十六摄氏度。无风。阴晦，但能见日，地面隐约可见影子，远处灰蒙蒙，空间感不强。今年春天一直阴天，今天仿佛为了“芒种”，太阳像强露了一下面。

树木的叶子（杨树）已遮掩了鹊巢，绿色正由新绿向苍绿过渡。麦子已拔节，到了它一生的三分之一高，显现了立体感，已能隐住野兔了。一个农民正在为麦田浇水、施化肥。在另一方向的麦田中，我隐约看到一土色之物，我盯着它看，以为它是一只野兔或一只鹰，但它一动不动，这时一只喜鹊飞来落在了上面，原来它是一截去年的玉米秸。喜鹊起飞时，会纵身一跃。听到了远处啄木鸟敲击树干的声音。天空有一只鹞子盘旋。

拍照。

（从邮局取出止庵寄来的他的随笔集《如面谈》。）

四月二十一日

写完《艺术家的倾向》。书信体，致宁肯，两千字（寄《美文》）。

给张宏写了一封信。《散文年鉴 1995》的编者之一，过去我们通过信。

四月二十二日

收到原野寄来的散文集《思想起》。

将《艺术家的倾向》寄宁肯和宫苏艺。

四月二十三日

阴，时有小雨或近中雨。

进城，到社科院外国文学研究所会议室。参加云南人民出版社和外文所联合举办的《俄罗斯白银时代文化丛书》首发式及学术研讨会。汪剑钊和云南人民出版社的潘灵等在签到处。发给每位与会者一套丛书，包括:《银鸽》(别雷长篇小说)，《对另一种存在的烦恼》(短篇小说选)，《俄罗斯白银时代诗选》，《时代的喧嚣》(曼德尔施塔姆文集)，《落叶集》(洛扎诺夫)，《开端与终结》(舍斯托夫)，《自我认知》(别尔嘉耶夫)，还有一本大概让我弄丢了。

与会者三四十人，吴远迈、高莽、刘文飞等翻译家、学者(我未记人名)，还有唐晓渡、冯秋子、杜丽、邱华栋、黄集伟、臧棣等，及媒体记者(赵武平、宋逖、孙小宁、解玺璋、杜冰冰、《读书时间》女主持人等)。宋逖说过杜冰冰与我长得很像，宋听力有问题，看来视觉也有问题，因为杜很漂亮，吃饭时我们谈了谈，杜是《中国文化报》编辑。

会间我到《世界文学》高兴的房间去了一下，他送给我今年一、二期的刊物。

四月二十四日

收到王长安寄来的四月十九日《中国青年报》，刊《第二条黄河》。

将食指的诗《人生》（一组，四首）寄给王长安。

四月二十五日

给汪剑钊打电话，告诉他我准备写一篇有关“白银时代”的文章。也谈到了他译的别尔嘉耶夫《自我认知》和一年前出的另一译本（名《思想自传》）的区别，注释好于后者，我对照着读一页便比较出来了，汪有创作基础。

宁肯打来电话，谈了他收到《艺术家的倾向》的一些看法，谈了近一个小时。

午一点后，黑大春打来电话，他去了山东，约半月，刚回来，说给我带回来一本书，里面的一个人很像我（我说宋江的某些方面也像我。一平写的《邻居耶热》，耶热某些方面也像我）。他下午要去福利院看食指，问我是否也去。我说你自己去，你们可以好好谈谈。

四月二十六日

将《梭罗意味什么》、《艺术家的倾向》和食指的诗《诗作》（三首《我爱》《灵魂》《想到过去》）寄给《作家报》谭延桐。

将食指诗《这些年来》《给友人——致胡健》寄《中国文化报》杜冰冰。

四月二十七日

写《重现“白银时代”》。

给一平发信（谈了周琳回来的情况和他作品的情况）。

四月二十八日

上午《光明日报》宫苏艺打来电话。谈我寄他的《艺术家的倾向》，他说“非常非常好”，这让我不知说什么。他提出了结尾一段与全文内容不一致，是否可删去的建议。我说为使其像信，及读者会不知宁肯是谁，还是保留好，可删去一句。另他建议第三段太长，可否分一段？我说可以。谈到了亚当斯的摄影展，他说摄影大师最好的作品也就在五幅之内。他买到了卡什的摄影画册。

收到孙小宁寄来的《中国文化报》（刊《梭罗意味什么》，

四月二十一日）和上次他们来昌平时的照片。

收到旧金山王昭阳信，附食指及我们三人的合影照片。

四月二十九日

写完《重现“白银时代”》。八百余字。寄曾约稿的《中国土地报》徐展。

四月三十日

食指打来电话，说他已回家过“五一”，准备在家待十天。我告诉他已将他的诗分寄《中国青年报》《中国文化报》《作家报》。

收到《文艺报》（本月二十八日），刊出《作家与编辑》。

五月

五月一日

开始读韦伊（又译薇依）传《信仰与重负》。它的译笔不太好。

西蒙娜·韦伊，一个革命家（“只要仍有一点苦难存在，就要加以改善”），一个非女性色彩的女性，一个“红色圣女”。

给宫苏艺打电话，问他亚当斯摄影展的地点，及胶卷在相机内放多长时间为宜。

五月二日

着手写《我与梭罗》。要写五千字，五月二十日前交《世界文学》。对我还是比较紧迫的。

广播中说，丹麦禁止使用农药。

五月三日

进城。在皇冠假日饭店国际艺苑展览厅看了一个蒙古族青年画家的画展，路过这里，便进去看看，正是中午，展厅无人。画介于抽象与具象之间，猿是主要形象。同一种风格的画放在一起，便显出其实只有一幅就够了。在三联图书中心看了看，然后赶到东四。

东四有个名“雅臣”的摄影艺廊，在展亚当斯摄影展，约了宁肯和周新京来看。作品约三十余幅，有《月出》（作者最著名的作品）。展品画幅都不大（除《月出》等几幅外），标着价，影展似是一次商业行为（本想去看食指，但林莽讲食指这两天被朋友接出玩去了）。

（给冯秋子寄信，附《梭罗意味什么》《艺术家的倾向》。给孙小宁寄信——收到她寄来的刊有《梭罗意味什么》的《中国文化报》及附信。将《重现“白银时代”》寄《北京青年报》刘晓春。）

五月四日

今天是北大百年校庆的高潮日。各种庆祝活动已持续了多天。

今天高维生、宋逖、冯秋子（中午她收到了我的信，谈了看法。我同她讲了小松的事。她认为小松不错，是个挺好的女孩）。止庵（问我是否收到了他寄来的《如面谈》）、宁肯先后打来电话。

五月五日

早约七点半，树才从科特迪瓦阿比让打来电话。谈了谈，他想回来，原说五月，大概要六月才能回来。

写《我与梭罗》。

晚上给高兴打了一个电话，讲了写《我与梭罗》的情况。他说月底交稿不晚，原说五月二十日。他要去云南开会。

五月六日

立夏

今天立夏。气温二十二摄氏度至十三摄氏度。风力三四级（近午刮起来）。阴，但云无形态，太阳偶尔能显露圆形。

夏天开始了，户外的温度已经像暖房了。麦子已经抽穗了，麦芒耸立着，剑拔弩张的样子，但我剥开尚是空的，麦粒还未形成。桐（泡桐）花正在开放，洋槐花期已过半。树木的叶子已充分舒展开来，绿色也由浅绿、新绿向深绿、墨绿过渡。叶子对花已遮掩。农民正在麦田拔一种类似野艾的草，水也刚浇过。依然是喜鹊在四周活动，天空飞过两只无声的乌鸦，远处有“四声杜鹃”的啼鸣。

五月七日

晚谭五昌打来电话（无具体事）。

郑单衣打来电话，说到《梭罗传》，他说想借去看看，我告诉他，我正在慢慢看。

五月八日

收到周晓枫散文集《上帝的隐语》。

五月九日

山东韦锦打来电话，他说他要从东营调到廊坊。

五月十二日

收到丁乙寄来的《蒙德里安在中国》。

五月十三日

林莽打来电话，讲怀柔一个旅游景点与他联系，想邀七八个写散文的作者及报刊编辑去玩，目的是想宣传一下。林莽让我联系一下。

五月十六日

王家新任教的国家行政教育学院在昌平教师进修学校开会，家新带着他的德国女友来了。他没有开会，给我打了一个电话，表示想在昌平街头转转。我赶到进修学校。我们租了一辆三轮车，从东环路到北环，沿鼓楼大街、政府街回来。我的英语很差，不能正常与他的德国女友交谈。

五月二十二日

去怀柔龙潭涧风景区。下午两点半在建国门古观象台集合。有宫苏艺、程黧眉、杜丽、杜冰冰、宋逖、林莽和我。来接的是瞿兴泰，他也联系了一些人：王阵容、刘晓川、曾明了及另两个女士。

进山后，车因故障停了两次，到目的地时已近七点。吃过晚饭，与当地作者见了面。主持者让客人每人讲一两句话，我讲了两句：一、“文学是慰藉个人人生的事情”；二、引述了一句波德莱尔的话“诗人因其丰富饱满的天性而成为不自愿的道德家”。后在房间聊天。

睡觉时，已近夜里三点。

五月二十三日

在鸟鸣中我醒来了，时间刚刚凌晨五点，天已亮，我只睡了两个小时。我不想错过这个在山谷中欣赏鸟鸣的机会。我起床了，提着望远镜。与当地人打招呼，有两池水养着他们称的虹鳟鱼，一路上，招牌都以这种鱼招徕着游客。看到两只松鼠类的动物。杏树已结果，青杏。鸟不多，主要是山雀，在灌木中鸣叫，很难看到它们。舒畅的山中的早晨。

早饭后，我们沿一条山谷前行，山谷中（山并不太高和险）有一条小溪顺势延伸，水并不多（雨季尚未到），成潭的地方仿佛还像去年的陈水。这条山谷大概就叫龙潭涧。阴天，见不到太阳。树木不高大、茂密，山势也不峻美。走了约一两个小时，走出山谷迎面是一条河，即潮白河中的白河。用简单皮筏漂了约一华里，我和林莽同漂。离开白河，爬山，上半山腰的公路，从公路返回，已中午。

午饭后返城，小车，分四辆。与宫苏艺、杜冰冰、宋逖同乘一车。

五月二十五日

上午《散文选刊》王剑冰（已任主编）打来电话，邀我参加六月六日在河南焦作举办的散文研讨会，很诚恳。我同意去。

五月二十八日

中华书局《中华活页文选》编辑侯笑如打来电话约稿。

六月

六月二日

《我与梭罗》写作结束。约六千字。又是如释重负的感觉。除了阅读等准备工作外，写作用了一个月。应《世界文学》高兴之约而作。

彭程打来电话，问河南焦作散文研讨会事，他可能去不了（先通知了冯秋子，冯因事不能去，改通知彭）。他向我推荐《布罗斯散文选》。该书我已买。

六月五日

这次答应王剑冰去焦作，我忽略了六月六日的“芒种”，又与王通了电话后，找到了一个补救办法，即我今天上午去照了相，并将“小满”以来的变化做了记录，并已交代妹妹建秀，明天上午来此再补照一张（我昨天已带她来此）。

去焦作的火车是下午三点发车。委托周新京在北京站买的票。恰好我在宽街“北斗星”图片社冲的胶卷，今天可取出（有在怀柔照的照片）。因有杜冰冰的照片，而她又提出过取时通知她，故将周新京和她约到“北斗星”。午饭后，我赶到北京南站。

火车晚点一小时，在焦作下车已是夜里两点。出站后，无人来接，而我又不知开会的地点。在我近乎绝望，犹豫着是住进旅馆，还是给冯秋子打个电话问问地点时（此时打电话肯定不妥），有人喊“苇岸”，我马上应声，我也刚看到开来一辆黑色轿车。接站的是《散文选刊》主编王剑冰、编辑部主任葛一敏和工作人员江海巧。他们来过，知道火车晚点后又返了回去，因陪刘烨园吃饭，晚来了一会儿。车开到焦作矿务局对面的宾馆，暂时一个人在一房间。睡时已凌晨三点。

六月六日

早餐后，在服务台登记返程车票，看到刘烨园住的房间号与我的房间相邻，我即进去同他打招呼。这是我们第一次见面，他中等身高，很瘦，脸色不好，但骨架很明显，像个汉子。他穿着长袖 T 恤衫，外面还套一个马甲，怕受凉的样子，我有点为他的身体担心。

去会议室的途中，大家停下在矿务局办公大楼台阶前照相，这时先后有两人同我打招呼，先是《作家报》的谭延桐（有过稿件关系，未见过面），后是徐迅。徐两年前在《中华读书报》发表了一组书评，其中谈到《大地上的事情》，我看到后曾问过徐的情况（我很珍视这种自发的书评）。

这次来焦作的散文家有石英、卞毓方、梅洁、王英琦、刘烨园、韩小蕙，河南的田中禾、周同宾，散文杂志《随笔》杜渐坤，《散文·海外版》谢大光、《散文》鲍伯霞，《美文》穆涛，《散文百家》贾兴安。

发言时，我讲了《我与梭罗》中关于现代著述的语言由“有机”退化为“无机”的问题。

焦作矿务局院子很大，园林化，白杨树挺拔，树木茂密。我多次从会场出来观鸟，我听到了布谷鸟等鸣叫。

晚上有舞会，我和刘烨园去矿务局大院聊天，近十一点才返回。

六月七日

上午去黄河小浪底水利枢纽工程现场参观。路途较远，车到时已近中午。这里已临近陕西。

下午去孟州的韩愈故里。孟州是县级市，车进市区前已有当地领导的车等候在路旁，然后组成了一个小型车队开向市区。沿途交警实施了交通管制，并在车队经过时向我们的车行礼。坐在车上，深感不安。这是礼节，也是地方滥施权力。

正是河南农村麦收时节。

六月八日

上午去焦作市郊的“东周列国”电视剧建的影视城游览。影视城已废弃，一次性的产品，占地很大。位于一座不高的山坡上。我感兴趣的是到了自然中，又听到了隐在一处的布谷鸟的鸣叫。

下午与焦作的文学爱好者见面，刘烨园主讲。

我与徐迅住一房间，刘烨园与穆涛住一房间。穆已任《美文》副主编，他同刘烨园和我商议搞一个题为《九十年代散文调查》的栏目，我们议论了一下设什么问题（五个）。

今晚返回。我的票本与石英同车，发车时间九点半，因《美文》的问题，他们让我换一下票，我与卞毓方换到了十二点半的车，与穆涛同车。

走时刘烨园和徐迅送我们去车站。

六月九日

中午回到家里。

妹妹建秀告诉我树才打过电话，打到了我父母处。

六月十日

午林莽打来电话，说十二日晚在郭沫若故居有一个诗歌朗诵会，食指的诗集也已印出，将把食指接出参加朗诵并签名售书（问了我冯秋子电话号码）。

晚食指打来电话，他已被接回家。他告诉我十三日上午他将在甘家口商场中的书店签名售书，意希望我能去。

六月十一日

北京市今天开始割麦。从南部的大兴、通县、顺义等县开始。农民开始切割金块。

处在休息状态。读曼德尔施塔姆的散文。一种较典型的楼肇明先生称作复调的散文，这种不明朗的散文有先锋的意义，但成为主流散文便是对大众的拒绝。

（袁毅打来电话，问我是否收到他寄来的信。尚未收到。

给陈长吟寄《梭罗集》。

《散文选刊》王剑冰寄来照片和会议综述。）

六月十二日

上午徐迅、宋逖打来电话。中午《散文选刊》葛一敏打来电话，催我将整理后的发言尽快寄去，我正要出门。

下午三点半赶到三联图书中心，宁肯等在那里。买了几本书刊后我们赶到文采阁。食指已在那里在他的《诗探索金库·食指卷》上签名，为晚上的签名售书做准备。

晚六点半，在郭沫若故居进行诗歌朗诵前半小时，食指在林莽、刘福春、李恒久及我和宁肯协助下到故居进门处签名售书。

进行朗诵的诗人还有牛汉、李瑛、杜运燮、芒克、林莽、邹静之、王家新、西川等，食指获得的掌声最多，也是唯一背诵的诗人，他朗诵的是《相信未来》和《当你老了》。

冯秋子带着巴顿来了。杜丽、孙小宁、杜冰冰也来了。冯秋子中场休息时介绍我和牛汉认识，牛汉老先生在握手时，故意用了大力，与他的高大很相称。冯秋子、杜丽、宁肯和我与芒克照了相。

九点一刻未结束时我返回，十一点到家。十分钟后，大学同学魏高翔打来电话，说他出了一部长篇小说，希望我能写个书评。我婉拒了，我不能再写这类文字了。

六月十三日

晚给树才打电话，他妻子小林接的。我以为树才是回来后给我打来电话，小林说树才还未回来，他七月去巴黎待些时候，月底返回。《世界文学》的高兴恰在，他接过电话，谈到我的

《我与梭罗》写得很令他满意，正是他期待的样子。

给食指打电话，问了他在甘家口签名售书的情况，他说明天下午返回福利院。

六月十五日

对一些旧作如《大地上的事情》做了些修改。粗算了一下文字，《大地上的事情》一书后，我写的约八万字。我想，到明年年底，即二〇〇〇年到来时，可再出一册散文集。

《人民文学》编辑陈永春打来电话，问我为其写稿的情况，我说我想将《一九九八　廿四节气》写出后给他们。但“大寒”要一九九九年初了。

六月十六日

邹静之打来电话。谈了几句，问我冯秋子的电话号码。冯秋子搬家后，筒子楼的房子将由邹与另一人各分一间。

六月十七日

《十月》编辑顾建平打来电话，问我为其写稿情况。他有一个栏目叫《天涯走笔》，与旅行有关。我想写一篇《徒步旅行》，但尚未动笔（过去曾开了一个头）。

六月十八日

写《去看食指》。想争取月底写完。冯秋子七月份值《文艺报》副刊班，她希望我在这期间给她排上。

关于食指，我早晚会写一篇关于他的文章或散文，是冯秋子使它提前了。还是三月份时，食指让我帮他打两首诗，当我征求他意见是否能将这两首诗拿出发表时，食指表示愿意。我问冯秋子是否愿意发表，冯说很愿意，并想配照片，希望我写一篇介绍食指的文字。为此我做了准备：到病院与二病区主任朱美兰大夫谈了，了解了病院的概况和食指在病院的情况；也专门与食指谈了，问了他几个问题；同林莽也谈过有关食指的情况。准备工作做了后，动笔拖到了今天。

六月下旬以写《去看食指》为主，日记基本停了。这期间曾给朱美兰大夫打过电话，再次询问一些情况。食指也打来过电话，问这篇文章的情况，我说发表后即去看他。

将去焦作的一卷照片冲出，分别寄给了有关人士：王剑冰（田中禾、卞卡、南丁、葛一敏、江海巧，分别由其转）、韩小蕙、王英琦、刘烨园、谢大光、梅洁、贾兴安、石英、卞毓方、尹汉胤、鲍伯霞、谭延桐、周同宾、赵希珠等。之后除石英、卞毓方、谭延桐、赵希珠未有回复外，都写来了回信。梅洁、谢大光也寄来了他们与我合影的照片。鲍伯霞寄来了四册《散文》。

（应梅洁、周同宾的要求，给他们各寄了一本《大地上的事情》。）

月底，《济南时报》马知遥打来电话，向我约一篇关于世界杯足球的文章，我说我不是球迷，谢绝了。

“98 世界杯足球赛”自六月十一日开始分组赛，将至七月十二日决赛结束。

我对足球并不感兴趣，可以看，但不迷，且它的一些规则我也不懂，过去很少看。在这是二十世纪最后一场“杯赛”的渲染下，及我的内在发生的一些变化，这一时期如时间适宜（赛事一天两场，在夜里十一点和两点半开始），我通常看前一场的半场，十二点后便睡觉。

（夏至，六月二十一日，细则记在另一笔记本上。）

六月二十九日

《美文》副主编穆涛打来电话，讲关于《美文》欲搞的“九十年代散文调查”五个问题已确定，与在焦作我们一起议论时略有不同，约稿函即给我寄出。他向我问了调查对象（意让我推荐一些），我给他举了林贤治、筱敏、钟鸣、王开林、冯秋子、杜丽、于君、彭程、原野等人。

七月

七月一日

美国总统克林顿正在北京。克林顿来华先到西安，然后到北京（还将去上海、香港）。克林顿在北京受到了官方最高规格的接待：欢迎宴会中央政治局常委几乎全体出席；与江泽民会谈后的答记者问由中央电视台现场直播；去北大的演讲及答学生问也做了现场直播。

七月二日

从电视中了解了一个美国的老人，伊丽莎白·旺博士。她是一位眼科医生，已年过六旬。已经数年了，她每年都来中国，在贫困的农村为农民治眼病。这一切都是自费的。她是一个史怀泽式的人，一位我在当代发现的伟大的人。

七月五日

今天预报有大到暴雨。雨下午下起来，晚上已很猛烈。雨显得很硬，砸在地面或其他物体上，声音很响。夜里我被雨声惊醒，雨更大了，伴有风，暴烈的喧响使人感到恐怖，感到对外面什么的担心。我的经验中还没有经历过这样的雨。

七月六日

早晨醒来，外面很亮，耀眼（我有多长时间没有看到日出了？）。如果不看地面，仿佛夜里什么都未发生，只有地面有水流的痕迹和积水，天空很蓝，高远，似乎秋天了，而树木一尘不染。这场雨退得很利索，已无影无踪了。

《去看食指》一文只剩最后一段了，但我已产生了厌写的生理反应，头部感到不适了，只想立刻结束。这篇文章在六月二十日左右动笔，但只写了三千多字。由于报纸这个潜意识因素，我写时有意地概括、精简。

七月七日

今日小暑。

气温三十四摄氏度至二十一摄氏度。有三四级西北风。预报傍晚北部山区有雷阵雨。

这是暴雨后的第二天，依然留有明显的雨的痕迹。天下干干净净，树木的叶子及地面都闪闪发亮。天空很蓝，自中央至边缘蓝色渐渐减淡，然后在远山及地平线处呈微微的白色，这种现象什么时候都让我想到湖泊或池塘——中央的清澈，边缘的浊色。尚有积水。只有东南方边缘天空有一块铺展开来的白云。

这是雷雨随时会发生的节令：西北天边随时会涌出雨云，像在森林随时可遇上野兽一样。蜻蜓低飞。也见到一两只燕子。

田野中早种的玉米已抽穗扬花，萌出的玉米棒顶着淡黄及粉色的缨，接纳受粉。虫害已发生，玉米下部的叶子被吃成一根线。晚种的玉米则半人高。

田野沉寂，除了偶尔飞过的麻雀及一两只喜鹊，未见其他鸟。一个农民在扶被风雨打倒的玉米。

个别的蝉已发出微弱的鸣叫，这是跃上地面的先驱者。在住宅区还没有听到蝉鸣。

（午，冯秋子打来电话，问《去看食指》文写好没有。本说上月底写好给她。她等着排版。下午给她寄出，有王纪仪题的“原上草”书法。）

七月八日

冯秋子打来电话，她收到了《去看食指》。将排在二十一日《原上草》副刊版。说王纪仪的书法挺好。并说下次看食指时通知她。

于贞志打来电话，告诉我十一日（周六）下午两点，三联图书中心将有一个关于环境保护的讲座，主讲人杨东平。

七月九日

将《去看食指》一文及食指五首新作（《当我老了》《中国这地方……》《生涯的午后》《在精神病福利院的八年》《世纪末的中国诗人》）寄给《山花》主编何锐。

七月十一日

进城。主要想去三联图书中心。听环境保护的内容在其次（这种普及性的讲座内容我想我早已从相关出版物中获知），我是想对此表示我的立场和对这种活动的支持。我因先去药店买药，晚到了些。徐迅已在。杨东平在讲。听众不多，一二十人。稍后止庵、宁肯先后来了，他们在背后示意我已到，但他们并未坐下听，而去买书。

“自然之友”会长梁从诫先生也来了，杨东平讲完后，梁先生也讲了几句（现代人生活方式与生态维持的对立）。约四点结束。我和返回的宁肯赶上前去，我想向梁先生表示敬意：这样的工作是需要人人都表示敬意的。我说：“梁先生，我向您表示敬意。”梁先生问：“你是……”我递了一张我的只有“苇岸”和地址的名片。梁先生说：“一个很有男人气的名字。”我问了一些问题。梁先生答：“自然之友”是一九九四年成立的，一个完全靠筹资运作的纯民间组织，现有会员六百余人，与境外的绿色和平组织没有直接关系，也与它的方针不同，即不采取与官方对立的方式，避免冲突。梁先生说这个协会的生存环境还是困难的。

之后与宁肯、宋逖、徐迅在一餐厅谈了一会儿，一小时后返回。

七月十三日

食指打来电话，说给我写了一封信，主要是请我将他今年写的三首诗（《生涯的午后》《在精神病福利院的八年》《世纪末的中国诗人》）印出四五份，尽快寄他，他要用。

七月十五日

（《北京晚报》消息：美国一位二十四岁的，有“蝴蝶”之称的少女莱莉亚，自去年二月起至今一直住在加州伊力诺市一棵红杉树上。树高二百英尺。她说除非这棵树及周围地区受永久保护，否则她会一直栖身树上。）

七月十七日

这两天为《去看食指》一文的删节、校对、标题，冯秋子几次打来电话。文保留两千五百字（我提供给她时，删至两千一百字左右），加上副标题《精神病院中的诗人，开一代诗风的先驱》。

七月二十一日

周新京请《北京晚报》编辑赵李红吃饭（我将他的一篇散文转给赵，刊发了，周表示谢意）。邀了我与宁肯。在东单。

上午我带小龙（侄）去历史博物馆。看了国家歌剧院设计模型展（五十个）。中国古代史看到秦。中午赶到东单吃饭。

下午到北京图书中心。路过六部口，在邮局买了今天的《文艺报》，《去看食指》刊出。第一次去北京图书中心，空间广大，书类庞杂，只买了《批评旅途：六十年代之后》（［美］，莫瑞·克里格）。

七月二十三日

大暑。气温二十七摄氏度至二十二摄氏度，无风。预报有中至大雨，局部暴雨。天空阴着，夜里刚下过雨，仍有雨待降。天空没有云形，铅灰色似刷过一样均匀。听到了蛙鸣，喜鹊和灰喜鹊也在附近鸣噪。

天空出现了五只鸟（不明其名），呈一线纵队，其中一只在队列右侧，像城中由警官带队巡逻的士兵。它们自东北飞向西南，带队者不时发出哇或嘎的鸣叫，这鸣叫介于哇或嘎之间。它们忽然回转，以不变的队形飞向北方，但队列中最后一只鸟脱离了队伍，它没有转向，径直向西南飞去。鸟阵又飞向东北，它们仿佛在做训练（亲鸟带队，训练幼鸟，为迁徙做准备）。它们也许是一种鸦或别的什么鸟。

近九点（还差两三分钟），我站好位置，调好相机，准备拍照。这个时候在我的左侧东面的路上出现了一只野兔。这是一条两侧有玉米田的田间土路，这只野兔从玉米田中钻出，它观望了片刻，向我这个方向走来。又出现了一只跟随着它。我注视着它们，举着望远镜一动不动。野兔走走停停，警觉地接近我。它们对我视而不见，也许我在它们眼中是一棵树。它们一直到了我身后（我只能用余光看到它们），然后转身，一前一后又返回了。直到它们渐远，我才意识到我一直举着的相机。当我想拍下一张照片时，一只野兔已钻入玉米田。我等了一段时间，它们未再出现。

玉米的方阵已初成。

七月二十四日

宫苏艺打来电话，讲他读了《去看食指》一文，说写得很好。表示也愿有机会去看看食指。

七月二十五日

食指父亲看了林莽寄给他的《文艺报》《去看食指》一文后，打来电话，表示谢意。

七月二十六日

黄亭子酒吧 50 号，位于北京电影制片厂附近，由于简宁，它已经举办过一个时期的诗歌朗诵活动。每次两三个诗人，邹静之主持。黑大春、郑单衣都曾邀我参加他们的朗诵活动，但旅途较远，我均未去。

今晚原定由食指、林莽、芒克朗诵，芒克未到，改换了欧阳江河。林莽讲这是最后一次了，因为酒吧要变成餐厅。从效果看食指朗诵得最佳：食指仿佛天然适于朗诵，朗诵是他最幸福的时刻，他朗诵的姿态是美的，他的诗也适于朗诵。一个奇迹是他几乎能将自己的诗全部背诵下来。

西川朗诵了一首欧阳江河的诗。我对西川说："朗诵有助于诗歌。"西川讲："是的，朗诵能将诗中的声音释放出来。"

有车送食指回福利院，我同车到沙河转乘 345 路到昌平。

七月二十七日

下午与冯秋子、宫苏艺、宁肯一起去看食指。

我将《文艺报》带给朱大夫，并给了《去看食指》文中提到的其他几个医护人员每人一份。

宫苏艺带了摄影器材，为食指拍照。

五点，他们返回。我和食指去福利院的餐厅吃饭。

七月二十八日

着手写《美文》杂志“九十年代散文写作调查”。五个问题：1. 您对散文的基本认识；2. 散文写作对您意味着什么；3. 对当前散文写作现状的看法；4. 您目前写作中面临的最大困惑；5. 您怎样看待今后散文写作发展的趋向。

七月三十日

《山花》执行主编何锐打来电话：他收到了食指的诗和《去看食指》一文，食指诗已排九月号，《去看食指》因《文艺报》已发，故不再刊了，他们在意原发性，让我再给别的稿。

八月

（因我仍不宜久坐，故日记都会简短。）

八月一日

收到一平从芝加哥发来的信，他辞去了旧金山书店打工的工作，说去东部会见几个朋友。

八月二日

与母亲、大嫂、建秀去门头沟看大姨。大姨因肝癌已住进医院，并已昏迷，她并不知来看她的亲人。春节时我打电话给她拜年，这是我听到的她的最后的声音。她像母亲，我的童年有一部分是与她的三家店联系在一起的。一个非常好的大姨，今年才七十三岁。因我的不宜久坐的疾患，她刚生病时，母亲并未告诉我，使我未能在她病危前去看看她。

八月三日

上午九点半，给门头沟打电话，接电话的是表姐。我问大姨的病况，表姐告诉我，说大姨在晨四时已去世。

八月四日

写完《美文》杂志的《答〈美文〉“九十年代散文写作”随访问》。五个问题。用了约一周时间。

将答问及回赠穆涛的《大地上的事情》寄《美文》。同时寄出给一平的回信。将《去看食指》及食指数首诗寄《西藏文学》。

八月五日

晨五时半，从昌平出发，去门头沟参加大姨的葬礼。同行者有母亲、大哥、建秀、建华。约七时到。已有很多人。

七时半，众人分乘数辆中巴先赶到医院太平间，将大姨遗体运至火化场。一个简短的遗体告别仪式。

十时将骨灰葬在三家店北面的山坡，与大姨父同墓。这里环境很好。三家店是大姨家早年住的地方，我的童年与这里有关。

在我的生命历程中，这已是我第四次经历亲人的死亡了：二姑父、舅舅、祖父、大姨。而我也已是年近四十的人了。

八月六日

休整状态。读《寂静的春天》(蕾切尔·卡逊，一个因癌症过早去世的人，而癌症或许正是由她竭力反对的农药引起的)。一本过迟读的书——我买到它较晚。

“我们使用化学物质的大举进攻正在削弱环境本身所固有的、阻止昆虫发展的天然防线。”自然本在总况上是平衡的，由于人类欲向其更多地索取，便向其施加了自己的力量。但它导致的是局部的一个目的的实现，总体上的适得更反。人类已经用化学毒害了整个自然世界。

八月八日

日子很好。立秋。

气温三十二摄氏度至二十三摄氏度，微风，晴为主，傍晚有雷阵雨。

拍照及详细记述另见小笔记本。

今晚天空晴朗，有些许云絮(雷阵雨未出现)。阴历六月十七的月亮，依然很圆，在天空构成了很浓的秋夜氛围。月光不是银色的，而带着橘黄的色泽。

晚在电视中看了一部美国影片《奔向自由》。内容为十九世纪美国的奴隶在废奴主义者帮助下逃往加拿大的事情。这是爱默生和梭罗的时代，而两人都是废奴主义者。影片展示了十九世纪的气氛，我仿佛看到了在家中收容逃亡奴隶，帮助他们逃到加拿大的梭罗。

八月九日

为给百花文艺出版社谢大光先生写建议信（建议其将一些散文作家纳入《外国散文书系》出版计划），昨天和今天我翻阅了《中国大百科全书》外国卷（两卷），更明确了我推荐的作家名单（约二十名）。

去京密引水渠游泳。在小型河流消失，大中型河流污染的今天，有这样一条受到保护的天然水源质的人工河流从居所附近流过是幸福的。我认为人体作为一个生物体对这条河流是不会构成污染的。故我在这条受保护的水源游泳时，没有不安感（无人看护。沿河居民大体自由游泳）。

将游泳者和垂钓者丢弃在水边的报纸、塑料袋等垃圾拾起，装在一个袋子里带走，扔进开发区的垃圾桶。

八月十日

《东方时空》节目前几日报道了甘肃省古浪县一个叫八步沙的地方六个老汉治沙的事迹。过去他们还得到县里每月的微薄补助，近年补助完全停止了，但六老汉并未终止植树治沙，他们自费进行，且后代也参与进来。

我想给六老汉捐些款，每位一百元。尽管南方长江在抗洪，但我想全国都为抗洪捐款，我将款捐给更感人的六老汉吧。今天呼《东方时空》，留了“问六老汉地址”言，但未等来回复。

八月十三日

今天是邮局免费为灾区捐款汇款的第一天。下午约一点，我给中华慈善总会汇去二百元（我仍想着治沙的六老汉，故捐款不多）。邮局小姐告诉我这是她今天办理的第三笔个人捐款。

长江已经出现五次洪峰了。

《世界文学》的高兴寄来《我与梭罗》的一校稿。

八月十四日

进城。先到位于劳动人民文化宫东南角的“酒”杂志社找韩长青（大学同校同学），然后一起去吃午饭，周新京也赶到。有同学聚会之意。

下午与周新京去王府井风入松书店（该店即将迁走）。买《富兰克林文集》、《胡安·鲁尔福全集》、《屋顶间的哲学家》（梭维斯特）、《诺贝尔文学奖内幕》（瑞典文学院）等书。再赶到三联图书中心。

晚到另一同学索杰处。他约来了郑单衣，郑带了高井，一个听他们讲起过名字的写诗的青年（在《北京青年报》做编辑），高井一直想和宋逖来昌平。

聊天、下围棋、看VCD、争论。在索杰处过了一夜，都未睡觉。天亮返回。

八月十七日

读完《寂静的春天》后，读《增长的极限》。

去京密引水渠游泳，水已有渐凉之感。

今晚电视《读书时间》介绍了散文作家周同宾。他出版了一本书《皇天后土》，内容是河南南阳地区九十九位农民的自述（改革以来农村的变化）。这个节目忽然使我萌生了去昌平全县一百个村庄采访一百个五十岁以上的农民，由他们自述二十年来环境变化的想法。

八月十八日

上午黑大春打来电话，说正在慕田峪长城（陪他从美国回来的大姐）。蓝蓝寄来一本书让他转给我。从长城返回途中他给我送来。他已从马尾沟搬出，现住在丰台。我们已约五个月未联系。

近晚《美文》副主编陈长吟打来电话，讲为自养自，在申请不出新刊号情况下，《美文》欲改为半月刊。上半月为原《美文》，下半月为新刊《美文 ×× 版》。他征求我的意见：新刊办成什么类型（《读者》型，《文友》型，《新周刊》型？我倾向第三个）；刊名（《生活版》《文化版》等）。并让我推荐一个特约编辑（在北京热心的、交际广的作者）。我为他提了几个人：冯秋子、杜丽、白烨、韩小蕙等，但都不理想。他提到了韩春旭。

（今天称体重，只有五十五点六公斤。）

八月十九日

收到高井寄来的诗集《我们在一棵不轻松的树上》。

附信说："日前一见触目惊心（笑话），您的文笔与人品均令我感动。只可惜交谈仓促，不能足矣。很想拜访您瓦尔登湖般的水渠，不知您时间是否允许。给我一次当面讨教的机会。"

八月二十二日

约高井、宁肯来昌平。下午去京密引水渠游泳。水已呈很明显的凉意。夜里下了雨，一直持续到上午。我们游泳时，天已渐晴，有阳光射出。

因水凉天冷，我只下了两次水。三人逆流游泳做了比赛，高井落后太多，宁肯紧随我后。

八月二十三日

处暑。温度三十摄氏度至十九摄氏度，晴（晦色），无风或微风。

空间是不透明的，充填着雾、岚、烟相混的稀薄的气体。远山隐没。天空中央微蓝，边缘则呈灰黄白间有的色泽。天空给我一种锅的感觉。

草已秀穗结籽，开始泛黄。鸣叫的秋虫潜伏其间。气流涌动，令人感知秋凉。攀上围栏的牵牛花，向阳盛开。芝麻的花已开到顶端，地下落英一片。

一种不知名的秋虫的叫声，让我总想到是眼睛转动的声音。

早玉米已收获。在我在一棵柳树下记录时，一条突然逃走的黄绿相间的花斑小蛇让我吃了一惊，我站了起来。晚玉米的红樱，杈上的花粉已授毕。

在我骑自行车去拍照地点时，路边有三个老者，其中一个在读报，他念道："是解放军救了这孩子，就叫军生吧。"我只听清了这一句，便过去了。这一时期南方长江、北方松花江正在抗洪。

树才打来电话，他昨天从非洲回来了。

八月二十四日

收到广东省科技干部学院一位叫杨文丰的读者来信。

这段时间是写作低潮，一个假期除了给《美文》写了一个答问，没有写什么。近日在我想写作时，这台 286 电脑出了问题，我无法进入写作程序，内存也调不出来。

八月二十八日

进城。

上午先到树才家（马甸立交桥东南侧）。他从非洲回来，我去看看他。他出了一本诗集《单独者》。

下午去美术馆。看了一个“西北美术展”，我特别看了黄胄的两幅画驴的作品。小毛驴活灵活现。

去三联图书中心。中国文联出版公司也出了《俄罗斯“白银时代”精品文库》，三种。我买了《名人剪影》卷，作家写作家的回忆录。

晚去东二环聚龙花园陈楚寒处。陈办着一家广告与电影方面的公司。任总经理。

乘末班车返回。

八月三十日

谭五昌打来电话，讲他与人正筹办一个大型诗歌朗诵会，地点在皇冠假日饭店。邀请的人有两部分，一是朗诵的诗人，二是特邀嘉宾（批评家等）。我被列入特邀嘉宾，届时陪食指一同过去。

陈长吟到了北京，打来电话。他要随一个团到云南去。

补记漏下的日记（有些是两年前的，当时将要点记在了纸片上）。看到与郑单衣有关的内容，提到他的信，我找出，这是他尚在贵州时写的两封信。看后，我呼了郑。与他谈了谈。

去京密引水渠游泳。水渐凉。

八月三十一日

刘恪打来电话。我们曾在《世界文学》杂志举办的“中国作家与世界文学”研讨会上见了一面，并一同上文采阁三楼聊天。刘恪说我们见过两面，但另一次我想不起来了。

刘恪说《芙蓉》杂志设了一个选刊栏，每期小说、诗歌、散文、评论各一篇。选四人为推荐人，拟小说王一川，诗歌林莽，散文为我，评论是他。我说我读到的杂志有限，缺少条件，我向他推荐楼肇明。他说他考虑过刘锡庆、张守仁。

（继续补记日记。单位组织捐衣物，捐一件羽绒服，一件军大衣，一件西服上衣，三条厚布裤子。）

九月

九月二日

《散文》月刊编辑鲍伯霞打来电话。（我将把一平的《读里尔克〈给一个青年诗人的十封信〉》寄给她。）

延安的史小溪打来电话，他在北京。他将女儿送到通州上小学。

九月三日

上午食指打来电话，讲五日他将在国林风书店签名售书并朗诵。他让我通知一下大春，他说他与大春很长时间没见面了，希望大春能去看看他。

呼大春，将食指的话转告给他。

给河南曹华、广东杨文丰回信。

九月四日

于贞志打来电话。北大西门有个“好月亮酒吧”，今年它被几个青年诗人选中，类似“黄亭子酒吧”，每逢周日下午在此举行诗歌朗诵会。于讲他们想扩大朗诵范围，延伸至散文和小说，即也请一些年轻的散文家和小说家来朗诵。十月十一日首次安排散文，朗诵作者以《蔚蓝色天空的黄金·散文卷》在京作者为主，他请我协助联系一下。

今天与《散文选刊》主编王剑冰通了一个电话。他曾将六月焦作的散文研讨会消息稿寄我一份，意转寄其他报刊发表。我一直未转出（因消息中涉及我），为此向他解释了一下。他再次请我为《散文选刊》推荐散文作品（附推荐语），并讲该刊封三欲搞较年轻的作家“背景资料”——一二张生活性的照片，并撰写数百字的自况叙述。他请我首先提供，自十一期做起。

九月五日、六日

这是周六与周日。两天的下午四点我都去京密引水渠游了泳。水已明显凉了，游泳的人已很少。游了泳，整个身体状态感觉非常好，我想坚持到“十一”。蝉声已消失。代替它的声音的是秋虫：蟋蟀、油葫芦等。

九月七日

杜冰冰打来电话，询问郑单衣的呼机号码（郑有一篇稿子给了她）。

九月八日

白露。

气温二十七摄氏度至二十摄氏度，预报：多云转阴，有阵雨，无风。

天空布满铅灰色的层云。云的形态很像汛期涌动不平的湖水，有薄有厚。薄处能现圆形的银色太阳，但片刻又隐没了。

蝉声已经消失了，代替它的是秋虫的齐鸣，主要是蟋蟀（没有虫鸣的秋天同没有蝉鸣的夏天都是不可思议的——无生命的）。有多种蟋蟀，这是由它们的鸣声的略有不同区分的。短促、清脆的总让我想到眼睛转动的声音，绵长但体现出节奏的似纺车转动的声音，还有一种由重而轻、似抑制哨子中珠子滚动的声音。一种非来自金属或弦，而是来自生命体的音乐。

我注意到了一种小型白色带斑点的蝴蝶（它们也出现在住宅小区，飞时可以攀升到六层楼之上），它们在布满庄稼和杂草的田野上似无目的地随意飞舞，姿态像急流的溪水中上下跃动漂浮的树叶，也让我想起乡下娶亲的轿子，上下左右晃动着前行。它们似乎无方向的飞行（或方向不断变化），使它们尽管飞得慢，但不易捕获。我见过失败的追捕它们的麻雀和喜鹊。

一架飞机从云层上飞过，轰鸣声很重（原野说“铁球滚过地板的声音”）。

牵牛花盛开，还有黄色的丝瓜花，这是秋天的花。草的种子正在孕育中，树叶已有凋落现象。常态的喜鹊。

农民已开始掰玉米，我问一个老农："您开始收了？"他说："是呀，大秋了嘛。"

（与冯秋子、胡晓梦、彭程联系，谈去"好月亮酒吧"朗诵事。他们认为这种方式很好，表示愿意去朗诵。）

九月十二日

下午四点去京密引水渠游泳。无人。水面漂着黄褐色落叶。

九月十三日

进城。上午十点到美术馆，与宁肯一起看"日本现代巨匠绘画展"和"平山郁夫版画展"。典型的东方艺术。东方美的体现。与现代生活的距离。传统艺术的必要性。

下午去北大西门"好月亮酒吧"。三点半到。有黑大春朗诵，他朗诵了赠我的《述怀》，并当众说"它是赠给我很尊重的苇岸的"。西川也朗诵了。我对大春说，诗人自己朗诵与演员的朗诵区别像诗人手迹与印刷体的区别。"好月亮酒吧"与"黄亭子酒吧"相比，外感上，一晦暗些，二西化些（地面和墙壁画着花花绿绿的壁画）。

晚去北大内一餐厅约十人一起吃饭（黑大春、西川、马相武、晓白、宁肯、谭五昌、袁始人、张颐雯、梅冰等人)。

返回时我在风入松书店买了《极端的年代》上下册。

九月十四日

宋逖、元元、谭五昌、止庵先后打来电话。

为“好月亮酒吧”朗诵散文事元元收到我的信回电话。她愿意去。现在她在北京电视台《北京您早》节目中做《元元说话》栏目主持人，每天播出，非常忙。

九月十五日

冯秋子打来电话，她收到了我寄她的一平、树才、葛筱强的稿子。

将冯秋子的散文《白音布朗山》写了“推荐语”后寄给《散文选刊》。

下午从学校回来后去京密引水渠游泳，已五点半。

九月十六日

食指打来电话，他收到了关于二十七日的“北京之秋”朗诵会的邀请函。他让我转告谭五昌，他准备朗诵《生涯的午后》。

九月十九日

读《极端的年代》(上)。这是一部二十世纪史，从一九一四年“一战”爆发到一九九一年苏联东欧集团解体。它有别于传统史书，富于思想性，行文也不乏机智幽默。

九月二十日

从报上知，中国古代即有将“仁”推行至其他生命的倾向。程颢：“仁者，浑然与物同体。”(《遗书》)王阳明：“以天地万物为一体者也。”(《大学问》)

十月

十月一日

天有些阴，刮了风，约四五级，像秋风的样子，但气温仍未降下来，二十七摄氏度。风无任何凉意，但它吹在枯黄的草上，依然象征了秋天。

（今天来电话的依次有：宁肯——节日问好，谈到了九月二十八日黑大春、周新京在他家夜谈之事；林莽——询问电脑事；张锐锋——闲谈，他刚从云南参加《大家》笔会回来。）

十月二日

阴，二十五摄氏度。

八月我从京密引水渠带回四条小鱼苗，其中除一条数天后死去外，有三条活了下来。我的鱼缸不算大，我从《所罗门王的指环》中学到，在鱼缸中放了水草，水草滋生出新芽，已在缸中生长，鱼也渐渐大了，比它们一个半月前大了数倍。现在我可以不用换水，鱼缸内已自成一体——水草为鱼供氧，鱼屎做了水草的养料。但我仍觉得三条鱼在缸内会耗氧过多，今天我移出一条，用塑料袋提着，步行半个小时，将它放回了京密引水渠（当这条鱼一进入水体时，就像马驹从厩内到了草原一般，疾速曲折地游走了）。

（今天依次打来电话的有：徐展——《中国土地报》记者，谈到九月二十七日的诗歌朗诵会事，她好像在写报道；周新京——无具体事；陈立新——《中华老年报》记者，节日问好，谈到诗歌朗诵会事。）

十月三日

下午我打了一个“面的”到畲岙屯，然后步行返回北小营看祖母。

首先看到了灰喜鹊、啄木鸟。田野已空旷了，小麦已种上。在一个不高的桥上，我遇到了一条褐色小蛇，它从桥下草丛爬上桥面，欲过桥。我迎了上来，逗它，它被迫又返了回去。

祖母比较稳定，气色比上次看她时要好。

体力感觉并不是太好，回昌平时表弟（三姑长子小军）骑摩托车送我。

十月五日

读《极端的年代》。

上午食指从家里打来电话，讲晚上他要去一个酒吧朗诵（还要签名售书）。七日返回福利院。

十月六日

冯秋子打来电话，谈起十一日“好月亮酒吧”散文朗诵事。朗诵者确定为北京“60年代出生”的散文作者，按年龄由大到小为苇岸、冯秋子、彭程、尹慧、洪烛、胡晓梦、祝勇、周晓枫、元元（程黧眉、杜丽去西安，故不能参加朗诵）。并邀请张守仁、楼肇明、刘锡庆、黎先耀四位先生。

要托彭程通知祝勇。委托周晓枫通知洪烛（洪烛晚上打来电话）。

晚给韩小蕙打了一个电话，她因去成都不能参加朗诵会，但她说举办朗诵会非常好，让我代她向主办者表示敬意。她还有在她的新居举办一个小型散文研讨会的意愿。

十月八日

寒露，二十五摄氏度至十五摄氏度，阴但无凉意，二三级微风。

一种阴虚的气氛，太阳是橘黄色的，尚能直视，但不能久看，它尚有光与热的感觉。金黄色是花朵在秋季首选的颜色，瓜类植物及洋芋仍有残花，这是秋天（强弩之末）的余音。

早晨树下已出现一层落叶（洋槐）。它们的叶子不是整体的渐进式向黄过渡，而是像人过青年后的头发，出现几根白发，在绿色的主体中，出现斑斑点点的黄叶。

仍然能听到虫鸣，蟋蟀的纺车声及拉长声音的单声的不知名的昆虫鸣叫。农民正在公路路面两侧晾晒玉米粒，粒为红黄色。麦子已长出，三四个叶了，三四寸高。麦田一片新绿，这是一种幼绿，这种童年般的颜色也如小兽一样可爱、悦人。可以想象色也有生命。露珠凝在叶子上，闪光时如水晶体一般。喜鹊散布在麦田里，零零落落，不时从某个方向传来它们漫不经心、无所事事的鸣噪。还有只闻其声，难见其影的云雀（它的颜色与土地的背景相同）。

一个老年农妇来到田里，查看麦情。她说今年麦子收得不好，但玉米大丰收，比往年都好。

十月十一日

在北大西门斜对面有一个酒吧，名“好月亮酒吧”。由两个青年于贞志、袁始人发起的一个诗歌沙龙（名“蓝色老虎”），常在此举办诗歌朗诵活动。今天下午安排的是散文朗诵，由袁始人和我共同主持。张守仁、黎先耀、楼肇明三位先生都来了。刘锡庆老师因病委托他的两个弟子来了，带来了他的一封短信。三位先生先讲了话，然后按元元、周晓枫、洪烛、冯秋子、苇岸（以年龄由小至大）顺序朗诵。冯秋子朗诵的效果最好（尹慧、彭程、胡晓梦、祝勇未到。尹慧托冯秋子转来口信）。黎先耀、张守仁也朗诵了自己的作品。到场者三四十人。

十月十二日

上午彭程打来电话，解释了未去朗诵会的理由。

晚上给刘锡庆先生打了电话。从电话中能听出刘先生的病弱。我讲了一下朗诵会的情况。三四年前在怀柔开过一个散文研讨会，刘先生是主持人。后一直未见面。

十月十三日

今天去市教科院开会，这是学校的事。教科院与市作协在一个院，西长安街七号。对面即北京音乐厅，下午去设在音乐厅中的万圣书园。买了索尔仁尼琴自传《牛犊顶橡树》，纳博科夫自传《说吧，记忆》，及其访谈录《固执己见》。

十月十四日

今天天开云散，北京终于显出了秋高气爽、天高云淡的秋天气氛。晚来的秋天。

十月十九日

应《散文选刊》王剑冰之约，写了《太阳升起以后》。用于明年该刊封三，为“作家日常”类文字，一千字。

黑大春、郑单衣、王庆泉（北京作协）打来电话。王通知二十二日《北京日报》组织部分写小说和散文的作家去大兴云湖度假村去玩，两天。因二十三日是“霜降”，我谢绝了邀请。

十月二十二日

今天天很蓝，一尘不染。即使在远郊区，本色的蓝天也并不常见。有四级风。林贤治打来电话，主要讲了一平散文集样书事。林主编的《曼陀罗文丛》已由作家出版社出版，有一平的《身后的田野》。林将责任编辑张懿翎的三个电话号码给了我，让我与张联系，将样书寄我。

十月二十三日

今天霜降。气温二十摄氏度至七摄氏度，晴，二三级风。

天况现在的一个显著特点是昼夜温差大。上午已是人们寻求阳光的时候，老人们及壮年都待在向阳处，仿佛冬天已降临。室内已有阴冷意，特别是到了晚上。秋虫的鸣叫已完全消失。

（《人民文学》杂志陈永春打来电话约稿，希望我的散文能排到明年第一期。但显然我是无法按时拿出来的。我谈了《一九九八　廿四节气》的写作，他说也可以先给他一半，分两次发。我说我试试看十一月十日能否写好。）

十月二十四日

始写《立春》。

每个节气我都做了自然性的笔记，但它们还不是作品意义上的文字。从今天起开始写《一九九八　廿四节气》。

十月二十五日

食指父亲打来电话，说食指近来的病况明显，如拒绝吃饭，言语超常，不见家人等。自九月二十七日皇冠假日饭店的诗歌朗诵会，食指“十一”期间在家待了十天，活动较多，劳累至病情加重。其父希望我去看看食指，和他谈谈，鼓鼓他的劲。

由于食指今年一直想与大春见面，多次让我转告大春，希望其去看看他。故我呼了黑大春，讲了食指父亲的意思，问他是否与我同去看看食指，他表示去。

十月二十七日

《散文选刊》主编王剑冰上午打来电话，请我为其推荐十篇一九九八年的散文。

下午按约我于四点钟赶到第三福利院。食指已回到病区接受治疗。和往常一样他一眼便认出了我。我们在饭厅交谈。我告诉他，一会儿还有一个朋友要来，他脱口问道："黑大春？"（可见他想见到大春的心情），交谈中，我未觉得他有什么异常。我给他看了新写的《立春》，他谈了自己的看法，他希望我的作品中能有些人的因素。近五点我们到门卫室等大春，为了给他一个惊喜，我说要来的是另一个人。当大春突然出现在门口时，食指非常惊喜，像孩子一样跳着脚与大春握手。

在外面餐馆吃饭时，我发现大春是食指的最好的谈诗对象。返回时我对食指说："今晚我一直分享着你见到大春后的喜悦。"

十月二十九日

郑重地挂号给《散文选刊》寄去十篇作品，作者是：张承志、周涛、一平、原野、邹静之、西川、筱敏、杜丽、程黧眉和新疆一陌生作者（我平日看到的报刊极有限，故我的推荐应该说是缺少足够资格的）。

十一月

十一月一日

写《立春》用了一周，写完感到很满意。

这是《一九九八　廿四节气》的一个好的开端，它使我有信心将全文写好。

续写《雨水》。

十一月七日

今天立冬。

晴，气温十五摄氏度至四摄氏度。风力一二级。

一场真正的寒流还未发生（气温还未降至零下），天况物候有晚了两节气感。

十一月十日

晚张卫民打来电话，讲中国青年出版社欲出一套《人生随笔丛书》，计划五六个作者，现已定张中行、秦晓鹰和他。问我是否愿意加入。我说一是我的作品恐与丛书主旨不太相符，二是我的字数还不够理想（一九九九年底可充裕出书），这次就算了，并谢了他。

十一月二十日

去北京站接刘烨园。他乘 36 次，中午十二点五十五分到站。见面时我见他笑了，一种似与他不和谐的笑，因为他给我的固定印象是冷峻，不苟言笑。但这是我们两人的见面（我们六月在焦作曾接触过几日），他应该这样（这不是笔会环境）。

刘与我上次见他时比，似又瘦了，一种病态的瘦，隐隐的蜡黄脸色。但他的整体外观仍不失鲜明的男子气——冷淡的面容和神色促成了这一点。我和他谈起我去焦作夜里两点下车后彻底绝望的情景，因王剑冰接站晚来了十分钟，而我不知会议地点，也无电话号码。这是我昨晚特意给他打电话，告诉他冯秋子电话号码的原因——如我万一未能准时接站，他可与冯秋子联系。

我们乘地铁到积水潭站，上来让他吃了一个街边煎饼，然后我们乘 315 线小公共，赶到健翔桥附近冯秋子新家。

这次聚会冯秋子通知了黑大春、杜丽、周新京（宁肯因其母病危未到）。这次杜丽话很多，谈到她酷爱的萧红。当秋子点上了三支蜡烛而关上灯的一瞬，我说这让我怀念前工业（电灯之前）的时代。杜丽马上反驳我，说这话如果当着贫困无电地区的农民说，是很不应该的。烨园说杜丽的反驳是不对的，苇岸的意思说的是此时的一种心境。我说就像我们偶尔说怀念童年一样（我并不绝对反对电灯，我想到的是伴随电而来的一切，当有千万个理由使我确信人类现代文明不可逆转的趋势将最终导致地球损毁时，我怀念和赞美前工业社会）。

冯秋子的丈夫赵小源为大家做了一个游戏：大家每人即兴写出五个成语，五个成语分别代表公众形象、交友方式、家庭生活、性生活、未来前途。而我写的是：一马平川、水落石出、风起云涌、仁至义尽、望穿双眼。

夜里两点，小源开车将我和烨园送回昌平。

十一月二十一日

睡了三个来小时，七八点钟时就醒了。在床上似睡非睡躺着，又看了一会儿杜丽昨天赠我的第二本散文集《带绿色玻璃罩的台灯》。

中午，一个读者从广东打来电话，称他在北大进修了半年，认识陈旭光。他为那边的民间诗刊为我约稿，并告诉我他在那边的杂志上看到有人发表诗署名苇岸。我未记住他的名字。

下午三点我们赶到福利院。今天是食指的生日，但活动定在了明天。明天上午其家人接他，烨园想单独同他见面谈谈。我忘了讲的是早晨一睁眼，外面又被雪覆盖了，雪不小，且仍在下，雪花愈来愈大。明天是“小雪”，这场雪提前了。下午雪已停了，我们赶到福利院，门卫说食指刚被家人接走。烨园想去他家，我给他家打了电话，其父略带犹豫地答应了我们。

我们赶到百万庄时天已黑，街边树龄并不很大的杨树上集结了黑色乌鸦。它们叫着，令我惊奇，很肥硕。我打了电话，食指出来接我们。《东方时空》的两个摄像记者恰好在给他录像，也跟了出来。

这次食指话并不太多，也与人多杂乱有关。我们在食指家吃过晚饭（我尝了羊肉）。记者小胡开车送我们到清河（他住清河），我们换乘 345 路车返回昌平。

十一月二十二日

小雪

气温三摄氏度至六摄氏度，风力二三级（东南风）。

今天天空又降下了雪霰，依然呼应了“小雪”这一节气。有轻风，从东南刮向西北，雪霰倾斜着。天空四周烟雾下垂。昨天是今年的第一场雪，由于冬天的迟至，有些树木的叶子尚未全部掉光，如洋槐、柳的叶子还很茂密，雪积在上面，似雪松，雪后的空气令人想深呼吸。我步行至田野，由于冬天迟至，小麦长的旺盛、高耸，雪没有覆盖住麦苗。田野有野兔的脚印，它偶尔会刨开雪觅食。在雪的映衬下，地面乌云雀鸣叫着忽上忽下。还有喜鹊和花喜鹊。

近午我和刘烨园赶往历史博物馆，他想看“刘少奇生平事迹展”。看到了刘少奇写给毛泽东的辩解信，信末写着：“毛主席万岁！万岁！万万岁！”

下午四点半，我们准时赶到朝阳区文化馆（位于小庄）。在馆外遇到了芒克，芒克袖着手，含着胸，有点自嘲的样子，说：“郭路生都过五十大寿了。”

今天的活动是为食指的五十岁生日举办的，活动分两部分进行。先是在小厅“百姓梨园”举办老朋友聚会。《诗探索》主编吴思敬，北京作协秘书长李青，山东大学教授袁忠岳（山东还来了《济南时报》副刊部主任），食指的小学、中学、插队时的朋友分别讲了话。

晚上是在礼堂举办“相信未来，热爱生活——诗歌朗诵演唱会”，都是食指的作品（看到了杜冰冰，但没容我去打招呼，一转眼便不见了）。

结束后，赵小源开车将食指和我、刘烨园送回沙河和昌平。路上食指的话很多，如谈他与何其芳、贺敬之，谈纳税人制，谈《文艺报》应多采访老作家，因为他们的时间不多了（对冯秋子）等。

十一月二十三日

去通县于君家（我主要陪刘烨园去）。

我们从昌平乘 345 支线，再换乘地铁，在建国门换 4 路到郎家园，然后再换乘小公共到通县云景里小区。

我们给于君带了一束花（她今天过生日）和一个风铃。她于今年四十一岁时生了一个儿子，虎年就叫老虎，大眼睛，大嗓门。于君开口闭口“哥们，爷们，鬼子”，让我有些吃惊。

今天还是飘了雪花，不大。路上各个段还有冰雪。去时我们用了三个小时，回来时因赶上下班期，从五点始，九点后才赶到昌平，已是夜里。

十一月二十四日

刘烨园本欲今天返济南，我说今天上午好好睡个觉，下午去周边散散步。

这两天谈到张炜较多，他们是好友。他说张炜时用了一句“随和的庸俗（或平庸）”。我想到自己，这句话，用在我身上也很恰当。不愿使任何人因我而不愉快，造成了我这点，这是善的极端。我说这泽及那些称得上好人的人，但对另一些坏的人，则是助恶（张炜的逐一给人倒水，家里常常客满——接待任何层次的人）。

中午我们出去散步，到了小区东部麦田我为二十四节气拍照的地点。在那个画面上我们分别为对方照了相。麦田的雪尚未化。谈到对现代工业文明的态度，我说如果你持批判态度，别人就会指责你一方面享受着现代文明的好处，一方面虚伪地批判现代文明。我说谁能在今天绝对摆脱现代文明的影响呢？“在今天这个世界上，我不是消费最少的人，也不是消费最多的人，但我是个自觉减少消费的人。”烨园说当中国的社会发生变化后，他与林贤治具有类似“斗争”色彩的作品会过时，而我的作品是不会过时的。他希望我坚持自己的特点。张守仁也向我讲过类似的意思。

下午冯秋子打来过电话。刘呼了周晓枫，周赶了过来（张锐锋上午来过电话，他与刘讲了话，说忙，未赶过来）。他们第一次见面。周三句话必有一句俏皮语，似她的散文，如“三天不吃肉，我就想吃人了”。周是山东大学毕业的，他们有了共同话题。谈到一些没有“底线”（刘用语，即彻底的实用主义者）的人，但周认为“都不容易”。

十一月二十五日

昨夜又是近三点才睡。今晨醒来很累的感觉。这几天是我的非常时期，几乎每天都陪刘烨园跑城里，夜里又睡得少，快到了我能承受的极限。

返济南的火车，一点五十五分开。我将刘烨园送进站，上火车直到车开。站台上有送老兵返乡的场面，个别老兵情绪激昂，痛哭。我未在城内多待，返昌平（我对刘烨园说：你是我唯一从昌平到北京站送和接的朋友）。

晚接胡志勇电话说山东来了一个朋友，想来昌平拜访我，他们明天准备来。我说我很累，须休息一两天，你们路远，来后只谈一会儿，我又过意不去。婉拒了他们，我第一次这样拒绝人。

十一月二十六日

从昨晚九点，我拔下电话机插头开始，我决定（至少一段时间内）以后每天除个别时间保障与家人及少数友人的联系而接通电话外，我的电话将不再接通。这是切断电话的第一天，我感到我与京城、与社会有了真正的距离，一种真正的宁静、自主感获得了（不再有因电话而带来的外事介入，也不再有一种潜在的时刻顾及电话会响起的干扰因素）。我也意识到了为了电话给人们的那点便利的益处，人们实际为之付出了更多的代价。

十一月二十七日

林贤治寄来了他的散文集《平民的信使》和他主编的《读书之旅 1》。林有鲁迅遗风。

十一月二十八日

再次着手写致谢大光先生的公开信《散文的殊荣》。

十一月三十日

收到韩小蕙寄来的打印约稿函：

“从一九九八年起，辽宁人民出版社有意编辑出版年度文学精品集，共分中短篇小说卷、诗歌卷、杂文卷、散文卷和随笔卷五种。我被邀请编辑《一九九八散文精品》和《一九九八随笔精品》……”约寄散文与随笔（一九九八年发表的）各二篇。我决定只寄二篇散文：《大地上的事情》（《山花》一九九八年第二期）和《我与梭罗》（《世界文学》一九九八年第五期）。

同时收到武汉《幸福》杂志编辑部主任欣儿的信（我不认识此人，其附了名片），欲向我要一本《大地上的事情》。这本小书出版后已有不下十个陌生人以这种方式向我要书了，我多满足了他们的要求。

十二月

十二月一日

我每天晚上七点到七点半接上电话，这是为父母做的，如家里有事，可在这个时间给我打电话。今天王家新恰好在这个时间打来了电话，他正在“朝凤山庄”刘利安的别墅，他说蒙妮卡来了，准备一刻钟后到我这里来，一起吃晚饭。

蒙妮卡是家新的德国女友，是一位画家。她很喜欢丁乙的画（中国画家中，她只喜欢丁乙）。我的门厅中挂着一幅丁乙送我的画，这对她是一个吸引。她英语很好，但我只会简单地说几句，话多要由家新翻译。我给他们看了丁乙一月来昌平时，我们去德陵拍的画片，这是丁乙拍的黑白卷，用彩纸冲洗的，送了她几张。并说好明天去德陵玩（晚饭在商业街一家民俗气氛的餐馆吃）。

十二月二日

下午一点半（上午写“致谢大光信”），家新按约开着他那辆小“奥拓”来了。在我的带音乐家画像的留言卡（我已有三十多张到访的朋友的留言了）上，蒙妮卡写了：

“亲爱的苇岸：我非常高兴认识你，知道你，我非常感兴趣地听你谈你的一些感觉和思想，我想知道你更多。我在你家里看到了白桦树皮，对我来说，它是大地上最美丽的树之一。”（家新译）

家新选了一张肖邦画像的卡片：

“苇岸兄：使人痛苦，又使人超越痛苦，这就是肖邦。我喜欢肖邦，他给我安慰。我愿读更多的你的散文，它使我回到我自己。”

我们先到德陵（一个未修复，未正式开放，未开掘的小陵，这位皇帝据说二十多岁便死了，故其陵小）。我来德陵已不下五次了，这次遇到了麻烦。原开敞的陵院，装上了一架铁栏门，上着锁。锁是从里面锁的，我拍门，喊过几声守陵师傅后，出来一位师傅，他打开了门。另一位师傅则陪我们去陵区。“小雪”下的雪，在陵院内大多尚未化，经冻后，已成老雪。踩在上面，我说像北方男子一样有力，声音似家庭破碎的感觉（不知为什么我首先有了这种感觉）。

从德陵出来，去神路，后沿十三陵水库北侧转回昌平，仍去昨天那家餐馆吃饭。今天我请客。

十二月六日

今天又降雪了，而明天是“大雪”。上次雪也是在“小雪”前一天降的。这次的雪量较上次小，如果这两场换一下位，便与这两个节气相对应（吻合）了。

写完了《散文的殊荣——致谢大光先生》，约三千字。为百花文艺出版社出版的《世界名家散文丛书》，向大光先生推荐十五个域外作家。信中有一句涉及刘烨园：“我们（指我和刘烨园）认为您为散文界做了一件功德无量的事情。”为此我给刘烨园打了电话征求他的意见（他完全同意），并告诉他北京正下雪。

该文同时寄湖南《书屋》（王开林），西安《美文》（陈长吟）。

第十四辑　日记

一九九九年

三月

（苇岸留下录音磁带，妹妹马建秀根据录音整理）

三月十五日

星期一

天气依旧阴。

我注意到白杨树满树的花穗已经很长了，它们摇摇欲坠的样子，和我前天在城里边路边看到的一样。我满以为城里边的温度高于昌平，那么它们还是让我想起了马车夫鞭子上褪色的红缨。我觉得，再说它们像任何其他的什么，好像都不恰当。它们是春天的应该说是第一道风景，因为绿色还没有完全呈现。人们应该赞美它们。

今天正好是人大会议闭幕的日子，晚上我看了朱镕基答记者问的电视，以及接着的“3·15”晚会，睡得还是比较晚。其中一个原因是吃药，还有一个原因是我畏惧夜里，由于到夜里，后半夜，就要出汗。

三月十六日

星期二

依然阴天。

上午没有出去。上午体力感觉还可以。我打开了电脑，将《一九九八　廿四节气》个别地方修改了一下，并打印出了三份。

晚上的时候，我下楼以后已经九点半了，在外面我大口地吸着夜晚的空气。一天没有出门了，尽管它是阴天，有些雨雾，雨滴感觉不到，但是有雨丝感。我的两腿无力。我并没有走得太远，只是在我的楼附近一块泥土地上。我在黑暗中摸着树木的枝条，它们的芽已经吐出来了。我但愿能够看到它们叶子舒展开来的样子。

三月十七日

星期三

仍然是阴天。

好像隧道没有尽头了，它在检验着你的耐性。我觉得，自然界给人们能够造成心情不好的，就是这个连续的阴天。今年春天异常奇怪，“惊蛰”过了，仍然出现雪、降温、雨。这阴天好像也十多天了，见不到太阳的感觉，真像在水里面，无论怎么样也钻不出水面一样。

三月十八日

星期四

今天云薄了。

上午有微光照进室内，且越来越明显。我在窗前坐了会儿，主要是晒晒太阳，晒晒阳光。

上午打开了电脑，我打印了《清明》，为了让林莽给冯秋子带走，同时给陈长吟和冯秋子各写了一封短信。接着简单收拾了一下房间，这使我感到，身体有疲乏感了。

上午近十一点半，林莽、徐晓、姜诗元，他们带着老郭（郭路生，食指——编者注），赶到了。老郭说我的脸色不对，很白。我的病一直在瞒着他，大家都约定不让他知道。我跟他讲，我主要是植物神经紊乱，夜里盗汗，身体很虚。他信而不疑。

吃饭时我谈到了关于二十一世纪的问题，是二〇〇〇年开始还是二〇〇一年开始，他们讲，现在国际上公认的已经将二十一世纪的起始年确定为二〇〇一年。饭后在回来的路上，我对姜诗元讲，我说二十一世纪的起始年如果是定在二〇〇〇年我还有信心跨入，如果是二〇〇〇一年我就说不好了。看来我确实是一个、从各方面讲都是一个二十世纪的人，是一个二十世纪中国的八十年代之前的人。如果在西方，我应该算是一个十九世纪的人，我本不应跨入二十一世纪。

三月十九日

星期五

天哪，阴天又返回来了。

今天继续阴天，昨天太阳出来了，昨天中午在餐厅吃完饭，我曾在外面晒了晒太阳，当时光线很好，有些风，感觉非常好。多少天了，似乎和太阳久违了。

下午我出去散步，这次走得比较远。我的整个身体是虚软的，脚缺乏力气，不能走快步，不能迈大步，有不稳的样子。但散步回来，我觉得并没有增加劳累，仍然还是散步出去时的样子。

三月二十日

星期六

继续阴天。哎呀，我甚至觉得这个春天似乎仅仅在使我一个人不如意。

上午体力感觉不错，我重新拿起了《一九九八　廿四节气》，对《谷雨》作了较大的修改，并续写了几句。我觉得收获是大的，我很高兴。我产生了信心，我觉得我可以将《谷雨》写完，以及将整个《一九九八　廿四节气》写完，我有这个信心。但是依然产生了疲劳感。我需要把握一个度。下午四点左右，外边下起了雨，这是在室内都能听到的。在雨滴中零星飘着雪花，真是奇观了。明天就是春分了，但是天气似乎依然在冬天的门内徘徊。

今天下楼了两次，晚上我出去时，天已经晴了。夜空非常干净，星星又大又亮，北斗七星基本上背朝南，面朝北，她的样子非常美丽。

三月二十一日

星期日

今天春分。

也许是为了春天，所以天晴了。天空很蓝，有移动的云，阳光照在身上很温暖。

上午我走得比较远，走到了一个工地附近，充分地接受了一下阳光的沐浴。向远处看，绿色依然不明显，显著的是榆树之上的花蕾。她们是杨树之后的第二种花。

三月二十一日

星期日

今天是春分，天空终于展开了它的蓝色，它是为春分展开的。我知道阴雨从此将一去不复返。

上午我出去散步，这次走得较远。往远处望去，绿色仍未出现。我面前有一棵小榆树，它的花蕾长开了。它的颜色和形状很像成熟的小型的桑葚，黑底色，不久它将转为绿色，成为名副其实的榆钱。它是距杨树之后，普通树种当中的第二个开花的树木，也是春天不可缺少的，能够为春天增色的树木。我喜欢它们更甚于杏花、桃花。散步将近一个小时，我充分地晒了太阳。这么多天了，几乎在弥补过去缺少阳光的损失。

下周，三月二十六日就是海子辞世十周年。无论是北京大学还是中国政法大学，都会举办一些活动，也是说至少有一场诗会。昨天政法大学学生，“345 诗社”的一位学生给我打电话，邀我下周去给他们讲一讲海子。我告诉他，我说如果我没有特殊情况，那么我一定会去的。但是我恰恰现在有特殊情况，我说也许你以后会知道，我说很抱歉。

晚，家新打来电话，询问了一下我这两天的情况，我说我不适宜进入二十一世纪。对中国来说，我适宜生活在她的八十年代之前；在西方则适宜生活在十九世纪。我的这个意思，与政治制度，或者说与体制无关。它主要是指那样的一个环境，是塑料和汽车还没有诞生或者说没有普及，人仍然是自然人或者也可以说传统人，还没有被市场机制所整合和改造，人生存的环境大体还是有机的，而不是今天已经呈现的到二十一世纪会愈加严重的、污损的、恶劣的自然环境。

三月二十二日

星期一

从天气看，今天是昨天的延续，依然晴天，阳光很好。

上午九点半以后，我出去散步，这次走得较远，尽管两腿有不稳的感觉，但是并不妨碍我更向远走一些。我穿过开发区一片待建的荒地，走到了东部的那片果园。我在那儿坐了很久，晒着太阳，看着周围的一切。荒地上的枯草和去年的庄稼杆下面，星星点点浮现着一些绿色的植物，她们仍然被枯黄遮盖着。今年春天好像晚了两个节气，就像去年秋天我感觉迟了两个节气一样。

朋友打来电话，他听人谈到了我的事，他说他不知道说什么好。我能够感觉得出来，他在用话安慰我，他谈到了我的人品，谈到我的作品，不断给予称赞，用很好的词汇。我理解他的心意，我笑着跟他讲，我说我已经比海子多活了十年了，但是我觉得我还会活下去，因为我有一件事还没有做完，就是我的《一九九八　廿四节气》还没有写完。

今天继续写了《谷雨》，我很高兴，因为每天都能有往下进行的进度。就我这个状态，每天的收获已经让我很满意了，而且写出的文字我感到满意。这样下来用不了几天，我可以把《谷雨》写完了。唯一的一点是，每次都让我有过劳的感觉，这是我自己控制不住的。我想这是我写出自己满意的文字，感到喜悦，而必须付出一点代价。这两天夜里出汗明显减少，我觉得是好现象。我现在夜里睡觉更多的是仰卧，两侧卧仅仅是短暂的时间，而我过去睡觉的时候是很少仰卧的，但是现在好像仰卧睡也很好。

三月二十三日

星期二

天晴了两天以后，今天继续阴天。真是一个残忍的春天了。

继续续写《谷雨》，进度是有的，而且我很知足，很满意。我想再有几天，可以把《谷雨》写完了。

三月二十四日

星期三

继续阴天。但今天程度比昨天好些，地面有光感。

上午出去散步一个小时。

继续写《谷雨》，我想再有一两天我可以完成它了，我很高兴。

三月二十六日

星期五

今天有风，风力四五级。

继续写《谷雨》。今天是尾声，我想基本上完成了《谷雨》。我没有想到，我还可以再拿起笔来写下去。“春雨”“惊春”“清谷”六个节气，它是一小节，是一个季度的六个节气。而我过去只完成了五个，今天，《谷雨》完成了。我觉得二十四节气我至少完成了一节，我的心里面充满了喜悦，也很有信心，我会继续地、适度地写下去，以后的《立夏》《小满》……

晚上九点半之后，我下楼，惊讶发觉，天空飘着大块的、大团的白云，天空很蓝，显露出来的星星非常明亮。这是风后常见的景象，它们很像夏天，我想，今年春天阴天的天气应该一去不复返了。

三月二十七日

星期六

上午没有出去。我想把体力留给下午，陪朋友一起到果园去散步。上午我将《谷雨》彻底修改完了，并打印了出来。今天有些风，至少有四级间五级。下午我们还是出去了，我必须晒晒阳光，风吹一吹也是必要的。我们一起散步，到了那片果园。由于有风，天还是感觉有些冷，整个地面仍然是枯黄一片，细心寻找可以发现星星点点的艾蒿，看到它们感到非常漂亮，它们在枯草丛中，伏在地下面。我们没有在外久留，还是返回了。

三月二十八日

星期日

今天晴，但并不十分明朗。

我现在每天也按时看看电视，主要是早晨七点到八点中央电视台的《早间新闻》，和接下来的《东方时空》，以及晚上六点半开始的《北京新闻》和中央电视台的《新闻联播》，以及接下来的《焦点访谈》和北京台的《今日话题》。通常到八点我将电视机关掉，这样大体我每天看两个半小时的电视。我的阅读主要限于每天收到的一些报纸和杂志，主要有《文艺报》、《大时代文摘》的《读书之旅》、《中华读书报》、《济南时报》，以及《美文》《散文天地》《散文选刊》《山花》等杂志。

三月二十九日

星期一

今天又开始阴天。

我的这个口述日记实际上也是在补，我并没有每天及时地把日记口述下来，比如今天是四月一日，那么我从三月二十八日开始。我要把这几天完全补过来，所以我说得很简单。

三月三十日

星期二

继续阴天，而且很重。

阴天使人、特别是我精神状态很差，我不想下楼。这两天的体力有所下降，我不知道是什么原因。今天下午我出去散步，让我感到腿很沉重，已经不能和前几天相比，走起来很吃力。我自己把它归结为没有阳光的缘故。我不知道今年春天到底是什么原因，使它这样持续地阴天，反正在我最需要阳光的时候，那么我得不到。我觉得阳光是一种能量，我对它感到特别敏感，当能够沐浴到阳光的时候，我能够感觉到那一种能量在注入我的体内。

今天将《谷雨》分别寄给了《武汉晚报》袁毅，《文艺报》冯秋子和《人民文学》陈永春。《人民文学》在第五期要发出我的《一九九八　廿四节气》，但是我当时给它的《谷雨》只写了一小节。我不知道他们在校对的时候，能不能把这个完整的《谷雨》补上。

三月三十一日

星期三

今天继续阴天。

今天阴天，我的整个感觉都是在冰窖里一样，屋子里非常凉。实际上这种感觉我已经经历了几天了，自从停了暖气以后，加上它的连阴天，我一直有这种感觉，特别是在晚上。

四月

四月一日

星期四

路上我发现今天要晴天了，因为东方能看到红颜色的太阳，它的光比较弱，因为还有些雾。但是实际快到城里的时候，太阳已经看不到了，也就是说今天仍然是阴天。

四月三日

星期六

我更多的也是将电话插头拔下来。主要在休息。我整理了一下《一九九八　廿四节气》照片的底片。这也是一个细碎的活，每个节气我都拍了两张，有两个底片。我首先要将每个节气的底片拣出，然后再从两个底片当中挑出较理想的一个。我想将二十四节气的照片放大一些，能否挂在墙上以后再说，但我想给它放大一下。这个细碎的事情做时间长了我很累，我没有做完。

今天的阳光是充足的，但是有风。

四月五日

星期一

今天清明，由于风，天很快阴转晴。风达到五六级。天空连片的、大团的白云从西北向东南飘过，非常壮观。由于它的背景是深蓝色的天空。清明和往年一样，天气依然不稳定。

四月六日

星期二

清明过去了，天气也稳定了，今天没有风。

上午我出去在阳光中走动和坐了半个小时，柳树的叶已经有五个叶瓣了，它们的绿色很明显了。

晚上我为明天住院做一些准备，包括这几天我没有口述日记。今天晚上我都把它补到了六日，感到很累。时间已经快十二点了，明天我要早一点起来洗个澡，九点钟从家里出发，这是我有生以来第一次去住医院。

附录一　苇岸书信选

我有条件成为它的义务园丁[①]

——致安民[②]

安民兄弟：

你的小挂历，令我们欣喜。你的信，令我“虚荣”地激动。

我在昌平奇怪地未见到你说的那场大雾，后在报上知道北京机场因这场雾受阻。但你的信带来了一场雪，北京的第一场雪，虽和童年的不能比，类似雪粉的一层，今天也未彻底化净。没有雪的冬天，对人是一种煎熬。

你的诗报给我带来一种久违了的“民间”的生气，当然主要是你的作品。你的文字我都细细读了，我觉得在灵魂上你与

① 标题为编者加。

② 安民，作家，湖北麻城人。时供职湖北科学技术出版社。

海子很近。这一点，我在别人那里从未看到。当然你要更“少年”些（文明背景弱些），更“民间些”，我看到了你那么重爱和强调土地。《大音》绝不是随便唱出的，我感到了很强的“天才”的东西。作为“散文”的文字你还要学会让它们“明朗”和“生根”，以远离那些“诗人呓语”。

“前卫性”艺术或人的“纯粹化”努力，永远是人类中少数杰出之士的事情。它在大众之外，它由于触动大众原生的、自发的、放任的生活，而成为大众不纳的东西。大众需要与其“同流合污”的东西。寂寞是必然的，杰出的艺术是非“迎合”的。但无论哪个时代，大众中总会有人“挤出”，向那“纯粹”走去。“精神”引导着他。艺术家就是为艺术和这样的人而存在。

灵魂安静！

苇岸

一九九三年元月十一日

安民兄弟（应叫蚂蚁兄弟）：

能够收到“事务性”内容之外的信的机会不多了，所以读到你的信很高兴。很多文学朋友，都没有在文学中，你仍在。

你的信有点吓人，看过补记，才平静。

“天人感应”，一个古老的话语，也是永恒的。想到海子的

"农业只有胜利，战争只有失败"的诗，最后的幸福，一定属于农民。

最近看到一篇关于托尔斯泰的文章（我每天面对的墙上，有两幅小像，一幅是托尔斯泰的，一幅是梭罗的），谈到他童年时玩过"蚂蚁兄弟"的游戏，他后来在回忆录中说"彼此相依相爱的蚂蚁兄弟的理想……苍天之下，世上所有的人都应当如此"。我爱"蚂蚁兄弟"这个说法。

关于柯灵的散文，我推崇他的文字，他的出其不意地使用文字的能力。他的老人冷静的心境和文字的文言化倾向，我不认同。

近在读一部厚书，《世界史纲》（生物和人类的简明史），英国学者赫·乔·韦尔斯所著，《文汇报》驻京的一个兄弟举荐的。全书有着高瞻远瞩的眼界和诗意细节，我还未看到过别的史学家将两者结合得比他更好。

春天愉快！

苇岸

一九九三年三月二十八日

安民兄弟：

《鸟的建筑》的结尾两段把我拖住了，最后我还是选择了这种"简洁"，不知我是不是牺牲了"丰富"。它让我犹豫了好几天。

你的上封长信让我深思。的确，人欣赏“过程”胜于欣赏“结果”。而只有“结果”才承受评判、断定。我仍是个（过了时的）二元论者，习惯“泾渭分明”。这被二十世纪不容。模糊善恶、是非，实际是人类不再难为自己。“人皆可以成尧舜”，这是古话，现代人放弃了这种努力。人在以“生物人”自居。“含污纳垢”与“水至清”，实际是现实与理想的两极，后者即是缺乏大沧桑、大悲哀的真空。总之，“二元论”不免有它的机械性，因为它把人估计得太简单。

“圣者”是托尔斯泰。“农民”不能意味一种行业的分工。

《沙乡的沉思》是科学的，环境保护主义的。《瓦尔登湖》是哲学的、拯救灵魂的。

让我先讲这么两句，我需要休息两天。

再谈！

苇岸

一九九三年五月二十九日

安民：

一种想写点什么的冲动，使我再次向你拿起笔来（电话中只宜谈事务）。

听冯秋子讲，你上次离京时，也带走了一套《爱默生集》。

这是一部激动人心的书，是二十世纪产生不出来的书。

你看到《英国特色》了吗？他的“马戴上眼罩活干得最好”，一句朴素之极的话，震撼了我，使我感慨万端。一句蕴涵多元的真理。

（西方有“过于聪明的人当不了作家”的说法。楼先生在给我的信中说，他是以近乎一种厌恶的心情来看待当代作家中的自废倾向、自闭倾向的。我告诉他我也是以这样的心情来看待作家中的精明之人的。）

我想说的不是这些，想说我深感在《大地上的事情》结集后，由于我对世事（文坛，编这本书——《蔚蓝色天空的黄金》）的介入，我自身的内在“进程”已经中断。我本想结集后，自我调整一段时间（通过阅读和自然），然后有一个新的开端。但这半年的体验，我内心知道它是一个失败。我只写了一篇东西，我的阅读质量也不高（阅读中常被一些杂念冲断）。

同时，这半年也几乎证明了我的“诗把一切诗人变成兄弟，散文也是这样”的信念，仅是我的空想。不久前，我曾在电话中向黑大春讲过我的四个“困惑”（后也对冯秋子讲过）：

1. 因古代智者、梭罗和本性所建立的简朴信念与生活中的豪爽。

2. 利他主义、为别人想得周到倾向与不免显得琐屑。

3. 自我完善的努力与苛求别人、谈论别人。

4. 非暴力主义、宽容的信仰与中国的土壤到底需要什么。

鲜花或匕首，托尔斯泰或鲁迅？

（这是我最大的困惑。）

我知道这是信念上不稳固的表现，我常常自责。这半年，由于世事，我内心波澜起伏。

但我知道我的道路，它与“开端”同一，我知道如何修正这半年的偏离。

一本朋友赠予的《肉食之过》，和伟大的阿尔贝特·史怀泽的《敬畏生命》，坚定了我的非暴力主义和素食主义。居所的楼下已园林化了，我从老家扛回了一把铁锹，我有条件成为它的义务园丁，更重要的是劳动对生命神圣的意义（同时我也清楚我应远离什么）。

《大地上的事情》仍要等等，书出后我也不希望朋友为它写评论文字。这样的文字应该是自发地来自作者素不相识的人。如果中国的文坛还有这样的评论文字的话。

（《人道主义的僭妄》即我这半年中所写的唯一一篇文字，附寄给你，了解一下这本书。）

祝全家安好！

苇岸

一九九五年六月十五日

安民：

你好！

我单拿出了一本（《大地上的事情》），作为“修正用书”，并在扉页上写了这样的话：“一九九五年十月十七日起改，感谢安民的错字更正。”真没想到你看得这么细，至少有九个错别字需要更正。而我二校、三校都看了，还觉万无一失了呢。

《瓦尔登湖》的承诺重重地压着我，使我成了一个无信用的人（上海的朋友来过了，他没有找到），我有些无颜，我甚至觉得你都可以同我绝交。我这么重操守，但在这件事上，却做成这样，很不“苇岸”。

最近，止庵来昌平开会，在我这住了一夜，他向我指点：“己所不欲，勿施于人。”己所欲，也不应施于人。我想我的全部问题，都在于想让人（朋友）都像我（或我理想的）这样行事，即己所欲，施于人。而在这多元（仿佛已无是非等界限）的今天，人们多么不以为然呀！

我想有些地方我是错了，（我也想在这里使用“？”）比如对朋友的苛求。这就是己所欲，施于人的表现。

下面我还是想用三个人的话，做我的简短表达：

“人类已经成为他们的工具的工具了……最杰出的艺术作品都表现着人类怎样从这种情形中挣扎出来，解放自己。”（梭罗）

“诗人的天职是还乡（还乡就是返回与本源的亲近）。”（海德格尔）

“诗人因其天性成为不自愿的道德家。”（波德莱尔）

这三句话，可以代表我的道路。

再谈

苇岸

一九九五年十一月十一日

我喜欢人类非暴力的努力①

——致王开林②

开林：

一平原名李建华。

黄海声的散文，有他个人的审美追求，他在河北农村教书，不易，望尽可能给他安排上，他发表作品很少。

我的这篇你处理，如“鸭绿江”的字数能满足，我倾向你留下来。要删的有三处：1. 第七小段中“书皮中的一页纸→到→拧开水壶。”这句话前变“：”为“。”。2. 第八小段“我明白，这是讯问的另一种说法而已。”3. 第十四小段“其实在围棋上，我们都是刚刚上路的人。”共三句话。这篇东西就算一篇游记吧。

谢谢了。再谈。

祝春天安好！

苇岸

一九九三年一月二十四，初二

---

① 标题为编者加。

② 王开林，作家。时任职湖南省作家协会。

开林：

新年好！

我给你添了件棘手的事情，很不安，为从长计，上下左右因素还应顾及，搞僵不妥，相信我们的东西不会过于短命，建设主要还在我们写。

去年十一月份，武汉有个散文研讨会，我和元元去了，老愚掌旗，算是“新生代”的人，《美文》的陈长吟亦对《诗人是世界之光》很感兴趣，如具体落实我尽快告诉你。

在报上看到你在湖南获奖消息后，曾试图给你拨个电话，以表祝贺，但28080似不是程控号码，不能直通，在此，请再接受我这迟到的祝贺。

忍不住寄你这篇短文，柯灵老人的文字无与伦比！

再谈！

祝鸡年大吉！

苇岸

一九九三年二月五日

（如方便，三期出刊后寄我一份看看，好友也是散文专辑。）

开林：

你好！

信和前次寄刊都已收，谢谢！

可能有一点小麻烦，《诗人是世界之光》已被《美文》刊于今年四期（题为《关于海子的日记》），记得我曾专写过一信告你此事，不知是否收到。总之你看这事怎么处理好就处理吧，真抱歉！谅！

我和西川通过一次话，他记得你，也让我问你好。他讲山西要出海子的全集，人民文学出版社也欲出海子一本诗集，但愿不落空。

老愚又编了一本随笔集《膜拜的年龄》，我已得到书，有你的《穿越生命的河流》，他会寄你。

为海子，为“蚂蚁兄弟”的情谊，祝福你！

苇岸

一九九三年六月九日

开林：

读了一本很有意义的书，抑制不住将它介绍了出去，也忍不住要告诉你。

这是一本应进入每个人心中的书。

我的手很慢，大体一月一篇，能这样就不错了，五月是一篇《鸟的建筑》，六月就这么一篇《短评》，七月仍在休息。

手里正在读泰戈尔一本书《人生的亲证》，刚看到一句话，抄下来，让我们共勉：

“一位诗人只有当他能使本人的思想为全人类带来欢乐时，他才是真正的诗人……并获得诗人的不朽性。”

期待着读到你的关于沈从文的美文。

祝好！

苇岸

一九九三年七月十一日

开林：

近好！

刊和汇费已收，这件事，你做了不少努力，很使我过意不去。

我注意到了，文中的一个“努”字，《美文》和你不约而同地改掉了，让我意外。其实这个字不仅运用于口语，词典对它亦有解释：“用力太过，身体内部受伤。”这个含义“累”代替不了，也与老人的说法相符。大概这个字的使用有地域性。

有一点令我一直很惭愧，即我对祖国的文化涉猎甚少，我很少读中国的古典著作，因为缺少一种动力，我说不好这是天性的，还是灵魂的，但我清楚这会意味什么。

这个假期我迷上了电视上的《动物世界》，几乎每个节目必看，由此写了一组东西。

（上次寄到宾馆的信差点未收到，以后勿寄这个地址。）

再谈！

苇岸

一九九三年九月十二日

开林：

近好！

寄上《以笔为旗》。

张（承志）是我注意当代文学以来，一直最推崇的中国当代作家。主要在于他的信仰和骨头，或者你说的“崇高和冷峻”。我曾不赞赏他的仇恶语气。我热爱托尔斯泰，但我发现中国的土地还是需要鲁迅。

最近我又读起了“新约”，也是因为要改《上帝之子》的后半部分（你手里的就先不用了），当时完稿时，我就感觉简单化了，且偏离了我的初意，因它过于直接。

我现在困惑于“旧约”中的“以眼还眼，以牙还牙”是如何转换为“新约”中的“有人打你的右脸，连左脸也转过来由他打”的？是靠考证，还是心灵感应？（我喜欢人类非暴力的努力。）

再谈！

苇岸

一九九三年十月三日

开林：

很高兴收到你的集子，迟复为歉！

元旦前曾听冯秋子讲你将来京，原想会有一聚，后她说你们未联系上。是件憾事。

《光明日报》副刊有个《金蔷薇》栏，刊发体现一种年轻的、血性的“声音”的美文，希望你也为它供稿，我已为它约来原野、安民的稿子，冯等也在做准备，我觉得它体现了一种建设，应共同为它尽力。

你可直寄《东风》副刊编辑宫苏艺，一千五百字内，说一下我，他即知。

再谈！

祝九五大吉！

苇岸

一九九五年一月二十九日

开林：

近好！

两书及信均已收到，为你高兴。不知身体恢复得怎样，甚念。望多加爱惜和保养。

我最近参与了一件事，即编“当代中国大陆六十年代出生代表性作家展示”一书。书名为《蔚蓝色天空的黄金》[①]，诗歌、散文、小说三方各选十人。事已定，中国对外翻译出版公司出版，现将细则寄你，望尽快准备（同时也要注意身体）。关于此事，接信后，望能给我来个电话，沟通一下情况。（也告我你的电话）

关于散文（怎样写，写什么等）是个大话题，是须坐下来才能谈尽的。去年底，我结了一小集，已看过三校，大概一两个月内可出来了。至今我再未动笔。这一代应该有一新的起点，一个作者的写作进程也是阶段性的。我有意停下来看看书，调整一下，然后有一个新的开始。

“新生代”的作者，大家常议论，认为你有“心态”和“笔调”回归（传统文人）的迹象或倾向，形成了“程式”。这两书，我看后者确不如前者。这供你参考，都是兄弟。

---

① 苇岸主编的《蔚蓝色天空的黄金·散文卷》（中国对外翻译出版公司，一九九五年十二月），系“当代中国大陆六十年代出生代表性作家展示”小说、散文、诗歌三卷本之一，其中收入：安民、杜丽、冯秋子、胡晓梦、彭程、王开林、苇岸、尹慧、元元、张锐锋十位作家。

先说到这里。

祝康健！

苇岸

一九九五年三月二十九日

开林：

寄了一个陈长吟退我的一平的《辽阔的俄罗斯》，还没收到，我让陈直接寄你或让一平再复印寄你。我很喜爱他这篇。

我的这篇是为书的字数赶出来的，寄出去还有些难为情。

写作在时间上真是一件脆弱的事情，它需要最好的时间，有点杂事，一段时间就过去了，这包括写信。

我们要进行计算机等级考试了，这几天在听课，我的那台286，两年前就由李松买了，但我一直未学进去，这次非拿下这个手艺不可了。

暂谈这些。

祝一切好！

苇岸

一九九六年一月二十九日

开林：

寄上这页报。

这篇文章叫《谨读赠书》，写了十则（十本），每则想尽可能借此表达点观点。它很有限，也会有不妥之处。十则放在一起，会完整些。

关于那个选本，客观地说楼先生还是国内最适宜（就“新生代”）的选家，尽管他有自己的较个人化的尺度（我觉得其本质上还是后现代主义的）。

我们这个民族习惯防范并将一切事情私人化（写冯秋子那则我涉及了这点）。比如我，如从个人角度讲，如果我不参与，会被视作“报复”，心胸狭窄，自以为了不起等；而参与也可能被视为没有“骨头”（人家在“对谈”中刻薄地批你了，你却不做任何反应）及不失机会地“露面”等。那么，应该怎么办？

让我们还是摈弃这种弱点，抛开个人来看待一些事情吧。任何有资格的选家，如果他不能得到全体应该入选的作者配合，他的选本就不会翔实、全面，在“史料”价值上就有缺憾。这于散文自身建设是无益的。

以上随便写了几句。

祝好！

苇岸

一九九七年二月十八日

（每次我的称呼都很直接，这样亲切。我不喜欢在年龄之外称兄，它过于传统的文人气。）

开林：

你好！

（你看我总是不按传统中国文人习惯称年龄小于自己的兄，你不介意吧？因为我的不拘礼。）

寄上这篇书信体文。

客观地讲，百花社及大光先生都该获得称赞。

两周前刘烨园到北京来了，在我这住了两天，谈了许多。

我现在电话只在中午十二点半至一点半接上，这是我做饭、吃饭时间。等我适当时打给你。

又到年底了，附上一张贺卡，谨表新年祝福之意。

苇岸

一九九八年十二月七日

我的窗外又筑了一个蜂巢[①]

——致陈长吟[②]

长吟兄：

近好！

今年夏天真苦，西安也这样吧。

前次提到黑大春的稿，他想作为自传性的东西，较完整充分地写出来，暂不想零星刊出，只好尊重他的想法。我对兄的许诺落空了。

刚写了一篇不长的东西，约一千五百字，也许它更适合报纸，我先寄出兄挑选。

前不久，我收到重庆一读者信，他主要是通过《美文》读到我作品的，故亦寄上，以表对兄及《美文》的谢意（当然信很过誉）。

我的窗外，今年又筑了一个蜂巢，且出奇地大，直径已有二十厘米，每天还在以一厘米速度扩大。每天，我清清楚楚地关注着它们。

---

① 标题为编者加。

② 陈长吟，作家。时任陕西省西安市作协秘书长、《美文》杂志编辑部主任。

祝

一切好！

苇岸[1]

（一九）九四年七月二十八日

长吟兄：

近好！

曾和你谈到《文汇报》的朋友，这次寄来了一篇关于西藏的散文，寄给你，看看是否适用。

上次寄你的名为《关于作家的随笔》，我又做了一点改动，每则加了小标题，这是在《作家生涯》（共四十则，如其他刊也有这个标题，不是两投）总标题下的几则。如可用，请用这次寄的。

这次赶这本书稿，写苦我了，体重减了十斤。已基本完工。

电话再谈！

苇岸

（一九）九四年十月九日

---

① 从一九九二年认识苇岸，到一九九九年他去世，苇岸在《美文》杂志上发表了近十篇散文，我们的通信也有十多封，因多次搬家、存物零乱，现只找到八帧整理出来，从中可看出苇岸做人做文的点滴。——陈长吟注

长吟兄：

小波的稿子，关于篇名，他让我起一个，我看就平实地叫《一个藏族女孩》，如你有更合适的，可换。署名"薄小波"，另外文内字母一律排为小写的。（Gi Gi，他认为不好译为汉字，能用字母更好，不能用，你随意用个名字。）

关于明年专栏，由于时间有限，对我不是一个易事。书的稿子已于十月底全部交齐，我现在有一种很强的厌写感。另外我认为每个作者的三篇稿，不要求内容的一致，比要求更能体现作者的立体感（或全面性）。比如，我以《大地上的事情》为总题，写六段或写十八段，区别是不大的。当然我知兄也不能随意更改编辑部的决定。

我先试着询问一下，《一个人的道路》是我很喜欢的，这一篇能不能以小标题形式，列入《大地上的事情》这个大标题下。如行，那么十二月底之前，我再写一篇即完工了。

今年昌平电话降价放号，三千五百元初装费，我们装了一部，近日已通，号 97……（略。京 01）。我白天一般在家。上次电话与大嫂谈了几句，心里很不平静，兄一家太苦。

问大嫂和小孩好！

苇岸

（一九）九四年十一月三日

长吟兄：

一平是《上升》中的作者，我很喜欢他的散文。他到波兰待了三年，现在回来了，手里有一些散文作品，我现在给你寄去一篇，它的内容更是我偏爱的。如能发表（我认为能做头条），也希望能寄我一册。

第十页上，大概会有点敏感问题，我用红笔标了，不行就删去，其他我看无问题。

一平的信址：北京朝阳区团结湖……（略）

你以后可直接同他联系。

一平的作品（是中国作家中不多的），不光体现智力和技能，更可贵的是有一种高尚的精神力量。

祝好！

苇岸

（一九九六年）十月二十六日

长吟兄：

寄上这篇，它没有在任何报刊上用过，但已收进了我那本集子，不知还行不行。书的范围是很小的。

我还没收到一平那篇稿，如还在你那里，就蒙兄直接寄给王开林，他要。谢。

不多说了。

祝春节阖家快乐。

弟 苇岸

于腊月（一九九六年）

长吟兄：

电话嘱示后，我认真考虑了。纵观这几家散文刊物，除在选稿上各有倾向外，还是给人一个大同小异的感觉，我觉得原因主要在于各自都缺乏“栏目建设”，故建议《美文》在这方面下些功夫（当然这会受到经费、页码、人手等的制约）。

我想了几个栏目，仅供参考：

1.《〈美文〉问答》

提出固定的五个或者若干个问题，征求散文家回答，每期刊出一例（或不同的——年龄的、性别的、文体的——两例）。问题可设诸如：

A. 对你影响最大的五个作家（数量可酌定）；

B. 对你影响最大或你最喜欢的五本书；

C. 你为什么写作；

D. 散文在文学中的位置（及其他有关散文的、文学的问题）。

字数可限在一页。问答能具有“史料”“文献”意义，最后可编成一本书。

2.《来自读者》

由读者答“我最喜欢的中国当代十个散文家”（每个可附一句评价性的话），只刊《美文》个人订户的意见。此栏目长期保存，每期刊若干读者的问答。这既吸引读者参与，也使作者获得反馈信息。最后被列举次数最多的，可当选“《美文》读者我最喜欢的当代十位散文家”。奖读者（可赠刊一年）。

3.《散文别译》

限于本世纪的域外散文家，同时刊出介绍该作者的一篇文章。由此读者及作者可了解二十世纪的散文状况。

其他类似《××擂台》《同题散文》《散文批评》等栏目都可考虑。建议可设主持人制。总之刊物除保持三分之二篇幅的原发作品外，应通过栏目体现自己的倾向、活力、丰富性、建设性来。我前面举出的三个栏目，我个人都很希望《美文》设置。当然栏目名称你们还可酌定。

随信附上一文，作者是山东诗人，有些诗名。他将文寄给了我，很朴素。兄可根据刊物标准决定取舍。

匆匆写下这些，待再电话中交换意见。

编安！

苇岸

（一九）九七年十二月二十八日

长吟兄：

我将关于梭罗的一封信整理出来了，不知你是否还欢迎。如杂志方向不欢迎了，供你了解一下他。

一段时间内，我大概给你供不成稿（我写得太慢，要写的恐都不大适于《美文》）。信中谈到的“二十四节气”文，如你欢迎，我可给你，恰好明年你会接杂志，而“大寒”也已明年一月了。比如分三次给你，每次八段。这是我的想法。

希望听到你的看法，或我再打电话。

祝好！

苇岸　上

（一九）九八年三月三十一日

长吟兄：

韦锦文和关于二十四节气文收到了，谢谢！

不过我对兄对韦文未较快处理还是有点意见，因为兄过去也是让我荐过稿子的（给人家误了些）。

这篇“二十四节气”文，我不知它也这样分开标明写，形式上看来我的要与其相同了，故再给你恐有些不妥了。

我再寄一篇书信体文（首先让你看看），如你认为《美文》还可刊用，且愿意三篇都可是书信体文，我可稍后再写一篇。

当然兄要从刊物定，不要顾及我。

十八日我去了劳动人民文化宫的春节书市，买到了《梭罗集》，待你来京时交你。[找了所有摊位，只有三联书店的摊位上有，且只有一套了，但书不脏，经协议，打了八五折——其（他）书均打九折。]

祝编安！

苇岸　上

（一九）九八年四月二十一日

作家的着眼点[①]

——致楼肇明[②]先生

楼老师：

您好！

一直未能好好给您写一封信，平时的电话和每次见面，都由于时间、环境、语者等因素，而妨碍“表达”（也有我口语表达能力差及学识等因素）。

刚和您通了电话，感到并未说尽，还是想把这封信写完。这也是书信不可替代的地方。

我赞同您的大家应该坐下来，谈谈下一步应该怎么走的主张，谈谈各自的作品，听听大家的意见，等等，但这样的机会十分难得。

分歧是客观的。

我对文学（艺术）一直持理想化的看法，这无论是在我的《自序》还是作品中，都已有表露。我对一些作家和作品偏爱与接纳，对另一些作家和作品排斥与抵触，我相信这是源于心灵

① 标题为编者加。

② 楼肇明，学者，作家，文学评论家。时任中国社会科学院文学研究所研究员。

的，而不是理性的。我崇尚爱默生“文学是人类精神的培养基地”的说法（文学不是自足的，如我在《自序》中说的：在这个世界上，我觉得真正的作家或艺术家，应是通过其作品，有助于世人走向“尧舜”或回到“童年”的人），也认同托尔斯泰的“真正的艺术来自最善良的人性，而且必须为普通人所能接受”的主张。我更看重作品中的“声音”“胸襟”和对“理想意愿”的表达，然后才是“机智”“报法”和对“现实境况”的倾述。所以我说我首先重视“写什么”，其次才是“怎样写”。当然严格说两者是无法截然分割的，但有一个作家意识的侧重问题，我觉得中国作家是偏爱后者的，这样的作品，是我本能地“抵触”的，我认为它们更多地表露的是“文人趣味”。

天津的一个作家（吴若增）在一篇文章中说：中国更多的是聪明型的作家，而缺少人格型的作家。我很赞同这个说法，尽管我部分地不赞同张承志，但无疑他使中国的众文人相形见绌，黯然失色，夸张一点说，就像当年鲁迅在文人群中那样。当然，他招来了非议。是英雄主义、理想主义使利己主义、务实主义不舒服了，还是真理在“批评家”手里呢？

我崇尚人的可能性，倾向在世事面前的“新生”和“矫正”，而不是“因袭”和“顺应”。当然这可能是建立在我的“人类是可以改善的”的错觉上的，但我信仰“每一代都是重新开始的，就个体来说，都是可能尽善尽美的”，历史上也不乏这样的高大的人。所以我偏爱那些为人类指明方向的作家，在这个意义上梭罗（仅以他为例）不是某个时代的，而是永恒的。

“人”之为人，即是建立在克己和自律的根基之上的，程度不同，使人与人有了区分。我对自然的关注，更坚信人类未来的唯一出路，便在于抑制欲望（更多的是贪欲）而不是相反（我最近看了一部《环境科学》的大书）。

关于文字的“欧化”问题，其实白话文本身就是欧化的，有人对中国“文言”表述偏爱，提出了这样的问题（如天津的一位老作家），就我本人来讲，我对那样的表述本能地“抵触”，这也不是理性的。

一封信是难于将方方面面说到的，这里我不涉及“人情”的因素，它们永在我心里。

关于陈文，他的“向‘后现代主义小说’借鉴”的说法，至少在我不是自觉的，但他的“苇岸试图建立（或者说是恢复）一种新的人和大自然的关系”的说法，我觉得是准确的，如果我的作品有益于这一点，我将感到骄傲。

《大地上的事情》之后，应该有一个新的开端，这是我至今一字未写，专事阅读的原因。

您看，我的信写法上视您为朋友了，如果我总意识到我面对的是师长，我将写不出了。直率之处（包括电话谈的），诚望您谅。

春安！

苇岸

一九九五年四月十八日

楼老师：您好！

显然，我的上封信有些冲动，因为它完全可以用平静的方式表达。应该说，这封信不是完全写给您的（指上封信），相信您会明白我的意思。

我是一个“理想主义者”（请您恕我这样自诩），且在日常中也刻意将“信念”与生活合一，这不免在观点与行为上表现为偏执（在外人看来，则是迂和幼稚）。

刚才电话里我说看了您的信，感到很难过，不是因为我觉得您的信刺痛我，而是我觉得一是让您花时间写了这么多，二是我在您眼里，大概是自视甚高，无自知之明，争名、争评价，见到别人几句好话便忘乎所以的人了。

其实与这些都无关。一个什么也不是的读者，照样会对作家或作品，发表他自己的看法，这并不取决于他有无作品，或他写得怎样（我深知自己在写作上的弱点，也没特别看重我的那点作品）。一切都在如何界定“新生代”上（“新生代”不等于年轻，这是不争的），是写法上？心态上？着眼点上？有“我”无“我”上（余秋雨的作品是否有“我”）？还是另有其他？哪个是更主要的特征？这些问题，都超乎个人如何之上。我电话里对您说作家（或对其有更高要求的作家）的着眼点，不应在“谈吃甜食”“论躺着看书”之类上（当然这样写也可成其作家）。这就是我说的“文人趣味”，或中国传统文人没出息的地方（是表现之一）。当然，当代仍有很多这样的作家。那么，“新生代”能否或应否超越这一点呢（当然“新生”不仅仅体现在这上面）？这类的东西我抵触，不读。如原野写得很好，但他写“澡堂故事”一类作品，我就会向他提出我的看法。这不是“自我封闭”或“自我为中心”（我不同意您的说法），这是我对作家尤其是“新生”作家的高要求（对止庵沉浸在买书、挑书、修书上的作品，我也是这样看。我希望“新生代”作家有更大的着眼点）。当然如果涉及作家生计了，又另当别论。这不同的作家有不同的表现。在这点上，我还是赞美张承志。

尽管我在作品中多次谈到梭罗，谈到他对我写作的意义，但他并非我的“偶像”，我也不造“神”。应该说梭罗只是我的一部分，甚至不是更大的一部分。我对人类的生活有“还原”（不是绝对）倾向，这来自东西方的古代智者的著作，包括我们的老子。梭罗是它的一个很显著的“回响”（他的写法我很偏爱。同时他的英雄主义色彩，也令我崇敬）。这一点，后来又与“自然环境”联系在一起。即人类的本应的简朴生活，有利它长久生存下去。另一点是“爱”（非暴力主义，托尔斯泰都与它有关）。我的作品全部的都想体现这两点。当然我的能力低，作品少（且写得不理想），不能完全如我愿。

楼老师，您是一个很亲和的长者，从始至今（在许多方面），我从您那里获益很多。正是由于这一点，我才这么随便地给您写信。我也深知，两个个体的完全沟通很难，只能是趋于“接近”。信有它很大的局限性，每一点它都不能展开，且易以偏概全，导致误解。以后的交谈机会，会弥补一切。

又草草写了这些，很多话也未说尽，不当之处您会谅解。

祝您南行顺利！

苇岸　敬上

一九九五年五月三日

我的问题在于苛求“人的完善”[①]

——致冯秋子[②]

冯秋子：

你好！

很想也直呼你“秋子”（因为我比你大），大春，还有小松，下面都这样称过你，不知其他人有无这样叫过你。这是一种亲近和随便，但妨碍我的是“精神”，在这方面你是比我大的。

我常常想到汉族的“血液”。

我一周有时只去一次单位，寄报是后来拿到的，随后的“作品目录”也收到了。“新生代散文”专版的版式，应该说是我见过的最漂亮的，这是我要赞美你的之一。

在这条路上，我的“诗（散文）把一切诗人变成兄弟”的信念，正在受到冲击。现在，我为有你和大春这样的“兄弟”，感到幸福，这已够了。

我写了一封信（给你附上），我觉得我应该发言，绝不仅仅因为我受到了抨击，我觉得是英雄主义和理想主义受到了指斥，正像两者在当代的遭际一样（恕我这样谈自己）。也许这是我的

---

① 标题为编者加。

② 冯秋子，作家。其时任《文艺报》副刊部副主任、主任。

一个冲动。因为我曾多次对大春谈过："凭鲜花取胜。"我把它放在了《作家生涯》的最后一则。

你的信很温暖，同时我们都应该学会在朋友那里完全心安。

期待着你们再一次北上。

一些事务电话再谈。

全家春天好！

苇岸

一九九五年四月二十一日

秋子：

你的信至少让我看了三遍，你的字漂亮得我都快认不出来了（个别）。

我爱说"精神性"或者说"神性"，就民族来说，俄罗斯是这样的。就个体来说，与我直接认识的，我愿意说出一平和你（我半点也不虚饰）。首先是文字。（我也想说张承志、张炜也是这样的作家，而老龙[1]亦富于"神性"。）但文字是"个体"

---

① 老龙，即龙世辉（1925—1991），湖南武冈人，侗族。作家，编辑家。一九五二年毕业于辅仁大学；历任人民文学出版社现代小说组副组长、《当代》编辑部副主任、作家出版社副总编辑。在人民文学出版社工作期间，编辑出版了《林海雪原》《三家巷》《子夜》《瞿秋白文集》《赤橙黄绿青蓝紫》《芙蓉镇》《将军吟》等文学作品二百余部；自一九八四年调任作家出版社后，主持出版《当代小说文库》《文学新星丛书》等。在全国报纸杂志发表文学评论、小说、散文等一百五十多篇，主要著作有《龙世辉寓言集》、长篇小说《蓝光》、文学评论集《编余随笔》。

的副产品。袁毅将一平稿寄给我了，我上次对你讲过的。我细细做了删节，你再看看，仍可再动。但如不易过，就不要再争了。

先乱写这几句。

祝好！

苇岸

一九九六年五月十九日

秋子：

真惭愧。

我想我的问题全部根源在于近乎本能地苛求“人的完善”。这导致了两点：一是习惯检点自己，自责；二是对他人弱点、劣点“敏感”。我知道这已是我最大的弱点。的确“水至清无鱼，人至察无徒”。有时我将这一点视为我的宿命或悲剧性。如果说我心胸狭窄，我会有些委屈［想一想，在“有益于朋友（世、真理或文学）的事情主动去做，有损于的则决不做”上，他们谁能像我这样呢？谅我这样说］，但客观上，这不就是不宽阔吗？①

我有些过于“道德至上”。愿我走出这个狭路。如你讲的，

① 8日，和秋子通了电话，讲了《蔚蓝色天空的黄金》座谈会一些情况。——作者注

做一个真正的默默的“承受者”。

向一平、秋子致敬。

苇岸

一九九六年七月十二日

秋子：

辛苦了。

我这学期出奇的忙，坐班了，每天搞得很疲倦，顾不上写作，这是很难过的事，我想下学期会好（上月去福利院给食指过生日，他说了一句很触动人的话：如果一段时间没有写作，就如同白过了一样。是的，我们还是应尽力写一些）。

反复看了你的版面计划，涵盖面很大，栏目名也好，我又想了三个栏目，供你参考：《美文角》（精短、优美的千字散文，它可区别《散文专辑》的大篇幅与庄重，时间上灵活）、《微型文评》（有别于评论版，感性的、活泼的小型评论，它使副刊不完全受评论版的制约）、《译坛》（偶尔可刊好的、不长的译文）。

总之，凡设栏目，总有它的范围局限，刊发不纳入栏目中去的文章也是必要的。关于《散文专辑》的搞法，容我再想想。可上半年一次，下半年一次，有主题，筹备得充分一些。

我写得太少，不能更多地帮你。这组《谨读赠书》已完，暂时不会再写了。但我会写些其他的。《创作随笔》我一直想写一篇，但还是拖到今了。

急着寄，暂不多写了。听你对《谨读赠书》的看法。

向你们祝福新年！

苇岸　草

一九九六年十二月十二日

一平《守林人》有十三页，近四千字，估计你用有困难，删节又不大妥，故先不寄。安民那儿为《长江文艺》组的稿一直未刊出，待我向他要回，那是一平一组千字上下的短文。

秋子：

先给你的《原上草》建议两个栏目：

1.《读者选择》（或考虑更好的栏目名）：内容是由读者举出"我喜欢的中国当代十位作家"和"我不喜欢的中国当代十位作家"。做一个每次都附的编者说明，如"作家"包括小说家、诗人、散文家，要求读者列出姓名、性别、职业、工作单位（以反映不同读者喜欢与不喜欢什么作家及真实性。当然读者的范围也可限定，如只限高校学生等）。每次可刊两位（或一位）的，当然选择纯文学读者，并限国内范围，并长期搞下去。这既吸引读者参与进来，又给作家提供反馈信息，它会成为一个关注热点。

2.《一百位青年作家（也可定中年作家，总之分年龄段较好，或一先一后）谈——我为什么写作》：当然它也包括小说家、诗人、散文家，并在刊出时分别标出来，如“小说家苏童”等。可以先确定入围名单，然后约稿，让作者感到进入这一百名是一种荣耀。回答字数可在五百至一千字之间，并可下附作者百字简介。这个栏目会具有文献的、对读者与研究者都具有参阅的意义。最后可编成一本有价值的小书。大体选四十五岁以下的作家。看青年作家对于文学想些什么更有意思（一百位后还可搞中年的）。附上西班牙这份报搞法的复印件及一九八五年法国《解放》杂志“您为什么写作”做法的复印件供你写编者按参考。

希望从三月或第二季度搞起，并不中断。

以后它们可延伸至《青年文艺报》上去。

关于《青年文艺报》，天地还是广阔的，当然它还是有一限制，即它不应失《文艺报》的总的性质。它可从长计议。

这两个栏目能做起来吗？

祝好！

苇岸

一九九七年一月二十日

秋子：

我从新近的《大地上的事情》中拿出两则寄你。我另加了标题。

我一直想给你写一封较详尽的信，谈一谈我这几年的所谓精神倾向和心路历程。比如我的对人的无一例外的亲和性（它容易令人怀疑你的动机），对人的过失和劣处的愤然与宽容的矛盾（这一点常使我不安。比如我跟你谈论了一件事，但事后又同对方像什么事也没有发生，这让我觉得你都会对我有看法。可我确如托尔斯泰所说的“想到我有一个敌人，我便痛心疾首，不堪忍受”），等等。这些我都将以恰当的形式写进呼延华要的这篇长文中。我一直是想以一种方式谈一谈。故信中不多写了。

祝好！

苇岸

一九九七年九月二十二日

秋子：

我用了半个上午、一个晚上，再次浏览了一平这两年给我的信，摘出了这篇“只言片语”。

一是为他的观点本身（我希望这样的思想被传播），二是为充实你的版面。

另一篇文字作者叫树才，搞法国诗歌翻译的，也写诗，诗歌“圈”都知道他。他是让我看他的“散文”文字，我也选出两则荐给你（未发表过）。他现在去非洲了，明年才能回来。

如果能通过的话，我的一个小愿望是，把我们放在一个版上。

关于“选刊”，需要平时的留心，如你不定期做，我看中了会荐给你。

郑单一在北戴河听我们谈了你后，已两次表示想见见你了。

祝好！

苇岸

一九九七年十月七日

秋子：

你好！

《文学的黄金时代》[①]确写得好，大气，行文自然，有态度（立场），清晰且丰富。你该多写些。

我尚未进入王小波。直觉上（建立在过去对他的几个单篇随笔的阅读上）我与他的文字不太吻合，或者说我缺少一种动力去阅读他。也许我了解了他的作品后，会对他有新的认识。但我知道他是一个独特的作家。

如何才能把握好尽可能益于他人（特别是那些最基层的、

① 指冯秋子读王小波长篇小说《黄金时代》后，发的书评《文学的黄金时代》。——编者注

为文学已付出了不少代价的青年）与尽量不被人利用（这种人会窃笑你傻，我知道这一点）的度呢？我常常是盲目的。

顺便乱写几句。

冬安！

苇岸

一九九七年十二月一日　晚

（电话后我补充一句，谢谢你为大家的劳动。）

秋子：

上次收到你寄来的《作家报》时我就说给你回信，但还是拖下了。而我要写的《我与梭罗》刚开了个头（《世界文学》给我的最后期限是五月二十日前）。然后才是食指这篇。我在写作上常常不能左右自己，故最怕写有期限的文。这段时间本该写关于梭罗这篇文章，但由于两信都涉及了他，便整理成了两篇书信体文章。借此表达了我很久想说的一些观点，也有想诠释我自己之意。我一直说想给你写封较全面的信，便也会涉及这些内容（附你）。

从你的《虚妄的写作》，我能够看出你的并不明说的散文化的对写作的看法。你对草原（“奔马一般奋力伸展的草场”写得多好）和权力老人的（更多的是社会中的）感受都是深的。

我无视了后者。

总想有机会和你好好聊聊，但我知道你的家务等事情很多，同时性别不同也多少让我顾及这个因素（别笑话我）。也许是我的观念有些问题，总想和朋友搞得过近（特别是过去）。我自己有许多矛盾的地方，比如个人有强烈“倾向”，疾恶；但又“人人皆兄弟”，不喜欢给别人造成不愉快。

《文艺报》这周你的两个版我看了。《作家与编辑》一定又让你费力了，它过长了，但你用小字还是将它容纳了。《创造与表达》[①] 这次挺好，我忽然觉得从一开始用这个名称时就编上序号，是不是有必要？

我跟你讲的清华学生译的雅姆诗，我没有寄你，因为我想一是你从未发过译诗，再有译者又是一个普通学生，不要给你添麻烦了。

杜丽[②] 对我讲她写了一组你和于君等的散文，止庵[③] 那篇文中说，于君告诉他“冯秋子有一种与生俱来的博大的同情”。我赞同。

今晚在电视中看了一个美国片《眨眼之间》，两个女主人公很像你和于君。一个被误判有罪在狱中关了十六年，另一人一直在营救。前者像你，后者像于君。不知你是否看了，快看

---

① 《创造与表达》，为《文艺报》副刊栏目。

② 杜丽，作家，人民文学出版社编辑。

③ 止庵，作家，现代文学研究专家。

完了才想应给你打个电话（前者在法官想以她的出狱做交易时，她拒绝了）。

祝好！

苇岸

一九九八年五月二日

秋子：

《去看食指》[①]终于写完了。

尽管做了较充分的准备，开始时并不顺利，主要是确定下笔的角度。我本欲写成展开的叙述式的，但你的版面所限，使我不得不下意识地概括、精简。应该说结果并不是理想的，但写成的样子我还是较满意的。总之是写早了些。但食指是非常值得写的。

全文是这样一个面貌，我可能还会适当做些修改。我尽最大努力删成这个样子，但似还在两千一百字上下，我愿不再删了，你争取一下，做个特例（文后能加“限于篇幅，本报有删节”一类的字吗？主要考虑到还要给《山花》）。

我的初衷是主要介绍病院中的食指，附加突出了朱大夫，将病院谈得也很好。实际其对食指也不错，这样有益于食指以

① 《去看食指》，是冯秋子为《文艺报》副刊向苇岸约写的关于食指的文章。

后更多受到照顾。

我在这指手画脚一下，即应刊食指《在精神病院八年》一诗，并用他与朱大夫合影的这张照片，这样与文章一起构成了食指在精神病院中的气氛。写文前我与朱大夫谈过，向她了解了食指在病院中的情况，也征求了刊用她与食指合影的意见。

《文艺报》不是在力争改变面貌吗，这样介绍食指，人们会对其有好感的，食指又是很“进步”的。

关于刊头字，我这样“先斩后奏”不知是否妥当，望见谅。作者也是常给一些报刊题字，只是小报刊多。

他的通信址：北京北三环中路……（略）

食指的稿酬寄他家：北京西城区百万庄……（略）

刊出后你还得多寄几份样报，我带给病院及相关大夫。要寄住址，我也该放假了。

夏安！

苇岸

一九九八年七月八日

致钟鸣[1]

钟鸣[2]：

你好！

惠赠的大著[3]收到了，谢谢！

书出得真好，你真幸福。中国青年出版社和东方出版社是出版革命（技术的）的先驱，这样的装帧和用纸适宜散文随笔读物。

你的随笔是独具的，非常出色，不应再向你（的随笔）提其他要求。

刚看了前面写你的文，期待着你将那本《狩猎沉思》译出。《中华散文》杂志委托我组一辑“新生代”的散文，当然要有你，所以还望近期惠寄一篇力作（你是诗歌散文“两栖”的，不过你知道谁更需要你）。《北京晚报》的那组“新生代”散文，正陆续刊出。

祝撰安！

苇岸

一九九五年五月二十七日　上午

---

① 标题为编者加。

② 钟鸣，生于四川成都，1982年毕业于西南师范大学中文系。诗人、随笔作家。

③ 钟鸣的随笔集《畜界　人界》（东方出版社）于五月二十五日收到。——作者注

让我们共同祭念海子[①]

——致西川[②]

西川：

你好！

海子诗集收到了[③]，谢谢！

为了海子，你真的辛苦了。有你，海子心安。我也相信，这个国家将来会向他表示愧悔。

我先看了他（一九）八九年那两三个月的诗，那些天，他真是一天一首，他是在抢时间吗？《春天，十个海子》是最后一首了吧（“倾心死亡，不能自拔”），这首的日期，在他的“醉酒事件”之前。我真的要相信：他的死，是他的必然。

诗人，主的最易于破碎的造物。

再谈，并祝福你！

苇岸

一九九五年五月二十七日　上午

---

① 标题为编者加。

② 西川，诗人、散文和随笔作家，翻译家，文化学者，曾任中央美术学院人文学院教授、校图书馆馆长，现为北京师范大学特聘教授。

③ 五月二十日西川打来电话，说海子诗集（《海子的诗》，人民文学出版社）出来了，问我的邮寄地址。五月二十五日收到书。——作者注

西川：

诗集收到了[①]，很高兴，谢谢你赠我。

像海子诗集一样，我视它为瑰宝（它的外观也是成功的）。

在生命进程中，无论什么时候“回顾”，总会有令己愧悔的事情。比如赠书（我那本小书现在看来有不少是不该赠的，但当时给了）。我赠你，后来就让我后悔了，因为你跟我谈起它时，是说在卫生间读的。而我读你的诗集是躺在床上的（我认真读书时往往躺在床上）。且你将“苇岸”写成了“韦岸”。西川真是这么粗心的人吗？

以上是开个玩笑，相信我。

对于文学，我也许有“偏颇”。我至今（也会始终）仍信奉爱默生“最高等级的书是那些传达道德观念的书”，和托尔斯泰的“最好的艺术作品是那些传播了促进人类团结和兄弟之谊的情感的作品”。我喜欢“人类团结”和“兄弟之谊”的说法，而这种精神“汉民族”最为缺乏。在文学（特别是诗歌）中，我们有的更多的是“恃才傲物”的人。你收到信时，也许会是三月二十六日左右。让我们共同祭念海子。并为你为他做的一切向你致敬。

---

① 西川寄来诗集《隐秘的汇合》。——作者注

祝好！

苇岸

一九九七年三月二十二日

致何三[①]

何三[②]：

你好！

收到信时，你的个展也结束了吧？那天看完展览走时，你恰好不在，故未能向你告别。

很愉快，它的整体气氛是亲切的。你在现代西方式文明的背景上，表达了古老东方的沉静、智慧和神秘，一种如水的气息。你的风格是显明的，它是你艺术进程中的一个阶段，也许是你未来全部创作的主题。

来之前，细读了你请柬上的文，曾想有机会同你交谈，听你谈谈“庄人”，应该说我可能未领会到你赋予它的意义。

你的风格已经确立，一个独特的艺术世界已经在你的手下诞生。相信你的艺术进程会向更高的水准演进。

谢谢你的邀请，并祝你取得更大的成功！

苇岸

一九九五年五月二十八日　夜

---

① 标题为编者加。

② 何三，原名何群，青年画家，他的画展于五月二十六日至五月二十八日在首都师范大学美术系展厅举办。二十六日下午，我偕小松同黑大春等人一同观看。时刚将《蔚蓝色天空的黄金》书稿送至中国对外翻译出版公司。——作者注

有些信应像写作品那样去写[①]

——致蓝蓝[②]

蓝蓝：

近好！

你的诗集我早已收到了，总想等我的散文集出来后，再寄你，一并回复。但它大大延迟了，我只好先给你写信，并为迟复向你表示歉意。

你的诗像你给我留下的印象一样，朴素、有灵。我在初读时和大春谈起过你的诗，大春说，邹静之[③]讲蓝蓝再写下去就“通神”了。这是你应享的赞誉。

你的诗意味着一种可能，你将是一位丰富了中国当代诗歌的纯正的、优美的女诗人。

祝撰丰！

苇岸

一九九五年七月六日

---

① 标题为编者加。

② 蓝蓝，诗人。

③ 邹静之，诗人，剧作家。时任《诗刊》编辑。

蓝蓝：

近好！

你的两封秋天（北京最好的季节，也是人类最好的季节）般的信，我都适时收到了。寄书时，头绪多，没有附信，也忘了注上告诉你我已收到你前信的文字。

是九月二十六日，我和大春晚从静之家出来时，还相约一同给你写信，他也为没有尽快给你回信感到不安了（我应告诉你，没有得到你的允许，我在电话里给他念了你给我的信，尽管我像自己说自己好话一样不好意思。他给我看了你给他的信。我们应该同时向你表示歉意）。大春的信大概已到你手里了，而我又拖到了今日。

有些信是应像写作品那样去写的，这是我们两人为自己迟复找到的原因。

我想先向你说一件轶事。前不久，还是我和大春同冯秋子一起去逛书市，后到了秋子的家。秋子向她八岁的儿子巴顿介绍说：这是黑大春叔叔，这是苇岸叔叔。巴顿说：黑也看不见，暗（岸）也看不见，黑暗兄弟。第二天我即从报上看到一条消息：汉民族第一部史诗《黑暗传》出版已见曙光。如果你再到京时，听到我们谈“黑暗”，即源于此。

从书市上买回一本海德格尔的“语要”（是在大春力荐之下而买，因为我反对这种只言片语辑录），这里我要给你抄一两句：

“诗人的天职是还乡，还乡使故土成为亲近本源之处。”

“正是诗，首次将人带回大地，使人属于这大地，并因此使他安居。”

不必有上下文了，这两句是自足的，自足的真理。前一句是我们的道路，后一句是我们的方式，我们的文字的本质。

你的信使我感动，我喜欢你的“亲戚”的说法，我为现在才给你写信深感不安，并愿同你和大春一道加倍努力。

再谈。

祝一切好！

苇岸

一九九五年十月四日

蓝蓝：

你好！

接到你的信，知道了你的病况，现在好些了吗？甚念！

《蔚蓝色天空的黄金》二校已经都看过了，那次我们也看了设计好的封面及照片用法等。我对大春说，从照片上看，有的女作者很漂亮，但只有蓝蓝的能够说“可爱”。

这么可爱的小蓝蓝（大春常称你小蓝蓝）怎么病了呢？不知你看过爱默生一句诗没有，我过去只看过一次就记住了，你听："那风信子一样美丽的小女孩／早晨天亮／春天开花／仿佛都是为了她。"

愿我的信能起到医院起不到的作用，愿神祝你康复！

（好好静养，暂不要再写信。）

苇岸

一九九五年十一月十一日

蓝蓝：

近好！

首先还是要为你高兴，对于一个女人来说，还有什么比做母亲更光荣、更幸福呢？愈来愈多的女人（首先是西方）不要孩子，主要的还不是因为"生态"，而是百年来"自我主义"发展至极端的表现。①

是的，全球化生态，令人们不得不重新判断一切价值，比如"进步"和"创造力"。从这点说，历史上那些抵制"进步"（技术）的智者多么可贵和难得。当然历史有它自身的动力，即强大的"人欲"（不是"存天理灭人欲"那方面的意思）。有时我觉得科学家的发明，可能更多地是出于他们"发明欲"和荣誉，而不是人类的幸福本身。当然这不是绝对的。本质上作

① 蓝蓝近日来信，称快做母亲了。——作者注

为一种生物的人类，它对自然的“探索”，本应有一个极限。这个极限的突破，便是它未来毁灭的开端（这个开端即人类在生物圈中制造了一个“人类圈”：工业革命的创造破坏了自然的化学循环）。

最近我读了一本小书，维也纳第三心理治疗学派创始人弗兰克尔的《人生的真谛》，它对我的意义至深。弗在纳粹集中营待过三年，他的学说是建立在这个“实践”基础上的。我将书的最后摘抄一下：

（略）

当代的中国人欣然地呼应和认同了弗洛伊德。他们否认人的差异（如有异者，也认为是虚假），并认为历史上的圣贤皆为后人塑造，我听到过多人向我谈论这样的观点。在这个前提下人人可以毫无愧意地放任自己（关于此书，我会围绕它写一文）。

今年我不坐班，写的较过去多些。现在正写“徒步旅行”，会涉及去年黄河行——本该早些写出。

附上《为您服务报·读书版》。

望你多保重，小徐也责任重大。

阖家好！

苇岸

一九九七年四月二十四日

蓝蓝：

你好！

我觉得我应先向你谢罪，因我没有完成你的重托。你请我写文，我是很感荣幸的。

眼看月底一天天临近，我很焦急。但就是进入不了写作状态（《去看食指》一文即让我拖了很长时间）。你看我连打电话告诉你的颜面都没有了，因为我可能也耽搁了你另外请朋友写的时间。

尽管电话里我同你讲话显得很愉快、轻松，但今年我的状况很不好，有一件事我先暂不讲，另外就是身体状况，吃了几十服中药调剂。还有一疾就是不能久坐。但症状总的讲都好多了。去焦作也是去换换环境，由于卧铺和未在会场久坐（出来了几次），算是将就过来了。

总之望蓝蓝谅解。另我的意见，自己写个前言或后记交代一下书的总况，不请别人写文，这样更好。你认为呢？

我现在的情况是处在转折后了，望不要为我担心。我先不多写了。问小徐及你的两个宝贝好！

暑安！

苇岸

（一九九八年）七月二十八日

恕我这里不称兄道弟[①]

——致鲍尔吉·原野[②]

原野：

近好！

恕我这里不称兄道弟。我知道，你不会说我傲慢。有些词和用语，我仿佛天然同它们有距离感。比如，我的目录上，在《一个人的道路》后，林燕加了“本人的自传”几字。其实，“本人”这个词，我从不使用，我不太喜欢这样的用法。

昨天，我去了出版公司，带回了一套《游心者笔丛》。贾说，这是他们公司有史以来出的最富艺术气息的书。你得到书后，你会觉得这些说法都不过分。

书出来了，它只意味着过去。我想有一个新的起点和开端，因此这半年我几乎没有写东西。激动人心的《爱默生集》，是我这段时间阅读的主要书籍。也重读了《瓦尔登湖》，还应提到史怀泽的《敬畏生命》。

但这半年是不理想的，以至我在六月“清算”了我自己。

---

① 标题为编者加。

② 鲍尔吉·原野，蒙古族，作家。

我在日记中写了这样一句话："在中国，除了真理，一切都不是简单的。"这是半年来因涉世（文坛的人际，编那本书[①]等），而产生的一点感慨。

最后我想将那本书的"后记"，附寄给你，希望多保重身体。也想将一句成语写在这里：任重道远。以共勉！

苇岸

一九九五年七月八日

原野：

你看，当我们不再称兄道弟时，无论是交谈还是书信，多么简洁、亲切[②]。

你总是给我过多的赞誉，而我口笨得每次都是默认。其实，我内心是在"申辩"的。

我说我给楼老师写那封信有些冲动。过程是省略不了的。当时多种因素促我那样做了，最主要的是当代中国的文人对崇高，对理想主义嘲视、否定的背景。是啊，中国的文学与大众的原发性生活已没有距离了（应不应该有，这是个大话题）。

我过去总关注散文的建设，看重"新生代散文"对散文进步的推动。这还是狭隘了，重要的不是中国缺少好的散文作家，

---

① 原野六月三十日来一信。那本书指《蔚蓝色天空的黄金》。——作者注，下同

② 原野七月二十七日来信。

而是缺少“伟大的作家”。但我知道我的能力的界限。但它确实是中国文学对每一个作家的呼唤。

祝福家人！

苇岸

一九九五年七月二十八日

“在中国，除了真理，一切都不是简单的”①

——致罗强烈②

强烈：

近好！

九日的报纸我见到了，谢谢惠益！

《作家生涯》完全是由于当时书的原因，才整理出的。目的也有，就是同中国的当代作家映照一下。这大概也是它唯一的意义。它还是适合完整地出现在书上。

《游心者笔丛》出来了，出版方刚给了每位作者一套样书。批量的，还要等一等。待拿到后，即寄你。

随信我附寄了那本合集《后记》的片段，我是想让你看看这点“感想”，并愿就此与你共勉。中国应该出现新的一代散文作家。

上次我在信中说，希望避免我们之间的稿件关系，唯一的想法是想避免我的交往动机的“功利色彩”。我知道，当人们

---

① 标题为编者加，取自苇岸原话。

② 罗强烈，《中国青年报》编辑，九日他编发了我的《作家生涯》六个片段，改名为《文心点滴》，一个我不喜欢的名字。《后记》，指《蔚蓝色天空的黄金》。——作者注

不再把“编、发”看得只与个人有关时，是应该超越这样的观念的。

我总爱说“诗把一切诗人变成兄第，散文也是这样”这句话，对散文作者，我主观有一种亲近感。但在文坛的人际中，也使我不久前在日记中写了这样一句话：“在中国，除了真理，一切都不是简单的。”

我已放假了，欢迎你得空到昌平来玩，这儿可以游泳，很好的天然河水。来前，打个电话，我告诉你走法。

祝夏安！

苇岸

一九九五年七月十五日

人的局限性[1]

——致薄小波[2]

小波：

你好！抵沪了吧？

喜收大札，反复拜读了，获益匪浅。

正赶上我忙乱阶段，你来得意外，走得也急，我话题也没有准备好，不然，我们应该更深入地谈谈的。

你信中谈的现实地想想“受众”的状况问题是有道理的，但你更多地看的是中国大众的现实，我想的则更多的是人类的可能。而这种“可能”，历代都有一些个体使它成了现实。所以，书内我写了这样一句：人皆可以为尧舜，只要他肯。而现代人放弃了这种难为自己的努力。我对黑大春说过，现在在中国使用频率最高的一句话就是“你累不累呀”，这是我从不说的，且很反感的一句话。它是现代人放弃操守的一块最好的盾牌。

王朔们强调的是人的无差异性，“你我大家都是烂鱼”。我

---

① 标题为编者加。

② 九月二十三日，小波来昌平，次日与我一同返城。后写来了四页关于《大地上的事情》的信。——作者注

则相信个体的不同。但我知道王朔是强大的，众多的。包括L先生就曾对我信纸下面纪伯伦的“上帝给每个人的心灵中安置了一个天使，指引我们走上光明的路途”，说人的心中哪有什么天使呀。你的信也使我想到真理似乎就在凭本能支配自己的大众的一生中。本能是抵制“自律”“悔过”“上升”的，而我恰恰认为它们是人类真正的真理。

我一直觉得你缺少一种“姿态”，它是你至今不能“定位”的根本原因。当然你为自己找到了一个“托词”：淡化功名心。在我看来，首先是一种有益于世的“方式”，其他都是衍生的。而你在确定“方式”上，始终是犹豫的，摇摆的，举棋不定的，不能扎根的。这与你的观念有关。

我很喜欢你的“人的局限性”的说法（它使我们宽容，但如果它成为人的“托词”则非常危险），而人的方向是什么呢？我全部的努力（行为和写作）就是减小它。当然这一点我们并无分歧。我也时常意识到我身上的“人的局限性”，比如我对你说的，尽管我未有过一项高的不良行径，但我还是为不止一次向你抱怨他而“悔过”；你这次没有积极给我观赏余老师原作的机会，也使我产生了些许不快；以及有一次我和丁乙曾谈到你不喜买书常忘归还借来的书籍的“不良习惯”。这都是“人的局限性”。

你最后谈到的也许写一篇评论付诸报端的事，从“人的局限性”讲，我会很高兴。但写与不写，写“正面”还是写“负面”，都是你自己的事情。且我更希望看到来自与我素不相识者的文字。

再谈！

苇岸

一九九五年十月一日

“还乡”是人类最大的真理和唯一的道路[1]

——致王衍

行[2]：

谢谢你的贺词！

也祝贺“行”的诞生。这是一个大的、只有另一个字才能与它相提并论的名，即“知”。

“教”的初衷多么好啊，但今天它却令人一见便本能地惊恐。如日本的“奥姆教”。

“教”总有有形、有限之感，“大地”应该是无际的。

我收到你的信时，正看到海德格尔的一句话，“诗人的天职是还乡”（“还乡就是返回与本源的亲近”）。

神已经用有限的自然（人类栖居之所）暗示有着无限欲求的人类了。我愈来愈相信“还乡”是人类最大的真理和唯一的道路。

祝福小王者，他们今后会比我们更艰难。

苇岸

一九九五年十月十一日

---

① 标题为编者加。

② “行”即王衍，九月二十七日信提出了“大地教”，这针对我的《大地上的事情》。王者为其周岁幼子，我的义子。——作者注

我的道路和我努力的文字的本质[1]

——致张宏

张宏：

你好！

我为没有尽快回复你写得这么好的信感到不安了。当时读后是产生了写信的“语境”（这是我在批评文字中常见的一个既不知其出处，也不明其特指的词，但我直觉上觉得可以在此处借用），但一耽搁，便拖到了今天。这有点像写作品一样。

近期，对于信和电话对《大地上的事情》的反馈，每次我都要说：一、我感到欣慰；二、我视为鞭策。

河南诗人蓝蓝说：“它同所有最好的书一样能够让人进行‘自我教育’。”也有不同的看法，钟鸣即说：“多年来，我已只相信文本了，不太相信话语了，那是多么容易消失的东西啊！”我在看到钟鸣信里这句话时，想到了《恶之花》的作者在评“道德是作为目的直接进入”的《悲惨世界》时，针对雨果前言的“只要本世纪的三个问题……还得不到解决……那么和本书同一性质的作品都不会是无用的”文字，说：“只要……”唉！

① 标题为编者加。

等于是说永远！

我喜欢波德莱尔的说法：诗人因其丰富而饱满的天性而成为不自愿的道德家。

但这样的时代似乎真的过去了，“文本”的时代似乎真的到来了（还有一种很强大的力量，即表达人与人无差异的所谓真实人性文学似乎与人自发的、本能的欲求已无距离）。

我的确太过“经典”，像我远离武侠、王朔、黑豹一样，音乐我只到格什温（我没有再有意去寻找）。

最近我看了点海德格尔，他说：“诗的反面，不是散文。纯粹的散文从来就不是‘无诗意的’。”这与你对散文语言的渴望一致。我们个人认为好的作家（或作品），其中一个道理就是他表达了我们的表达。我在海德格尔那里看到了我极认同的一些说法。比如关于语言的语用、语言的堕落（“在语言运用中掏空了美学的与道德的责任”）的说法。他的“诗人的天职是还乡”（还乡就是返回与本源的亲近），恰好说明了我的道路，而“正是诗，首次将人带回大地”，则说明了我努力的文字的本质。

我很赞同你的“文学圈”的说法，这是中国当代作家没出息的原因之一。

祝福你！

苇岸

一九九五年十月十四日

徒步旅行[①]

——致黄海声[②]

海声：

我是有这样一个想法，你的生动、有色彩的信几乎使我马上就要上路了。

一个朋友曾让我说出三种我最喜欢的动物，我列举了麻雀、野兔和毛驴，我说我不太喜欢强大的、色彩鲜明的动物，而喜欢卑弱的、色彩与土地接近的动物。同样，我旅行几乎不去长江（或应说黄河）以南，我喜欢北方。而四季中我偏爱冬季，它把平原完全袒露出来。我的生活地临山，真正的平原，应该说，我还未真正地亲近。

如近期无其他事情，我真想在河结冰之前去你那儿（周五去，周日回），但不知会给你带去多大麻烦。

我们的本质很近，与我们本质相近的另一些人，他们被“文明”和城市戕害了，他们已比戕害他们的因素更甚。

---

① 标题为编者加。

② 黄海声，河北诗人，时任乡村教师。

祝好！

苇岸

一九九五年十一月十二日

海声：

这次又给你们添麻烦了（甚至忘了早晨起来叠被）[①]。

分手后，我想走到那片林里。但尚未到便被鱼塘主人喊住，叫我绕行，否则被狗咬了不负责任。我想起斯蒂文生《驱驴旅行记》中说的："我怕狗甚于任何狼。狗更为勇敢，而且还有责任感的支持。"总之，我退回来了，下到河边走。一种也许由于河污而生的（它们密布在河边）飞虫，迅速将我身上盖满了，且挥之不去。过了这段我很快转向田野了。

天能见度不太好，它使平原未能展现其应有的旷远感。小麦在茁壮生长，田地中有零散的务农的农民（多为妇女、老人。男人都到外面挣钱去了）。我同他们（她们）打着招呼，谈上几句，但我有一种羞耻的感觉：因为此时我是一个闲逛的人，且将一种优越感带到他们面前。现在种的是花生和棉花，及侍理西瓜苗。我很想发现一只野兔，但最终还是落了空。鸟也不多，我的望远镜没有起上很大作用，这和我预想的差异较大。

---

① 四月二十五日下午到河北霸州南孟中学黄海声处，翌日上午八点三十分开始步行返回，十一点五十分乘上返京车。——作者注

但我这次平原徒步旅行本身是非常愉快和舒畅的，它会进入我的“徒步旅行”写作中。中午近十二点，我在距牛驼据说八里的公路上乘上返京车。这个地方，那条污河与公路相邻。我看到河里有十几只白鸭，还有几个小孩在捞鱼。我照了一张照片，它令人感叹，这仅是一代人的差异（想想我们的童年）。

苇岸

一九九七年四月二十七日

海声：

从霸州回来后，你的前后两信均已收到。没有很快再给你回信，我有些无从下笔了，因为我们现在已是两种“话语”了。

与海声的意识和“话语范围”相比，我有一种“井蛙”的感觉，并有一种在南孟话语失态的羞愧。

大体上说我的意识是囿于全球生态（与反现代进程相关）与自我完善（与促进人类团结、友善相关）这两个基点上的，它们渗透在我的文字和言行中。而在文学中，则试图有助散文的壮大和发展，这具体体现在对待所谓“新生代散文”和“新生代散文作家”上。当然在这一过程中（数年），许多人与事让我生出诸多感慨。

对“宗教”，我应该说知之不多，但我对它有一种高度的尊敬。在精神的许多地方，我与它是相通的。但也存在着些许难以言尽的差异。相比来说，我从内心更亲近基督教一些。我不知为什么佛教只限存于亚洲，一个种族呼应哪种宗教似乎也是一种必然。曾有一位皈依的朋友向我讲佛教，并送我两本有关弘一法师的书，但我至今尚未接近。这位朋友说是尚未产生“缘分”（也许是无缘）。

向你夫人问好！

苇岸

一九九七年六月七日

随意也易牺牲散文的深度和文学性[①]

——致赵建英[②]

赵建英：

你好！

寄来的《天涯孤旅》已收阅，谢谢你，我非常高兴。只是它迟到了一些。我是说去年八月我到过东营，黄河三角洲的视野和美，依然令我向往。

你为自己的书起了一个很壮烈的名字，它树立了这本书的精神。你的表达是清澈、明晰、直接的。你的作品的丰富，不仅表明了你的勤奋，更显现了一个对世界满怀善意和热爱的心灵。而这于写作是更重要的。

随意是散文特有的、其他文体不具备的权利。但用那句话说“水能载舟，亦能覆舟”，它也易牺牲散文的深度和文学性。因此如何使我们的文字饱含意蕴，篇章更富于普遍性，是我们都要努力的。

---

① 标题为编者加。

② 赵建英是山东东营作者，她据刘烨园建议寄来她的散文集，这是我们第一次通信。——作者注

再谈！

苇岸

一九九六年三月二十七日

素不相识者检验作品的文字，是真正的书评[①]

——致刘烨园[②]

烨园兄：

大著和信都已先后收到了，这么长时间才给兄回信，我都觉得表示歉意已不够了。

我应早回个电话。因想拜读后再正式写信，便耽搁至今。

这个学期我除了要上半天班外，还要过两个关，一是校要求四十岁以下教师都要参加计算机等级考试，另一是今年我到了评高级职称的年限，六月要考外语。这是保持这份工作，要我付的代价。加上一平出国前突接出版社通知，出他的散文集，但他已没有时间整理，便托付我了。这一段我简直焦头烂额了，数信都未能静下来回复，很感不安。还望兄谅。

《领地》是一本有力量的散文集，兄的文字刚硬、有锋芒，高扬精神，它使我想到散文“领地”的延伸（特别是兄正在写的长东西）。

于书评，兄的信赖，使我非常感动。中国的确需要高瞻、

---

① 标题为编者加。

② 刘烨园，作家，时供职《山东文学》。

公允的、良知的、导引的、摈弃私心的安于专事此业的书评作家，哪怕只有一个（像好的专栏作家）。中国的书评多是运作和人为，而极少自发。因此当一个朋友寄来他两本集子并希望我能写点什么时，我对他说，让我们等待与我们素不相识者的文字吧。这是真正的书评，也是对我们的作品的验证。

这里望兄谅解我。

祝兄撰丰！

苇岸

一九九六年四月十七日

《散文与人》应是思想的、文化的、文学的[1]

——致林贤治[2]

贤治兄：

寄上我的这本小书。

《索尔仁尼琴自传》是我看到六期（《散文与人》）上的阿赫玛托娃自传才想起的。我只精心译过两篇东西，一篇是关于威尔士一位诗人的访谈录，曾刊《中国青年报》，另一篇即这个自传，由于它的内容，一直放在手里。由于你偏爱（我也是）俄罗斯文学，又需译稿，故我找出寄给了你。但你千万不要碍于情面，一切依《散文与人》的需要而定。

我说《散文与人》比较上看与《随笔》相近。但我还是愿意看到它们的区别（当然它们确有很大区别）。《随笔》过于“政治”化了，而消解了文化与文学。它的那些作者总摆脱不掉刻骨铭心的“文革”情结，而缺少普遍意义上的概括与升华。这是那一代作者时代性的局限。《散文与人》应该是思想的、文化的、文学的。

---

① 标题为编者加。

② 林贤治，学者、作家，《散文与人》主编之一。——作者注

兄的那篇谈涅克拉索夫的文章很好，我赞同你的涅与普希金（及诗人）的观点。我想《俄罗斯思想》（三联版）你大概已读，我已向多人推荐。

祝好！

苇岸

一九九六年五月二十七日

期待我的文字具备容纳黑暗的深厚[1]

——致彭程[2]

彭程：

近好！

我们通了电话后，信便收到了。

英语考完了，但从考的状况看，我一点过关的把握也没有。这件事让我付出的代价太大，它不但是三个月的时间问题，致命的是它导致“写作”进程的中断。八日考完后，处理了积累的一些事：写信，甚至补记日记等。当我觉得该恢复或进入“写作”状态时，我发现了它的困难性。

从周一（十七日）我便开始写《散文与人》一文，但今天已经周五了，它还没有一个文字的雏形。这三个月的空白，使我对“文字表达”已经有一种生涩感，头脑也有僵化感了。

最近我从一本《陕北》（陕北诗人办的刊）中，看到李岩的一个说法：诗歌是马，散文是驴。如果它不是出自中国当代青年诗人多具的狭隘、虚妄、傲慢（这些因素制约着他们伟大），

---

① 标题为编者加。

② 彭程，作家，时供职光明日报社。

而是建立在“天下莫大于秋毫之末，而泰山为小”的胸襟上，我认为它对诗与散文的区别，特别是两者与人的关系的把握，还是生动确切的。关于这点，我会在《散文与人》中涉及。

我曾和一平说过，《大地上的事情》牺牲了我很多“题材”（它们本可写成长文），它们都没有充分展开，便被我简略地呈现了，这注定了我的文字有限（我想过，我一生也许只有三十万字）。还是我敬重的一平，期待我的文字进一步具备容纳黑暗的深厚。我深思了这个问题，《美丽的嘉荫》那样的文字，也许适宜展示光明和美好，如果触及真实（这是我至今不愿走的一步），文字的方式必然有变。所以我说让其自然演变吧，如果“写作”有鲜明的阶段性的话。

愿你多写！

苇岸

一九九六年六月二十一日　夏至

彭程：

新年好！

年前寄的《漫游》，我收到了，写得很好。把我列入那串名字中，我很有愧色。（寄到住址的赠刊，我也已收到两期，谢谢！）

近日我才将《散文观》写完，也寄你一份。

我崇尚一平讲鲁迅的那句，“他的终极命题是‘人’，而不是艺术”。而这个带引号的“人”，即是我们对人或人类的全部理想。这一“人”的理想应是体现在日常中的，人应具有超越年龄、职业、身份的亲和。人皆有弱点，但人如果不是借此放任其弱点，而是节制、克己一些，那么人会理想得多。

“年”让我们检视自己的过去，也意味一个焕然一新的开端。

祝福你及家人！

苇岸

一九九七年二月十五日

梦想文学能把人类变成兄弟[1]

——致陈焱[2]

陈焱：

你好！

收到了你的信及复印件，谢谢你！

我珍视友谊，特别是因《大地上的事情》而发生的友谊。每次接到因它而来的信或电话，我都想说："德不孤，必有邻。"我也常爱在信中引用帕斯的那句话："诗把一切诗人变成兄弟。"我更梦想有一种东西能把人类变成兄弟，这种东西如果存在的话，我想它必定是文学。

我对文学的观念依然是古典的。

张承志于中国是宝贵的，我崇尚他的（他的文学），一是信仰，一是清洁的精神。当然如果可能的话，我更赞同"托尔斯泰"的方式，更希望看到中国诞生一个托尔斯泰。泰戈尔讲，"大的愿意与小的同游，居中的则远而避之"。从这一点讲，我不太赞同张承志对来访者做出的"敌意"姿态。中国不能只有

---

① 标题为编者加。

② 陈焱，新华社辽宁分社记者，编《第三产业报》，先打来电话，后寄来了他编的关于张承志专版及张给他复信复印件。——作者注

猥琐和战斗，更需要有爱，爱他人和其他生命。

你有一个从事农业生态工作的父亲，令我羡慕。

我从续写的《大地上的事情》中为你选了几个，愿对你有用。

祝好！

苇岸

一九九六年六月二十九日

致宋逖[①]

宋逖[②]：

谢谢报纸！

看你的文字，无论小说或诗及版面上的随笔，我觉得在你那里洋溢着一种让我钦慕的旺盛的创作力量。

你将我们电话中轻松无忌的谈话延伸了，并“上升”到了文学。是的，我不太喜欢青年诗人常具的、使人与人疏离的倨傲，但我未“抱怨”李岩，只是说我们相似中的不同，而我给李岩稿，也不完全是由于大春向我开了口。

你的信给我带来了比大春更浓烈的“豪侠”气息，我不能不说你感染了我（愿我的文字，没有偏离我原本欲说的意思）。

刚写了一篇与阅读有关的短文，我要第一个寄给宋逖兄弟。

暑安！

苇岸

一九九六年八月三日

① 标题为编者加。

② 宋逖，青年诗人，《人民铁道》报编辑。——作者注

致萧夏林[①]

夏林[②]：

近好！

我先寄给你一篇一平的信。尽管它涉及我，但我更愿超乎私人性来看待这件事情。

我欢呼的是它的内容，它关于现代艺术的看法正是我想说的，它表达了我的表达。它具有应该传播的普遍性。

由于你的版面的倾向性和涉及过的“人文精神”内容（比如不就有人指斥张承志放弃写小说而沉溺随笔吗），故我决定寄给你。

我相信《家园》会欢迎它。

谨祝

编安！

苇岸

一九九六年九月十六日

---

① 标题为编者加。

② 萧夏林，《中华读书报·家园》编辑。——作者注

“我们的一切都算幸运”[1]

——致食指[2]

食指兄：

近好！

我们是相距最近的人，但我不是去看你次数最多的人，我感到歉疚。十月二十二日我去看你，分别时，我们曾说通信，但直到今天我才动笔——我刚刚将我十月二十二日看你那天的日记补记完（也是由于我这个学期要坐班，出奇地忙，每天搞得很疲倦，疏于写字了：从日记、信到写作。我力争下学期改变这种状态）。

我去看你少，信也才第一次写，但兄常在我惦念中。一个多么温和、朴厚、正义的兄长！你看一平信中这样讲你：“有他在那，我们的一切都算幸运，似乎幸运的有些不该。”

最近一切都好吗？有新作吗？我写的那组《谨读赠书》中除你那则外，还有关于林莽和顾城的，这次也附你，希望听到你的看法。

---

① 标题为编者加，选自一平致苇岸信中谈及食指的一句话。

② 食指，本名郭路生，朦胧诗派代表诗人。被称为新诗潮诗歌第一人。

我暂写这么多。

冬安！

建国

一九九六年十二月十四日

马车、土路，还有信仰[1]

——致于君[2]

于君：你好！

很高兴收到你的信。在新年来临之际。

明信片让我爱不释手[3]，它是任何贺卡都无能比拟的。那是伟大的托尔斯泰吧，马车、土路，还有信仰，人类应该停留在这样的世界。我写过："有一天，人类将回顾它在大地上生存失败的开端……"我相信这一点，而这个开端我认为即在一七一二年（这一年蒸汽机出现）。历史会作证。

未经沧海时是可以为水的（也能乐在其中，这是古代的快乐），而已经沧海是难为水的。人类已无法回返了，它只能在这个惯性中（它也依然在加速）走下去，而未来是很清楚的。

这是我首次见到芦花的像，谢谢你！如你所说，这个世界已没有多少人读芦花了。只有对这个世界抱着复原的愿望的人，才会近芦花这样的作家。

---

① 标题为编者加。

② 于君，时为北京广播学院教授。九十年代初留学日本，在东京大学研究生院专事明治作家德富芦花的散文研究。

③ 于君寄来一张德富芦花与托尔斯泰坐在马车上的明信片。——作者注

期待着你挤时间将《芦花传》译出来。

向你祝福新年！

苇岸

一九九六年十二月三十日

致袁克成[1]

克成：

新年好！

请原谅我因故未能及时给你回信。

那些片段能给你带来这样大的快乐，我感到非常幸福，作为一个作家（如果我是的话）什么能与此相比呢？

作家的责任之一，就是“拭去附着于文字之上的封尘”，“将在无数次使用中被扭曲、耗散的质感与温度还给读者”。说得多么好呀，我很赞同。我在最近的一篇文章引用了惠特曼的一句话：“艺术的艺术，表现手法的卓越和文字光彩的焕发，全在于质朴。”我想质朴即包含着你讲的文字的质感与温度，以及对世界的爱与善意（祝愿）。

你谈的书名，我很喜欢，谢谢！我写得很少，这是我常自责的。《山花》一九九六年十二期有一组新的《大地上的事情》。希望不称老师。

祝九七大吉！

苇岸

一九九七年一月三日

① 标题为编者加。

散文不是以数量“取胜”的文体[①]

——致祝勇[②]

祝勇：

你好！

我本该尽快给你写封信，但还是拖下来了［这学期又去坐班，要负责些考务事，故期末（十二月至元月）尤忙。现在终于放假了，且下学期不再坐班］。

《文明的黄昏》[③]我已细读，你的“北京不过是个北方的小县城”说法，我是忘不了了。从市民的精神性说，这是准确的，特别是它的执政者，即昨天的县长。

你具有一种我不具备的、亦令我羡慕的快速运用文字的能力，它也是与思维的敏捷相关的。我则迟衲得多，故我有些反现代（它的效率和竞争）。当然，这只是一个小原因。

我一直有一观念，即散文（或曰随笔）不是一种以数量“取胜”的文体。这也是我写得少的一个原因（当然少写并非即质好。这有点像为我自己找的一个借口）。

---

① 标题为编者加。

② 祝勇，作家，纪录片导演。故宫博物院影视研究所所长。时任时事出版社编辑。

③ 祝勇于一九九六年十一月寄来他的散文集《文明的黄昏》。——作者注

谨回赠我的这册小书，愿我们有机会坐在一起交谈。

祝阖家春节快乐！

苇岸

一九九七年一月二十四日

致何锐[1]

何锐[2]老师：

您好！

谢谢《山花》继续赠刊给我。

今年一期的封面，给人以焕然一新之感。它仿佛在告诉人们：百尺竿头的《山花》，又迈开了新的步伐。杂志装帧形式每年的变化是必要的，一定意义上说，它可以带动或影响其内容的变化。

现在，《山花》已赫然立于国内文学杂志之林，对于关注中国当代文学状况的人来说，无论读者还是作者，都已无法忽视它了。而这一切，均与您这两年的努力与敬业密不可分。我相信，文学自身会酬谢您的。

最后，如不太麻烦，望您让工作人员将以后的杂志改寄我的住址（信封址）。同时希望您想着一平那篇稿子，我相信它会给《山花》增光的。

春节即到，谨以此信向您拜个早年！

苇岸

一九九七年一月二十九日

① 标题为编者加。

② 何锐，《山花》杂志常务副主编。——作者注

我至今仍相信文字的力量[①]

——致郑单衣[②]

单衣：

听宋逖说，你要回去了。

每次我们见面，谈的更多的是人，这主要是基于我的“人”的理想和至今仍相信文字的力量。我喜欢一平说鲁迅那句：“终极命题是‘人’，而不是艺术。”这也是我近年有些疏离艺术及对艺术（比如诗）要求过于直接的原因。

尽管话题涉及了个人，但也仅是从一般意义上谈人的问题，无关个人恩怨，且话都是仅限于我们两人之间。

我不能成为一个自己不喜欢的人，或不能把自己降至“对方”的水准，这始终是我坚持的准则。让我们勉力按照理想的“人”的标准生存。

我暂时议论这么两句。

祝好！

苇岸

一九九七年三月十八日

① 标题为编者加。

② 郑单衣，生于四川，长于贵州。诗人，画家。现居香港。

少数的意义

——致一平[①]

一平：

六月四日的信收到了，我一直在期待着它。上封信因你未说是否能将信寄到美国，故我还是寄到波兰了。本月七日，是周六，上午我意外地接到了食指的电话。这是他第一次从福利院打来电话。问到写作，他说他近日写了一首短诗，叫《中国》。给我朗读了一下，大约十句左右，有“饱览沧桑但却精于世故／历尽艰辛可又不失善良”的句子。他说太短了，应该再有几句。他的声音涩哑，绵浊。想象电话那端的他，心情很沉重。这种感觉，读你的信时，又复现了。

艾青有一首写“回声”的诗，那时看过以后，最后两句一直未忘：“千万别跟它吵架，／最后一声总是它的。”后来我一直用“最后一声总是它的”，喻示我与外界的关系。你的信，让我再次想到这句诗。我们能够容忍他人给我们带来的不快或损害，但我们无法忍受自己给他人造成不快或损害。我想，这

① 一平，原名李建华，作家。一九五二年生于北京。曾在波兰密茨凯维茨大学教授汉语，后移居美国，在康奈尔大学教授汉语，后做杂志编辑。

大概就是你说的“命运”。最近，我读了茨威格的《俄罗斯之行》，他这样概括俄罗斯的本质：俄罗斯战胜一切，靠的就是一种忍受无限痛苦的神秘能力，一种坚忍的、默默的和在内心深处所信仰的忍耐。“这是它特有的，无与伦比的力量。”是的，只有俄罗斯的托尔斯泰，才会讲出“想到我有一个敌人，我便痛心疾首，不堪忍受”这样的话。我们都热爱俄罗斯，热爱托尔斯泰，这不是完全偶然的。

还是茨威格，他有一篇《乔伊斯的〈尤利西斯〉批注》。谈到这部书的缘起，他说：“某种邪恶就是根源。”茨威格认为，在乔伊斯身上，从青年时代起就潜伏着一种憎恨、一种心灵创伤的初期浸润，他后来所写的一切都是对都柏林的报复。在这部一千五百页的“天书”中，“找不到十页欢快、奉献、善良、友好，全都是讽刺挖苦”（他说，将其称作我们时代的荷马，“比比萨斜塔还要偏斜”）。这篇文字坚定了我近来的一个看法，即作家的写作面貌除了带有时代的、社会的及民族的烙印外，更主要的取决于他们个体生理和精神的差异。比如同时代、同国度的爱默生与坡，托尔斯泰与陀思妥耶夫斯基，罗曼·罗兰与普鲁斯特等。同样，一个读者（作家）欣赏或认同哪个作家，也取决于他与作家在生理、精神上是否类同或呼应。同时加西亚·洛尔迦，博尔赫斯“从来就欣赏不了”他，而布罗茨基在西班牙语诗人中却首推洛尔迦。许多读者怀着“朝圣”一样的心情不远万里拜访过托尔斯泰，但托尔斯泰也收到过读者

（一位外国妇女）寄给他的绳索——让他不要再用他那“没完没了的不满和愤怒”来折磨自己，折磨人类，最好赶快结束自己的生命。

上半年我读到一本对我具有很大意义的小书（它增强了我的信心），即弗兰克尔的《人生的真谛》。弗兰克尔是继弗洛伊德和阿德勒之后，维也纳第三心理治疗学派创始人。他是纳粹集中营的幸存者。关于这本小书，他说：“我只是想通过具体事例告诉读者，任何情况下，即使在最悲惨的境遇中，生命始终具有其潜在意义。”而当一个人领悟到生命的意义和目的，就会有意想不到的无穷力量。在这本小书的结尾，弗兰克尔说，弗洛伊德曾断言，“试让一些截然不同的人同样面临饥饿，随着饥饿感的刺激增强，一切个人差异都将渐趋模糊，代之而起的将是所有人都表现出一种不可遏制的冲动”。“谢天谢地，弗洛伊德不必身临其境了解集中营……在那里，‘个人差异’并没有‘渐趋模糊’，而是相反，人们的差异越发明显；无赖或圣者，各显出他们的本来面目。”他最后强调，今天我们不必为使用“圣人”一词而犹豫（他列举了集中营的事例），“确实，圣人只是少数，而且始终将是少数。但我却从中感受到一种特殊鞭策，激励人们加入少数。因为世界状况不佳，除非每个人都竭诚努力，否则，一切将更为恶化”。

现代人类具有一种被科技进步助长的顺应和放任本能的趋向，而人们乐于把这种生物本能当作“人性”。（《濒临失衡的地球》作者阿尔·戈尔即说："我对全球环境危机的研究越深入，我就越加坚信，这是一种人类内在危机的外在表现。"）精神分析主义等等的诞生，使人们找到了否认或抹杀人类个体之间差异的依据。现在人们喜欢用"作秀"和"面具"两词，来表现自己矫枉过正式的对历史与现实的怀疑主义。这种绝对的怀疑主义（否认存在过高尚的人，认为圣贤或伟人都是后人美化出来的），不仅带着一种亵渎色彩，也使人们放弃了"内心精神上提高"的自我完善的努力。"看风的必不撒种，望云的必不收割"，它表现在文学上，是使手段丰赡的现代文学丧失了一种宝贵的东西。俄国作家罗扎诺夫曾说，论驾驭语言的高超技巧，托尔斯泰没有普希金的多姿多彩，没有莱蒙托夫的精雕细刻，没有果戈理的淋漓尽致，但托尔斯泰超过他们三人的是整个生命的高尚和严肃，"我们中间没有谁能像他那样执着于崇高、伟大的理想。这是他胜过所有作家的地方"。作为个人，我们都有自己偏爱的作家；但对于人类来说，无疑没有哪个作家比托尔斯泰更伟大。

遥祝平安！

苇岸

一九九七年六月

人类在大地上生存失败的开端[①]

——致孙小宁[②]

小宁：

你好！

寄报收到了。如不写这封信我会给你打个电话。

这两天人大（我的母校）为庆祝建校六十周年，在搞一系列活动，参加了它的一个文学晚会，也做了一点准备，不然这封信写得还会早点。

得到你的信任，我很欣慰。

你的版《成色依旧》，让我想到中国的士的一句话："达则兼济天下，穷则独善其身。"不知我写得准不准。编报自主性大，就尽力让它多体现自己的想法，无自主性就只当它是个职业。

最近山东的一个写诗的，黑大春的朋友，来北京开会。因看了我写的《四姑》一文，而要去看看她。让我感动。我为此将他视为血缘上的兄弟。但他也让我诧异，因他是一个可以支

---

① 标题为编者加。

② 孙小宁，《中国文化报·书与人》编辑。——作者注

配“奥迪”的官僚。

如果你同何蔚熟，请代我向其问好。我写过一句：“有一天，人类将回顾它在大地上生存失败的开端……”我觉得从农业社会走向工业社会，人类从有机世界走向了无机世界。这违背了它作为一个物种的本质。我相信这是它失败的开端。

你看得到《西藏文学》吗？我推荐你看今年第五期一平的《布鲁耐克》，是我寄过去的，你看了会有吃惊感（它里面也有一句：“向前，向前，再向前。而我想，人退后一步或许更好”）。

祝你编辑如愿！

苇岸

一九九七年十月二十九日

梭罗意味什么

——致树才[①]

树才：

近好！明信片我是春节前几天收到的。真美，这是令人屏息的美，且不止于美。你将圣心教堂背景的蓝色称作“佛教的蓝”，非常恰当。在此运用“蔚蓝”“瓦蓝”“幽蓝”“苍蓝”等等形容都远远不够了。“佛教的蓝”，蕴含无限。

阿比让现在是什么季节？北京正是萌芽和敞开门户的时候，是白杨树晃动它的鞭子上褪色的红缨的时候。今年我开始了我的为二十四节气拍照工作：在我的居所东部田野，选一固定基点，每到一个节气都在这个位置，面对同一画面拍一张照片，并形成一段文字，时间定在上午九点。立春，雨水，惊蛰都过去了。它让我进一步观察和领略了东方节气的准确、奇妙和神秘。“立春”是风，四五级，而前几天无风，象征春天是风的季节；“雨水”是水，夜里下的雪，早晨已化作雨，但饱含雨水的雪依然覆盖着田野；“惊蛰”则是连日阴天的忽然中断，天下豁然开朗。这令你想象先民天才的智慧，农耕社会的有机，以及

① 树才，诗人，翻译家。二十世纪九十年代曾在中国驻塞内加尔大使馆任外交官。

季节的生命性和万象运行的秩序。

我正准备写一篇关于梭罗的文章（我早有此意），会长些。近期集中读了三联版的《梭罗集》，除了广为人知的《瓦尔登湖》外，另收《在康科德与梅里马克河上一周》（河流旅行记）、《缅因森林》（森林旅行记）和《科德角》（滨海旅行记）。过去我只读到过《瓦》，现在我愈发感到梭罗的可爱、可敬和难得。梭罗是一个复合型作家：非概念化、体系化的思想家；优美的、睿智的散文作家；富于同情心、广学的博物学家；乐观的、手巧的旅行家和自称的“劣等诗人”。梭罗与爱默生在精神、思想上“一脉相承”（故他们同被列入“超验主义”。生前曾有批评家讥他“不过是爱默生的影子”。我倒认为这是两个个体精神上、心灵上的契合和呼应。人类为求新而新的天性总是大于爱真理的天性）。但爱默生更学者化、理论化些，梭罗则诗人化、实践化些。爱默生有一个基本思想，即认为社会的“发展”（特别是工业时代或资本主义时代以来），使人日益丧失了他的完整性，“人”只是部分地存在于所有的各个人里面（就像一则寓言，诸神把“人”分为人们，如把一只手分成五个手指，以便更有用处），各人站在社会派给他的岗位上，每一个人都像是从身上锯下来的一段肢体—— 一个手指，一个颈项，一个胃，但不是一个人：栽种植物的人很少感觉到他的任务的庄严，他只看见他量谷子的箩筐与他的货车，此外什么都不见，于是就降为一个农民（而不是“人”在农场上）；商人从不认为自己的工作也有一种理想的价值，灵魂只为金钱所奴役；律师成了一本法律书；机师成了一架机器；水手成了一根绳子……爱默生的关于“人”的理想是，每个人如果要完整地掌握自己，就必须时时从他自己的“岗位”回来，拥抱一切（这类似泰戈尔讲的“在万物中完整地获得自己的人性”）。梭罗则说：“人类已经成为他们的工具的工具了，饥饿了就采果实吃的人已变成一个农夫，树荫下歇力的人已变成一个管家……最杰出的艺术作品都表现着人类怎样从这种情形中挣扎出来，解放自己。”梭罗的一生，便是有意体现这一“人”的理想、“解放自己”的一生。爱默生在日记里诙谐地写道：“梭罗的个性中缺少点雄心壮志……他不当美国工程师的领袖而去当采黑果队的队长（反观今天，从广告用语到制造能够撼动楼房的爆竹，无不标识现代人‘第一’‘称霸’的意识和心理：为了一个目标，而漠视或牺牲其他）。”由此，如果梭罗被康科德镇居民视为“游手好闲的人”，便不足为奇了。况且“讲求实用的人，总是讥笑那爱思索的人”。

大约一年前，《读书》杂志上有过一篇名为《瓦尔登湖的神话》的“解构”贬损梭罗的文章。该文揭讦梭罗的，主要三点。一是引用了康镇居民上述说法。二是说既然决定要过一种遗世独立的生活，为什么却选择了一个与文明社会相距咫尺之地，因为瓦尔登湖离康镇只有二英里（就像你要是主张素食主义，他即会说谷物菜蔬也是生命）。其实梭罗原梦想到林肯的弗林特湖畔，十九岁时他与一友人曾在那里的一个棚屋住过六周，但该地所有者弗林特家族拒绝让其建造木屋，而瓦尔登湖林地属于爱默生。三是指责他与一同伴钓鱼时曾不慎引发一场山火（仿佛梭罗故意纵火）。并令人费解地讥笑梭罗因抗议政府延续奴隶制拒付人头税而入狱一事。奇怪的是，作者却只字不提梭罗曾因校长责令其鞭打学生而愤然辞去教职；在家中收容逃亡的奴隶，帮助他们逃往加拿大；努力营救被捕的废奴主义领袖约翰·布朗；同情并帮助印第安人等事。

关于梭罗，远非信中可以谈尽。比如除了对“人的完整性”的崇尚，梭罗的“人在得到了生命所必需的物品之后，就不应要奢侈品而要有另一些东西：向生命迈进”的基本思想，于今天的人类和全球生态的意义（梭罗并非仅属于十九世纪，当然我们今天赞美梭罗，也并非倡导人们机械地仿效他的外在生活方式）。在文章中，我会详些。信是因故断续写的，现在“春分”也已过了。

再谈！

苇岸

一九九八年三月

艺术家的倾向

——致宁肯[1]

宁肯：

我喜欢马克斯·魏勒的画，我称他是个内心或精神有亮度的画家。这种“亮度”不单取决于画家对色彩的选择和运用，主要还在我从中看到的其对待世界的倾向或态度。魏勒宣称：“我的任务是，为现代艺术增添一些它所缺少的东西。”现代艺术的欠缺之一，我觉得即这种源于艺术家内心或精神的“亮度”。

关于这点，我想谈到二十世纪另一位艺术家，被非完全褒义地称作“浪漫理想主义者”的美国摄影大师尤金·史密斯。他说：“常称我浪漫主义的人，其实自己的生活却充满失败和失望，所以他们不相信任何事情，而我一直相信，他们就认为是浪漫主义。”他相信什么呢？他依然相信人类的“可塑性”或“可能性”，相信如果能有足够的正确影响，那么人性就能向前迈进一步：“我非常相信人类的情感，我相信，如果你激发了人们的情感，许多反应就会随之而出。”他的《水俣病受害者》《乡村医生》《士兵和婴儿》等等摄影作品，正是这样影响

① 宁肯，作家，时任《中国环境报》科教文部主任。

于世的，“激发了人们从善和同情的情感”。今天的艺术时尚是消解和否定艺术家的这种（富于良知、道义、责任、爱等）倾向，它的逻辑之一就是，过去执着于这种倾向，世界也不过如此。但我倒习惯这样思维：如果完全摈弃了这种倾向，世界会怎样？当然，史密斯也坦率承认：“我不认为我们已经向前迈了很多步。因此我是个有同情心的悲观主义者。”在此，世界类似一个人，尽管他对自己的永生悲观，但他仍会主动锻炼和保健，仍会去医院。这便是尤金·史密斯的艺术倾向或态度，我赞赏艺术家（作家）的这种对待人类和世界的积极倾向或态度。对此我不会想到中国智者“水至清则无鱼”（今天它已成了人们放弃“理想”、责任和自律的最好借口）的箴言，而会想到俄罗斯民间的一句谚语：“朝星星瞄准，比朝树梢瞄准打得更高些。”

梭罗近两年在中国仿佛忽然复活了。《瓦尔登湖》一出再出，且在各地学人书店持续荣登畅销书籍排行榜。大约尚未有任何一位十九世纪的小说家或诗人的著作出现过这种情况，显现了梭罗的超时代意义和散文作为一种文体应有的力量。但人们谈论梭罗的时候，大多简单地把他归为只是个倡导（并自己试行了两年，且被讥为并不彻底）“返归自然”的作家，其实这并未准确或全面地把握梭罗。梭罗的本质主要的还不在其对“返归自然”的倡导，而在其对“人的完整性”的崇尚。梭罗到瓦尔登湖去，并非想去做永久“返归自然”的隐士，而仅是他崇尚“人的完整性”的表现之一。对“人的完整性”的崇尚，也非机械地不囿于某一岗位或职业，本质还在一个人对待外界（万物）的态度：是否为了一个“目的”或“目标”，而漠视和牺牲其他。这是我喜欢梭罗的最大原因，也是我写《梭罗意味什么》的主要目的。这一点，让我想到西蒙娜·韦依（1909—1943，法国思想家、社会活动家）。她是将基督精神与基督宗教区分开的，为此她说：“无论在什么情况下，我将永不会入教，为的是不因宗教而使自己同普通大众相隔。”这里，基督宗教类似“岗位”，而基督精神则类似爱默生和梭罗所崇尚的：每个人如果要完整地掌握自己，就必须时时从他自己的“岗位”回来，拥抱一切。同样，为艺术而艺术的“艺术”，为文学而文学的“文学”，为学术而学术的“学术”，为科学而科学的“科学”，是否也是一个个“岗位”呢？为艺术而艺术，等等，不仅有悖人类的本意和初衷（正如梭罗讲的“现在哲学教授满天飞，哲学家一个也没有”；而当巴黎的诗坛一味沉溺在象征主义之中，出现了雅姆的同情弱小、怜恤生灵的诗歌时，纪德说“只有雅姆他一个是诗人”，也是这个意思），还潜在地包含了滑向“只要目的正当，可以不择手段”的危险和可能。托尔斯泰曾经拒绝结识一个名叫维列夏金的画家，因为这位画家曾劝一位将军尽快绞死两个土耳其人，好让他在行刑时画素描（更不必列举当年那些以科学的名义为纳粹服务的科学家了）。从某种角度说，为艺术而艺术等等导致的冷漠，与为了纯洁种族导致的屠杀，为了“理想社会”导致的残酷，在本质上是相似的。

它们具有一个共同的人性基础：为了一个设定的最高目标（目的），漠视和牺牲其他。因此，我从不认为“理想主义”或我所理解的“理想主义”与灾难必然相关，倒是赞同叶甫图申科的观点：“人类的最最可怕的苦难的创造者，正是那种病态地丧失了同情心的人。”从这点说，具有悲悯底层民众襟怀和良知的张承志（尽管我不赞同他的激烈和偏执），与对劳苦农民给予深切同情和关爱的张炜，在中国当代作家中是可贵的，这也是我喜欢他们的原因。

近日，我完整地读了你的《沉默的彼岸》。它被《大家》选择不是偶然的，且它的方式与该刊所倡导的“新散文”的方式也是一致的。你用一种与那里的阳光和水同质的语言，一种由于叙事而舒展、细致的语言，向人们恰如其分地呈现了一幕与孩子有关的藏族地区生活，及自初便与这种生活浑然一体的壮阔地域背景。关于它，待再详谈。

谨祝撰安！

苇岸

一九九八年四月

致袁毅[①]

袁毅[②]：

近好！

挂号件收到了。这么多报一次寄来，也是较麻烦的，谢谢！

大作我已拜读，写得挺好。报纸也浏览了，包括文摘版，那条“邋遢小孩更健康”的消息，支持了我的《现代的孩子》中的观点。但传统的小孩接触的环境是有机的（尽管脏），现在

---

① 标题为编者加。

② 苇岸生前与我通信、明信片往来频繁，且都是手写的信件及明信片。由于苇岸逝世后这二十年沧桑变化，我所在的报社办公室和我家住宅几经搬迁，留下的书信就只有这一封了，还是夹在书里成了漏网之鱼，才得以幸存下来。

苇岸与我通信时，我工作在武汉晚报社副刊部，正在做文学版《白云阁》编辑，我编发过苇岸的很多散文作品及书信，包括《进程》《我的邻居胡蜂》《散文的可能》《少数的意义》等等，以及最后的绝笔《一九九八　廿四节气》。信中所写郭沫若故居的诗歌朗诵会，即指食指参与的一九九八年诗歌朗诵会，其时《诗探索金库 · 食指卷》刚刚出版，苇岸知道我爱诗并写诗，代我请《诗探索金库 · 食指卷》作者食指，选编者林莽、刘福春，食指画像作者杨益平一一签名，并将诗集寄赠给我，以为纪念。

我查书中四人签名时间均为一九九八年六月十二日，所以苇岸这封书信落款年份有笔误，应为一九九八年六月二十一日。所附言的征订单，即指苇岸参与编辑的《蔚蓝色天空的黄金》丛书。《现代的孩子》一文，收入苇岸生前唯一一本散文集《大地上的事情》。

——袁毅注

的孩子接触的则主要是无机（化学）污染了，这是不同的。也是需要注意的。

在郭沫若故居的朗诵会，将食指接了出来。正好编者和画像作者也全在，我请他们分别签出名，留作纪念。

（征订单，如方便，可删减发个消息。）

祝撰、偏安！

苇岸

（一九九八）九六年六月二十一日　夏至

（今年你的版我这都存留着，我将保存这一年。只是缺《作家刊头照之四》这期。）

散文的殊荣

——致谢大光先生[①]

大光老师：您好！

您惠寄的贺年卡及信我均已拜收。谢谢您！有一点还望您谅，即本想元旦期间给您打个电话，但我当时问您家里号码时，因未及时抄在通讯本上，而无法找到了（还要劳您再告）。

这一段，我在集中写《一九九八　廿四节气》，每个七八百字、千字左右，平均一周写一则（您可知我的写作速度）。且开始写出立春、雨水后，脑力又出了问题，睡觉不好不能再想东西。停顿十天后才恢复，现在较顺利（我附您一则，您可知一斑。另如您复信时可写一两句批评意见和看法。全文写完，恐怕要到五月了）。

我和从事翻译工作的交往不多，最熟的是树才。他是青年诗人，也是不错的法文学译者。他答应译雅姆散文集《野兔的故事》，另外他手里现译出的有法国大诗人勒韦尔迪（被称作"诗人的诗人"）的一百多则"散文诗"，他给我看过一些，极具现代主义和当代气息，我喜欢。我附您几则，您看是否欢迎。因为我想既然格言可以当作散文出，大概人们也可以宽泛地接

---

① 谢大光，作家，编辑家。时任天津百花文艺出版社副总编辑、《散文海外版》主编。

纳“散文诗”。

树才说其每篇字数有的长些，有的短些，基本面貌如附您的这几则。

本想电话中和您交换一下看法，但连焦作的那本通讯录也一时找不到了。曾按您信封上的号码试打，小姐说三三已无，现分机都是三位数，只好作罢。

暂写这些。

敬礼！

苇岸　上

（一九）九八年一月十四日

大光老师：

春节好！

我通过此信给您拜个晚年。

《科学时报》（原《中国科学报》）编辑约稿，我将此文根据字数限定作了删节，给了他。现寄您一份。

大体是一月中下旬我给您寄过一信，不知是否寄到？

卞毓方曾打电话，问过我您家里的电话号码，但我抱歉的是您告诉我号码时，因一时未用，我又忽略了马上记到本上，故早已找不到了。

致

敬礼！

苇岸　草

（一九九八年）二月二十日

大光老师：

您好！

我拙于表达，这次焦作没能更多地同您交谈（更多地同刘烨园、穆涛他们聊天了），您走时也没能送您。

这封信我原想多写一些，后我想再等等，等我将手里一篇东西月底前写完，我想给您写封公开性的信，谈谈百花社对散文建设的贡献和意义，及我提的（从个人角度）还应出哪些域外作家散文集的建议等。

如果赞同，我想问您两个问题：一是百花社建社时间；二是贵社建社时是否即确定了主要出版散文书籍的方向或何时确定了这个方向？

我的电话：010-69……（H）。我上午不坐班（我也恰习惯上午写作），但下午大多要去一下。

敬礼！

苇岸　上

一九九八年六月二十一日　夏至

大光老师：

您好！

您前后两信已收。谢谢您！

我看了您附寄的“外国名家散文丛书总目”，就已出的书目看，我缺的不多（个别未碰到，有些是我买时带了选择性）。承蒙您的盛意，我也产生了补齐这两套书的意愿：除阅读外，这具有珍藏的意义。但条件是我以打折的方式（像通常作者从出版社买书那样）向贵社邮购，因不是一两本，这要麻烦您一些。待我清点了我的书后，再信呈您所缺书目。

关于这篇书信体文章，时间上可能比预想的稍晚些。写出后即请您指教。

同您合影的照片，我的相机中的这张也不太好。我很喜欢同您及刘烨园合影的这张。

敬颂夏安！

苇岸　拜上

（一九九八年）七月十五日

大光老师：您好！

《散文的殊荣》终于写完了。

写这则书信体文的起因，一是当时我写了几篇同类文字，《美文》陈长吟也希望我能多写一些（这种文字表达观点，看法更随意些，是正式文章不及的）；二是出于一个从贵社受益很大的写作者的良心，贵社和您应该受到应有的赞美。谈到您时刘烨园也有这样的看法。当然也还为了我给您推荐的这些作家。

您能看得出，我体质不强，我已深感这制约着写作。我写得少，这也是一个原因。写作意愿和进度，往往也不能得到保证。十一月下旬，刘烨园来北京，在我这住了几天，使我又中断了下来。

此文我将分别给湖南的《书屋》和《美文》。原我想到您的信是否也一并发表，后来觉此文还是单独刊较妥，这样才“避嫌”。

文中如有不妥，请您指点。（我现在只在午十二点半至一点半接通电话。）

敬颂冬安！

苇岸　上

（一九九八年）十二月六日

（请您恕我对您的随意，如信的凌乱等。）

大光先生：

您好！

在我的印象和意识里（我想其他读者也一样），百花文艺出版社是与散文连在一起的。散文文体的确立，散文的繁荣与发展，需要创作、评论及出版的三方并举。就百花文艺出版社对中国当代散文建设的贡献而言（特别是它的《外国名家散文丛书》及《世界散文名著丛书》两大书系的陆续出版），我个人觉得无论怎么评价和称赞都不过分。

自一九八六年起，我一直在订《世界文学》杂志。这是我唯一从未中断过订阅，也是今天我个人仅订的一份杂志（报纸）。原因除了它的关于域外文学的综合性内容及其美观的书型开本，对我来说一定程度还在它几乎每期都刊有散文译文（这是它与《外国文艺》的区别之一）。我对林贤治编辑的《散文与人》丛刊的一个建议，也是希望它能扩大容纳散文译文的篇幅（这次由三联书店出版的《散文与人》新卷，译文篇幅已占全刊二分之一）。而就散文译文出版看，新时期以来除了八十年代中期湖南人民出版社出版过两辑《散文译丛》（二十种）外，规模化、丛书化的散文译文出版就只有百花文艺出版社了。最近刘烨园到北京来，我们还谈到您筹划、运作的《外国名家散文丛书》及《世界散文名著丛书》，我们认为您为中国的散文界及读书界做了一件功德无量的事情。

您说《外国名家散文丛书》计划出一百种，现已出五十余种。从您所附的丛书预出总目看，我觉得还有一些作家应该补充进去，其中有些在世界散文中是不应被忽略的，有些则是我个人比较偏爱的。现在我将他们列在下面，供您参考：

1. 约翰·班扬（1628—1688） 在《天路历程》问世之前，班扬曾以“企图如同补壶补锅一样修补人们的灵魂”的罪名被捕，坐了十二年牢。他在狱中“力求以极度的精确和绝对的诚实来回忆和叙述他的灵魂所处的状态”，写了《罪人受恩记》。这是一部自传性的著作，也是一部卓越的散文作品，我觉得完全可以将它纳入《世界散文名著丛书》。

2. 佩皮斯（1633—1703） 这位十七世纪的英国海军大臣二十七至三十六岁的《日记》，在西方是与蒙田的《随笔集》相提并论的（我不知国内是否译介过），当时也被视为继《圣经》和鲍斯韦尔的《约翰逊传》之后，英语文学中最佳床边读物。佩皮斯被称作是一个具有“用寥寥数语生动地概括一个人物或一幅图景”能力的文学天才。

3. 萨克雷（1811—1863） 在这两套散文译丛中，应该有一本萨克雷的散文集（无论纳入哪套），因为这位《名利场》的作者对英国散文的贡献也是卓著的。萨克雷早年出版过一本配以漫画的著名散文集《势利人脸谱》（由为《笨拙》杂志写的四十五个英国社会各阶层势利人的肖像特写组成），还出版过一本被后人评价堪与兰姆的作品比美的《转弯抹角的随笔》，及演讲集《英国幽默作家》等。

4. 拉罗什富科（1613—1680）“德行消失在利欲之中，正如河流消失在海洋之中”。拉罗什富科的《箴言录》，被誉为法国文学中一颗璀璨的明珠。它影响了欧洲后来的许多作家，如哈代、尼采、司汤达、纪德等。

5. 塞维尼夫人（1626—1696） 这位孤独的毫无自觉作家意识的孀居侯爵夫人生前并不知晓，她漫不经心写给异地女儿的信，会成为在法语和其他语言中书简类文学作品的划时代典范。一部《书简集》，使法国文学史上产生了一位不朽的、名为“塞维尼夫人”的散文作家。

6. 拉布吕耶尔（1645—1696） 拉布吕耶尔以《品格论》一书著称于世。在他活着时，《品格论》便重版了八次。福楼拜和龚古尔兄弟等法国作家，都对此书赞赏不已。这是一部辞藻丰富、变化繁多、技巧圆熟的讽世性散文集，由箴言录式的短章和勾勒某些典型人物肖像的特写两种文体组成，是法国文学中一部划时代的散文名著。

7. 贝尔纳丹·德·圣皮埃尔（1737—1814） 在法国文学中，圣皮埃尔主要以一部中篇小说《保尔和薇吉妮》知名。我个人更感兴趣的是他四十七岁时出版的散文集《大自然的研究》（《保尔和薇吉妮》即这部散文集第三版的附录）。圣皮埃尔是卢梭的“信徒”，与卢梭基本一致，《大自然的研究》也是一部带有歌颂大自然，反对科学（如抨击物理学家牛顿、化学家拉瓦锡等）倾向的书。

[借此我想顺便说两句的是，我对这类作家能够充分理解，也与他们有着隐隐的认同。从终极讲，如果“大自然”本身存在着某种警告人类（包括她的其他物种）不得越界的“象征”，

而人类又视而不见，那么对科学的无限“探索”的反对，就是必要的。对于以科技为本质和核心的现代文明所呈现出的不可逆转的进程，我信奉苏联诗人沃兹涅先斯基的一个说法：“如果最终导致人的损毁，那么所有的进步都是反动和倒退。”但今天如果你对现代文明的进程提出质疑或批评，是会招致攻击的。人家会说你一方面享受着现代文明提供的好处，另一方面又虚伪地批评现代文明。按照这个逻辑，没有谁完全有资格进行这种批评，因为今天谁能完全摆脱现代文明的生活环境呢？关于这一点，我这样说明自己：在这个世界上，我不是消费最少的人，也不是消费最多的人，但我敢说我是一个为了这个星球的现在与未来自觉地尽可能减少消费的人。]

8. 奈瓦尔（1808—1855） 一位生前八次进精神病院，最终在巴黎的路灯柱上自缢而亡的富于传奇色彩的诗人。奈瓦尔是法国文学中最早的象征派和超现实主义诗人之一，但他的最优秀作品不是诗作，而是游历埃及、黎巴嫩等近东诸国写出的《东方之旅》。这是一部关于古老的民间传说、宗教和异国风土的书。此外他还著有抒情散文集《火焰姑娘们》。

9. 雅姆（1868—1938） 弗朗西斯·雅姆是一位我个人甚为偏爱的、富于宗教感的诗人（我称之一位温暖的诗人）。他的作品除了若干部诗集外，还有一部散文集《野兔的故事》（其内容也是我很感兴趣的），我非常希望您能将这部散文集列入《世界散文名著丛书》。

10. 贝克尔（1836—1870） 贝克尔是一位结束西班牙诗歌的浪漫主义时代，开创现代诗风的诗人。他有一部以中世纪背景及神秘和梦幻般的气氛为特色的“迷人的散文作品”《传说集》，另外他还有一部自传性的以“独创性和敏感性使人感动”的书信集《斗室书简》。

11. 乌纳穆诺（1864—1936） 乌纳穆诺是西班牙文学“九八年一代”的代表作家，具有哲学家色彩，也是颇有造诣的小说家、剧作家和诗人。但他还是以作为散文家的影响最大。这位以“探索西班牙灵魂”为己任的作家，著有《生命的悲剧意识》《基督教徒的痛苦》等散文集。

12. 多尔斯·伊·罗维拉（1882—1954） 这是一位特异性的作家，他创造了一种“格洛萨”（意为“词汇”）体散文。这是一种介于散文和格言之间的文体，篇幅短小，言简意赅，利用故事体现文中蕴含的深意。他的这类作品有《格洛萨集》《新格洛萨集》《最新格洛萨集》等。

13. 耶尔内费尔特（1861—1932） 芬兰作家。这是一位与日本的德富芦花有某种类同的作家，非常热爱托尔斯泰，到俄国拜见过这位老人。并像德富芦花一样，在托尔斯泰影响下，改变了自己的理想和生活方式（移居芬兰洛赫亚农村，一面耕种，一面写作）。我个人对他很感兴趣。他主要写小说，但有一部散文集《土地属于大家的》。

14. 延森（1873—1950） 丹麦作家。一九四四年的诺贝尔文学奖获得者。延森的小说、诗歌和散文被誉为丹麦文学三绝。他的散文随笔集有《新世界》《北欧精神》《进化与道德》《精神的阶段》等。就我个人来说，我特别想看到《北欧精神》。

15. 西兰帕（1888—1964） 芬兰作家。一九三九年诺贝尔文学奖获得者。除了小说外，西兰帕还著有散文集《农舍》《八月》《人生的甘苦》等。我觉得应该有一本《西兰帕散文选》。

以上所举仅是我个人的一点建议，这些作家是否能够全部列入丛书，哪位作家能够列入丛书，我知道要取决于多种因素，比如获得原著、寻找合适的译者等。个别二十世纪的作家（希望看到更多二十世纪作家的散文作品），还会涉及更麻烦的版权问题等。总之，我给您写这封准备公开的信，一方面是就贵社出版的两套散文译丛在选择作家上提一点带有个人倾向性的建议；另一方面作为一个从中受益多年的散文作者，我也想借此诚挚地向百花文艺出版社和您（以及译者）表达我个人应有的敬意和谢意。

最后预祝这两套散文译丛的出版圆满成功！

苇岸

一九九八年十二月

致宫苏艺[①]

苏艺[②]兄：

寄上照片。我对自己的直觉构图还是满意的，特别是风景片。

身体状况（夜盗汗）尚无根本改观，药还在吃，病因恐还待细查。

这次来昌平无意识的“怠慢”之处，还望兄谅。

（因身体倦乏，书房内床等一直无精力收拾起来，故未请兄至里面坐。自己还到床上躺了一会儿。因熟便不拘礼了。）

谢谢兄寄报。

祝好！

岸

（一九九九年）二月十九日

① 标题为编者加。

② 宫苏艺，时任《光明日报》文艺部副刊主编，中国摄影家协会会员。

附录二　苇岸生平及创作年表

一九六〇年

一月七日，生于北京市昌平县北小营村。

一九七三年

入北小营中学学习。其间对文字和文学产生兴趣，写过童话、寓言及小说片段习作。

一九七八年

时为国家恢复高考制度的第二年，于夏季考入中国人民大学一分校哲学系，翌年春正式入学。其间与文学社同学广泛来往，并接触正在校园传播的朦胧诗，由此喜欢并开始诗歌写作，结识了一些朦胧诗人。在校期间曾因病休学一年。

一九八二年

第一首诗歌《秋分》，在《丑小鸭》第十一期发表。

一九八四年

七月，大学毕业，到北京昌平职业教育学校任教。

八月，友人顾城和谢烨骑车来昌平旅行，游览了十三陵和北小营。写《童话诗人》一文，次年刊于《诗歌报》。

一九八五年

《五台山》（季刊）第二期刊载诗歌《冬日的田野》《古镇》《夜行》三首。

《新潮》第二期刊登诗歌《五月》。

十一月六日，《诗歌报》刊登《童话诗人——记青年诗人顾城》。

冬（或一九八六年初），结识海子。

一九八六年

《新潮》第一期刊登《图像与花朵》（组诗）。

《新潮》第二期刊登诗歌《冬天》。

九月底至十月初，首次单独短途旅行，到内蒙古赤峰、海日苏一带和河北围场的坝上林场。

秋，参加“北京市第二届青年文学创作会议”。

十二月，经海子推荐读到美国作家亨利·戴维·梭罗的散文集《瓦尔登湖》。

十二月三十一日，《中国交通报》刊登诗歌《黎明颂》。

一九八七年

因《瓦尔登湖》，写作由诗歌彻底转向散文。

《新潮》第二期刊登诗歌《美好如初》。

八月，独自到东北旅行，主要去了小兴安岭、黑龙江边的嘉荫镇和长白山。

后写作散文《美丽的嘉荫》《从汤旺河到黑龙江——边防检查站一日》。

《滇池》第八期刊载诗歌《谣曲》《我的村庄》二首。

八月十一日，《拉萨晚报》刊载《你们的悲剧——致诗人们》。

九月五日，《北京晚报》刊登诗歌《乡村少年》。

十一月十八日，《中外产品报》刊载《谈茶》（署笔名“傅叶”，“副业”的谐音）。

一九八八年

开始写作开放性系列散文作品《大地上的事情》。

一月三十一日，《北京晚报》刊登诗歌《太阳鸟》。

五月十四日，《中外产品报》刊登《去看白桦林》。

六月一日，《北京晚报》刊登诗歌《麦田》。

十月一日，《中外产品报》刊登诗歌《黎明颂》。

十月七日，《北京日报·郊区版》刊登《秋天的大地》。

十二月四日，《科技日报·读书界》副刊刊登《人必须忠于自己——梭罗与人类自救之路》。

一九八九年

三月四日，《中外产品报》刊登诗歌《人类——献给和平》。

三月二十六日，《科技日报·嫦娥》副刊刊登《马贡多与癞花村》。

四月二十五日，《科技日报·嫦娥》副刊刊登《海子死了》。

五月十三日，《中外产品报》刊登《论幸福》。

八月十二日，《中外产品报》刊登《现代的孩子》。

八月，独自去山西和陕西旅行。

九月二日，《消费时报》摘登《现代的孩子》。

十二月，《读者文摘》第十二期摘登《现代的孩子》。

十二月二日，《中外产品报》刊登诗歌《产品》。

一九九〇年

五月一日，《中外产品报》刊登诗歌《五月》。

六月三十日，《北京晚报》刊登诗歌《东方》。

八月，独自去新疆旅行，从哈密、吐鲁番、乌鲁木齐、库尔勒、库车、喀什、和田、于田、民丰、且末、若羌再至库尔勒，环塔克拉玛干沙漠边缘一周，行程一个月。

九月四日，《北京晚报》刊登诗歌《结实》。

十一月二十七日，《中国引进报》刊登《本土歌手》。

十一月二十八日，《消费时报》刊登《美丽的嘉荫》。

十二月二十五日，《中国引进报》刊登《库车笔记》。

一九九一年

二月，《读书》第二期刊载《古希腊抒情诗选》。

三月，《散文百家》第三期刊载《大地上的事情》（九则）。

四月十七日，《消费时报》刊登《去看白桦林》。

五月，散文、随笔选《大地散笔》（郭枫主编，百花文艺出版社出版），选入《去看白桦林》。

散文选《寸心集》（郭枫主编，百花文艺出版社出版），选入《幸福》。

六月，新时期散文重要选本《上升——当代中国大陆新生代散文选》（老愚编，北方文艺出版社出版），选入《美丽的嘉荫》、《大地上的事情》（二十一则）和《海子死了》。

新生代散文的概念逐渐被散文界及评论界接受。

成为新生代散文主要作者之一。

八月，去泸州、峨眉山旅行。

八月七日，《消费时报》刊登《海日苏》。

九月，中秋节，与李松结婚。

九月八日，《中国青年报》刊登译文《英国当代诗人——格林·琼斯答问录》。

十月，偕妻子去西安、洛阳旅行。

十一月，《延安文学》（双月刊）第六期刊载《海日苏》。

十一月二十五日，《石河子报》刊登诗歌《雪》。

一九九二年

二月一日，《文汇读书周报》刊登《天堂之声》（《作家生涯》之三十一，原标题《天堂的声音》）。

三月十八日，《石河子报》刊登诗歌《三月》。

四月四日，《人民公安报》刊登《诗人本色》。

四月十五日，《消费时报》刊登诗歌《三月》。

五月，《散文百家》第五期刊载《天边小镇》。

五月二十七日，《石河子报》刊登《天边小镇》。

七月，李复威、蓝棣之主编《八十年代文学新潮丛书》中的《群山之上——新潮散文选萃》（老愚选编，北京师范大学出版社出版），选入《大地上的事情》（十七则）。

七月八日，《石河子报》刊登诗歌《麻雀》。

八月一日，《文汇读书周报》刊登《复活的先知》（《没有门户的宝库》之七）。

八月，应邀与北京另两位新生代散文作者到武汉参加“中国当代散文研讨会”。

十月，《中国当代校园散文诗选》（丁一、刘阳选编，学林出版社出版）选入《大地上的事情》（六则）。

十一月四日，《石河子报》刊登《事物的名称》。

十二月，《膜拜的年龄——最新中国校园随笔选萃》（老愚选编，北京师范大学出版社出版），选入《放蜂人》《天边小镇》《海日苏》《库车笔记》。

十二月十一日，《中国船舶报》刊登诗歌《冬天》。

十二月二十六日，《文艺报·原上草》副刊刊登《海日苏》。

一九九三年

一月，《美文》第一期刊载《大地上的事情》（六则）。

一月九日，《文汇读书周报》刊登《英雄的粮食》（《没有门户的宝库》之四）。

三月一日，《北京日报》刊登《武汉的东湖》。

《北京文学》第三期刊载《放蜂人》。

四月，《美文》第四期刊载《关于海子的日记》。

六月，散文集《东湖文萃：好美一个湖》（鲁长青等编，湖北科学技术出版社出版），选入《武汉的东湖》。

六月二十六日，《文汇读书周报》刊登《托尔斯泰的故事》（《没有门户的宝库》之十，原标题《伟大的故事》）。

七月二十一日，《石河子日报》刊登《放蜂人》。

八月，《湖南文学》第八期刊载《诗人是世界之光——关于海子的日记》。

九月，《美文》第九期刊载《鸟的建筑》。

九月三日，《中国青年报》刊登《悠悠扬扬行走河者》。

十月，《当代散文潮流回顾·写作艺术借鉴丛书》（楼肇明、老愚主编，北京师范大学出版社出版）六卷散文之一《九千只火鸟——新生代散文》，选入《大地上的事情》（三十八则）、《美丽的嘉荫》、《放蜂人》、《诗人是世界之光》。

《山东文学》第十期刊载《大地上的事情》。

一九九四年

一月，《中国文学年鉴（1993）》（中国社会科学院文学研究所《中国文学年鉴》编辑委员会编，社会科学文献出版社出版），载楼肇明理论文章《散文“文体意识”的新觉醒——读老愚编“新生代”散文选〈上升〉》，文中予以重点评介。

《美文》第一期刊载《四姑》。

一月二十四日，《光明日报》刊登《我的邻居胡蜂》。

一月二十九日，《文汇读书周报》刊登《〈大地上的事情〉序》。

三月，《中国当代散文精品》（老愚选编，春风文艺出版社出版），选入《美丽的嘉荫》。

三月二十日，《中国船舶报》刊登《土地道德》。

为供职学校教研刊物撰写教研文章《哲学与寓言——谈寓言在我的哲学教学中的运用》。

四月，应《诗探索》(季刊）之约写《怀念海子》。

五月三十一日,《中国合作经济报》刊登《一件小事》。

六月,《美文》第六期刊载《没有门户的宝库》。

六月八日,《北京日报》刊登《观〈动物世界〉》。

六月，在北京怀柔，参加中华文学基金会与北京市作家协会共同主办的“当代散文理论研讨会”。

七月,《诗探索》(季刊）第三期刊载《怀念海子》。

八月十二日,《中国合作经济报》刊登《土地道德》。

九月,《山花》第九期刊载《上帝之子》。

九月八日,《南疆开发报》刊登《一件小事》。

九月二十六日,《光明日报》刊登《大地上的事情》(六则)。

十一月,《中华散文》(双月刊）第六期刊载《作家生涯》(七则)。

十一月四日,《中国青年报》刊登《大地上的事情》(六则)。

十一月八日,《武汉晚报》刊登《一件小事》。

十一月二十六日,《文艺报·原上草》副刊刊登《一件小事》。

十一月二十八日,《光明日报》刊登《素食主义》。

十二月五日,《北京日报》刊登《进程》。

一九九五年

《诗探索》（季刊）第一期刊载《最后的浪漫主义者》。

二月十四日，《武汉晚报》刊登《进程》。

《江南》（双月刊）第二期刊载《作家生涯》。

《山花》第三期刊载《世上最好的事业》。

《山花》同期刊载陈旭光评论《新潮散文：文体革命与艺术思维的新变》，文中予以重点评论推介。

四月，楼肇明主编《游心者笔丛》（中国对外翻译出版公司出版），列入散文集《大地上的事情》。

《西藏文学》第四期刊载《怀念海子》。

加入北京市作家协会。

四月三日，《北京晚报》刊登《事物的名称》（《大地上的事情》第三十三则）。

四月八日，《文艺报·原上草》副刊刊登“新生代散文”专辑，选入《一个人的道路》。

四月九日，《中国青年报》刊登《观察者》（《自序》）。

《中华散文》（双月刊）第五期刊载“新生代散文”专辑，选入《鸟的建筑》。

六月七日，参加《北京文学》举办的中青年散文作家研讨会。

六月二十一日，《中国土地报》刊登《人道主义的僭妄》。

七月九日，《中国青年报》刊登《文心点滴》（六则）（原标题《作家生涯》）。

七月十一日，《杂文报》刊登《人道主义的僭妄》。同日，《武汉晚报》刊登《作家生涯》（四则）。

七月、十月，在《武汉晚报》开设的《文学对话录》专栏中，分别参与关于散文热及新生代散文的讨论，均获得较好评价。

九月一日，《文艺报·原上草》副刊刊登“新生代散文专辑”，选入《作家生涯》（五则）。

十月，《延水长流》（魏瑜、史小溪主编，陕西旅游出版社出版），选入《海日苏》。

十一月十四日，《武汉晚报》刊登《散文的可能》。

十二月，与友人合编《蔚蓝色天空的黄金——当代中国60年代出生代表性作家展示》（小说、诗歌、散文各一卷，中国对外翻译出版公司出版）；主编散文卷，辑入十位新生代散文作家作品，各约两万五千字；其中选入苇岸《大地上的事情（五十则）》《上帝之子》《鸟的建筑》《一个人的道路》。

十二月七日，《北京青年报·文化导刊》刊登执笔的《蔚蓝色天空的黄金·序》。

《北京文学》第十二期刊载新生代散文作家十四人作品辑，选入《作家生涯》；安民撰写评论《新生代散文取向》。

《博览群书》第十二期刊载《人道主义的僭妄》。

一九九六年

二月九日，《杂文报》刊登《鸟与人》。

三月九日，《闽北日报》刊登《大地上的事情》（八则）。

四月二十一日，《中国科协报》刊登《大地上的事情》（五则）。

五月三日，《文艺报·原上草》副刊刊登《我的邻居胡蜂》。

五月七日，《北京青年报》刊登《美消逝了》。

五月十四日，《北京青年报》刊登《漂泊者》。

六月十八日，《武汉晚报》刊登《大地上的事情》（五则）。

七月二十四日，《中华读书报》刊登评价文章《苇岸 大地的理念》。

八月，在《中国当代散文报告文学发展史》（佘树森、陈旭光著，北京大学出版社出版）一书的《新时期散文的多元艺术变革》章节，予以重点评介。

与诗人黑大春赴山东，之后沿黄河大堤向西，从东明步行至河南开封，行程约四天。

八月二十四日，《人民铁道》报刊登《观散文杂志》。

八月二十七日，《武汉晚报》刊登《观散文杂志》。

九月，《博览群书》第九期刊载一平撰写的关于《大地上的事情》书评《光明的豆粒——读〈大地上的事情〉》。

《鸭绿江》第九期刊载《从汤旺河到黑龙江》。

九月二日，《中华第三产业报》刊登《大地上的事情》。

十月,《书摘》第十期摘登《幸福》。

十月十三日,《中国青年报》刊登《我的邻居胡蜂》。

十月二十五日,《中国合作经济报》刊登《海日苏》。

十一月,《神奇的地球村(中国卷)》(黎先耀、梁秀荣选编,经济日报出版社出版),选入《放蜂人》。

《散文天地》(双月刊)第六期刊载“跨世纪青年散文家作品专号”,选入《大地上的事情》(八则)。

十一月一日,《中国合作经济报》刊登《天边小镇》。

十二月,《山花》第十二期刊载《大地上的事情》。

十二月二十七日,《文艺报·原上草》副刊刊登《观散文杂志》。

一九九七年

一月,《中国当代散文检阅·新锐卷》(朱鸿、周东坡选编,陕西人民出版社出版),选入《没有门户的宝库》《四姑》。

一月十五日,《社会保障报》刊登《我的邻居胡蜂》。

《台港文学选刊》(封二)第一、二、四、五、七、八、九、十一、十二期连载《大地上的事情》,共刊载九则。

一至四月间,在《为您服务报》开设《谨读赠书》专栏十二期。

二月十五日,《武汉晚报·微型作家论》专栏刊登陈旭光评介文章《苇岸:倾听神秘与回到本真》。

三月，《山东文学》第三期刊载《大地上的事情》(十六则)。

五月，加入中国作家协会。

《散文天地》(双月刊)第三期刊载《我的散文观》。

《美文》第五期刊载《谨读赠书》(五则)。

六月七日，《武汉晚报》刊登《在散文的道路上》。

六月十六日，《北京晚报》刊登《住在昌平》。

七月，《博览群书》第七期刊载《关于〈蔚蓝色天空的黄金〉》。

七月八日，《中国文化报·书与人版》刊登《在散文的道路上》。

七月十日，《为您服务报》刊登《素食主义》，并配作者漫画头像。

七月十五日，《人民铁道》报刊登《当代散文的轨迹》。

八月，《人民铁道》报《艺术家走访》专栏刊登王京生文章《苇岸：大地上的事情》。

八月八日，《中国经济时报》刊登《在散文的道路上》。

八月十四日，《中华第三产业报》刊登《大地上的事情》(五则)。

八月十四日，《生活报》刊登《素食主义》。

八月二十三日，《武汉晚报》刊登《少数的意义》。

九月，《美文珍藏本》(美文杂志社编，太白文艺出版社出版)，选入《谨读赠书》。

参加《世界文学》和中华文学基金会共同主办的“世界文学与发展中的中国文学”研讨会。

《山花》第九期刊载《关于〈蔚蓝色天空的黄金〉》。

九月二十九日，《京郊日报》刊登《大地上的事情》（二则）。

十月一日，《中华读书报》刊登《少数的意义》。

《读者》第十期摘登《大地上的事情》（一则，摘自《台港文学选刊》第七期）。

十月二十五日，《文艺报·原上草》副刊刊登《鸟兽》《大地上的事情》（二则）。

十一月，《散文天地》（双月刊）第六期刊载“新生代散文专号”，收入《大地上的事情》（六则）。

《文艺百家》（双月刊）第六期刊载《谨读赠书》（八则）。

《中外书摘》第十一期摘登《现代的孩子》。

十一月十一日，《北京晚报》刊登《邻居》《大地上的事情》（一则）。

与妻子李松离异。

十二月，《散文年鉴1995》（刘锡庆主编，北京师范大学中文系当代文学教研室编，漓江出版社出版），选入《鸟的建筑》。

十二月五日，《中华周末报》摘登《现代的孩子》（摘自《中外书摘》一九九七年第十一期）。

十二月十八日，《中华第三产业报》刊登《大地上的事情》

（五则）。

十二月二十七日，《人民政协报》刊登《谨读赠书》（三则）。

一九九八年

一月，《读者》第一期，摘登《大地上的事情》中的《现代的孩子》，更名为《现代的城市孩子》。

《美文》第一期刊载《少数的意义》。

《华人文化世界》（双月刊）第一期刊载《作家与编辑》。

一月八日，《生活报》刊登《人道主义的僭妄》。

一月十九日，《济南时报》刊登《我热爱的诗人——弗朗西斯·雅姆》。

二月，为《一九九八　廿四节气》拍摄和记录。

《山花》第二期刊载“大地上的事情”（九则）。

《散文选刊》第二期刊载“新生代散文特辑”，选入《大地上的事情》。

《东南西北》第二期摘登《大地上的事情》中的《现代的孩子》。

二月十八日，《中华读书报》刊登《我热爱的诗人——弗朗西斯·雅姆》。

三月二十四日，《中国土地报》刊登《第二条黄河》。

四月二日，《作家报·青年散文家档案》专栏刊登《第二条黄河》。

四月十三日，《中国青年报》刊登《第二条黄河》。

四月二十一日，《中国文化报·书与人版》刊登《梭罗意味什么》。

四月二十八日，《文艺报·原上草》副刊刊登《作家与编辑》。

六月，应邀参加中国作家协会与《散文选刊》在河南焦作举办的“中国当代散文创作研讨会”。

《美文》第六期刊载《梭罗意味什么》。

六月二十五日，《光明日报》刊登《艺术家的倾向——致友人书》。

七月，《美文》第七期刊载《艺术家的倾向》。

《青春》第七期刊载《我热爱的诗人——弗朗西斯·雅姆》。

七月十三日，《济南时报》刊登《重现“白银时代”》。

七月二十一日，《文艺报·原上草》副刊刊登约稿《去看食指》，加副标题《精神病院中的诗人，开一代诗风的先驱》。

八月六日，《中国土地报》刊登《重现“白银时代”》。

九月五日，《武汉晚报》刊登《梭罗意味什么》。

九月七日，《济南时报》刊登《去看食指》（上）。

九月十四日，《济南时报》刊登《去看食指》（下）。

十月，应《世界文学》（双月刊）《中国作家谈外国文学》专栏之约写的《我与梭罗》一文，载该刊第五期。

《山东文学》第十期刊载《我与梭罗》。

十月十二日，《济南时报》刊登《美文》“关于九十年代散文写作随访”书面访谈。

十一月，《美文》第十一期刊载“关于九十年代散文写作随访”书面访谈《〈美文〉问答》。

《诗探索》（季刊）第四期刊载《写诗是我保留的一个权利——诗人田晓青访谈录》。

正式开始写作《一九九八　廿四节气》。

十二月，被列为“1998年中国散文排行榜”推选委员会委员。

一九九九年

一月，与全国二十位著名散文作家、评论家一同被列为“1999年《散文选刊》特邀评刊委员”。

在病中写出最后一则《廿四节气　谷雨》。

一月十一日，《济南时报》刊登《太阳升起以后》。

一月二十七日，《科学时报》刊登《散文的殊荣——致谢大光先生》。

二月三日，《武汉晚报》刊登《廿四节气　立春》。

二月四日，《北京晚报》刊登《廿四节气　立春》。

二月二十四日，《武汉晚报》刊登《廿四节气　雨水》。

三月，《大学生》第三期刊载《我认识的海子》。

三月三日，《武汉晚报》刊登《廿四节气　惊蛰》。

三月十二日，《中国建材报》刊登《太阳升起以后》。

三月二十五日，《光明日报》刊登《廿四节气　春分》。

三月三十一日，《武汉晚报》刊登《廿四节气　春分》。

四月，《河南画报》（双月刊）刊载《一九九八、廿四节气》（六则）。

四月六日，《文艺报·原上草》副刊刊登《廿四节气　清明》。

四月七日，《武汉晚报》刊登《廿四节气　清明》。

四月二十日，《文艺报·原上草》副刊刊登《廿四节气　谷雨》

四月二十八日，《武汉晚报》刊登《廿四节气　谷雨》。

四月二十九日，《中国环境报》刊登《廿四节气　立春》。

五月，《人民文学》第五期刊载《一九九八　廿四节气》（六则）。

五月十三日，《中国环境报》刊登《廿四节气　雨水》。

整理书稿。

五月十九日十九时，因肝癌医治无效辞世。终年三十九岁。

五月二十二日，苇岸遗体告别仪式在北京昌平殡仪馆举行，亲属、京内外文学界人士及读者朋友前往哀悼、送别。

五月二十七日，《文艺报·新闻版》刊登讣告《散文家苇岸逝世》。

附录三　苇岸作品的后续传播

一九九九年

六月九日，为纪念早逝的成长于昌平的作家苇岸，昌平电视台制作、播出专题片《昌平百姓昌平人——苇岸逝去》。

六月二十二日，《文艺报·原上草》副刊刊登林莽纪念文章《告别苇岸》。

七月，《1998 中国最佳随笔》（韩小蕙选编，辽宁人民出版社出版），选入《我与梭罗》。

《散文选刊》第七期刊载《廿四节气　惊蛰》。

《美文》第七期刊载《散文的殊荣——致谢大光先生》。

九月，《中国当代文学作品精选（1949—1999）· 散文卷》（巴金、谢大光主编，北京十月文艺出版社出版），选入《大地上的事情》。

《芙蓉》（双月刊）第五期刊载“苇岸专辑”，选入《大地上的事情》（五十则）、《一个人的道路》、《最后几句话》、《苇岸生平年表》。

十一月,《散文天地》(双月刊)第六期刊载《一个人的道路》。

《北京文学》第十一期刊载《一九九八　廿四节气》(六则)。

十二月,《中文自修》第十二期刊载周佩红评析文章《不一样的观察笔记——苇岸〈大地上的事情〉(节选)读讲》(选自周佩红著《美文精读与写作——中国现当代卷》一书，上海古籍出版社一九九九年十二月出版；修订本《跟着名家读美文——精读写作课(现代卷)》，人民文学出版社二〇一九年五月出版，续选该文)。

二OOO年

四月,《读者》选摘《大地上的事情》。

五月,《旷世的忧伤·散文卷》(邵燕祥、林贤治主编，大众文艺出版社出版)，选入《去看白桦林》《我的邻居胡蜂》。

生前亲自编就的散文集《太阳升起以后》，由中国工人出版社出版。

五月十九日上午，苇岸逝世一周年纪念会暨《太阳升起以后》首发式，由中国工人出版社在京举办。

下午，与会部分文学界人士、苇岸生前好友由其家人带领参观昌平水关新村苇岸故居，并来到其出生地昌平北小营村外撒放骨灰的土地祭奠。诗人树才朗诵了苇岸喜爱的法国诗人弗朗西斯·雅姆的诗《为同驴子一起上天堂而祈祷》。

五月二十三日,《文艺报·原上草》副刊刊登林贤治评论文章《未曾消失的苇岸》,对其创作实践、土地道德信念及精神价值予以全面、深入解读。

六月,《散文天地》(双月刊)第六期推出苇岸逝世一周年纪念专辑。

《散文选刊》第六期《我记忆中的好散文》专栏,选载《大地上的事情》。

《散文选刊》第六期刊载"百年百篇优秀散文"篇目,《一九九八　廿四节气》入选。

六月六日,《武汉晚报》以"苇岸与我们时代的文学"为题,辟专版纪念苇岸逝世一周年,刊登张守仁《苇岸与大地同在——为纪念年轻散文家逝世一周年而作》、林莽《最后的礼物》、茹冰《大地上的异乡者》、宁肯《济济一堂怀苇岸》、王晓龙《渴望宁静清新的大地》五篇文章。

七月一日,《人民日报·大地周刊》刊登王家新纪念文章《大地守望者》。

当月,《初中语文课本(实验本)第三册》(浙江教育出版社出版),选入《大地上的事情》(四则)。

九月,《当代中国文学最新作品排行榜 1997—1999》(《北京文学》编辑部编,时代文艺出版社出版),选入《一九九八·节气》。

二〇〇一年

一月，《城市牛哞：人文知识分子的思想碎片》（牧歌编，太白文艺出版社出版），选入《一九九八·节气》（六则）。

三月，《新语文读本·高中卷1》（王尚文、吴福辉、王晓明主编，广西教育出版社出版），选入《大地上的事情》。

《新语文读本·初中卷5》（王尚文、吴福辉、王晓明主编，广西教育出版社出版），选入《人必须忠于自己》。

四月，散文集《上帝之子》出版（袁毅编，湖北美术出版社）。

《灵魂的窗口：名家文化散文·思想随笔精品集》（何锐编，北京图书馆出版社出版），选入《大地上的事情》。

五月，《美丽如初：10年精短散文100篇》（百花文艺出版社出版），选入《大地上的事情》。

七月，《语文大视野（初中卷）初中一年级》（西渡编，山西人民出版社出版），选入《放蜂人》。

《语文大视野（高中卷）高中一年级》（陈旭光编，山西人民出版社出版），选入《大地上的事情》。

《语文大视野（高中卷）高中二年级》（王家新编，山西人民出版社出版），选入《我的邻居胡蜂》。

九月，《益阳师专学报》（双月刊）第五期刊载伍振戈论文《关于大地的伦理学和美学——苇岸论》。

二〇〇二年

一月，《1979—2001　人文随笔》（筱敏编选，中国工人出版社出版），选入《少数的意义》《梭罗意味什么》《我热爱的诗人——弗朗西斯·雅姆》。

五月，《20 世纪中国名家美文 100 篇》（吾人编，中国广播电视出版社出版），选入《美丽的嘉荫》。

《中国散文年度排行榜（1998—1999）》（王剑冰主编，长江文艺出版社出版），选入《惊蛰》。

七月，《大语文——高中一年级》（王治编，中国大百科全书出版社出版），选入《大地上的事情》。

《大语文——高中二年级》（王治编，中国大百科全书出版社出版），选入《我的邻居胡蜂》。

九月，《百年百篇经典散文（1901—2000）》（王剑冰主编，长江文艺出版社出版），选入《大地上的事情》。

十月，别一种散文《人间：个人的活着　1990—2002》（冯秋子主编，青海人民出版社出版），选入《我与梭罗》。

二〇〇三年

三月，《山东师范大学学报：人文社会科学版》（双月刊）第二期刊载冯济平论文《化澄阔为神秘——论苇岸大自然散文的审美特质》。

五月，《百年百篇经典美文（1901—2000）》（王剑冰主编，长江文艺出版社出版），选入《惊蛰——一九九八　廿四节气之三》。

六月，《巧绘华章——写作技巧谈》（孙移山编著，山东教育出版社出版），选入《麻雀》。

八月，《中国现当代散文三百篇》全三册（林非编选，中国社会科学出版社出版），选入《鸟的建筑》。

九月，《寻找另一种声音——我读外国文学》（余中先选编，外国文学出版社出版），选入《我与梭罗》。

十二月，《新时期中国散文精选》（林非主编，林非、李晓虹、王兆胜选编，花城出版社出版），选入《大地上的事情》（三十则）。

《白话的中国——20 世纪人文读本 2》（严凌君主编，商务印书馆出版），选入《大地上的事情》。

《现当代散文诵读精华（初中卷）》（教育部基础教育课程教材发展中心编，人民教育出版社出版），选入《大地上的事情》（节选）。

《现当代散文诵读精华（高中卷）》（教育部基础教育课程教材发展中心编，人民教育出版社出版），选入《放蜂人》。

二〇〇四年

四月，《特区文学》连载《泥土就在我身旁——苇岸日记选一》（冯秋子编，选自一九八八年日记）。

五月，《情境语文 新课程读本小学四年级》（李吉林主编，东北师范大学出版社出版），选入《我的邻居胡蜂》。

六月，《特区文学》连载《泥土就在我身旁——苇岸日记选二》（冯秋子编，选自一九八八年日记）。

十一月六日，《文艺报·原上草》副刊刊登《人必须忠于自己，忠于土地》。

十二月，《社会科学论坛》第十二期刊载张志军论文《来自大地的声音——读苇岸〈大地上的事情〉》。

二〇〇五年

一月，《特区文学》连载《泥土就在我身旁——苇岸日记选三》（冯秋子编，选自一九八八年日记）。

二月，《特区文学》连载《泥土就在我身旁——苇岸日记选四》（冯秋子编，选自一九八八至一九八九年日记）。

三月，《特区文学》连载《泥土就在我身旁——苇岸日记选五》（冯秋子编，选自一九九〇年日记）。

《南京师大学报：社会科学版》（双月刊）第二期，刊载韦清琦论文《生态意识的文学表述：苇岸论》（江苏省哲学社会科学研究“十五”规划课题 -04WWB006）。

三月五日，《文艺报·原上草》副刊刊登《我喜爱梭罗的原因》。

七月，《半小时阅读——八年级》（洪建斌编，浙江少年儿童出版社出版），选入《鸟的建筑》。

九月，《遗失的日记：散文随笔卷》《〈北京文学〉55 年典藏》（刘恒、章德宁主编，同心出版社出版），选入《作家生涯》（五则）。

二〇〇六年

六月，《百年中国经典散文·挚爱卷》（林非、李晓虹、王兆胜选编，内蒙古出版社出版），选入《四姑》。

《百年中国经典散文·哲理卷》（林非、李晓虹、王兆胜选编，内蒙古出版社出版），选入《大地上的事情》（五则）。

《百年中国经典散文·人生卷》（林非、李晓虹、王兆胜选编，内蒙古出版社出版），选入《我与梭罗》。

二〇〇七年

一月，《我的秘密书架》（马明博、肖瑶选编，中国青年出版社出版），选入《我与梭罗》。

七月，有声读物《中外百篇经典散文 第二十四集》（徐敏编，太平洋影音公司出版），选入《大地上的事情》。

《文苑》第十一期刊载《大地上的事情》。

二〇〇八年

一月二十九日，以《天边小镇》制作的电视散文《且末小镇》，于新疆且末广播电视台播出。

五月，《武汉科技大学学报：社会科学版》（双月刊）第三期，刊载史元明论文《土地道德的辛勤耕耘者——苇岸散文及思想研究》。

五月，《广场上的白头巾——中国作家的精神还乡史（1917—2007）》（林贤治、肖建国主编，花城出版社出版），选入《去看白桦林》、《美丽的嘉荫》、《我的邻居胡蜂》（一）、《我的邻居胡蜂》（二）、《一九九八　廿四节气》。

九月，《大学语文》（王尚文、王建华、西渡主编，浙江人民出版社出版），选入《一九九八　廿四节气》。

十二月，《阅读与鉴赏（高中）》第十二期刊载《大地上的事情》。

二〇〇九年

一月，《瓦尔登湖》（梭罗著，许崇信、林本椿译，译林出版社出版），选入《我与梭罗》，为其导读一。

《第二课堂：高中版》第一期刊载《大地上的事情》。

四月，《中国新文学大系 1976—2000·第十八集散文卷二》（总主编王蒙、王元化，本卷主编吴泰昌，上海文艺出版社出版），选入《大地上的事情》。

苇岸逝世十周年，《文学界》（专辑版）第四期刊载“苇岸专辑”，选入《人在路上》《我的邻居胡蜂》《我与梭罗》《泥土就在我身旁——一九八八年日记选》《作家的着眼点——致楼肇明先生》《少数的意义——致一平》《一个人的道路——我的自述》；另有林莽的《青青的麦田》、黑大春的《大祭酒——四季的祭祀》、妹妹马建秀的《怀念二哥》三篇纪念文章。

五月九日，《文艺报·原上草》副刊刊登《一九九八　廿十四节气》（三则）。

五月十六日，《光明日报》刊登冯秋子纪念文章《过去是怎样活在今天的》。

五月二十四日，《北京晚报》刊登《一九九八　廿四节气》之《立春》《雨水》。

六月，《文艺争鸣》第六期刊载吴景明论文《守望大地：苇岸散文的生态意识》。

十月，散文集《最后的浪漫主义者》出版（冯秋子编，广州花城出版社）。

十二月，《三十年散文观止》（上、下卷，李晓虹、温文认选编，花城出版社出版），选入《大地上的事情》（三十则）。

二〇一〇年

三月，《捧出心里的阳光》（《文艺报》二〇〇九散文随笔卷，阎晶明主编，冯秋子选编，作家出版社出版），选入《一九九八　廿四节气》（六则）。

四月，《青年文摘作文宝典（高二卷）：专题写作训练》（周京昱、苏蓉、邵牧春编著，中国青年出版社出版），选入《去看白桦林》。

《南京师范大学文学院学报》（季刊）第二期，刊载汪树东论文《生态意识与苇岸散文》。

五月五日，《文艺报·原上草》副刊刊登《大滩》。

十一月，《云梦学刊》（双月刊）第三十一卷第六期，刊载赵树勤、龙其林论文《〈瓦尔登湖〉与苇岸生态散文》。

二〇一一年

五月，《中共郑州市委党校学报》（双月刊）第三期，刊载雷鸣、顾香云论文《诗意地栖息于大地之上——散文家苇岸的人格写作以及土地道德探析》。

七月，《三峡大学学报：人文社会科学版》（双月刊）第四期，刊载宋俊宏论文《苇岸论：化爱为墨的生态书写者》。

《文教资料》（旬刊）第二十八期，刊载龚紫斌论文《“关于人的改善的努力”——论苇岸及其散文》。

二〇一二年

《信阳师范学院学报：哲学社会科学版》（双月刊）第二期，刊载苏文健论文《重识苇岸及其散文的价值》。

二〇一三年

五月，《新语文学习：中学教学》（双月刊）第三期，刊载吴周文论文《二十世纪最后一位泥土诗人——苇岸的〈大地上的事情（节选）〉解读》。

《名作欣赏》（旬刊）第三十五期，刊载张克锋评论《苇岸的精神价值》。

二〇一四年

一月，《山东社会科学》第一期刊载董国艳论文《苇岸散文的生态意识探析》。

五月，散文集《大地上的事情》，由广西师范大学出版社出版。

五月十七日，《新京报》刊登蔡朝阳长文《相遇：苇岸在二十一世纪的地平线上》。中国作家网即日予以转载。

六月二十日，《大地上的事情》新书首发式在北京三联书店举办，王家新、冯秋子、西川、宁肯、孙小宁、张杰等文学、新闻、出版界人士、苇岸妹妹马建秀及部分读者参与活动。

七月八日，《中国青年报》记者桂杰以《〈大地上的事情〉诠释自然文学写作》为题，报道苇岸散文《大地上的事情》《我的邻居胡蜂》等近年陆续被选入不同版本中学语文教材，且作为必修篇目，很大程度上体现整个社会对“苇岸大地主题”的认知与焦虑。文章指出，苇岸的自然主题，代表了语文教学中一个重要方向。

九月二十四日，《中华读书报》刊登苏七七文章《苇岸散文中的诗意》。

二〇一五年

三月，《人民文学》英文版《路灯》春季号，刊载英译《去看白桦林》《我与梭罗》。

五月十二日，《光明日报》刊登北京市朝阳区教研中心高中语文教研室主任、语文特级教师何郁文章《我们为什么需要苇岸——阅读苇岸散文集〈大地上的事情〉》。

《江西教育》（旬刊）Z四期，刊载吕新辉评论《这是一部启示录　也是一部赞美诗——读〈大地上的事情〉有感》。

《名作欣赏》（旬刊）第十期，刊载蔡朝阳评论《写作即行动——苇岸与非暴力思想》。

八月，《丰富的安静：最美的诵读/散文》（丰子恺等著，王开岭点评，希望出版社出版），选入《大地上的事情》（节选）。

二〇一六年

一月，《天津中德职业技术学院学报》（双月刊）第一期，刊载李春明论文《大地的守望者　心灵的守护者——谈梭罗与苇岸的生态伦理观》。

二月二十五日，豆瓣读书榜单载魏小河评论《再读苇岸》。

二〇一七年

《学园》（旬刊）第二十六期，刊载厉开选论文《论苇岸散文〈大地上的事情〉生态价值取向》。

二〇一八年

四月，《中国书写：二十四节气》（庞培、赵荔红主编，上海文艺出版社出版），选入《一九九八　廿四节气》（六则）。

十一月，《江苏大学学报：社会科学版》（双月刊）第六期，刊载刘略昌论文《苇岸生态散文与梭罗自然写作：影响与契合》。

二〇一九年

五月，苇岸去世二十周年纪念文集《未曾消失的苇岸：纪念》出版，选入林贤治等五十四位师友、家人撰写的文章（冯秋子主编，广西师范大学出版社出版）。

五月十九日，苇岸逝世二十周年纪念会暨《未曾消失的苇岸：纪念》首发式，由广西师范大学出版社在北京 SKP 举办，苇岸的亲朋、文学界、社科界、新闻界、出版界人士和读者百余人参加。

五月二十日，《南方都市报》刊登专题报道《纪念散文家苇岸逝世 20 周年：怀念他使我们变得更加朴素更加善良》，这是张守仁发出的共识性认知，“怀念他使我们变得更加朴素更加善良，怀念他使我们变得像他那样生活简朴，促使我们向大地做出应有的贡献。”文章强调，“北京文坛因为苇岸有了它崇高圣洁的一面”。

五月二十一日，“新浪读书”载《苇岸逝世二十周年纪念文集出版：众好友回忆“中国的梭罗”》。

五月二十三日，《北京晚报·五色土》副刊刊登冯秋子文章《纪念，为了什么》。

同日，《北京晚报》北晚新视觉以《众作家追忆苇岸，他逝世二十年，像植物一样年年生长》为标题，记述林莽、树才、高兴、兴安、周晓枫、鲁太光、袁毅等多位作家对苇岸的解读和追忆。

五月二十四日，中国作家网刊发记者陈泽宇文章《纪念 苇岸逝世二十周年：唯善意不可征服》。

同日，《北京晚报》北晚新视觉刊发张玉瑶文章《北京散文家苇岸逝世20周年，为何称他为“中国的梭罗”？》。

八月，《新中国70年文学丛书·散文卷》（彭程编，作家出版社出版），选入《大地上的事情》（七十五则）。

二〇二〇年

一月，《文苑》第一期，刊载《美丽的嘉荫》。

十月，作品集《大地上的事情》（增订版）出版，选入散文、随笔、诗歌、翻译作品（冯秋子编，广西师范大学出版社出版）。

十一月，三集日记《泥土就在我身旁》（一九八六至一九九九年）出版（冯秋子编，广西师范大学出版社出版）。

编后记

文学，是他心里捧出的阳光

苇岸的日记，从一九八六年一月一日记起，至一九九九年四月六日入院接受治疗止。总量近八十万字。

每逢新年伊始，他像蓄养日久的土地，悄默声息而有底力。

“日记属于个人生活。每天能写下有意义的日记，非需要一种特殊的毅力。我没有完整无缺，无须后补地写过一年的日记。但我还是想写日记……没有日记的生活是一种无痕的、快速的生活，似乎丧失了意义……过去日记的停顿往往也由于写作。”（一九九三年一月一日）

在散文里记述道：“托尔斯泰主张每个人都应该写日记。他认为这有助于进步，有助于发展思维，就像做体操可以使我们肌肉发达一样。他常随身带着一个小本，随时记些什么，再把记下的东西加以发展和修改，写进日记。”（《作家生涯·作家写日记》）

写日记不是件容易的事。写几天、几个月可以，记述十三年，从将满二十六岁，写到三十九岁，生命最后的时间，直至握不住笔、写不了字，口述亦难以为继截止，便不容易。苇岸后半生经历的这一历史时段，正值中国极为重要的拨乱反正、弥合心力、推进改革开放，思想、观念、意识和政治、经济、文化等诸领域竞相呈示，从长期故步自封、闭关锁国的形制中松绑，挣脱出手脚和心智，拥抱世界，试着适应并正视人类文明进程的真实形势、生存的物质和精神需求与现实处境的残酷距离及其责任所系。作为哲学专业出身的一名青年教师，苇岸在本职工作以外，命运使然走上文学之路，又在教学实践以外，有了哲学、文学和大的文化视角去选择进行人文意义上的另一种社会实践，这一刻骨铭心的继续成长阅历，伴随了灵魂深处的认知与现实生态的艰辛博弈与抗争。就日记看，苇岸自觉地把自然科学、人文科学与社会实践结合起来，把人文精神与文学承载的可能和书写者气质、方式影响下的思想格局的探索融为一体，把认识世界、助力文明生态作为自己的责任，那些掘进的、尝试辨识前路的孜孜努力，在日记中留下了深刻印记。客观上，他的日记因为外部世界与内心世界纵横交错，多层面展开，更多的发现，更多的从容或者沉重，兼有理性、有真性情，伸展出来日常中的人不平凡的日子，打开了一个真实的人的精诚世界。

不少日记，侧重苇岸不断加深的对于大地道德信念的叙述。来自土地或大或小、土地上的人或重或轻的信息，连同他们和赖以生存的土地间的深重关系，是否良性进行或者恶性发展；所经见的国事、家事及世界大小事，于寻常中探求和发现事物不寻常的存在，尽在其关注的视界。而苇岸只是他们中的个体之一，恰好他鲜有遮掩和阻碍，眼光和思维超前，思虑过往、忧患将后，有勇气与顽劣发生碰撞，不回避内心的矛盾冲突，每日与时间竞力，踏实地做他中愿的工作，教学、阅读、思考、写作、记录，持之以恒地关切万物平等和社会正义，执守信念并付诸行动。日记记录的生命议题，人文精神和自然生态，思想与情感，走向未知路上的大地伦理与道德所面临的考验和挑战，深化的理性认知，水到渠成地建立起来，成为苇岸短暂一生倾力践行和恪守的实证。

从苇岸日记，读者会了解，他对文学艺术执念就里，诚实、深究的职业精神，投入时的单纯情状，有时候可能显得拘谨、拙笨，甚至固执，但无可动摇其阅读的自觉，思维始终在科学、理性的向度里。日记侧重记录了阅读这一庄重的劳作，也像是内心声息的落地种植。他的不少散文随笔，是由日记深化而成的，日记里许多内容，是他再创作的重要素材。虽然日常生活中纯粹个人性事务，如他所言，一般不记入日记，而选择存留内心，不过仍能从日记看到苇岸的思想、情感过程中一些生动、幽默，甚或真实到疼痛的迹象。准确、柔韧的文字的力量，一直穿行日记中，一日复一年，年年岁岁期间，眼睛和心灵，从疲倦的体力和脑力劳动中得以擦亮，修整、完善和越升。苇岸认为，日记虽是“自然性的笔记，但它们还不是作品意义上的文字”（一九九八年十月二十四日）。但他的不少日记，简洁、完整、成熟，确可视作“作品意义上的文字”。这套苇岸的文集，作品集《大地上的事情》（增订版）、日记《泥土就在我身旁》（上、中、下），还有二〇一九年五月十九日苇岸逝世二十周年纪念日先行出版的纪念集《未曾消失的苇岸　纪念》，不少内容对应着读，可切近感受苇岸创作的样貌、格调、精神质性，他在普遍意义上的行迹和不同于他人的特立独行之处。

日记这一精神和心理的梳理活动，符合苇岸内向、持重，宽厚、慈悲，勤勉、严谨，不畏艰险、不拒面对的性格特质，即便不堪回首，有时一场比较大的动静，也许是以更深的痛楚摧折人心、使灵魂不得安宁为代价的，他仍旧选择迎着过去，直面相对。当然也有，他带着个人的局限出发。撇开这一点，通过日记操练记录的重要性在于，他总能看见事物之所以上升和不可避免下降的实际缘由，总能超越个人去意识社会的潜在危机，思人所不常思、想人所不常想的远处和原处，总是准备着把自己放进去，如果需要作为牺牲以告警示的话，总能站出来、走上前去，或者递给需要的人一双速疾的手……他在那里。在接近农田的地方，用笔耕种。如果文学是苇岸思想和艺术的表达方式，日记便是他第一时间记录将有可能发生的表达。日记，是渡载苇岸穿过黑夜走向明天的光亮，文学是他从心里捧出来的阳光。

苇岸写给朋友们的信件，与他的日记均属私性范围的文字，依照出版社意见，以附录形式收入。待征集到更多苇岸的书信，再行结集单独出版。

感谢苇岸，使读者有幸看到他埋藏的心血之作，有机会感受日记中埋藏的苇岸文学写作的开阔时空和未可估量的艺术张力。如果再有五年、十年……那些继续埋藏下去的东西，和他自身不断酝酿深化的结实支撑，又会带给人们多少分量珍重的作品？好在读者的检阅，也是苇岸精神上继续成长，与读者一起向好完成的新的机遇。

苇岸的日记，为重做其生平及创作年表，提供了不少有价值的信息。

得以结集出版苇岸日记，感念的人和事有很多。林贤治先生始终关注苇岸日记的编辑、出版进展，以为除散文随笔写作以外，日记是苇岸去世以后最大限度的思想和艺术体认与深在的文字，有必要在出版条件成熟时单独成书出版，对我的整理、编辑工作也常给予鼓励，给出专业意见和建议。在此之前，为纪念苇岸逝世十周年，他力促花城出版社出版，约我主编苇岸散文集《最后的浪漫主义者》（书名得自林贤治先生）一书，并建议收入我曾在主持《特区文学》散文随笔专栏时，整理、编辑推出的五辑苇岸日记计五万余字，作为该书其中一辑，这是苇岸日记首次部分纳入书籍与读者见面。林莽先生也一直关心着苇岸日记的编辑、出版事项。尤其二〇二〇年艰难的旧历年前后、诸事缠身、令人操碎心的境况里，仍腾出精力，阅读苇岸日记中部分涉及诗歌界人事的清样内容，给出中肯意见。经林莽先生过目、把握，我踏实许多。真诚地感谢林贤治先生和林莽先生及其他作家、诗人朋友给予的鼓励，感谢广西师范大学出版社始终如一的支持，感谢倾力统筹、策划，落实各个环节出版事宜的多马先生，感谢认真负责的编辑多加女士，他们为做好苇岸文集重要组成部分的日记《泥土就在我身旁》（上、中、下），发挥了积极作用。

苇岸妹妹马建秀，协助完成了许多无可替代的工作。苇岸去世两年多以后，建秀拎着几只沉重的提袋，把苇岸多本日记原件，包括他生前留存的一些书信抄件、作品原订稿等，从昌平带到我家。建秀和家人希望知道，这些日记等遗存有无价值，该如何处置是为合适，希望我能够帮助整理、编辑并料理苇岸遗留的文字。建秀讲，需要她做什么随时告诉她。作为与苇岸相互尊重，并能理解和信任的朋友，他生前曾对其编订的散文集《太阳升起以后》的出版对林莽、我和宁肯分别有过嘱托。苇岸身后，妹妹建秀整理苇岸故居遗物，发现了多本苇岸的日记及其他文字，她和我多次通话或写邮件进行交流，提出了郑重意愿。信任的分量我明白。至于苇岸的原稿，是珍贵的史料，由家人经手并妥善收藏，是最稳妥的。我接受了苇岸家人的重托。生前，苇岸是朋友，逝后，朋友能够安妥，他的创作能够持重本有的面貌、能够安置于应在的地方，如他生前那样给予社会更多人以积极元素，似为义不容辞之事。自然地，将苇岸的事情，当作自己的事情去做，方可能做好。其实自己的事，倒没有非要怎样，日常中面临诸多事务时，主动选择推后或放下的常是自己的事。我让建秀把苇岸遗作原件，全部带回保存，待建秀这边把尚未录入的遗作分别录入电脑，能核校一遍原稿更好，发我电子版。什么地方需要求证原稿，需要建秀协助翻找其他相关资料等，我会联系她。我们谈了许多整理遗作可能涉及的内容方面、技术方面的问题，如何面对大的原则或情理中的细节，或者虽小却是原则的问题。还有，需要家人给出的认识方面的支持，比如更加开放的姿态和心理准备，包容更宽泛的事物，理解苇岸，既是家人，又需放归苇岸于文学、艺术和文化范畴，他同时属于社会、属于历史，故此，保留尽可能完整的面貌，历史地看待和把握，意义重要，责任在兹。与建秀的协作有序进行。我理解，并要求自己，尽最大可能保持日记原貌。历史地去考察、现实地去比较，准确地理解和把握苇岸，鉴识他的文存对于今日中国文学、艺术、思想、精神建设的积极意义，若需取舍，须有十足的理由，即使是没有商量余地的内容，也须慎而又慎。总之，去争取最大空间，保存其价值所系。最终呈现出来的东西，苇岸能够放心、踏实、安宁，能够释疑豁义而长眠。苇岸生前对自己要求比较苛刻，行文做事极尽完美。那么，整理、编辑乃至出版这一部分离着本人最切近、最深重的文存，也要尽力使他满意。“从他的角度看，会怎样？”是我常想的一个尺度。至于出版的现实要求，不得不做“切割手术”的话，尽可能整着取下，不断章取义，不改变原意和原本用语，除非是原稿有遗漏、出现笔误或错误，予以修订、校正，按出版的技术规范要求，严格考证、核实、校正。

接下这一重托时，我在报社工作，一面做记者、编辑出报，写作、照顾小孩、操持家务，做现代舞蹈剧场编创和舞蹈员，一面插着空逐年阅读、核证、整理和编辑苇岸日记。日记的量，直至此次结集出版，拿到全部录入的日记，我承认自己惊到了，从日渐成熟的诗歌创作，转入命运所归的散文写作，这一重要转折，在开始写日记，到生命竭尽全力不治前夕，十三年，写下和生命，和文学艺术、哲学思想，和生活与创造休戚相关的近八十万字日记。确定将由广西师范大学出版社出版苇岸全集（共三种、五部作品）后，有两年时间，每一种作品，从头展开，进入长跑的冲刺阶段，当然是在本职工作之余，停下个人创作专心事之。而建秀在此过程，帮了需要她、只有她能够帮到的忙。这是我心存感念的。我们的协作积极、有效，顺利、愉快，尽管有时候比较艰苦，但从未因个人意识没到、心没到、手没到而将就、凑合、放任或是延误，可以说，反复地下力气，成为常态。我深感，建秀作为苇岸的胞妹，包括苇岸的其他家人，父母、兄长、弟弟和侄辈，与苇岸有一致的大气、通达、涵养，确实印象深刻。有时候我身心疲倦，下班以后连轴干到不得不赶末班地铁回家，而到家已过午夜（试过下班回家去做，竟至瞌睡没办法工作）。除了周末和出差在外，天天如此、月月如此，积重难返地累到想要缓口气，但始终保持尊重去工作，未敢懈怠。我也从中体味到很多远远高出个体劳动本身、更值得珍重的价值和意义。在这个世界上，总有超出利害的存在，是像生命一样重要的。按照能够有的理解和尊重，去做理解和尊重的事情，然后把理解和尊重的东西不走样地给到更多的人。有价值的东西，应该回归于大众，回归这个身在其中、需要人人努力建设的世界。但是由于个人能力、精力所限，可能带给书籍一些缺憾，在此表示歉意和修缮的诚意，恳望苇岸的亲朋和读者朋友批评指正，以期再版时予以弥补。

像这一类话，在苇岸日记里出现过多次："我用什么来迎接这新的一年的开端呢？"（一九九六年一月一日）

勤于阅读、观察、发现、思考、体验和实地创造的苇岸，生命告一段落了。其日记正是他对热爱生活、热爱美好事物，忠实于内心，向往有尊严地活着，不仅有益个人也能有益他者的人，给予的实在协助和鼓励。他认真地生活过，极尽全力保存了一个躁动的、充满活力的时代，保存了它的人心和所向。他的生命魔力通过日记穿行至今，搏动不息。

冯秋子

二〇二〇年三月二十日